FRANK GOYKE

Balthazar Vrocklage ist verschwunden

Die Hanse

Die Deutsche Bibliothek – CIP-Einheitsaufnahme

Ein Titeldatensatz für diese Publikation ist bei
Der Deutschen Bibliothek erhältlich

Umschlaggestaltung: atelier freilinger & feldmann
Motiv: Detail aus »Bürgermeister Herrmann Langenbeck«,
Ölgemälde von Wilm Dedeke, um 1515

Herstellung: Das Herstellungsbüro, Hamburg
Satz: Greiner & Reichel, Köln
Druck und Bindung: Clausen & Bosse, Leck
Printed in Germany

ISBN 3-434-52800-8

Informationen zu unserem Verlagsprogramm finden Sie
im Internet unter www.die-hanse.de

PROLOG: Das Subjekt

Da er geduckt worden war, hatte er zu schleichen gelernt.

Er bewegte sich lautlos und geschickt zwischen den Tonnen hindurch, die das Lagerhaus füllten. Es waren Rostocker Tonnen, die überall im hansischen Raum auch als Normgröße für die Heringsfässer galten, und die meisten waren leer. Im Winter kam kein Hering von Schonen. Im Winter gab es überhaupt keinen Seehandel. Wenn überhaupt Ware eintraf, kam sie über Land.

Er warf einen Blick durch eines der winzigen Fenster hinaus in die Dämmerung. Seit dem Morgen trieb Schnee durch die Straßen. Am Abend wurde das Schneetreiben stärker, weil sich der unermüdliche Wind anschickte, zum Sturm zu werden.

Sein Schleichen hatte ihm den Beinamen Schlange eingebracht. Er wußte, daß man ihn hinter vorgehaltener Hand auch ein Subjekt nannte, manchmal sogar ein übles Subjekt.

Die Schlange glitt eine Stiege hinab. Beinahe hätte sie eine Sprosse verfehlt, denn in dem Speicher konnte man kaum mehr die Hand vor Augen sehen. Ein Licht aus dem Kontor jedoch wies den Weg.

Die Tür zur Schreibkammer war nur angelehnt. Das Subjekt verursachte nicht das geringste Geräusch, als es sich der Tür näherte.

Auch der Tür gegenüber befanden sich Fässer. Das Subjekt wußte, was sie enthielten: Pelze. Ein so kostbares Gut wollte der Kaufherr in der Nähe seines Kontors wissen. Er schaute zweimal am Tag nach dem Rechten. Niemand wagte es, sich an den Pelzen zu schaffen zu machen oder an einem beliebigen anderen Gut. Darüber wachte das Subjekt. Ihm entging kein Diebstahl und kein Dieb.

Der Kaufherr saß über seinem Kontorbuch, aber er tat nur, als rechnete er. Er wollte nicht zeigen, wie sehr er das Subjekt erwartete. Das Subjekt brachte ihm Neuigkeiten von großer Tragweite. Der Kaufherr starrte auf das Buch mit den Zahlenreihen. Sein Gesicht wurde beschienen von einem Leuchter mit drei Kerzen und von dem Feuer im Kamin. Das Kaminfeuer war fast niedergebrannt. Deshalb trug der Kaufherr wohl einen Hermelin.

Das Subjekt schlüpfte hinein. Der Kaufherr hob den Kopf.

»Du«, sagte er nur und schlug das Buch zu.

»Verzeiht!« Das Subjekt pflegte sich für alles zu entschuldigen, für Anwesenheit ebenso wie für Abwesenheit und vermutlich auch für seine Existenz. »Ich habe wichtige Zeitung.«

»Laß hören!« befahl der Kaufherr. Natürlich unterließ er es, dem Subjekt einen Stuhl anzubieten. Dafür war es zu gering.

»Sie wissen es, Herr«, sagte die Schlange.

»Alle?«

»Ja«, bestätigte das Subjekt.

»Die Frau auch?«

»Wo wird eine Frau etwas wissen«, sagte das Subjekt mit dem Maß an Entrüstung, das angebracht und möglich war.

»Alle männlichen Personen?« fragte der Kaufherr.

»Vater und Söhne«, erwiderte das Subjekt. Der Kaufherr senkte den Blick, betrachtete den Einband des Buches, ohne ihn wirklich wahrzunehmen, schob es gedankenverloren hin und her.

»Was werden sie unternehmen?« wollte er nach einer Weile wissen.

»Der Vater wird es am Rande des Hansetages erst einmal inoffiziell zur Sprache bringen. Dann entscheidet er, ob er auch den Rostocker Rat in Kenntnis setzt.«

»Am Rande des Hansetages, dann vor den Rat.« Der Kaufherr nickte vor sich hin und biß sich auf die Lippen. »Wann wird er denn nach Lübeck abgehen?«

»Erst nach Pfingsten«, erklärte das Subjekt. »Noch viel Zeit, Herr.«

»Hier in Rostock wird überhaupt nichts gegen ihn unternommen«, entschied der Kaufmann. Dann erhob er sich und trat an einen Wandschrank. »Das ist zu gefährlich. Nein, seine Reise muß die Entscheidung bringen.« Der Wandschrank war mit Riegeln und Schlössern dreifach gesichert. Die Schlüssel pflegte der Kaufmann an seinem Gürtel zu tragen. Nun öffnete er die Schlösser und entriegelte die Tür. »Du bist ein guter Spion, Schlange. Das soll seinen Lohn finden.« Aus dem Schrank nahm er einen kleinen ledernen Beutel und schüttelte ihn sacht. Der Klang von Münzen war dem Subjekt ein angenehmes Geräusch, der Besitz natürlich noch viel mehr. Er würde allerdings eine viel tiefergehende Befriedigung erhalten, eines nicht mehr allzu fernen Tages.

»Tiefsten und ehrerbietigsten Dank, gnädiger Herr«, dienerte das Subjekt.

»Du weißt auch, was weiterhin zu tun ist?«

»Natürlich, Herr.«

»Gut.« Der Kaufherr warf dem Subjekt das Säckchen zu. »Ich verlaß mich auf dich.«

»Das könnt Ihr«, meinte das Subjekt.

»Und alle drei, sagst du?«

»Der Vater und die Söhne«, sagte das Subjekt noch einmal.

»Es ist nicht schade um sie«, sagte der Kaufherr und warf das Subjekt mit einer herrischen Handbewegung aus der Schreibkammer.

ERSTER TEIL

Dies irae

Dies irae, dies illa
solvet saeclum in favilla,
teste David cum Sibylla.
Quantus tremor est futurus,
quando judex est venturus
cuncta stricte discussurus.

ERSTES KAPITEL
Der Pfingstmarkt

1

Mit jedem Treffer wurde die Sau wütender. Ihre Raserei war eine Kehrseite der Todesangst, und aus einem anfänglichen Quieken war ein Geschrei geworden, wie man es von den Schlachthäusern kannte. Die Blinden keuchten. Drei Gesichtslose aus dem Sankt-Georg-Hospital hatte der Patron engagiert, von dem es hieß, er sei auf allen Jahrmärkten der wendischen Städte zu Hause, seine Wiege habe jedoch in Ribnitz gestanden. Er hatte die Blinden zu der Sau in ein Gatter gesperrt und ihnen Knüttel in die Hand gedrückt, mit denen sie das arme Tier erschlagen sollten. Zwar trafen sie nur selten und vor allem einander, aber mittlerweile war die Sau außer Rand und Band. Sie rannte den Blinden vor die Beine und brachte sie immer wieder zu Fall. Die drei Männer ohne Augenlicht achteten jedoch nicht ihrer Wunden. Für den Tod des Tieres hatte ihnen der Patron offenbar einen wohlgefüllten Geldbeutel versprochen.

Die vielköpfige Menge, die dem unwürdigen Spektakel zusah, feuerte die Blinden an. Auch das Publikum befand sich mittlerweile in einem Zustand der Raserei. Es applaudierte, wenn ein Treffer gelang, es applaudierte aber auch, wenn die Sau entschlüpfte oder einer der Männer zu Boden ging, es schrie und kreischte wie besinnungslos. Manche der Männer in den groben Kleidern schlossen wohl auch Wetten ab, obwohl es verboten war.

Der Marktvogt und seine beiden Marktknechte als Beamte des Ehrbaren Rats hätten womöglich einschreiten müssen, aber sie rümpften bloß die Nase und ließen es bei dem Ausdruck von Abscheu bewenden. Die Lustbarkeiten der einfachen Leute waren oft rüde. Da Pfingsten bevorstand und der Rostocker Pfingstmarkt nicht nur dem Handel diente, sondern auch dem Vergnügen, ließ der Vogt wohl Gnade für Recht ergehen.

Nach etlichen verregneten Wochen machte der zwanzigste Tag des Wonnemonds seinem Namen alle Ehre. Hanning Vrocklage war nach dem Mittagessen zum Hafen hinabgelaufen. Der Vater hatte es erlaubt, obwohl er den Jungen sicher lieber über seinen Vokabeln gesehen hätte. Da dieser Pfingstmarkt jedoch für viele Jahre Hannings letzter sein würde, jedenfalls in Rostock, hatte der Vater ein Einsehen gehabt, obwohl den Jungen Schlag drei Bruder Anselm erwartete, der Franziskaner von St. Katharinen, der ihn im Italienischen unterwies. Hanning war nicht besonders gut in dieser Sprache, die er jedoch zumindest leidlich würde beherrschen müssen, wenn er nach Brügge ging.

Hanning wandte sich von den blinden Sauschlägern ab und durchkämmte die Menge. Für ihn stand fest, daß er erst wieder als Kaufmann einen Pfingstmarkt betreten würde, um Ware zu erwerben. In einigen Wochen, am vierundzwanzigsten Tag des Brachmonds, würde er fünfzehn Jahre alt werden, also kein Kind mehr sein. Der vierundzwanzigste Juni im Jahr des Herrn 1431 war ein Sonntag, also ein Glückstag. Hanning Vrocklage war überzeugt davon, ihn bereits in Brügge zu begehen, selbst wenn Stürme und Kaperfahrer die Seereise behindern sollten. Er würde bald ein ehrbarer Mann sein und ein ebenso ehrbarer Kaufmann werden, und dann schickte es sich nicht mehr, Messerwerfern und Gauklern seine Aufmerksamkeit zu schenken. Das war Kinderkram.

Es war allerdings der Messerwerfer, der ihn anzog.

Das gemeine Volk erwartete allerorten Sensationen, also war

auch der Messerwerfer dicht umringt. Noch nie war vorgekommen, daß er die angebliche Jungfrau, auf die er es abgesehen hatte, mit seinen scharfen Messern auch nur berührt, geschweige denn durchbohrt hatte. Trotzdem fanden Messerwerfer immer Publikum. Alles, was mit Geschick und Kunst zu tun hatte, faszinierte die Leute. Es faszinierte auch Hanning, und selbst seinem Vater nötigte es Achtung ab; die Messerwerfer nun nicht gerade, aber vom Geschick und der Kunst der Handwerker sprach er immer gut. Auch Messerwerfer mußten ihr Handwerk beherrschen. Sie übten natürlich einen ehrlosen Beruf aus, Hanning würde nie ein Wort mit einem der ihren wechseln, weil es ihn selbst entehrte. Daß sie schnell und geschickt sein mußten, erkannte er an.

Der Messerwerfer, der im Schatten der Stadtmauer agierte, hatte seine Kunst verfeinert. Wie üblich hatte er die Jungfrau an einer hölzernen Tafel befestigt, nach der er seine Messer schleudern würde. Er spielte aber den Betrunkenen, torkelte und stammelte und stürzte beinahe und kam wieder auf die Beine und strauchelte erneut. Aus diesem halben Fall heraus warf er das erste Messer. Das Publikum stöhnte. Einen Fingerbreit neben dem Ohr der Jungfrau blieb die Klinge im Holz stecken und vibrierte noch eine Zeitlang.

»Johannes Vrocklage!« sagte jemand hinter Hanning. Den Baß kannte der Junge, und er drehte sich um. Er hatte sich nicht getäuscht, vor ihm standen der Weddeherr Martin Grüneberg und dessen Tochter Margarete. Ein Mitglied des Rats hatte Hanning an diesem Ort nicht erwartet. Vermutlich war Grüneberg den Bitten seiner Tochter erlegen. Grüneberg war ein Freund von Hannings Vater, obwohl dieser dessen Verbleiben im neuen Rat anfangs nicht gutgeheißen hatte. 1427 war in Rostock der alte Rat abgesetzt worden, und das war in jenem dramatischen Jahr auch in Wismar und in Hamburg geschehen. Allgemein gaben die aus ihrem Gestühl gejagten Ratmannen dem dänischen König Erich die Schuld. Erich von Pommern hatte den wendischen Städten, die seit 1426 Krieg gegen ihn führten, nicht nur etliche Schiffe weggenommen, er wiegelte danach auch noch die kostenbewußten Bürger gegen ihre Räte auf. In Rostock, aber auch in Hamburg und Wismar, hatte ein Sechzigerausschuß der Bürgerschaft einen neuen Rat gewählt. Von den alten Ratsherren hatte man nicht nur Martin Grüneberg, man hatte auch Hannings Vater einen Sitz in diesem neuen Rat angetragen, aber im Gegensatz zu Grüneberg hatte Balthazar Vrocklage abgelehnt. Trotz seiner Anerkennung ihrer Leistungen mochte er nicht mit Wollwebern oder Handschuhmachern das Ratsgestühl teilen.

Nun aber wurde er dringend gebraucht. Seitdem der Rostocker Rat mit dem Dänenkönig einen Separatfrieden geschlossen hatte, stand er in der Hanse so schlecht da, daß der Stadt bereits mit Verhansung, Acht und Bann gedroht worden war. Vor allem Lübeck, auf dem Hansetag von 1418 ausdrücklich zur Geschäftsführerin der Hanse bestimmt, verfolgte die Rostocker Ereignisse mit sehr viel Argwohn. Die Lübecker Kaufleute verabscheuten, wie alle Kaufleute, einen offenen Krieg. Der Krieg gegen den frechen Erich war unausweichlich gewesen. Gegen Rostock setzten die Lübecker mehr auf Diplomatie, und für ihr diplomatisches Geschick waren die Gesandten der Hanse überall auf der Welt berühmt und gefürchtet. In den rostockischen Angelegenheiten allerdings rang Hansestadt mit Hansestadt. Die eine, Lübeck, wußte das Reich hinter sich. Rostock konnte sich auf die Ämter stützen. Nun allerdings, nach dem Separatfrieden, wurde ein herausragender Verhandlungsführer gebraucht: Balthazar Vrocklage. Hanning war sehr stolz auf seinen Vater.

»Es heißt, ihr geht bald auf Reisen, dein Vater und du?« fragte Grüneberg.

»Ja, Herr«, bestätigte Hanning, sah dabei aber Grünebergs hübsche Tochter an, die nur ein paar Monate älter war als er, und wurde rot.

»Nun«, Grüneberg lächelte und tat, als habe er den unehrenhaften Blick nicht bemerkt, »Margarete drängt mich zum Zukkerbäcker. Möchtest du auch etwas Naschware?«

»Aber ...« schickte sich Hanning an zu protestieren.

»Ich weiß, Zuckerwerk ist etwas für Kinder und für Weiber. Ein junger Herr, der nach Brügge geht, um die Welt kennenzulernen, ein solcher junger Herr interessiert sich mehr für handfeste Genüsse.« Grüneberg legte seinen Arm um Hannings Schulter und zog ihn sachte mit sich fort.

»Ihr geht nach Brügge?« erkundigte sich Margarete, als ob sie das nicht längst wüßte. Der Stand des Zuckerbäckers kam in Sicht. Obgleich seine Werke tatsächlich nur kindische und weibische Lüste befriedigten, würde Hanning Grünebergs Einladung nun nicht mehr ablehnen.

»Ich werde Kaufmann«, sagte Hanning und warf sich vor Margarete in die Brust. »Jeder Kaufmann muß in Brügge gewesen sein, denn anders kann er seine Kunst nicht beherrschen.«

»Na ja«, sagte Weddeherr Grüneberg, »wenn ich den jungen Herrn etwas bremsen darf ... Das Brügger Kontor ist das einzige, das keine Lehrlinge ausbildet. Zum Kaufherren wird man in Bergen, London oder Nowgorod. In Brügge wird man ein Weltmann.«

»Dann werdet Ihr wohl sogar mit Fürsten verkehren?« wollte Margarete wissen. Aus den Augenwinkeln nahm Hanning wahr, wie sehr sie ihn bewunderte.

»Das ist wenig wahrscheinlich, mein Kind«, wies Grüneberg seine Tochter zurecht. »Nur aus einem Grund ruft ein Fürst nach dem Kaufmann: Wenn er Geld braucht.«

»Und brauchen die Fürsten nicht immer Geld?«

»Doch, das brauchen sie«, bestätigte Grüneberg lachend. »Dann erfinden sie neue Zölle, oder sie borgen sich was. Allerdings ist ihr Bedarf enorm, kein einzelner Kaufmann kann ihn befriedigen. Die Städte geben ihnen Geld, Margarete. Zweitausend Mark lübisch hat Rostock aufgebracht, um vom Landesherren die volle Gerichtsbarkeit zu erwerben. Das ist viele Jahre her, ich war noch nicht auf der Welt, dein Großvater nicht, und dein Urgroßvater war ein Kind.«

»Zweitausend Mark!« Margarete Grüneberg schüttelte erstaunt den Kopf. Auch Hanning nötigte diese Summe hohe Achtung ab. Der frei geborene Sohn einer Stadt zu sein, die so viel Silber dafür verwandt hatte, ihr eigenes Richtschwert zu führen, erfüllte ihn aber auch mit Stolz. Es war etwas Großartiges, und vielleicht hatte es mehr Größe als ein ewig klammer Fürst.

2

»Habe ich denn eine Wahl?« rief Balthazar Vrocklage in die Runde. Die Kaufherren und die Schiffer, die in der Flandernfahrerkompanie vereint waren, hielten ihren Blick gesenkt und schüttelten die Köpfe. Nur einer war der Morgensprache ferngeblieben: Martin Grüneberg, Herr der Wedde und damit Aufseher der städtischen Polizei. Offenbar hielt ihn eine Pflicht im Rat, also würde man ihm wohl kein Strafgeld auferlegen.

»Du mußt unsere Sache in Lübeck vertreten«, verlangte Romuald Snickmann. »Wir stehen doch zwischen Baum und Borke.«

»Zwischen Baum und Borke kann man nicht stehen«, murmelte Wibrecht Alen, der größte Besserwisser in der Flandernfahrerkompanie und der einzige Mensch in der Christenwelt, der laut murmeln konnte.

»Bist du nicht im Herzen schon entschieden?« erkundigte sich Jakob von Kröpelin. Balthazar Vrocklage bejahte es.

»Der neue Rat mag mir gestohlen bleiben«, sagte er. »Mir geht es um unsere Stadt. Und um unsere Geschäfte. Wenn wir aus der Hanse ausgestoßen werden, stirbt Rostock.«

»Immerhin ist Euer Freund Grüneberg Mitglied des neuen

Rats«, stichelte Wibrecht Alen. »Ein Angehöriger unserer Kompanie, der den Umsturz unterstützt hat.«

»Warum wohl wird der Rezeß von 1418 nicht konsequent zur Anwendung gebracht, Wibrecht?« fragte Balthazar rhetorisch. »Wir alle wissen es, auch du: Nur wenn die Hanse das Gespräch mit den Umstürzlern sucht, nicht den bewaffneten Konflikt, wird sie Erfolg haben. Was nützt es, Rostock militärisch zu befrieden? Ein starkes Glied wird abgeschlagen ...«

»Trotzdem schwebt ein Damoklesschwert über unseren Köpfen«, sagte Jakob von Kröpelin. »Bedenkt das Schicksal Bremens. Bremen wurde schließlich doch verhanst. Also, Balthazar, vermeide auf dem Hansetag alles, was unsere Geschäfte schädigen könnte. Auch ich habe meinen Sitz im Rat verloren, und doch sinne ich nicht auf Rache. In den nächsten Tagen werde ich allerdings ein Schiff befrachten, und ich möchte, daß es heil seinen Bestimmungshafen erreicht. Nicht der Rat nährt mich, er mag also aussehen, wie er will. Mir schafft, wie euch allen, der Handel meine Nahrung.«

»Ich hoffe, daß meine Mission nicht zur Enttäuschung wird«, sagte Balthazar Vrocklage. Es klang beinahe wie ein Stoßseufzer.

»Die heiklen Themen mußt du klug umschiffen«, riet Romuald Snickmann. »Das Eindringen der Holländer in den Ostseehandel ist doch ein dankbarer und ein aktueller Gegenstand.«

»Er steht auch auf der Tagesordnung«, entgegnete Balthazar Vrocklage.

»Bei jedem Hansetag seit 1417«, maulte Wibrecht Alen, »aber der Holländer macht uns immer noch das Leben schwer.«

»Und Rostock?« erkundigte sich Martin Wend, Schiffer und nach seinem Namen zu urteilen ein Nachfahre der Slawen, die vor dem deutschen Kaufmann an der Unterwarnow siedelten.

»Steht natürlich auch auf der Tagesordnung«, sagte Balthazar Vrocklage.

»Auf jeden Fall mußt du eine Verhansung verhindern«, beschwor Romuald Snickmann seinen Kompaniebruder Vrocklage.

»Erspare uns Bremens Schicksal!« mahnte auch Jakob von Kröpelin noch einmal.

3

Eine juristische Disputation über die Ratsfähigkeit von Handwerkern zu initiieren, war alles andere als alltäglich. Man konnte mit einem solchen Thema leicht anecken. Nun gewährte das akademische Bürgerrecht zwar gewisse Freiheiten, dennoch ließ es sich Ludolf Sartoris Ebkestorf von Ebstorf nicht nehmen, die Debatte mit seinem Besuch zu beehren, um notfalls schlichtend eingreifen zu können. Seit dem dreiundzwanzigsten April war er Rektor der Alma Mater Rostochiensis, gewählt für ein halbes Jahr zum Vorsteher der Rostocker Universität, die seit 1419 die einzige Blüte der Gelehrsamkeit im Reich und in Europa nördlich von Köln, Erfurt und Leipzig war. Aus dem gesamten skandinavischen Raum, aus Livland, aus Holstein, Schleswig, Mecklenburg, Pommern und dem zerbrechenden Ordensland Preußen, aus den Städten der Hanse und aus butenhansischen Städten ebenso strömten die Studenten nach Rostock, um sich der Theologie zu widmen und den Rechten, ein wenig aber auch der Philosophie und der Philologie. Ludolf Sartoris Ebkestorf von Ebstorf war von Haus aus Philologe, aber da an seiner Universität die Rechte und die Theologie am meisten galten, wollte er auch wissen, was die Studenten beider Disziplinen bewegte.

Der Studiosus Sebastian Vrocklage hatte die Debatte bei seinem Professor Voß angeregt. Und dies war das Erstaunliche: Der Vater des Studenten ging mit seinen Ansichten nicht hausieren, aber Rektor Ebkestorf von Ebstorf war sicher, daß Balthazar Vrocklage den von den Ämtern getragenen neuen Rat ablehnte.

Dazu bedurfte es keiner Disputation. Auch Professor Johannes Voß hielt Handwerker für nicht ratsfähig. Rektor Ebkestorf von Ebstorf wollte über seinen Kollegen, von dem es hieß, er wolle ihn im Herbst ablösen, nicht den Stab brechen, aber Voß machte auf ihn weder einen weitgereisten noch einen belesenen Eindruck. Er schien nicht zu wissen, daß in Köln die in Gaffeln organisierte Handwerkerschaft bereits seit Jahrzehnten die Ratsmehrheit stellte und dies der größten deutschen Stadt nicht geschadet hatte. Der Jurist Voß hatte sogar einen Theologen zur Disputation bestellt. Ludolf Sartoris Ebkestorf von Ebstorf war als Philologe der festen Überzeugung, daß Gottes Geist sich im Wort entäußert hatte. Die Sprache war das größte Werk des Herrn, nicht die Ständeordnung, die der Rektor nicht in Frage stellte, er war ja kein akademischer Selbstmörder, aber die ihm weniger bedeutete als die unregelmäßigen Verben, die es zum Schrecken aller Schüler in jeder Sprache gab.

Als Rektor Ebkestorf von Ebstorf den Raum betrat, in dem sich das dritte Matrikel der Rechtsstudenten normalerweise über den *Corpus iuris civilis* Kaiser Justinians I. den Kopf zerbrach oder über das Kirchenrecht, den *Corpus iuris canonici*, aber auch das Reichsrecht nicht außer acht ließ, als er diesen Raum betrat, mußte er lächeln. Ausgerechnet Frater Anselm hatte Professor Voß zum Disput geladen, den Hauslehrer des jüngsten Vrocklage und Absolventen der Universitäten Bologna und Paris. Dieser fromme Mönch verehrte Gott in höchstem Maße, aber hinter vorgehaltener Hand wurde in den Bürgerhäusern hie und da behauptet, er sympathisiere mit den Ideen des Ketzers Jan Hus, zumindest das Abendmahl mit dem Kelch auch für Laien lehne er nicht rundheraus ab wie etwa Papst Martin V. und seine Berater.

Rektor Ebkestorf von Ebstorf war äußerst gespannt auf eine Debatte, die ihm über die bevorstehenden Pfingsttage interessantes Material für den Geist liefern würde.

Johannes Voß verbeugte sich, dann nahm der Rektor Platz. Sebastian Vrocklage schien der Wortführer einer übersichtlichen Gruppe von Studenten zu sein, die sich in den hinteren Winkel des kleinen, aber hochgewölbten Saals begeben hatte. Die Kluft zwischen ihnen und dem Professor betrug etliche Klafter. Der Mönch lehnte lässig an der Wand. Vrocklage hatte sich erhoben, doch das Eintreten des Rektors schien seine Ausführungen gestört zu haben. Kaum daß Ebkestorf von Ebstorf saß, fuhr er fort.

»Ihr dreht mir das Wort im Munde um, Professor«, sagte Sebastian erregt. »Jeder Bürger sollte ratsfähig sein, habe ich gesagt. Nur jeder Bürger. Natürlich kann ein Beisasse niemals in den Rat gelangen.«

»Diese Ansicht wird Eurem Vater nicht gefallen«, meinte Johannes Voß. Rektor Ebkestorf von Ebstorf fand diese Erwiderung ausgesprochen schwachbrüstig.

»Laßt die Meinung der Väter einmal beiseite«, bat Bruder Anselm. »Sebastian gehört einer neuen Generation an, die manches womöglich anders betrachtet ...«

Ein aufbrausender Johannes Voß fiel dem Franziskaner ins Wort.

»Wann hat es das jemals gegeben? Daß man die Werte der Väter mir nichts, dir nichts mit den Füßen tritt?«

»Er tritt sie nicht mit den Füßen, Professor, er prüft sie nur«, sagte der Geistliche. »Und ist es nicht so, daß man nur anerkennen kann, was man auch geprüft hat? Eine Münze nehmt Ihr erst an, wenn Ihr sie zwischen den Zähnen hattet. Warum sollte man sich bei den geistigen Dingen und bei den Rechten anders verhalten? Nur weil sie von den Vätern überkommen sind?«

Ludolf Sartorius Ebkestorf von Ebstorf fand, daß der Franziskaner gut gesprochen hatte. Ganz konnte man ihm aber nicht zustimmen: Was von Gott kam, hatte der Mensch nicht zu prüfen. Das war aus sich heraus immer wahr. Nun fragte sich natürlich, ob die Rechtskörper Menschenwerk waren. Der Franziskaner schien es zu glauben. Der Rektor war zwar kein Rechtsgelehrter, ahnte aber, daß eine solche Auffassung manchem bedenklich erscheinen mochte.

»Da Ihr ein Ehrwürdiger Mönch seid, Bruder Anselm, halte ich Eure Ausführungen für Gedankenspiele«, erwiderte der Professor Voß nach einer Pause. Er hatte sich offenbar überlegen müssen, wie er den Geistlichen am besten anfaßte, ohne unhöflich oder gar respektlos zu wirken. »In sehr bedingtem Maße muß man auch denken dürfen, was man nicht denken darf. Aber nur, um schließlich die rechten, von Gott kommenden Einsichten anzunehmen.«

Einige der Studenten, die sich an Sebastian Vrocklage hielten, murrten, die übrigen jedoch und die Mehrheit, wie es schien, spendeten dem Professor sogar Beifall. Rektor Ebkestorf von Ebstorf zeigte nicht, was er dachte: daß Voß etwas sehr Absurdes gesagt hatte. Ein Ding konnte nicht zugleich erlaubt und verboten sein.

Der Mönch warf dem Rektor einen raschen Blick zu, der Rektor zuckte nur die Schultern.

»Nun, Ihr seid ein Professor der Rechte«, wandte sich Frater Anselm wieder an Voß. »Ihr werdet nicht abstreiten, daß die irdischen Rechtssysteme vom Menschen gemacht worden sind.« Damit sprach der Kirchenmann aus, was Ebkestorf von Ebstorf gerade gedacht hatte. Endgültig überzeugt war der Rektor aus Gründen der Vorsicht aber lieber nicht.

»Das römische Recht stammt von Kaiser Justinian«, erklärte Voß. Das wußte jeder.

»Womit, seltsamerweise, das römische Recht ein byzantinisches ist«, sagte Bruder Anselm und lächelte. »Außerdem: War Justinian denn kein Mensch?«

»Das war er gewiß, Ehrwürdiger Bruder. Aber seine Gedanken stammen von Gott. Gott hat sich im Recht entäußert.«

»Ein Kaiser kann ein so kluges System auch gar nicht allein erfunden haben«, rief Sebastian. Er zog damit ein paar Lacher auf seine Seite, aber nun wurde es dem Rektor doch sehr unbehaglich. Er hielt Sebastians Ausruf für eine Anspielung nicht auf die Geistesgaben des toten Justinian, sondern des höchst lebendigen Kaisers Sigismund, und den durfte man nicht lästern.

Ebkestorf von Ebstorf hätte die Disputation doch nicht erlauben sollen. Das Recht war ja ein geradezu schlüpfriges Terrain. Die Philologie war da ganz anders, und selbst in der Theologie gab es eine ganze Reihe unverfänglicher Gegenstände. Die seit Jahrhunderten immer noch ungelöste scholastische Frage, wie viele Engel auf einer Nadelspitze Platz hatten, gehörte hierher. Darüber konnte man sich herrlich streiten, ohne jemanden zu verlästern: Engel standen in ausreichender Zahl zur Verfügung. An Kaisern hatte man nur einen, und dieser tanzte nicht auf Nadelspitzen, sondern führte neben den Reichsinsignien auch ein Schwert.

4

Balthazar Vrocklage hatte mindestens zwei Gründe, ärgerlich zu sein. Er saß mit Frater Anselm bei einem Glas Wein von Rochelle in seiner Schreibkammer, obwohl dieses eigentlich kein Ort war, an dem man sich dem Trunk hingab. Vrocklage war wütend auf seine beiden Söhne, aber auch die Barmherzigkeit seines Beichtigers reizte ihn. Anselm hatte ihn gebeten, nicht allzu streng mit seinen Söhnen umzugehen. Vrocklage hielt sich nicht für einen strengen Vater, aber was zuviel war, war zuviel. Einer der Söhne führte in der Universitätsöffentlichkeit Lästerreden, der andere befolgte väterliche Befehle nicht. Seit Schlag drei wartete der Ehrwürdige Bruder auf Johannes. Der Knabe hatte offenbar auf dem Pfingstmarkt die Zeit vergessen und zwang Balthazar, von seinem Züchtigungsrecht Gebrauch zu machen. Vrocklage schlug nicht gern, aber er tat es, wenn er mußte.

»An der Nasenspitze sehe ich Euch an, was Ihr zu tun gedenkt«, sagte Anselm. »Laßt den Stock in der Ecke! Wollt Ihr Eurem Ältesten das Denken aus dem Leib prügeln und Eurem Jüngsten Entdeckerfreude und Lebenslust?«

»Nein, aber die Disziplinlosigkeit. Es geht nicht an, daß Johannes seine Sprachausbildung vernachlässigt. Ich habe ihn einen Brief an Giovanni Arnolfini in Brügge schreiben lassen, und das Ergebnis strotzte von Fehlern. Dieses Geschreibsel war mir so peinlich, ich habe den Brief zurückgehalten. Und der andere, der vier Jahre älter ist und daher wohl vernünftiger sein sollte? Was heißt hier: Denken? Sebastian ist von einem Widerspruchsgeist durchdrungen, der mich in Rage bringt.«

»Ich sehe schon, daß Ihr fürchtet, er könne demnächst das väterliche Züchtigungsrecht in Frage stellen«, meinte der Mönch amüsiert.

»Das ist meine geringste Sorge, glaubt mir, Ehrwürdiger Bruder. Oder sollte ich nicht lieber sagen: Nachsichtiger Vater? Habt Ihr Johannes einmal für sein Versagen und seine Nachlässigkeiten gestäupt? Ihr seid viel zu gut zu ihm.«

»Dazu sage ich nichts, sondern verweise ganz theologisch auf Matthäus 5, Vers 7.«

»In diesem dicken Buch, daß Ihr Geistlichen nicht nur durchstudiert, sondern durchbuchstabiert habt, findet sich wohl immer etwas, das zum Verweisen taugt?« bemerkte Vrocklage spitz. Sein Beichtvater wußte nun, daß Balthazar etwas milder gestimmt war.

»Ihr regt Euch über Sebastian auf, liebster Freund, aber Ihr habt auch eine regsame Lästerzunge. Die wird er wohl von Euch geerbt haben. Was das dicke Buch betrifft: Es enthält immerhin Gottes Wort. Die Welt und alle Geschöpfe sind kompliziert, es war und ist und bleibt zu ihnen viel zu sagen. Wenn ich mir die Zeitläufte so anschaue, dann denke ich mitunter, Gott wird bald anfangen, einen zweiten Teil zu diktieren.«

»Und Sebastian glaubt also, daß Handwerker Rechte haben?« Darüber kam Balthazar Vrocklage einfach nicht hinweg.

»Sie haben sie de facto«, erwiderte Anselm. »Jedes Amt ist rechtlich verfaßt. Außerdem haben sie die Bürgerrechte.«

»Aber ihre Ansprüche auf Ratssitze sind weder durch Reichsrecht noch durch römisches oder kanonisches gedeckt«, sagte Vrocklage. »Sie haben einen solchen Anspruch nicht, weder de facto noch de jure. Ich wiederhole nur, was ich seit vier Jahren immer wieder sage: Wollweber oder Handschuhmacher gehören nicht in den Rat.«

»In Flandern haben Wollweber und Beinhauer für die bürgerlichen Freiheiten gestritten und gesiegt«, sagte der Mönch. »Auch im Interesse des Kaufmanns wohlgemerkt. Ihr als Flandernfahrer wißt das ganz genau.«

»Vor mehr als hundert Jahren, Ehrwürdiger Bruder«, sagte Balthazar, »und Rostock oder Wismar sind nun wirklich keine flämischen Städte.«

»Aber Grüneberg ...«

»Martin wird mir von allen Seiten vorgehalten«, sagte Balthazar Vrocklage bitter. »Er ist nicht nur ein Teilhaber, er ist auch ein Freund, und Freundschaft schließt Treue wohl ein. Ich halte es nach wie vor für falsch, daß sich Martin als Angehöriger eines alten Geschlechts für den neuen Rat mißbrauchen läßt. Meine Freundschaft kündige ich ihm deswegen nicht auf.«

»Der neue Rat, so scheint mir, faßt durchaus Beschlüsse, die auch dem Kaufmann nützlich sind«, sagte Bruder Anselm.

»Der neue Rat kann nicht wider jeden Stachel löcken. Er muß die Wirklichkeit anerkennen. Ohne uns Kaufleute würde diese Stadt am Hungertuch nagen. Ihr Wohlstand ist das Werk der Kaufherren, der Schiffer und selbstverständlich auch der Meister. Ich leugne doch gar nicht, daß die Handwerker fleißige und ehrbare Leute sind. Aber Pfeffer, Ehrwürdiger Bruder, Salz oder Wein kann man nicht weben und weder mit der Axt noch mit der

Ahle herstellen. Der Handel bringt den Teig zum Aufgehen, aus dem Rostock, Wismar, Lübeck oder Hamburg geformt sind. Der Rat ist ausschließlich eine Institution der Kaufherren, und er wird es wieder werden. Und kommt mir bitte nicht mit Köln! Köln ist keine Seestadt.«

»Soll ich Euch mit Braunschweig kommen? Nach der Großen Schicht war Braunschweig in der Hanse mächtiger denn je.«

»Verfechtet Ihr etwa die unausgegorene Sache meines Sohnes Sebastian?« fragte Vrocklage.

»Ich verfechte, was Ihr sicher niemals dem Zweifel unterstellen wollt, zuerst die Sache der Kirche.«

»Niemals«, beeilte sich Balthazar Vrocklage zu versichern.

»Aber was ist die Sache der Kirche auch in Zeiten der Gärung?« Bruder Anselm leerte sein Glas. »Sehr guten Wein zu trinken?« Vrocklage verstand die Anspielung und schenkte nach. »Danke! Unsere Sache ist die Liebe. Diese Liebe bedarf manchmal der wehrhaften Mauern. Vor allem, wenn es darum geht, Väter mit Söhnen zu ... Es heißt versöhnen, Balthazar.«

»Aber Hanning versetzt Euch«, sagte Vrocklage. »Es wird bald die vierte nachmittägliche Stunde läuten.«

»Meint Ihr nicht, daß er Gründe hat?«

»Keine akzeptablen Gründe«, sagte Vrocklage überzeugt. »Es war falsch, ihm den Besuch des Pfingstmarktes zu erlauben.«

»Laßt ihm doch Zeit, sich von der Kindheit zu verabschieden.«

»Er wird in einigen Tagen reisen, Bruder Anselm«, sagte Balthazar. Der Frater spürte, wie sehr sich sein Beichtkind um den jüngsten Sohn sorgte, doch eingestehen würde er es nie. Er war eben ein Mann, noch dazu ein Mann des Kalküls. »In einigen Tagen muß er erwachsen sein.«

5

Hannings Gewissen war mit Gewichten beschwert, die mindestens einer Last entsprachen. Er hatte sich nicht nur bereitwillig von Martin Grüneberg zum Genuß von Süßigkeiten verführen lassen; ein Besuch beim Zuckerbäcker war nun wirklich keine Sünde. Viel schwerer wog bereits auf der Liste der schlechten Handlungen, daß er der Einladung zum Gebäck nicht so sehr aus Achtung vor dem Freund des Vaters Folge geleistet hatte, sondern wegen der Nähe Margaretes.

Vor einiger Zeit hatte begonnen, daß Frauen und auch Mädchen, daß ihre Körper und ihre Anmut sein Denken und Trachten mehr bestimmten, als es züchtig war. In stillen Stunden sehnte sich Hanning vor allem nach seiner Amme und ihren Brüsten, an denen er gelegen hatte, eine Berührung mit einer manchmal beruhigenden, oft aber auch mit einer erregenden Wirkung. Die Amme war allerdings aus der Stadt vertrieben worden, weil sie die Lepra bekommen hatte, und nun lebte sie zwar nicht weit von dem Steintor und der Stadtmauer entfernt, aber an einem Ort, den ein Bürgersohn bei Strafe seines Untergangs niemals betreten durfte. Manchmal schickte der Vater ihr Speise oder Weihrauch. Der Bote, der es brachte, wohnte in einer Bude beim Gerberbruch, wo es Tag und Nacht bestialisch nach Gerberlohe stank, und der Vater verkehrte mit ihm nur per Mittelsmann.

Sowohl über die Identität des Boten als auch über die Identität des Mittelsmannes mußte im Haus Stillschweigen bewahrt werden. Wer der Bote war, wußte Hanning nicht, doch den Mittelsmann kannte er: Es war Bruder Anselm. In Verdacht hatte Hanning den Geistlichen schon immer gehabt. Da er es bei seinem Stand nicht wagen konnte, einem Gottesmann nachzuspionieren, hatte er, pfiffig, wie er war, einem Gassenjungen seine Schuhe versprochen für den Fall, daß er herausbekam, wer der bedauernswerten Amme Johanna, die zu einem sehr langsamen und sehr qualvollen Tod verurteilt war, Essen und wenigstens noch den Geruch der Heiligen Kirche übermittelte. Natürlich Anselm. Gutsein war dessen Beruf.

Für den Verlust der Schuhe war Hannings blanker Hintern grün und blau geschlagen worden, aber zum ersten Mal in seinem Leben hatte er bei einer Züchtigung nicht geweint.

Dann hatte er, an einem Abend, an dem ihm seine Fantasie erneut die bloße Brust einer Amme oder auch einer anderen Frau vorgegaukelt hatte und ihm auf einer tieferen, verachtenswerten Ebene seines Körpers etwas Unaussprechliches geschehen war, die Flucht vor diesen teuflischen Träumen, Vorstellungen und Begierden antreten wollen. Er war auf leisen, nackten Sohlen aus der Kammer, die er mit seinem älteren Bruder teilte, hinaus auf die Galerie getreten in der Absicht, die Latrine aufzusuchen und es auch mit kaltem Wasser zu versuchen, wie Anselm ihm bei der Beichte geraten hatte.

Hanning war nie bis zur Latrine gelangt. Ein Schock hatte ihn gelähmt.

Für seine Mittlerdienste bei der Versorgung der todkranken Amme nahm Anselm Geld vom Vater. Viel Geld. Der Vater verkaufte seine Verantwortung für die Frau, die seinen jüngsten Sohn genährt und aufgezogen hatte, nicht für einen Spottpreis.

Doch obwohl Hanning enttäuscht gewesen war, liebte er den Mönch weiterhin. Anselm war ein herzensguter und verständnisvoller Mensch, und vor allem war er ein toleranter Lehrer. Das Geld, so beruhigte er sich schließlich, würde natürlich der Mutter Kirche zugute kommen, anderen Armen, einem Hospital vielleicht oder einem Leprosenhaus.

Nachdem er ohnehin mit schwerer Strafe zu rechnen hatte, war der Junge auch noch zum Neuen Markt gegangen, um zu schauen, was dort los war. Viel war dort los. Die Händler boten feil, was immer das Herz begehrte. Sie standen schweigend an ihren Ständen, weil das lauthalse Anpreisen der Ware verboten war, aber Käufer fanden sie dennoch in ausreichender Zahl. Hanning hatte nicht mehr Geld in der Tasche als die zerlumpten und barfüßigen Gassenjungen, die lautstark Federvieh über den Markt jagten und die sich nicht um die Hiebe scherten, die ihnen der Marktknecht angedeihen ließ. Sie konnten sich alles herausnehmen, denn mehr als Schläge erwartete sie nicht, und Schläge waren sie gewohnt.

Die Turmuhr von Sankt Marien zeigte bereits die vierte Stunde. Noch immer wäre Hanning lieber dem Vaterhaus ferngeblieben, aber überspannen wollte er den Bogen nicht. Hanning verabscheute die italienische Sprache. Ihm gebrach es einfach an Talent für das Erlernen fremder Zungen. Während seinem gelehrigen Bruder das Englische und das Französische nur so zugeflogen waren und er das klassische Latein ebenso beherrschte wie das Latein der Mönche, quälte sich Hanning mit den Vokabeln und vor allem mit der Grammatik.

Natürlich sah er ein, daß er die Sprache seines Gastgebers würde beherrschen müssen. Im Gegensatz zu den Kontoren in Bergen, London und Nowgorod unterhielt das Brügger Kontor kein eigenes Haus. Die Kaufleute trafen sich zu ihren Morgensprachen im Karmeliterkloster, und sie wohnten bei Geschäftsfreunden und Maklern in den Hostels, in denen sie auch ihre Waren unterstellten. Balthazar Vrocklage hatte Hanning bei einem Kaufmann aus Lucca untergebracht, von dem er Seide und Pfeffer bezog. Dieser Handeltreibende sollte ein sehr reicher Mann sein, und er hieß Arnolfini.

Hanning überquerte rasch den Markt. Als ob alle Händler seine Nähe mieden, stand der Kaak für sich. An diesem Schandpfahl war vor einiger Zeit Peter Gröschlin gestäupt worden. Der Kontorschreiber des Kaufmannes und Ratsherren von Thünen hatte Hannings Vater einen Brief überbracht und in einem Augenblick, da er sich unbeobachtet glaubte, in eine Tonne mit Eichhörnchenfellen gelangt. Hanning und Sebastian hatten ihn jedoch von der

Galerie aus beobachtet und den Diebstahl sofort dem Vater angezeigt. Peter Gröschlin war ein unangenehmer Mensch, und Hanning hielt ihn für einen notorischen Gauner und Betrüger. Er konnte von Glück sagen, daß man ihm nur die Rute gegeben und ihm nicht eine Hand abgehackt hatte, wie es für Diebstahl allgemein üblich war. Sein Arbeitgeber, der Richteherr von Thünen, hatte sich seltsamerweise sehr für ihn eingesetzt. Nicht einmal seine Stellung hatte Gröschlin verloren. Auch das wunderte Hanning sehr, denn daß ein Kaufmann einen Dieb protegierte, war ungewöhnlich.

Hanning verließ den Markt bei der Marienkirche. Er folgte der Langen Straße und bog in die Wokrenterstraße ein. Etwa in der Mitte zwischen Langer Straße und dem Tor, das zum Hafen führte, befand sich das Haus zum roten Drachen. Alle Rostocker nannten es so, weil der Vater einen roten Drachen als Giebelschmuck hatte anbringen lassen. Der Drache erinnerte ihn an Gent. Nach seinem Aufenthalt in Brügge hatte er als junger Mann auch einige Zeit in Gent verbracht. In jeder flämischen Stadt, so hatte er erzählt, gab es einen hohen Turm, und dieser Schauinsland wurde Belfried genannt oder auch Belfort. Der Belfried galt als Zeichen der bürgerlichen Freiheit, und ein Drache bewachte auf dem Belfort von Gent die Stadtbürger und eben diese Freiheit.

Hanning mochte den Drachen. Wenn man seinen Kopf aus einer der Luken im Dachgeschoß steckte, konnte man ihn von Nahem sehen, und Hanning hatte den Eindruck, als ob der Drache lächelte. Ansonsten waren Drachen natürlich fürchterliche Geschöpfe. Es hieß, daß sie am Ende des Meeres lebten und Seefahrer verschlangen, die sich zu weit in unbekannte Gefilde wagten. Der Vater hielt Drachen für Fabelwesen, aber Hanning glaubte an ihre Existenz.

Mit klopfendem Herzen betrat Hanning durch die große Toreinfahrt die Diele. Aus der Schreibkammer drangen die Laute eines Gesprächs, und Hanning vermochte auch zu erkennen, wer dort redete. Der Vater war um einiges lauter als Bruder Anselm. Er schien erregt zu sein. Hanning senkte vorsorglich den Blick, dann klopfte er an.

»Komm nur herein!« befahl der Vater. Seine Stimme hatte einen bedrohlichen Unterton. Hanning trat ein, wagte aber keinen der beiden Männer anzuschauen. »Wir haben wohl Anspruch auf ein erklärendes Wort und eine Entschuldigung«, sagte der Vater sogleich.

»Ich habe Euren Freund Martin Grüneberg getroffen, Herr Vater«, sagte Hanning leise. »Und seine Tochter Margarete«, fügte er noch leiser hinzu.

»Dieser Nachmittag sollte aber dem Lernen vorbehalten sein, nicht dem Schöntun mit jungen Damen.«

»Gewiß, Herr Vater! Verzeiht mir, Ehrwürdiger Bruder.«

»Eingedenk der aufregenden Tatsache, daß du bald die erste große Reise deines Lebens antreten wirst, und auch wegen der Fürsprache Bruder Anselms habe ich beschlossen, großzügig zu sein«, sagte der Vater. Hanning atmete auf. »Ich verstehe, daß man sich von seiner Heimatstadt ausgiebig verabschieden muß. Und in das Herz eines alten Franziskanerpaters hat Gott eine Menge Geduld gesenkt. Allerdings verbiete ich dir, das Haus bis zu deiner Abreise zum Vergnügen zu verlassen. Allein Pflichten erlauben einen Schritt vor die Tür. Wenn deine Mutter, dein Bruder und ich uns das Papagoienschießen und das Fest der Schützengilden im Rosengarten ansehen, wirst du zu Hause sitzen und lernen. Diese Strafe muß sein. Nun hole deine Bücher.«

»Ich danke Euch!« Hanning machte einen Diener für Vater und Mönch, lief schnell hinaus und auf seine Stube. Er war zwar glimpflich davongekommen, aber das Schützenfest der Papagoien-Gesellschaft ließ er sich nicht gern entgehen. Außerdem würden sich auch die anderen Gilden und Bruderschaften zu Umzügen und Tanzvergnügen zusammenfinden, doch Johannes Vrocklage würde nichts davon mitbekommen, weil er büffeln mußte.

Unter dem Roman *Der Dieb von Brügge*, den er abends bei Kerzenlicht heimlich las, zog er das Italienischbuch hervor und machte sich auf den Weg zurück zu seinem Lehrer. *Der Dieb von Brügge* war eine der unzähligen Versionen der Geschichte vom schlauen Dieb, die man sich an langen Winterabenden am Ofen erzählte. Hanning hatte die Geschichte schon als kleines Kind gemocht, vor allem, wenn seine längst verstorbene Großmutter sie zum besten gegeben hatte. Die Großmutter war eine begnadete Erzählerin gewesen, und sie hatte es vermocht, die allbekannte Geschichte mit immer neuen, überraschenden Details auszuschmücken. Doch Hanning las in dem schon alten, nicht gerade von einem Schönschreiber kopierten Buch auch, weil er etwas über die Stadt zu erfahren hoffte, in der er bald ein paar Jahre verleben würde.

Wegen des schönen Wetters ging Bruder Anselm mit Hanning vor das Haus. Sie setzten sich auf die steinerne Bank, auf deren Beischlagwangen der Kampf des Heiligen Georg gegen den Drachen dargestellt war. Dieser Drache allerdings sah böse aus.

Für Hannings Begriffe war der Franziskaner schon ein sehr alter Mann. Bruder Anselm räusperte sich, förderte aus den Tiefen seiner Kutte eine Brille zutage und klemmte sie sich auf die Nase. In der Wokrenterstraße gab es allerdings Dinge zu sehen, die einem Gottesmann nicht gerade zum Wohlgefallen gereichten: Am flußnahen Ende der Straße nämlich, an die Stadtmauer gelehnt, gab es zwei Frauenhäuser, die vor allem vom Schiffsvolk heftig frequentiert wurden. Die losen Frauen zahlten Steuern, die Schönangesichtsgelder, sie wurden von der Stadt geduldet, aber nicht geliebt. Die Kirche jedoch lehnte sie rundheraus ab.

Hanning interessierte sich sehr für sie, obwohl das natürlich Sünde war. Frater Anselm würdigte die Bordelle keines Blickes. Er schlug das Italienischbuch auf und übte mit Hanning die Konjugationen.

ZWEITES KAPITEL
Der Abschied

1

Am Pfingstsonntag nach dem Kirchgang wurde Johannes Vrocklage zum Vater in die Schreibkammer gerufen. Hanning war sich diesmal keiner Schuld bewußt. Er hatte kein väterliches Gebot übertreten, also erwartete er auch kein Strafgericht.

Das Hausmädchen hatte ihm den Ruf zum Familienoberhaupt übermittelt. Hanning verließ seine Stube, ging die hölzerne Galerie entlang und stieg auf der ebenfalls hölzernen Treppe hinab in die Diele. Dort standen auf dem Steinboden all die Waren aus Nowgorod, Riga und Reval, die nach Brügge weiterverschifft werden sollten, aber auch Holz aus dem heimischen Hinterland. Hanning wußte die Tonnen wohlgefüllt mit Schönwerk von Hermelin, Zobel und Eichkater, andere mit Teer und Wachs. Auch Hanf und Flachs erspähte der Junge sowie Ballen mit Juchtenleder. Zwischen dem Handelsgut hindurch schob sich Hanning zu der Tür, welche die Schreibkammer verschloß.

Die Fässer mit dem guten Bier würden direkt an das Schiff geliefert werden. Zwar beherrschte, wie er gehört hatte, das Hopfenbier aus Wismar und Hamburg den Brügger Markt, aber auch das Rostocker war hoch angesehen. Es war natürlich teurer als das Dünnbier, nur die gehobenen Schichten konnten es sich leisten. Selbst bei den Vrocklages kam alltags nur das Grutbier auf den Tisch. Allein am Sonntag und zu besonderen Anlässen spendierte der Vater jedem einen Becher vom Gehopften oder gar einen roten Wein von Rochelle, wie man alle französischen Weine zu nennen pflegte.

Wie es sich gehörte, pochte Hanning an die Tür. Der Vater rief ihn herein, und zu seiner Überraschung wurde er neben dem Vater vier weitere Männer gewahr. Es handelte sich um Martin Grüneberg, Wibrecht Alen, Johannes von Kröpelin und den Schiffer Michael Butenkofer, und der Anlaß ihrer Zusammenkunft mußte ein besonderer sein, andernfalls hätte der Vater ihnen nicht Wein ausgeschenkt, noch dazu in die kostbarsten Gläser. An eine geschäftliche Konferenz dachte Hanning nicht. Auch Gott hatte am siebten Tag von seinem Schöpfungswerk ausgeruht, es stand dem Menschen nicht an, Gott mit übermäßigem Fleiß übertrumpfen zu wollen.

»Setz dich, mein Sohn«, befahl der Vater. Alle Männer schauten den Jungen mit Wohlwollen an, dennoch fühlte er sich unbehaglich. Ihm war, als stünde ihm eine scheußlich schwere Prüfung bevor. »Hier!« Der Vater nahm ein Pergament vom Tisch, reichte es dem Jungen. »Als künftiger Kaufmann solltest du so etwas kennen.«

Das Dokument war ein Zerter. Früher hatte man Absprachen zwischen Befrachter und Schiffer in das Stadtbuch eingetragen, doch seit geraumer Zeit setzten sich diese Frachtverträge mehr und mehr durch. In dem Zerter, den Hanning in der Hand hielt, verpflichtete sich der Schiffer Butenkofer, von den Befrachtern Grüneberg, Vrocklage, Alen und von Kröpelin insgesamt etwa hundert Last Ware an Bord seines Schiffes *Bunte Kuh von Rostock* zu nehmen und auf eigene Gefahr nach Brügge zu befördern. Auch der Fahrtweg war vorgeschrieben: Obwohl Rostock, ebenso wie Stralsund, mit Erich von Pommern einen separaten Frieden geschlossen hatte, war der Sund tabu. Wahrscheinlich wollten sich die Befrachter Strafmaßnahmen der anderen wendischen Städte wegen Durchbrechens der Sundsperre oder aber den Sundzoll oder beides ersparen. Deshalb sollte der Transitweg über Lübeck und Hamburg genommen werden. Hanning war das sehr recht. So würde er mehr zu sehen bekommen als die See, die Königin der Hanse nämlich und das berühmte Hamburg.

»Nun?« fragte der Vater. »Was siehst du?«

»Einen Zerter«, entgegnete Hanning gehorsam. Die Männer lachten. Hanning wurde rot.

»Einen Entwurf«, meinte Wibrecht Alen. »Es fehlt noch etwas.«

Johannes Vrocklage sah sich den Vertrag noch einmal aufmerksam an. Dann lächelte er.

»Die Fracht fehlt«, stellte er fest. Die Fracht war das Entgelt für den Schiffer. »Aber da Ihr bereits dem Wein zusprecht, seid ihr Euch einig geworden.«

»Kluges Bürschchen«, meinte Wibrecht Alen. »Ja, wir sind uns einig geworden. Nimm Feder und Eisengallustinte, Hanning, und setz dich zu deinem Vater an den Tisch. Ich diktiere dir den entsprechenden Passus, dann kannst du dich schon fühlen wie ein Kaufherr.«

2

»Muß er denn ausgerechnet in diesen Zeiten zur See gehen?« fragte die besorgte Mutter wieder einmal. Hanning hatte schon oft mit ihr darüber gesprochen, daß ein angehender Fernhändler wissen müsse, wie das Leben an Bord eines Schiffes vor sich gehe. Zwar wurden die Geschäfte längst schriftlich abgewickelt, und nur selten noch begleitete der Kaufmann seine Ware, aber er brauchte dennoch ein Gefühl für all jene, die seine Ware beförderten. Das jedenfalls war Hannings Überzeugung, und sein Vater bestärkte ihn darin.

»Ich glaube, derzeit ist man an Bord eines Schiffes so sicher wie in Gottes Schoß«, sagte der Vater. Er langte in die Schüssel und griff sich ein großes Stück vom gesottenen Schweinefleisch heraus. Dieses war das Abschiedsessen für ihn und für Hanning; darum wohl duldete der Vater, daß beim Speisen gesprochen wurde. »Die *Bunte Kuh von Rostock* wird im Verband mit drei Koggen und vier Holken in See stechen, begleitet von einem Friedeschiff mit fünfzig Gewappneten an Bord. Wer wird einer solchen Flottille etwas anhaben können? Außerdem liegen wir im Frieden mit dem Dänen. Und was die Vitalier betrifft ... Ich weiß ja nicht, auf wessen Gehaltsliste sie gerade stehen, vielleicht sogar auf der unseres wenig Ehrbaren Rates.«

»Immerhin gehört Euer Freund Martin Grüneberg diesem Rat an«, sagte Sebastian.

»Es kann nicht schaden, wenn wir alten Ratsherren einen der Unseren im neuen Rat haben. Wobei, so neu ist der ja auch nicht mehr. Außerdem essen wir jetzt!« Demonstrativ langte der Vater nach einer gebratenen Wachtel. »Ich möchte nicht streiten mit dir über Ratsangelegenheiten.«

»Bekommen die Vitalier denn ein Gehalt?« wollte Hanning wissen, der wie jeder Junge seines Alters die abenteuerlichen Geschichten von den *Fratres vitalienses* über alles liebte.

»Nein, aber Kaperbriefe. 1370, ich war selbst noch nicht geboren, aber mein Vater saß damals im Rostocker Rat ... 1370 ging es gegen Margarete von Dänemark. Herzog Johann von Mecklenburg hatte zur Kaperfahrt gegen die Dänen aufgerufen, und euer Großvater hat zähneknirschend zugestimmt, daß Rostock sich an der Ausrüstung der Kaperfahrer beteiligte. Die Stadt wollte es sich nicht verderben mit ihrem Landesherrn. Sie hat Wind gesät und Sturm geerntet. Die Vitalienbrüder oder Likedeeler, wie sie sich dann nannten, haben der hansischen Schiffahrt mächtig viele Sorgen bereitet. Sie haben kein Ehrgefühl und dienen allen Herren, die sich ihrer zu bedienen wissen, manchmal sogar verfeindeten Parteien.«

»Aber sie haben den Reichen genommen und den Armen gegeben«, sagte Sebastian.

»Das ist eine Legende«, widersprach der Vater. »Es waren und sind gemeine Verbrecher. Sie haben, wie gesagt, keine Ehre, und sie tun nur sich selbst Gutes, indem sie sich bereichern. Für die Armen haben sie kein Herz. Wer unterhält denn die Hospitäler und die Armenhäuser? Wir, die man die reichen Pfeffersäcke nennt. Um Gotteslohn!«

»Natürlich. Es ist die Furcht vor dem Fegefeuer, die einen reichen Mann Gutes tun läßt«, behauptete Sebastian. Hanning duckte sich. Er wußte, daß sein Vater auf diese Bemerkung seines ältesten Sohnes gereizt reagieren würde.

»Dann verlaß doch dieses Haus, wenn dir der Reichtum so zuwider ist«, sagte Balthazar Vrocklage.

»Und wer soll diesen Reichtum mehren in den Zeiten Eurer Abwesenheit?«

»Mein Teilhaber und Freund Martin Grüneberg wird dies wohl zu bewerkstelligen wissen.«

»Streitet nicht, ich bitte Euch!« rief die Mutter. »Es ist einer der letzten Tage vor dem Aufbruch, da wollen wir feiern ... und ein wenig auch traurig sein. Hanning!« Die Mutter strich ihrem Jüngsten über die Wange. »Willst du nicht mit dem Vater zu Lande reisen?«

»Als ob das sicherer wäre, bei den heutigen Verhältnissen!« Der Vater schüttelte heftig den Kopf.

»Werden Euch denn der Ausreitevogt und seine Männer nicht begleiten?«

»Zwei Reitende Wächter hat der Rat mir zugestanden. Das ist sehr großzügig, nicht wahr? Ich soll schönes Wetter machen in Lübeck, aber für meine Sicherheit kann man nur zwei Mann entbehren. Frühere Ratssendeboten hat man nicht so stiefmütterlich behandelt. Doch sei es, wie es sei. Ich habe auch meine eigenen Gründe, mich mit den Herren aus Lübeck und den übrigen Hansestädten zu besprechen. Außerordentliche Gründe.«

»Welche Gründe, Vater?« erkundigte sich Hanning.

»Gründe, die für die Ohren eines so jungen Mannes nicht bestimmt sind«, sagte der Vater. Er tat sich von der Ochsenzunge mit Senf auf, und ihm war anzusehen, daß er kein Gespräch mehr wünschte. Das Festessen verlief nunmehr schweigend.

3

Beim Beladen der *Bunten Kuh von Rostock* waren auch die Befrachter oder ihre Beauftragten dabei. Schiffer Butenkofer hatte zwanzig Mann Besatzung geheuert, darunter einen Koch und einen Steuermann. Einen Arzt gab es auch, aber dieser sollte auf einem der anderen Schiffe des Verbands mitreisen, auf einem größeren, einem Holk. Der Holk mit dem Namen *Jacobus Major* nahm auch die Bewaffneten an Bord.

Hanning hatte schon oft beim Befrachten zugeschaut, aber diesmal wurde ein Schiff beladen, daß ihn selbst aufnehmen sollte. Die Koggen und Holke lagen in der Flußmitte, vertäut an Pfählen, denn sie waren zu groß, um unmittelbar am Ufer zu ankern; dort würden sie unweigerlich auf Grund laufen. Befrachtet wurden sie mit Schuten. Auf ihren blanken Rücken oder mittels Winden beförderten die Schiffskinder die Waren in diese Leichter. War ein Leichter gefüllt, ruderte man ihn zu den Schiffen, und dort wurden die Fässer, Tonnen, Säcke und Ballen an Seilen über die Reling gezogen und im Laderaum verstaut.

Aus den Lagern der Kaufleute kamen die Waren auf vielfältige Weise an die Kais und auf die Brücken. Die Wokrenterstraße lief direkt auf den Hafen zu, und so wurden die Fässer hinabgerollt. Einiges wurde aber auch auf Fuhrwerken transportiert, auf vierrädrigen oder zweirädrigen Wagen, von einem oder zwei Pferden gezogen. Das Bier etwa kam sogar auf einem Dreispänner aus dem Brauhaus. Es war sehr frisch und duftete intensiv nach Malz und Hopfen.

Das gehopfte Bier sollte in Brügge verkauft werden, das Dünnbier dagegen diente als Proviant. Stockfisch und Schinken wurden zur Versorgung der Seeleute geliefert, ebenso ein paar Schweine, die nicht gerade begeistert waren von der Überfahrt. Die Bäcker, die von jedem auslaufenden Schiff profitierten, brachten Hunderte von Broten. Auch in der Wokrenterstraße gab es eine Bäckerei, in dem Haus zum goldenen Laib, und Hanning hatte den Meister, seine Gesellen und die Lehrburschen in den letzten Tagen beinahe rund um die Uhr backen gesehen; zu den vom Rat genehmigten Arbeitszeiten und wohl auch noch die eine oder andere heimliche Stunde. Selbst wenn ein Ratsdiener oder ein Aufseher des Bäckeramtes den Meister beim Übertreten der Arbeitszeit erwischt hätte, der Bäcker hätte wohl gern die Strafe gezahlt, so viel verdiente er an der Belieferung des Konvois.

Das Beladen der Schiffe wurde nicht nur von den Befrachtern und den Schiffern überwacht, sondern auch von den beiden Hafenherren, den Zollherren, vom Hafenvogt und vom Hafenmeister. Die Hafenherren und die Zollherren gehörten dem Ehrbaren Rat an, Vogt und Meister waren Angestellte der Stadt. Viel zu tun hatten die Waagenknechte, und einmal ließ sich auch der Eichmeister blicken. Er prüfte die Waage, vermaß die Tonnen, siegelte ein Pergament und verschwand wieder in der Kanzlei, um dem Protonotarius den Erfolg seiner Tätigkeit zu vermelden. Seit einiger Zeit wurde das verantwortungsvolle Amt des Stadtschreibers oder Protonotarius nur noch an Rechtsgelehrte vergeben, und Hanning wußte, daß sein Vater hoffte, der widerspenstige Sebastian möge einmal in einer solchen Stellung seiner Stadt mannhaft dienen.

Die Männer, die harte Arbeit leisteten beim Laden, schwitzten und ächzten, die Männer, die sie nur beobachteten und kontrollierten und im übrigen auch bezahlten, scherzten und redeten, aber ihren Augen entging nichts. Schiffer Butenkofer trieb seine Mannschaft zur Eile an, mehr aus Gewohnheit denn aus gutem

Grund. Die Kaufherren und die Funktionäre der Stadt führten ihre Listen. Der Rostocker Hafen war eine für alle Seiten lukrative Angelegenheit. Die Stadt unternahm daher alles, die Warnow vor Verlandung und vor Unrat zu schützen, und sie hatte drakonische Strafen ausgesetzt für Schiffer, die ihren Ballast in den Fluß kippten. Auch kassierte die Kämmerei eine saftige Hafenkollekte. Allerdings zahlte sie jeder Kaufmann ohne Murren; der Hafenbetrieb brachte nicht nur der Stadt ihren Wohlstand, er war auch äußerst teuer.

Hanning wußte das alles von seinem Vater und von dessen Kompagnon Martin Grüneberg, der zufällig in dem Moment erschien, als der Junge an ihn dachte. Natürlich kam er allein, ohne seine Tochter, denn ein züchtiges Mädchen setzte man den Blikken von Seeleuten nicht aus. Viele Gründe hatte ein Mann wie Grüneberg, den Hafen in Augenschein zu nehmen. Er war Befrachter der *Bunten Kuh von Rostock*, und er übte als Weddeherr die Polizeigewalt der Stadt aus. Das Vorgehen gegen die Verunreinigung der Warnow gehörte auch zu seinen Aufgaben. Natürlich setzte nicht der Weddeherr persönlich die Beschlüsse des Rates um, dafür hatte er seinen Weddemeister und die Weddeknechte. Aber er war ein sehr mächtiger Mann. Solche Macht konnte leicht mißbraucht werden, aber Grünebergs Integrität erkannten sogar seine Feinde an.

Hanning war stolz, zwischen all diesen gestandenen Männern zwar nicht als Gleicher unter Gleichen, aber doch als zugehörig anerkannt zu sein. Irgendwann würde auch er in einem Rock aus kostbarer italienischer Seide, in Brügger Beinkleidern und in weichen, aus bestem Leder geformten Schuhen am Kai stehen und das Beladen eines Schiffes beaufsichtigen. Die Waren, die an Bord gebracht wurden, wurden ihm gehören oder der Handelsgesellschaft, deren Teilhaber er sein würde, und vielleicht würde er sogar Parten von Schiffen sein eigen nennen, Anteile an ganz neuen, schnelleren, größeren Seglern, von denen die Jetztzeit noch nichts wußte. Hanning würde mit dem Schiffer über den Zerter verhandeln, er würde aus einer großen, eisenbeschlagenen und mit vielen Schlössern versehenen Truhe das Silbergeld nehmen, das dem Schiffer zum Vorschuß diente, er würde Margarete Grüneberg heiraten, was er sich besonders wünschte, er würde Kinder haben, die Italienisch lernen mußten, er würde ein erfolgreicher Geschäftsmann sein; diese Überzeugung konnte nichts erschüttern, nicht einmal das schlechte Zeugnis, das Bruder Anselm ihm wegen seiner Mängel in den Fremdsprachen hatte ausstellen müssen.

All das würde sein. Im Augenblick jedoch begeisterte sich Hanning ausschließlich für das Abenteuer der Seereise. Er hoffte sogar auf schreckliche Orkane und mörderische Angriffe der Vitalier, ängstigte sich aber auch davor. Am meisten erregte der Rand der Welt seine Neugierde und seine Furcht. Auf einer Reise nach Brügge streifte man diesen Rand der Welt nicht einmal. Für Hanning stand fest, daß die Erde von einem undurchfahrbaren Ozean umgeben wurde, in dem die Schiffe steckenblieben. Feuerspeiende Drachen und andere gefährliche Wesen bewachten den Schlund der Hölle, der sich an den Rändern der Erde auftat. Obwohl sein Vater als auch Martin Grüneberg diese Vorstellung ablehnten, Hanning glaubte fest an sie. Anselm allerdings hielt sich sehr zurück, wenn der Junge ihn auf die Weltvorstellungen ansprach. Er lehnte nicht rundheraus ab, was Hanning dachte, aber er bestätigte es auch nicht.

»Alles in Ordnung, mein junger Freund?« Martin Grüneberg tippte Johannes auf die Brust. Der Junge nickte.

»Er wird ja bald seine Jungfernfahrt antreten«, meinte Schiffer Butenkofer.

»Nun, bei Euch ist er in guten Händen«, erwiderte Martin Grüneberg.

»In den besten, Herr!« bestätigte Butenkofer.

»Ihr haftet mir für sein Wohlbefinden«, sagte Balthazar Vrocklage halb ernsthaft, halb im Scherz.

»Ich habe sogar besonderen Proviant für den jungen Herrn«, sagte der Schiffer.

»Das wäre nicht nötig gewesen, Butenkofer. Mein Sohn will die christliche Seefahrt von allen Seiten kennenlernen. Ich hoffe doch, daß er mit dem Schiffsvolk an oder unter Deck schlafen wird?«

»Nicht in der Kajüte?« fragte Butenkofer entsetzt.

»Er soll die harten Seiten sehen«, sagte der Vater streng.

4

Beim Abschied wurde viel geweint. Daß Frauen Heulsusen waren und ihn sowohl die Mutter als auch das Dienstmädchen mit Augenwasser geradezu übergossen, hatte Hanning erwartet. Daß er auch im Auge des Fraters Anselm etwas Feuchtigkeit entdeckte, rührte den Jungen. Er hatte gar nicht gewußt, wie sehr man ihn liebte. Dieser Liebe würde er sich natürlich würdig erweisen. Aus Brügge sollten sie alle nur Gutes von ihm hören: Vater und Mutter, Bruder und Frater, Martin Grüneberg und dessen Tochter auch.

Der Vater kämpfte wie üblich dagegen an, seine Gefühle zu zeigen. Er schüttelte seinem Sohn lange die Hand, aber dann konnte er doch nicht an sich halten und preßte ihn an seine Brust. Zu allem Überfluß fing nun auch Hanning selbst zu heulen an. Abschiede waren eben etwas Schmerzvolles, dabei würde er gerade den Vater bald wiedersehen. In Lübeck, so war es ausgemacht. Im Haus des Schonenfahrers Tidemann Tzerntien und seiner Familie würden sowohl der Vater als auch Johannes Vrocklage während ihres Aufenthalts in Lübeck nächtigen.

Zwei Schiffskinder ruderten den Schiffer Butenkofer und Johannes zur *Bunten Kuh von Rostock*. Die Zurückbleibenden winkten. Hanning fuhr sich über das Gesicht. Er wollte nicht weinen.

»Du mußt dich deiner Tränen nicht schämen, Hanning«, sagte Butenkofer väterlich.

»Nennt mich nicht mehr Hanning, mein Herr!« verlangte der Junge.

»Wie Ihr wünscht.« Butenkofer zwinkerte den Schiffskindern zu. »Dies ist Herr Johannes Vrocklage, nicht wahr?«

»Natürlich. Gnädiger Herr?« Die beiden Männer des Schiffsvolks dienerten so übertrieben, daß Johannes lachen mußte.

»Übrigens, wenn der Herr erlauben, ich habe Euch natürlich eine Kajüte reserviert«, sagte Butenkofer.

»Mein Vater wollte ...«

»Jetzt bin ich so etwas wie Euer Vater«, sagte Butenkofer. »Ihr unterschätzt das Leben an Bord, Johannes. Seid froh, daß ich den Befehl Eures Herrn Vaters nicht ausführe.«

5

Die Kogge glitt gemächlich die Warnow abwärts, vor und hinter sich die anderen Schiffe des Verbands. Hanning lehnte an der Reling und rief ein ums andere Mal nach dem Steuermann, wenn er am Ufer etwas entdeckte, was ihm der Mitteilung wert schien. Der Steuermann nahm es gelassen hin. Das Schiffsvolk war mit den Segeln und dem Tauwerk beschäftigt, der Schiffer hatte sich ins Achterkastell zurückgezogen.

»Dort!« Hanning wies nach Backbord. »Sehe ich dort das Kloster von Marienehe?«

»Dort seht Ihr das Kloster von Marienehe, junger Herr«, bestätigte der Steuermann.

»Hat es nicht Wynhold Baggele gestiftet, ein Ratsherr und Bürgermeister unserer Stadt?«

»So heißt es, junger Herr. Im Jahr des Herrn 1395 und nach der Freilassung Albrechts, des schwedischen Königs und Herzogs von

Mecklenburg, aus der Gefangenschaft Margaretes hat der dankbare Baggele das Kloster errichten lassen. Für die Kartäusermönche.«

»Mein Vater hat als Kind auf Wynhold Baggeles Schoß gesessen«, sagte Hanning. Als ihm klar wurde, daß man ihn wegen dieser Bemerkung leicht für einen Aufschneider halten konnte, senkte er beschämt den Blick auf das ruhige Wasser des Flusses.

»Ich für meinen Teil saß auf dem Schoß meiner Mutter«, spöttelte der Steuermann denn auch.

»Verzeiht mir die Hoffart«, bat Hanning. »Und erzählt mir, ich bitte Euch, seid Ihr schon den Vitaliern begegnet?«

»Oh, ja«, behauptete der Steuermann.

»Oh, nein«, fiel ihm jemand ins Wort. Es war Michael Butenkofer, der sich an Deck zeigte. »Laß dir kein Schifferlatein erzählen, Johannes Vrocklage.« Butenkofer trat an die Reling und spuckte ins Wasser. »Schau, dort kommt die Hundsburg in Sicht.«

»Davon habe ich gehört«, sagte Hanning. »Sie hat auch etwas mit der Königin Margarete zu tun?«

»So geht die Sage.« Schiffer Butenkofer schaute Hanning für einen Augenblick von der Seite an, dann widmete er sich wieder dem kleinen, dicht mit Bäumen bestandenen Hügel. »Es war natürlich eine andere Margarete, nicht die, die den Hansestädten vor einigen Jahren noch so viel Ärger gemacht hat und doch nur eine Sterbliche gewesen ist. Eine Margarete von Dänemark aus grauer Vorzeit. Sie soll von einer Pilgerreise aus Rom zurückgekehrt sein und in der Heiligen Stadt vom Heiligen Vater eine Reliquie bekommen haben, einen Splitter vom Kreuz Christi. Auf der Rückreise berührte sie auch Rostock. Sie wollte nach Dänemark übersetzen, aber ein Hund bellte so langanhaltend an diesem Ort, den wir nun die Hundsburg nennen, daß sich Margarete entschied, dies als Wink des Schicksals zu nehmen und umzukehren. In der Nacht tobte dann ein heftiger Sturm in der Ostsee, der jedes Schiff zum Kentern gebracht hätte. Aus Dankbarkeit stiftete die Königin das Kloster zum Heiligen Kreuz. So steht es wohl auch in der Stiftungsurkunde.«

»Mein Vater behauptet, die sei gefälscht«, sagte Hanning. Schon wieder gab er mit seinem Vorzugswissen an.

»Natürlich wird sie gefälscht sein.« Schiffer Butenkofer lachte. »Nonnen und Mönche sind doch die größten Fälscher aller Zeiten. Weil sie schreiben konnten, mein Sohn.«

»Ich kann auch schreiben«, sagte Hanning.

»Ich etwa nicht? Die modernen Zeiten verlangen, das Lesen und das Schreiben zu beherrschen. Aber früher, vor etlichen Jahren und Jahrzehnten, da waren es vor allem die Menschen in den Klöstern, die der Schrift kundig waren. Nicht einmal alle Weltgeistlichen! Ich habe noch einen Propst erlebt, der nur seinen Namen auf Pergamente setzen konnte, deren Inhalt er nicht verstand.« Butenkofer haute Hanning schmerzhaft auf die Schulter, dann brüllte er dem Schiffsvolk ein paar sehr merkwürdig klingende Befehle zu. Rostocks Vorhafen, der Fischerort Warnemünde, kam in Sicht. In grauer Vorzeit, wie Butenkofer es genannt hatte, da hatte der Rat der Stadt Rostock einem der ewig klammen Landesherrn Warnemünde abgekauft. Die Warnemünder waren darüber nicht sehr glücklich. Sie waren selbstbewußte Fischer, die in Falsterbo einen Strandabschnitt ihr eigen nannten, und sie waren den Rostockern nicht grün. Die Subventionen aus der Hansestadt nahmen sie allerdings sehr gern.

»Wenn wir Warnemünde verlassen haben, mein Junge, den ich nicht mehr Hanning nennen soll«, sagte Butenkofer, »dann wirst du Seemanns Braut zu Gesicht bekommen: das Meer.«

DRITTES KAPITEL
Aqua vitae

1

Eine Stunde nach dem Auslaufen der *Bunten Kuh von Rostock* brach auch Balthazar Vrocklage von Rostock auf. Die Wächter erwarteten ihn beim Marstall, in dem die Ratspferde gepflegt wurden. Als sich die drei Reiter in Bewegung setzten, schlug gerade die Mittagsglocke von Sankt Marien.

Die Stadt verließen sie durch das Kröpeliner Tor. Es befand sich im westlichen Teil der Stadtmauer, und wegen seiner Höhe und des hölzernen Umgangs kurz unterhalb vom Turmhelm machte es von allen Rostocker Toren den wehrhaftesten Eindruck.

Vrocklages erstes Ziel war das Kloster von Doberan. Seine Reise als Ratssendebote zum Hansetag nach Lübeck wollte er auch nutzen, um die Zügel ein wenig schleifen zu lassen. Die Doberaner Zisterzienser unterhielten einen Klosterhof in Rostock, von dem aus sie Handel trieben, und er war nicht das kleinste Gebäude in der Stadt. Manche ihrer Güter waren auch für den Fernhandel geeignet, so das Holz aus ihren Forsten oder die Produkte der klösterlichen Landwirtschaft. Abt Bernhard Witte war außerdem ein weitläufiger Verwandter seiner Frau, und Balthazar Vrocklage hatte vor, mit ihm zu schlemmen und zu zechen. In den Klöstern wußte man zu leben. Früher hatten die Mönche für ihren Wohlstand noch selbst arbeiten müssen, aber mit zunehmendem Grunderwerb konnten sie die Arbeit an abhängige Bauern delegieren. Aus *Ora et labora* war mittlerweile *Bete und leite die Arbeit* geworden.

Balthazar legte eine geruhsame Gangart vor, und die Reitenden Wächter paßten sich seiner Vorgabe an. Vrocklage mußte nicht schneller sein als das Schiff, das seinen Sohn beförderte, und die Pferde hatten nichts dagegen, wenn man sie nicht scheuchte; obendrein war es sehr heiß. Bruno, der Fuchs, gehörte ihm schon seit einem Jahrzehnt. Er war ein sehr zuverlässiges Pferd und stand seinem Herzen sehr nahe. Nur seinen Hanning liebte Vrocklage mehr als den Fuchs. Für den älteren Sohn und seinen Widerspruchsgeist hatte er nur wenig übrig, die Frau war Teil ihrer Wirtschaftsgemeinschaft, Führerin des Haushalts, Mutter und gelegentlich auch Schmuck ihres Gatten, mehr nicht. Stärkere Gefühle brachte Balthazar Vrocklage einzig Wiebke Berg entgegen, einer Hure, zu der er seit vielen, vielen Jahren, wenn auch selten, ging. Er mochte sie, und nur Bruder Anselm wußte um diese seine Leidenschaft. Sogar zwei Bastarde ernährte Wiebke von seinem Geld, und das war recht so, schließlich hatte er sie gezeugt.

Balthazar Vrocklages Hausgeistlicher lehnte die Verbindung zu der losen Frau natürlich ab. Die Strafen, die er dem Kaufmann nach der Beichte auferlegte, wurden immer drastischer. Sechzig Paternoster hatte Balthazar vor einigen Tagen beten müssen. Der Mönch verlangte, daß er die Verbindung beendete. Der Beischlaf mit der ungeliebten Frau genügte Vrocklage aber nicht. Es war eine vollkommen lustlose Angelegenheit, und er war schließlich ein reifer, potenter Mann.

Kurz bevor die Handelsstraße von Stralsund nach Lübeck den Wald erreichte, wandte sich Balthazar Vrocklage noch einmal nach seiner Heimatstadt um. Er hoffte sehr, daß es seinem Sohn Sebastian, den er nicht sehr achtete, während seiner Abwesenheit gelingen würde, mit dem treuen Freund Grüneberg die Geschäfte anständig zu führen. Balthazar Vrocklage hoffte ebenso, daß sein Jüngster ein guter Kaufmann werden würde. Im Brügger Kontor und im Haus des Giovanni Arnolfini würde er durch eine anspruchsvolle Schule gehen. Allerdings hatte Vrocklage aus Brügge gehört, daß sich der Kaufmann aus Lucca zu Künstlern hingezogen fühlte. Für Kunst hatte Vrocklage nicht den geringsten Sinn. Sie verweichlichte den Menschen, machte ihn weibisch. Allein die Bildhauer, die Altäre schufen, konnte er akzeptieren. Nur dort, wo die Kunst zur Bibel des schriftunkundigen Volkes wurde, hatte sie eine Funktion für die Gemeinde.

Die Stadt Rostock machte auch aus der Ferne einen ansehnlichen Eindruck. Insbesondere die Türme ihrer Pfarrkirchen Sankt Marien, Sankt Petri, Sankt Nikolai und Sankt Jakob bestimmten die Höhenlinie, aber auch das Kröpeliner Tor ragte über seine Umgebung hervor. Einen Belfried wie bei den flämischen Städten gab es nicht. Es waren die Kirchen, die das Selbstbewußtsein der Stadtbevölkerung bis weit ins Land hinaus demonstrierten.

Balthazar Vrocklage kehrte den Fuchs und gab ihm leicht die Sporen. Gemeinsam mit den beiden Wächtern ritt er hinein in den Wald, der sich bis nach Doberan erstrecken würde. Dieser Wald galt nicht für gefährlich. Er beherbergte zwar Bären und Wölfe, doch fürchteten sie den Menschen so sehr, daß man sie kaum zu Angesicht bekam, und am Tag gleich gar nicht.

2

Kaum hatten die Koggen und Holke die Mündung der Warnow verlassen, ordneten sie sich zum Verband. Die Führung übernahm das Admiralsschiff, der Holk *Jacobus Major*. Der Admiral, ein Bürger und Kaufherr namens Hermann von Rostock, befehligte nicht nur den Holk, sondern die gesamte Flottille. Alle Schiffer unterstanden seinem Befehl, und seine Anweisungen wurden von den Signalgasten von Schiff zu Schiff übertragen.

Johannes Vrocklage hatte sich auf die warmen Decksplanken gelegt und schaute hinauf in die Takelage und in den Himmel. Hoch über ihm wehte der blau-weiß-rote Flüger der Hansestadt Rostock. Neigte er den Kopf, so konnte Johannes den Steuermann an seinem Ruder stehen sehen, das er mit leichter Hand bewegte. Über sich hatte der Schiffslenker als Schutz gegen die Sonne ein Stück Persenning aufgespannt. Es war entsetzlich heiß, und der Wind hielt sich merklich zurück. Trotz der Flaute machte die *Bunte Kuh von Rostock* Fahrt, wenn auch nur eine sehr gelinde.

Der Schiffer trat hin und wieder an die Reling, um nach der Küste Ausschau zu halten. Sie bot ihm mit ihren Landmarken die wichtigsten Orientierungspunkte bei Tageslicht. Auf den Magnetstein, den die Südländer benutzten, mochten sich die hansischen Schiffer nicht verlassen.

»Was seht Ihr?« wollte Johannes wissen.

»Den Kirchturm von Rerik, denke ich.«

»So weit sind wir?«

»Bei diesem enormen Wind, Herr Johannes!« Butenkofer zwinkerte. Noch immer machte er sich lustig über den Wunsch seines Gastes, nicht mehr als Hanning angesprochen zu werden. Aus dem Achterkastell trat der Koch. Mit einer Handbewegung gab er dem Steuermann zu verstehen, daß er die Mahlzeiten angerichtet hatte.

»Backen und Banken!« rief der Steuermann daraufhin. Johannes Vrocklage sprang auf, aber er begriff nicht, was der Befehl bedeutete.

»Im Mannschaftslogis werden nun die Tische und Bänke von der Decke herabgelassen«, erklärte ihm der Schiffer. »Zur Freiwache, also für die Kost. Es ist sehr eng da unten, glaubt mir. Kommt, Ihr speist achtern mit mir in meinen Räumen.«

Schiffer Butenkofer hatte gewaltig übertrieben. Ihm stand nur ein Raum zur Verfügung, der auch nicht sonderlich groß war, und Speise zu nennen, was auf den Tisch kam, war Blasphemie. Wenn die Mannschaft schlechter aß als der Kapitän, mußte sie am Hungertuch nagen. Der kalte Schinken mundete noch leidlich. Das Hauptgericht jedoch, Stockfisch, spottete trotz der Rosinensoße jeder Beschreibung. Stockfisch war die Fastenspeise der gesamten Christenheit und eine ausgesprochen ekelhafte Nahrung. Der Koch hatte versucht, seine lederne Konsistenz durch Einlegen in Salzwasser abzumildern, aber viel war dabei nicht herausgekommen. Johannes schob sich mannhaft ein paar Happen in den Mund und spülte sie mit reichlich Dünnbier herunter. Während der Schiffer drei Fische verschlang, schaffte Johannes nur einen halben. Statt dessen griff er beim Brot herzhaft zu. Er tunkte es mal in die Rosinensoße, mal in das Bier und wurde am Ende doch noch satt. Auf die lukullische Überraschung, die der Schiffer seinem Vater angekündigt hatte, wartete der Junge erst einmal vergeblich.

»An Bord ist nun einmal Schmalhans Küchenmeister«, meinte Butenkofer, der Johannes' Eßverhalten sehr genau beobachtete. »Jedes Stückchen Raum gehört der Ladung. Ich muß schon sehr genau abwägen, was ich an Proviant mitnehme. Bin ich zu sparsam, ziehe ich mir die Unzufriedenheit der Mannschaft zu. Kaufe ich zu gut ein, fehlt es mir an Platz und Geld. Will der junge Herr ein Lebenswasser zur Verdauung?«

»Was?«

»Aqua vitae, also gebrannten Wein.« Der Schiffer erhob sich und öffnete ein Schränkchen, das mit einem großen Schloß gesichert war. »Die Schiffsapotheke«, sagte er. Dies sollte offenbar die Überraschung sein.

Butenkofer entnahm dem Schränkchen eine dickbauchige Flasche, die eine Kennzeichnung der Rostocker Ratsapotheke trug. Branntwein durfte nur in den Apotheken als Heilmittel verkauft werden und war sehr teuer. Schiffer Butenkofer reichte Johannes die Flasche und forderte ihn auf, sich zu bedienen. Johannes, der nicht wußte, was ihn erwartete, schnupperte erst einmal am Flaschenhals. In dem Gefäß mußte sich eine sehr scharfe Flüssigkeit befinden, und nach Wein, wie der Junge ihn kannte, roch sie kaum. Er nahm einen sehr behutsamen Schluck. Das Aqua vitae verbrannte ihm Rachen, Schlund und Magen. Heftig hustend gab er die Flasche an den Schiffer zurück. Der trank eher herzhaft, reichte dann Johannes die Flasche noch einmal.

Beim zweiten Schluck fühlte Hanning schon anders. Der Wein brannte nicht mehr so schrecklich, sondern er wärmte von innen, und das störte trotz der großen äußeren Hitze nicht. Auch wurde der Körper plötzlich schwer und schwerer, während die Gedanken federleicht zu werden schienen. Das kehrte sich in wenigen Augenblicken um. Das Hirn wurde müde, aber der Körper schien zum Fliegen geeignet. Die kleine Kajüte wurde einmal weit, einmal eng, der Schiffer näherte und entfernte sich. So etwas kannte Johannes Vrocklage bisher nicht. Jetzt warf er einen fast schon begierigen Blick auf die Flasche, um zu erkunden, ob er nach dem nächsten Schluck nicht würde abheben, durch das kleine Heckfenster fliehen und wie eine Möwe über der Rah kreisen könne. Butenkofer schüttelte den Kopf, und er wußte, was er tat. Ein paar Minuten später lag Johannes auf dem Boden und schlief.

3

Zur Vesper erreichten Balthazar Vrocklage und seine Begleiter den Flecken Doberan. Die Glocken des Münsters läuteten zum Abendgottesdienst, die Sonne schickte sich gerade an, den Horizont zu küssen. Das Haupttor des Klosters war verschlossen, Vrocklage ließ laut klopfen. Nach wenigen Minuten öffnete der Bruder Pförtner eine kleine Luke in dem großen Tor.

»Ich bin Balthazar Vrocklage, Kaufherr und Sendbote des Ehrbaren Rats der Stadt Rostock«, stellte sich der Ankömmling vor. »In einem Brief an den Ehrwürdigen Abt ...«

»Ihr werdet mit Freuden erwartet«, sagte der Bruder Pförtner. Vrocklage saß ab und bedeutete den beiden Reitenden Wächtern, es ihm gleichzutun. Der Pförtner schloß die Luke. Wenige Augenblicke später stieß er eine in das Tor eingebrachte Tür auf. »Tretet ein, ich bitte Euch!«

»Mit Gott«, erwiderte Balthazar und neigte sein Haupt, bevor er die Tür durchschritt.

»So sei es«, sagte der Bruder Pförtner.

»Unsere Pferde?«

»Laßt sie noch eine Weile auf der Weide. Es wird sich jemand um sie kümmern. Im Moment sind alle Brüder beim Gebet. Auch der Abt natürlich, aber der Ehrwürdige Vater hat Anweisungen gegeben, Euch in Eure Quartiere zu bringen. Euch zur Ehre wird er ausnahmsweise nicht mit den anderen Brüdern im Refektorium speisen, sondern allein mit Euch. In einer halben Stunde steht er zur Verfügung.«

Der Bruder Pförtner verriegelte die Tür und winkte einen Novizen herbei, der ihm offenbar assistierte. Der Novize brachte die Wächter zu ihren Quartieren im Gästehaus, indem er sie mit Winken dirigierte, also war er offenbar stumm. Der Bruder Pförtner war für Balthazar da. An den Mauern der Konventsgebäude entlang geleitete er ihn zum Haus des Abtes.

Bevor er es betrat, klopfte sich Balthazar Vrocklage den Staub aus den Kleidern. Alle Landwege des Reiches waren in schlechtem Zustand, auch die Handelsstraße von Stralsund nach Lübeck, die über Rostock und Wismar führte. Nach langer Trockenheit erstickte man im Staub, nach Regenfällen versanken die Pferde im Schlamm, im Winter, wenn der Boden gefroren war, gerieten sie in die tiefen Wagenrillen, stürzten und brachen sich die Fesseln. Über Land zu reisen, war nur selten ein Vergnügen, aber man konnte eine solche Reise durch vergnügliche Unterbrechungen angenehm machen, und das tat Vrocklage gerade.

Der Abt mußte nicht wie seine Brüder in einer Zelle hausen,

aber das bedeutete nicht, daß er gleich einen Palast bewohnte. Sein Haus verfügte über eine kleine Diele, die nicht wie in den Bürgerhäusern als Lagerplatz diente, sondern eher wohl der Begrüßung von höhergestellten Gästen, über einen Empfangsraum und über ein Privatgemach. Ob es auch einen eigenen Weinkeller besaß, wie allgemein behauptet, wußten nur die wenigsten. Balthazar gehörte nicht zu diesem Kreis. Er hielt es für wenig wahrscheinlich, da die Weinkeller der Klöster allgemein für ihre guten Tropfen bekannt waren und es daher nicht einzusehen war, warum der Abt ein eigenes Gewölbe brauchte.

In dem Haus war es kühl. Der Bruder Pförtner bat Vrocklage, in der Diele auf einer Bank Platz zu nehmen. Er wolle nur schauen, ob sich das für den Gast vorbereitete Zimmer in einem angemessenen Zustand befände. Das schien so zu sein. Der Bruder Pförtner machte eine einladende Handbewegung, und wenige Minuten später konnte sich Balthazar Vrocklage endlich waschen.

4

Der großartige Seefahrer Johannes Vrocklage, gefürchtet auf allen Meeren und berühmt in jeder Hafenstadt, wünschte sich nichts so sehr, als wieder ein kleiner Hanning zu sein. Er hatte ein riesiges Mahlwerk im Kopf. Mühlsteine lagen auch in seinem Magen. Johannes schwitzte, und er war seekrank. Die *Bunte Kuh von Rostock* lag allerdings sehr ruhig in der See. Das Lebenswasser aus der Apotheke, das wohl eher Todeswasser genannt zu werden verdiente, war die Ursache dieser Seekrankheit.

Als Johannes den Kopf zu heben versuchte, drehten sich zuerst sein Magen und dann die ganze Kajüte um. Zu allem Überfluß quälten ihn Bilder von Margaretes Mädchengesicht und zugleich Bilder von üppigen weiblichen Brüsten. Der Pfahl, der zwischen seinen Schenkeln ein eher unbeachtetes Dasein führte, hatte sich zu erheblicher Größe aufgerichtet. Er schmerzte, doch als Hanning ihn vorsichtig betastete, bekam er neben Ohrenrauschen auch Lustgefühle.

Butenkofer hatte den Raum offensichtlich verlassen. Johannes brauchte sehr lange, um ihm zu folgen und an Deck zu gelangen. Im Gegensatz zu der stehenden Luft in der Kajüte war es dort wenigstens etwas kühler.

Schiffer und Rudergänger standen am Ruder, ihr Blick war zum Bug gerichtet, und sie unterhielten sich. Das Seevolk war damit beschäftigt, eimerweise Wasser an Bord zu hieven und es über die Decksplanken zu gießen, damit sie nicht ausdörrten und zersplitterten. Die Sonne stand in Bugrichtung schon recht niedrig, der Wind hatte geringfügig aufgefrischt.

»Nach Einbruch der Dunkelheit werden wir genug Wasser auf die Planken bekommen«, meinte der Rudergänger mit Bezug auf die Tätigkeit der Schiffsmannen.

»So sieht es aus«, sagte Butenkofer und kniff die Augen zusammen. Da entdeckte er Johannes und lachte. »Unser stolzer Seemann, der keinen Schluck verträgt.«

Johannes vermochte nicht, den Kopf zu schütteln, denn dieser begann von jeder heftigen Bewegung erneut zu schmerzen. Vorsichtig trat er näher an den Schiffsführer und den zweiten Mann heran. Butenkofer studierte die Küste. Natürlich hatte er ein Seebuch an Bord, aber für den Kurs nach Lübeck brauchte er keine Anweisungen. Er kannte jede Landmarke, jede Untiefe, jede der Küste vorgelagerte Insel, jedes Kap, einfach alles, und er war vermutlich mit jedem Seeadler auf seinem Horst per du. Noch war es Tag, der Mann am Bug, der mit dem Lot die Meerestiefe maß, lieferte die entscheidenden Informationen für die Navigation. Ein hansischer Schiffer hatte alle Tiefen im Kopf und hielt nichts von dieser mittelmeerischen Erfindung, die man Magnetstein nannte oder Kompaß. Das war kein Christenwerk, sondern etwas Maurisches oder Türkisches. Schiffer Butenkofer bedurfte derartiger

Hilfsmittel nicht. Daß sich an Backbord die Insel Poel ins Bild schob, erkannte er am Kirchturm des Hauptortes Kirchdorf. Außerdem konnte er den Turm der Wismarer Marienkirche sehen, und das enthob ihn jeden Zweifels.

»Ein Signal!« Der Mann am Ruder wies hinüber zum Admiralsschiff. Der Signalgast der *Jacobus Major* kündigte steuerbords zwei Kriegsschiffe der Dänen an. Da sich Rostock nicht mehr im Krieg mit Erich befand, konnte man diese Schiffe getrost rechts liegen lassen.

»Wann werden wir in Lübeck sein?« erlaubte sich Johannes zu fragen.

»Wann Gott will«, erwiderte der Schiffer. »Man kann ja wohl nicht behaupten, daß wir klüsen«, setzte er hinzu.

»Scharf segeln«, erklärte der Rudergänger. »Außerdem riechen wir beide einen Wetterwechsel. Wir werden ein Gewitter bekommen und Westwind.«

»Ein Gewitter?« Johannes hatte oft davon gehört, daß die Seeleute es liebten, sich auf Kosten einer Landratte zu belustigen. Nichts deutete auf ein Unwetter hin. Der Himmel war blau bis auf ein paar Quellwolken am westlichen Horizont, den die Sonne gerade touchierte.

»Schaut nach oben«, befahl der Rudergänger. »Was seht Ihr?«

Johannes tat, wie ihm geheißen. Er sah die Takelung, sah die Taue und Taljen, das Haupt- und die Nebelsegel, den Mastkorb, den Rostocker Flüger. Die Segel wurden nicht unbedingt üppig gebläht. Das sagte er Butenkofer und dem anderen, und wieder lachten sie ihn aus.

»Es ist zu still, versteht Ihr? Keine Möwe und kein anderer Seevogel ruhen sich bei uns aus.«

»Aber die Schweine in ihrem Koben sind unruhig«, ergänzte der Rudergänger.

»Sei's drum.« Butenkofer zuckte die Schultern. »Bei Westwind brauchen wir auch höchstens einen Tag länger. Und Gewitter …

Wie viele Gewitter auf See haben wir schon überstanden? Mit viel Gebet und auch ein wenig seemännischem Sachverstand?«

»Ich mag sie nicht.« Seine zwei Zuhörer mußten annehmen, daß der Rudergänger die Gewitter meinte, aber dann zeigte er zu den beiden Schiffen, die im Auftrag des dänischen Königs die Polizei der Ostsee spielten. Butenkofer nickte und machte ein ärgerliches Gesicht. Womöglich zogen Kaperer vorbei, die wegen des Friedensvertrags zwischen Rostock, Stralsund und Dänemark Rostocker Schiffe nicht mehr angriffen. Sie signalisierten sogar friedliche Absichten. Butenkofer hätte sie gern in Grund und Boden geschossen. Er durfte es nicht, und der Admiral, der den Dänen sicher auch die Pest an den Hals wünschte, signalisierte Freundschaft zurück.

»Drecksdänen!« sagte Butenkofer und spie auf die Planken.

»Sie werden verlieren«, meinte der Rudergänger. »Ganz bestimmt. Die deutsche Hanse hat bisher immer gegen den Dänen gesiegt.«

»Wir aber haben Frieden mit ihnen«, sagte Butenkofer nicht ohne Bitterkeit.

»Doch Lübeck nicht, Wismar nicht, Hamburg nicht, Greifswald nicht. Die werden Erich schlagen. He, Schiffsjunge!« brüllte er plötzlich. Johannes fuhr zusammen. Woher der Moses gekommen war, hatte er nicht mitgekriegt. Der Knabe, weit jünger als Johannes, stand wie angewurzelt auf dem Vorderdeck. Auf dem Arm hatte er eine Katze.

»Welches ist das schlimmste Ende, das ein Schiffer nehmen kann?« rief der Mann am Ruder. Der Schiffsjunge antwortete wohl, denn seine Lippen bewegten sich. »Ich versteh dich nicht!«

»Das Tauende«, sagte der Junge und setzte die Katze auf die Planken.

»Dann begreife, daß an Bord jeder seine Aufgabe hat, die er unbedingt erfüllen muß. Die Katze fängt Ratten und Mäuse. Und du, wozu hat man dich eingeteilt?«

»Ich soll Getreide schaufeln.« Das war erforderlich, damit es nicht schimmelte. »Aber es ist so heiß, und die Katze …«

»Ich fürchte um deinen Rücken, Junge!«

Und der Moses kletterte unverzüglich wieder unter Deck.

5

»Balthazar Vrocklage!« Abt Bernhard hielt seinen Besucher an den Oberarmen gepackt und so auf Distanz, als wolle er erst einmal seinen Wert prüfen. »Balthazar Vrocklage, der als Ratssendebote nach Lübeck reist, in wichtiger Mission, wie ich vermute, und der doch seine Freunde nicht vergißt!« Nun drückte der Abt Balthazar an seine Brust. Pathos gehörte eben zu seinem Beruf. Die Begrüßung fand in dem Empfangsraum statt. Balthazar konnte Abt Witte über die Schulter schauen und entdeckte zu seiner großen Freude ein Fäßchen auf dem sorgsam gescheuerten Tisch.

»Ich soll Euch Grüße ausrichten, Ehrwürdiger Vater!« sagte er. »Meine Söhne und meine Frau bitten Euch, sie in Eure Gebete einzuschließen.«

»Dies, mein lieber Balthazar, tue ich immer«, log der Abt. Vrocklage wußte natürlich, daß dies nicht der Wahrheit entsprach. Ein Klostervorsteher hatte für sehr viele zu beten, sogar für Kaiser und andere Fürsten.

»Es ist mir eine große Ehre, von Euch so warmherzig empfangen zu werden«, sagte Balthazar. »Auch daß Ihr mit mir allein speisen wollt, ehrt mich. Ich verhehle nicht, daß es auch der Inhalt Eurer Speisekammern ist, der mich reizt, aber selbstredend vor allem das Gespräch mit Euch. Doch daß Ihr deshalb nicht mit den anderen Mönchen …«

Abt Bernhard unterbrach seinen Gast und Freund mit einer abrupten Handbewegung. Dann wandte er sich dem Fäßchen zu.

»Der Subprior kann das Abendmahl leiten«, meinte er und zapfte Wein in einen Krug. Der Wein war dunkelrot und roch nach Erde. »Alle paar Jahre kann auch er etwas tun.« Abt Bernhard grinste. Dann schenkte er Wein in zwei Becher aus Steingut, die ihrer Machart nach aus Siegburg stammten, wie der Kaufmann Vrocklage sogleich erkannte. »Bitte, nehmt diesen Willkommenstrunk. Wenn die Brüder das Refektorium verlassen haben, ruft mich ohnehin noch einmal die Pflicht von Euch fort. Die Komplet kann ich dem Subprior nicht überlassen, dieser Bauerntölpel hat große Schwierigkeiten, die Stundengebete voneinander zu unterscheiden. Doch nach dem Nachtgebet, wenn die Mönche und Novizen in ihren Träumen liegen ...«

»Gottgefälligen Träumen«, warf Balthazar ein.

»Oder dumpfen, unsittlichen Träumen. Der Geist kann unseren Körper beherrschen, Freund, obgleich wir hierin wohl nie die Vollkommenheit des Heiligen Bernhard von Clairvaux erreichen werden. Aber es fällt ihm unendlich schwer, die Herrschaft über unsere Träume zu gewinnen. Die Träume kann nur der Teufel gemacht haben. Manche Brüder versuchen schon seit achtzig Jahren, ihre wollüstigen Träume durch Kasteiungen und Waschungen zu heilen, aber immer wieder ... Ich erfahre das in der Beichte, Balthazar, und verordne entsprechende Strafen. Selbst Greisen noch. Ja«, seufzte der Abt, sah dabei aber eher vergnügt drein, »der Teufel ist sogar hinter Klostermauern.«

6

Die Sonne war untergegangen. Das bedeutete nicht, daß es stockdunkel war an Bord der *Bunten Kuh von Rostock*. Noch gab es genug Restlicht. Ein Schiffskind hatte begonnen, Positionslaternen anzuzünden und aufzuhängen.

Butenkofer und sein Rudergänger hatten recht bekommen: Aus

den kleinen, über den Himmel versprengten, harmlos wirkenden Wolken waren dunkle Bergmassive mit Graten, Vorsprüngen, Plateaus und Tälern entstanden. Die einzigen Bewohner dieses unwirtlichen und beunruhigenden Hochlandes waren die Blitze. Man sah sie schon springen, hörte aber noch keinen Donner.

Der Steuermann hatte die Wache übernommen und stand nun am Ruder. Ein scharfer, kalter Wind blies ihm ins Gesicht, ihm und Butenkofer und auch Johannes, der sich bei ihnen aufhielt. Ihm ging es wieder wohl bis auf ein dumpfes Gefühl unter der Kopfhaut. Das mochte aber vom nahenden Unwetter verursacht sein.

Das Großsegel war eingezogen worden. Die Kogge schwankte viel stärker als tagsüber, doch hielt Johannes es noch nicht für erforderlich, sich mit einem Strick um den Leib irgendwo anzubinden, wie es der Steuermann bereits getan hatte. Über das Deck trippelten rasch die Füße von Zwergen, so jedenfalls hörte es sich an. Plötzlich war ein Fauchen zu vernehmen. Zwei große vierfüßige Tiere mit einem langen nackten Schwanz huschten vor der Katze davon.

»Da seht Ihr es, Johannes«, sagte der Schiffer. »Erinnert Euch, was der Rudergänger zu dem Jungen gesagt hat: An Bord hat jeder eine Aufgabe, die er unbedingt erfüllen muß. Nicht in größter Gefahr darf er weichen, bis es der Schiffsführer ihm befohlen hat. Das Leben der Mannschaft und die gesamte Ladung hängen an der Verläßlichkeit jedes Mannes. Sogar der Kater ist allen nützlich, weil er die Vorräte schützt. Deshalb wirft ihn niemand über Bord. Allerdings ist er kein Spielzeug ...«

»Und nur er gehorcht Euren Befehlen nicht«, meinte der Steuermann. »Er verläßt Mannschaft und Ladung im Moment der Gefahr, wenn er denn kann.«

»Was ich damit sagen will«, Butenkofer ging auf diesen Einwand nicht ein, »auch Ihr, Johannes, habt Euren festen Platz. Im

Moment befindet er sich unter Deck. Geht hinab und betet um unser aller Seelenheil!«

»Aber …« Nicht daß Johannes Vrocklage keine Angst vor Gewittern oder Stürmen gehabt hätte, aber solange ihm die See noch nicht gefährlich erschien, fand er es viel aufregender, sich an Deck das Schauspiel anzusehen.

»Das ist ein Befehl«, entgegnete Butenkofer gelassen auf den noch gar nicht ausgesprochenen Einwand.

»Ich bin der Sohn …«

»Ich weiß, wessen Sohn Ihr seid. Na, und? Hier an Bord gilt nur mein Wort. Obwohl wir uns in Gottes Hand befinden: Befehle dürfte nicht einmal er geben.«

»Das ist Blasphemie!« Johannes wollte es mit einem schweren Geschütz versuchen. Von dem Schiffer prallte der Bugschuß ab.

»Geht mehr auf Abstand zu den anderen Schiffen«, wies er den Steuermann an. Die See wurde immer rauher, und nun war auch schon Donner zu hören. Johannes trat aus dem Blickwinkel der beiden Männer, blieb aber an Deck. Nach wenigen Minuten bemerkte Butenkofer es.

»Unter Deck!« rief er laut. »Gehorcht, oder ich lasse Euren Widerstand brechen!«

Das wollte Johannes nicht. Er kletterte eine Leiter hinab in den Bauch der Kogge und wäre am liebsten sofort wieder umgekehrt. Vom Laderaum getrennt, teilten sich Mannschaft und Schweine das Unterdeck. Es stank widerwärtig nach Tran sowie den Ausdünstungen der Schweine und der Mannschaft. Die Tiere drängten sich in ihrem Koben aneinander und quiekten. Ihnen war das schwankende Schiff nicht geheuer.

Nur eine Funzel erleuchtete diesen Vorhof der Hölle. In den Hängematten schnarchten die Freiwachen. Es waren bloß vier Männer, da die Wachen wegen des aufziehenden Wetters verstärkt worden waren, man aber auch ausgeruhte Leute brauchte. Ein fünfter Mann hockte auf seiner Seekiste und besserte einen seiner Stiefel aus. Zu seinen Füßen hockte der Moses. Nach dem andächtigen Ausdruck in dessen Gesicht zu urteilen, hatte der Seemann gerade ein Stück seines Lateins zum besten gegeben. Der Mann auf der Kiste lächelte Johannes entgegen. Dann sprang er auf und verneigte sich.

»Es ist eine Standesperson«, sagte er zu dem Schiffsjungen. Der war auch sofort auf den Beinen. Johannes fühlte sich außerordentlich geschmeichelt, konnte das aber nicht lange genießen, weil eine seitliche Böe dem Schiff eine Ohrfeige verpaßte und er zu Boden ging. Sofort waren die beiden Schiffskinder bei ihm und halfen ihm auf die Beine.

»Georg, gnädiger Herr!« stellte sich der Matrose vor und dienerte abermals. »Und das«, er zeigte auf den Knaben, »das ist Moses Lump.«

»Gar nicht wahr«, protestierte der Junge. »Ich bin kein Lump.«

Johannes wurde der Platz auf der Seekiste angeboten. Georg flüsterte dem Schiffsjungen etwas ins Ohr, woraufhin sich dieser in eine finstere Ecke dieses ohnehin schon düsteren Verlieses begab.

»Euer Vater ist ein großer Mann?« erkundigte sich der Matrose Georg. »Ein Bischof?«

»Nein, kein Bischof.« Zur Bekräftigung schüttelte Johannes den Kopf. »Er ist Kaufmann. Früher war er sogar Ratsherr.«

»Ein Ratsmann, oh, sieh an, sieh an.« Georg nickte anerkennend. »Nun, es wird viel erzählt abends in den Kojen. Das Schiffsvolk neigt zu Übertreibungen, wie Ihr sicher schon erfahren habt. Am Morgen sieht der Seemann einen Delphin, am Abend ist's ein Seeungeheuer, und beim Landgang dann erzählt er den Weibern, wie er mit Stücker zehn von ihnen kämpfen mußte.«

Der Schiffsjunge kehrte mit einer Jacke zurück, die er Johannes reichte. Johannes Vrocklage verstand nicht. Er benötigte keine solche Jacke, vor allem nicht eine, die schon aus ein paar Ellen Entfernung furchtbar stank.

»Ich habe doch den Schiffer schreien gehört«, sagte Georg und blinzelte Johannes zu. »Er hat Euch unter Deck geschickt, obwohl Ihr einen Vorgeschmack von Gottes Strafgericht bekommen und Euch das Gewitter anschauen wolltet. Es wird kein so großes werden, aber der Schiffer fürchtet sich ... vor Eurem Vater.«

»Vor ... Ich begreife! Wenn mir etwas zustößt ...«

»Ihr macht doch immer diese Verträge, Herr«, sagte der Schiffsmann. »Bestimmt hat sich Butenkofer verpflichtet, Euch heil in Brügge abzuliefern.«

»Nein, hat er nicht«, erwiderte Johannes nicht ohne Stolz darauf, daß er den Inhalt des Zerters kannte. »Es gibt keinen solchen Vertrag, der allein mich betrifft. Also, Georg, was soll die Jacke?«

»Zieht sie an! Moses wird Euch durch eine kleine Vorderluke an Bord bringen. Ihr seid dort dem Blick vom Ruder aus entzogen und könnt betrachten, was der Himmlische Herr für diese Nacht angerichtet hat. Amen!«

Von diesem Einfall war Johannes Vrocklage natürlich begeistert, also streifte er die übelriechende Jacke über seine Reisekleider. Sie bestand aus einem groben, sehr festen Stoff, und Johannes begriff nicht, wie man ihn auf der bloßen Haut tragen konnte; schon beim bloßen Berühren spürte er, wie sehr er kratzte.

»Keine Seide«, meinte Georg und blinzelte erneut. Dann gab er Moses ein Zeichen, den jungen Herrn zu führen. Johannes fühlte sich wie ein Verschwörer der *Fratres vitalienses*. Allerdings störte ihn auch etwas. Er hatte tatsächlich fraternisiert. Vertraulichkeiten mit einer Person, die dem eigenen Stand nicht entsprach, konnten gefährlich werden.

7

»Ist der Gabentisch Gottes nicht vorzüglich gedeckt?« fragte der Abt Bernhard Witte rhetorisch. Er war schon geraume Zeit zurück vom Completorium. Zuerst einmal hatte er mit Balthazar Vrocklage noch einen Becher geleert, dann ließ er auftragen. Ein sehr junger Novize, fast ein Kind noch, brachte die Speisen. An ein paar Gesten und Blicken bemerkte Vrocklage, daß es sich bei dem zukünftigen Mönch um jenen handelte, der die Reitenden Wächter zum Gästehaus geleitet hatte, und daß er nicht nur stumm war, sondern auch taub. Vom Gelage beim Abt würde er nur auf Pergament berichten können, war er des Schreibens kundig. Balthazar wußte nicht, wie man einem Taubstummen die Kunst der Feder beibringen konnte, aber es war möglich: Mit eigenen Augen hatte er auf dem Rostocker Neuen Markt einen Schreiber gesehen, der von den Lippen ablas und alles wortgenau zu Papier oder Pergament zu bringen wußte. »Gott hat den Gabentisch der Natur dermaßen überladen«, fuhr Witte fort, »gutes Essen kann ja wohl keine Sünde sein.« Nun war er also vom Rhetorischen zum Sophistischen übergegangen. Allerdings nicht jeder Theologe in Rostock oder Paris und schon gar nicht im ketzerischen Prag würde seine Worte unterschreiben. Jan Hus, den man vor sechzehn Jahren in Konstanz verbrannte, hatte, wieder einmal, auch die Armut des Klerus' verlangt. Der Ehrwürdige Vater Bernhard kommentierte genießerisch die Handlungen des Mönchs auf Probe. »Ich habe einen besonders fetten Karpfen aus den klostereigenen Teichen schlachten lassen. Das ist aber nur das Vorgericht. Ich ließ ihn mit Meerrettich anrichten, das wird Euch kein Unbehagen bereiten. Es wird kroß gebackene Ente geben, Fasan und auch sonst allerlei Geflügel. Allein für Euch wurde eine Ochsenzunge mit Rosinen, Wein und Senf zubereitet, und auch die geräucherte Schweinslende und die Lammrippen sind Euch vorbehalten, da wir Mönche, wie Ihr wißt, kein Vielfüßerfleisch essen dürfen. Zwischen jedem Gericht eine Suppe von weißem Brot, leichtem Wein und Mandeln. Bier und Wein sowieso. Und nun setz dich endlich, man kann ja nicht mehr mit ansehen, wie die Freßlust dich verzehrt.«

Der Doberaner Zisterzienser mußte seine Aufforderung nicht wiederholen. Als Kaufmann fühlte sich Balthazar Vrocklage zur Sparsamkeit verpflichtet. Üppige Mähler fanden dennoch statt, zu familiären oder kirchlichen Anlässen oder, und das gar nicht selten, nach den Sitzungen der Flandernfahrerkompanie. Was Abt Bernhard aufgetafelt hatte, vermochte Vrocklage durchaus in Begeisterung zu versetzen.

Die Sonne war fast verschwunden, und ein unerwartet heftiger Wind malträtierte die Gipfel der Kastanien. Nachdem der Abt die Fenster geschlossen hatte, schickte er den Novizen nach mehr Kienfackeln. Dabei bekam Vrocklage mit, daß der Knabe Notker gerufen wurde, und mußte darüber lachen.

»Was für eine Idee, ein taubstummes Kind nach Notker dem Stammler zu benennen«, sagte er. »Warum nicht Modestus oder Vitus? Sie sind doch die Schutzheiligen der Stummen und Tauben.«

»Ich weiß es nicht. Vielleicht waren seine Eltern ganz ungebildet, und ein halbgebildeter Priester hat ihnen Notker eingeredet. Oder er konnte noch stammeln, bevor er seine Sprache ganz verlor. Oder der sechste Tag des Ostermonds war sein Namenstag. Man hat ihn uns vor einigen Jahren vors Klostertor gelegt, ein Lumpenbündel, und mit Ruß hatte jemand Notker auf seine Stirn geschrieben. Also ist er eben Notker. Wenn er die Weihe empfangen hat, werden wir ihn nach diesem seligen Benediktiner Balbulus heißen, dann wird er unser Bruder Balbulus sein und einer der wenigen Mönche, die wirklich nur mit dem Herzen beten können, also niemals ein Lippenbekenntnis ablegen werden. Und nun, Freund Balthazar, bedient Euch.«

Das Essen verlief schweigend. Bald bildeten sich Schweißperlen auf Balthazars Stirn, und auch dem Abt schien es warm und wärmer zu werden. Nach Ente und Fasan legte Bernhard eine Pause ein. Vrocklage hatte für einen Lidschlag den Impuls, seinem Beispiel zu folgen, entschied sich dann aber für ein Stück von der Ochsenzunge.

»Ich will nicht leugnen, Balthazar«, begann der Abt, »wie verwundert ich bin, daß du dich als Ratssendebote nach Lübeck hast schicken lassen. Bisher dachte ich, du stündest dem neuen Rat ablehnend gegenüber.«

»Das tue ich. Aber darf ich deswegen meine Pflichten gegenüber meiner Heimatstadt vergessen? Rostock hat einen besseren Rat verdient und wird auch wieder einen besseren bekommen.«

»So wie in Wismar? Dort ist ja im letzten Jahr der alte Rat wieder eingesetzt worden. Ist nicht ein Freund oder Gevatter von Euch Ratsherr dort?«

»Ja, Henning Holthusen, ein Bürger und Brauer. Meine nächste Station mache ich in seinem Haus.« Nun lehnte sich auch Balthazar zurück.

»Gegen Wismar ist meines Wissens die Acht verhängt worden«, sagte der Abt. Der Novize Notker betrat den Raum. Mit einem Handzeichen, das nur Bernhard zu deuten wußte, erkundigte er sich, ob er noch etwas bringen solle. Der Klostervorsteher zeigte zu Vrocklages großer Freude auf den Weinkrug.

»Die Acht möchte ich Rostock ersparen. Wobei man natürlich sagen muß, daß in Rostock keine Köpfe gerollt sind wie in Wismar. Sogar den Bürgermeister Banzkow hat es dort erwischt.«

»Eine schreckliche Sache«, meinte der Ehrwürdige Vater nicht ohne Mitgefühl. »Unter der Acht scheint man aber ganz gut leben zu können, Balthazar, oder warum hat Wismar keine Anstrengungen unternommen, dem Kaiser Genugtuung zu verschaffen? Mit anderen Worten: zu zahlen?«

»Hat man je von Kaufleuten oder Brauern gehört, die sich gern von ihrem Silber trennen?« fragte Balthazar mit einer Portion

Selbstironie. Er spülte seinen Magen mit Wein aus und machte sich dann an die Schweinslende. Auch der Abt griff wieder zu.

»Manchmal doch. Für karitative oder für Repräsentationszwecke öffnet der Bürger gern einmal seine Schatulle. Wenn es ums Seelenheil geht oder um das Demonstrieren von Reichtum und Macht ... Aber für den Kaiser? Der Kaiser ist weit weg, und Sigismund hat mit den Städten wohl weit weniger am Hut als mancher seiner Vorgänger?«

»Ich denke, die Hussiten machen ihm zu viel zu schaffen. Und daß Sigismund insbesondere den wendischen Städten nicht mit heißer Liebe begegnet, versteht sich von selbst, ist doch Erich von Pommern sein Vetter, und die beiden können wohl gut miteinander. Außerdem: Jeder Bürger ist sein eigener kleiner Kaiser, Ehrwürden«, scherzte Vrocklage.

»Wenn das keine Hoffart ist.« Abt Bernhard drohte, ebenfalls ihm Scherz, mit dem Finger. Dann füllte er noch einmal die Becher. Ein vorlauter Regen pochte an die Fensterscheiben, durch die man selbst bei hellstem Licht kaum hindurchsehen konnte. So glaubte Balthazar auch nur, einen Blitz gesehen zu haben.

»Ich will nicht verschweigen, daß mich noch ein sehr, sehr ernster Anlaß nach Lübeck reiten läßt«, sagte er. »Durch Dokumente, die im letzten Kriegsjahr zufällig in meinen Besitz gelangten, habe ich Kenntnis von einem unvergleichlichen Verbrechen. Es ist so unerhört, nicht einmal meinem Beichtvater habe ich es anvertraut.«

»Dann werdet Ihr mir Näheres auch nicht sagen?«

»Nein, Ehrwürden, und ich bitte, das zu respektieren. Es ist eine sehr hochgestellte Person aus Rostock in üble Machenschaften verwickelt oder verwickelt gewesen, in ein todeswürdiges Treiben. Und auch sein Komplize in einer weiteren Stadt der Hanse ist nicht nur ein Böttcher oder Riemenschneider. Versteht mich, ich bitte Euch, erst muß ich mit meinen engsten Freunden und Partnern aus den anderen Hansestädten sprechen, denn auch deren Interessen sind berührt. Ihnen werde ich die Untat entdekken, und sie sollen mir raten, was zu tun ist. Soll ich die Sache vor den Hansetag bringen? Wenn es soweit ist, Ehrwürden, und ich mich entschieden habe, werde ich sehr viel geistlichen Beistand brauchen. Der Verbrecher ist nicht nur ein Angehöriger meines Standes, er hat auch weitreichende Verbindungen. Einen solchen Mann zeigt man nicht mir nichts, dir nichts an.«

»Ist der Mann, von dem Ihr sprecht, vielleicht auch ein Ratsmann?« fragte der Abt.

»Beide, Ehrwürden, der gewisse Herr und sein Komplize ebenfalls. Das macht es mir nicht unbedingt leichter. Wendehälse sind sie, paktieren mit allen und mit jedem, wenn es ihnen nur Vorteil bringt.« Vrocklage reinigte seine Finger im Wasserbecken. Nicht bloß weil er gesättigt war, mochte er nun nichts mehr essen.

»Merde!« fluchte Abt Bernhard. In Momenten der Erregung benutzte er manchmal die Volkssprache des Landes, in dem er studiert hatte und aus dem auch der berühmte Zisterzienser Bernhard von Clairvaux stammte. Das Französische milderte seinen Fluch zwar etwas, aber es erschreckte Balthazar trotzdem: Ein Gottesmann und noch dazu ein Klostervorsteher sollte nicht fluchen. »Merde!« wiederholte Bernhard.

Gottes Strafe ließ nicht lange auf sich warten. Ein mächtiger Donnerschlag ließ sowohl den Abt als auch Balthazar von ihren Stühlen aufspringen. Nachdem er sich von seinem Schrecken erholt hatte, stürzte Bernhard in den Vorsaal. Vrocklage folgte ihm. Er hatte sich also nicht getäuscht. Während sie gegessen und geredet hatten, war ein Gewitter aufgezogen.

Der Abt setzte die Kapuze auf, verließ sein Haus und eilte sofort zum Münster. Balthazar lief ihm über den Klosterhof nach. Es goß aus Kübeln.

Eine Windlaterne mitzunehmen, war weiß Gott nicht nötig. Als ein Blitz den Dachreiter des Münsters traf, schrie Vrocklage auf. Abt Bernhard murmelte Gebete.

8

Der Schiffsjunge geleitete Johannes Vrocklage in den beinahe lichtlosen Teil des Unterdecks zu einer Leiter. Es bereitete Johannes jetzt viel Mühe, das Gleichgewicht zu halten, so sehr schlingerte das Schiff. Während der Moses voran kletterte, wollte Johannes von ihm wissen, wie er hieße. Jochim, lautete die Antwort.

Die Decksplanken waren naß und glitschig. Jochim bedeutete Johannes, sich ja nicht aufzurichten. Auf allen Vieren krochen sie rasch hinter eine Kiste, in der loses Seemannsgarn aufbewahrt wurde. Johannes wandte sich nur einmal kurz nach achtern um und sah Schiffer und Steuermann angeleint am Ruder stehen, oder besser gesagt: schwanken.

Jochim führte seinen Begleiter, noch immer kriechend, an der etwas höherstehenden Seitenwand einer Ladeluke entlang. Wären die Männer auf dem Quarterdeck nicht so beschäftigt gewesen, vielleicht hätten sie die Rücken der beiden Jungen entdeckt. Ihre Aufmerksamkeit wurde aber vom Arbeiten gegen die See vollkommen beansprucht.

Johannes schnaufte heftig, als sie ihr Ziel erreichten. Vor der Ladeluke konnte er sich an die Wand lehnen und dort verharren, solange er wollte; hier war er jedem Blick von achtern entzogen. Nachdem Jochim ihm noch einen großen Haken im Boden gezeigt hatte, an dem er sich festhalten sollte, ließ er Johannes allein. Natürlich fürchtete er das Gewitter wie jeder gute Christ, aber noch mehr fürchtete er wohl ein Donnerwetter des Schiffers.

Auch Johannes hatte Angst. Vom Seegang der Kogge wurde ihm mulmig in der Magengegend, aber er riß sich zusammen. Was er noch nie in seinem Leben gesehen hatte, wollte er wenigstens einmal aufnehmen und tief in seinen Erinnerungen verankern.

Gott zeigte wieder einmal den sündigen Menschen, daß sie es mit der Johannesoffenbarung gefälligst ernst nehmen sollten. Er zog wohl nur ein paar Register, aber die genügten, um eine Vorstellung vom bevorstehenden Weltende zu bekommen. Der Himmel war ein wahrhaftiges Armageddon, in dem die Mächte des Guten und des Bösen miteinander kämpften. Blitze jagten zwischen den Wolken hindurch, jagten von Steuerbord nach Backbord und von Backbord nach Steuerbord, bildeten Verästelungen wie Blutgefäße, rasten ins Meer. Kein Pulvergeschütz konnte einen Donner erzeugen, wie er ihnen folgte. Die Welt war aus den Fugen. Daß man ein solches Gewitter mit seemännischem Sachverstand überstehen konnte, wie von Butenkofer angekündigt, erschien Johannes unmöglich.

Der Bug des Schiffes hob und senkte sich wie der Brustkorb eines schwer atmenden Menschen. Wasser strömte über das Deck, floß wieder ab. Manchmal konnte der Junge ein anderes Schiff aus dem Verband sehen, wie es aus einem Wellental herausgehoben wurde und wieder in einem Wellental versank. Welches Schiff es war, vermochte Johannes nicht zu bestimmen. Der Größe nach mußte es sich um einen Holk handeln. Die Anwesenheit anderer Schiffe machte Mut. Man war nicht allein auf weiter See und würde bei Schiffbruch wohl auch gerettet werden.

Plötzlich schlug eine Sturzsee über die Reling. Bevor er erschrecken konnte, hatte Johannes schon den Mund voll Wasser. Mit verkrampften Händen klammerte er sich an den Haken, der nun sein Leben war. Johannes fürchtete, sein Herzschlag würde augenblicklich aussetzen. Dann bekam er einen Schlag gegen den Kopf.

VIERTES KAPITEL

Bürger und Brauer

1

»Es sind nur zwei Reitende Wächter, die ihn begleiten«, sagte das Subjekt. Es hockte mit seinem Bruder im hintersten Winkel der Wismarer Schänke *Wilder Mann*, die sich nur ein paar Fuß entfernt von der Frischen Grube befand. Der Modergestank aus der Grube drang bis in diesen Winkel vor. Das Subjekt hielt sich die Nase zu. Es hatte sich nicht auf den Weg nach Wismar begeben, um an einem begriffsstutzigen Bruder zu scheitern und obendrein noch im Gestank umzukommen.

»Und du sagst, wir bekommen Silber dafür?« fragte der Dummkopf.

»Zehn lübische Mark Silber«, entgegnete das Subjekt. »Für alle natürlich.«

»Das ist viel«, meinte Bruder Blöd.

»Ungeheuer viel. Ihr werdet reich sein«, behauptete das Subjekt. Daß seinem Auftraggeber der Tod des Balthazar Vrocklage zwanzig Mark lübisch wert war, verschwieg er natürlich; er hatte schließlich den Ruf, verschlagen zu sein, und machte ihm immer wieder gern alle Ehre.

»Und es soll aussehen wie ein Raubüberfall?«

»Wie oft soll ich's dir denn noch erklären?« stöhnte das Subjekt. »Du sollst sie verschwinden lassen. Aber wenn man sie doch eines Tages entdeckt, dann soll es wie ein Raubüberfall aussehen. Nur dann! Am liebsten wäre mir aber, man entdeckte sie nie.«

»Ich kann sie in meinem Ofen zu Asche verbrennen«, sagte Dummkopf, und das Subjekt glaubte, Stolz aus seinen Worten herauszuhören. Es war eine Strafe, dieser Familie anzugehören.

»Um sie in deinem Ofen zu verbrennen, mußt du sie in die Stadt bringen«, sagte das Subjekt entnervt. »Sie sollen aber nicht in die Stadt, verstehst du das? Was meinst du wohl, was die Torwächter zu einem mit drei Leichen beladenen Wagen sagen? Hereinspaziert? Sie werden dich sofort in Ketten legen, und ein paar Tage später bist du deinen Kopf los.«

»Raub ist doch aber kein ehrloses Verbrechen?«

»Nein, Raub ist kein ehrloses Verbrechen. Ein Räuber wird nicht gerädert, sondern nur enthauptet. Aber, Bruderherz, ob du es glaubst oder nicht: Wenn der Kopf ab ist, auch der Strohkopf, wenn er ab ist, dann ist man tot.«

2

Johannes Vrocklage sah aus wie ein Ottomane. Über diesen gefürchteten Feind der Christenheit, der sich immer wieder und mit nie erlahmendem Mut anschickte, Konstantinopel zu erobern und Venedigs Vormachtstellung im Mittelmeer empfindlich anzukratzen, gab es viele Geschichten, und die meisten behandelten seine unvergleichliche Grausamkeit. Johannes erwartete nicht, daß man sich vor ihm fürchtete. Er sah zweifellos alles andere als bedrohlich aus. Es gab keinen Spiegel, in dem er sich betrachten konnte, aber er mußte nur nach seinem Kopf tasten, um gewahr zu werden, daß man ihm seine Wunde nicht nur verbunden hatte; man hatte ihm einen regelrechten Turban aufgesetzt.

Johannes lag in der Kajüte des Schiffers, aber nicht Butenkofer kümmerte sich um ihn. Der Schiffsmann Georg hockte neben der

Liegestatt und schaute Johannes sorgenvoll an. Es war Tag, die Kogge lag ruhig in der See, und durch das kleine Heckfenster fiel das Licht der noch tief stehenden Morgensonne in die Kajüte. Johannes konnte den Matrosen viel besser sehen als abends in der Unterwelt. Irgend etwas an diesem Mann gefiel ihm nicht. Der sorgenvolle Ausdruck kam ihm falsch vor, aufgesetzt.

»Was ist passiert?« fragte er mit schwacher Stimme.

»Ein junger, unerfahrener Mensch wie Ihr soll eben doch bei einem Unwetter das Deck meiden«, sagte der Schiffsmann, als wäre nicht er es gewesen, der Johannes den heimlichen Weg an Deck gewiesen hatte. »Eine Sturzsee hat Euch überrascht. Sie spülte Euch viele Klafter über die Planken, und dann schlugt Ihr mit dem Kopf gegen ein Spill.«

In den Momenten zwischen Bewußtlosigkeit und Wachen und erneuter Bewußtlosigkeit hatte Johannes geglaubt, daß ihm jemand einen Knüttel über den Schädel gezogen habe. Das war natürlich nur ein Fiebertraum gewesen, ausgelöst durch die Erschütterung seines Hirns. Der Junge hatte keine Feinde an Bord. Und auch an Land hatte er keine. Niemand hatte ein Interesse, einen Vierzehnjährigen niederzuschlagen, der nicht mehr als ein paar Blafferte bei sich hatte und einen Wechsel, den aber nur Signore Arnolfini höchstselbst für ihn ziehen konnte, und das auch bloß in Brügge.

Es mußte so gewesen sein, wie der Schiffsmann behauptete. Dumm und leichtsinnig war er gewesen. Der Schiffer, der für ihn verantwortlich war, würde ihn zweifellos mächtig herunterputzen. Und Jochim würde wohl das Tauende auf seinem blanken Rücken zu spüren bekommen.

»Was ist mit Jochim?« fragte Johannes denn auch besorgt.

»Wenn Ihr dem Schiffer nichts sagt, kommt er ungeschoren davon«, meinte Georg.

»Ich werde nichts sagen«, entschied Johannes. »Ich sage nichts, damit Jochim davonkommt und auch du.«

»Danke, Herr!«

»Wer hat mir denn dies hier zugefügt?« Johannes wies auf den Turban.

»Ich. Nachdem sich der Wind legte, haben wir den Arzt von der *Jacobus Major* angefordert. Man ruderte ihn herüber, und er hat Euch untersucht. Bis zum Einlaufen in den Lübecker Hafen sollt Ihr ruhen, junger Herr! Ja, und dann fragte er, also der Arzt: Kann jemand ihn verbinden? Da habe ich mich gemeldet. Auch wegen meines schlechten Gewissens, Herr, ich schwör's Euch.«

»Du hast von Wind gesprochen. Aber das war doch ein Sturm gestern nacht!«

»Ein Sturm? Nein!« Schiffsmann Georg lachte. »Ein Stürmchen, nun, das gebe ich zu. Aber ein richtiger Sturm, ein wahrhafter Orkan ... Ihr habt es für einen Orkan gehalten, weil Ihr noch keinen richtigen Sturm kennengelernt habt. Ich hingegen ... Nun, man fährt seit fast zwanzig Jahren zur See. Ich kann von Stürmen erzählen, die so schrecklich waren, daß wir uns von Gott verlassen und in den Klauen des Teufels fühlten.«

»Oh, ja, erzähle!« Johannes hob den Kopf, aber sofort setzte ein Schmerz hinter Stirn und Schläfen ein, von dem man durchaus glauben konnte, er werde durch Teufelskrallen verursacht. Johannes legte sich auf das harte Kissen zurück und schloß die Augen. Die Seefahrt, so schien es, war vor allem für den Kopf sehr gefährlich.

»Wir waren auf der Fahrt von Brügge nach der Bai von Bourgneuf, um dort das Baiensalz zu holen. Kaum hatten wir das Zwin verlassen, spielten Himmel und Hölle auf. Die See ging viele Klafter hoch, und bevor wir sie raffen konnten, waren die Segel in Fetzen, so heftig war der Sturm. Das Meer war wie Stahl und schlug ein Leck in unsere Backbordseite. Und auf der Wasseroberfläche tanzten durchsichtige grüne Teufel. Ich habe sie mit meinen eigenen Augen gesehen. Tausende kleine Boten der Hölle ... Nur ein Wunder hat uns gerettet. Wir wurden an die französische Küste gespült, in einen vom Krieg verwüsteten Landstrich, wo wir keine andere Speise fanden als Ratten …«

»Pfui!« rief Johannes so laut, wie er nur rufen konnte. Es wurde ein Krächzen daraus.

»Doch die Ratten wurden größer und größer. Am Ende fraßen sie uns. Ich habe als einziger überlebt und bin gerettet worden an einem Gnadentag, da zufällig ein Lübecker Kauffahrer vorbeisegelte und mich am Ufer um mein Leben winken sah.«

»Habt Ihr auch Drachen gesehen?« wollte Johannes wissen.

»Sicher. Bei einer anderen Fahrt kamen wir dem Rand der Erde zu nahe. Glaubt mir, junger Herr, Ihr wolltet nicht sehen, was ich habe sehen müssen. Am Rand der Erde beginnt das Wasser zu glühen, weil die Drachen es mit ihrem Atem erhitzen. Fast hätten sie auch unser Schiff verbrannt. Nur ein schnelles Wendemanöver rettete unser Leben. Die Drachen verfolgten uns, aber einen bestimmten Punkt dürfen sie nicht übertreten.«

Johannes wurde nun doch skeptisch. Wasser, das man erhitzt, verdampfte, aber es glühte nicht. Doch ob der Schiffsmann ihm nun Märchen erzählte oder Schifferlatein, es waren die Geschichten, die er hören wollte. In einem Augenblick der Schwäche, und ein schmerzender, wunder Kopf war weiß Gott ein sehr schwaches Ding, billigte sich Johannes Vrocklage zu, noch einmal mehr Kind als Mann zu sein.

»Habt Ihr noch mehr solcher Geschichten zu bieten?« fragte er schläfrig.

»Nach zwanzig Jahren Seefahrt? Was meint Ihr wohl? Hunderte und Aberhunderte, junger Herr! Sie reichen bis Lübeck und füllen auch noch einen Abend in der Schänke des Heiligen-Geist-Hospitals.«

»Welche Schänke?«

»Ihr kennt die Schänke des Lübecker Heiligen-Geist-Hospitals nicht?«

»Ich kenne nicht mal Lübeck«, räumte Johannes ein.

»Dann laßt mich dort Euer Führer sein«, erbot sich der Schiffsmann. »Ich zeige Euch die Orte, an denen es gutes Bier gibt. Und sehr willige Frauen. So Ihr erlaubt ...«

»Ich erlaube, ich erlaube«, murmelte Johannes, der gar nicht mehr richtig mitbekommen hatte, worauf er sich einließ. Dann war er eingeschlafen.

3

Nach einer ohne ausreichenden Schlaf verbrachten Nacht verließ Balthazar Vrocklage Kloster und Flecken Doberan in aller Herrgottsfrühe. Das Gewitter hatte sowohl die Mönche als auch die Laienbrüder ins Münster getrieben, wo sie den Segen des Herrn erflehten: Für alle Christen, aber wohl in erster Linie für sich. Es war zwar mehrere Menschenalter her, seit im Mai 1291 der Blitz in die Klausur einschlug und große Not auslöste; das Ereignis wurde sogar in der Lübecker Stadtchronik vermerkt, und natürlich wurde es von einer Generation der Brüder zur nächsten übermittelt, so daß es unvergessen geblieben war. Und die Klosterkirche war zwar aus Backstein errichtet, aber zumindest die hölzernen Teile des Bauwerks konnten vom Blitz entzündet werden, und dann brannten mitunter auch steinerne Gebäude bis auf die Grundmauern nieder, oder sie brannten aus und stürzten ein.

Beim Konvent hatte der Abt sich von Balthazar getrennt. Den Weg, den Vrocklage nun nehmen mußte, brauchte er ihm nicht zu weisen: Die Konversen und auch die Gäste, neben den Reitenden Wächtern noch weitere, liefen durch den Regen auf das Rundbogenportal in der Westfassade zu, das noch vom Vorgängerbau übriggeblieben war.

In einem Kloster hatte alles Ordnung und System. Die Mönche betraten das Münster von den Klausurgebäuden aus, die Tür unter dem Rundbogen war unter normalen Umständen den Konversen vorbehalten. Gäste hatten nur Zugang durch die Besucherpforte im nördlichen Seitenschiff. Ein Unwetter war kein normaler Umstand, Vrocklage und die Wächter durften den Laienbrüdern ausnahmsweise folgen. Niemand wollte ihnen zumuten, im Regen zu warten, bis die Besucherpforte aufgesperrt worden war.

Bei seinen früheren Aufenthalten hatte Balthazar Vrocklage immer die Besuchertür benutzt. Ein bronzener Löwenkopf mit einem Ring war an ihr befestigt, aber dies war kein Türklopfer, wie mancher vermuten mochte, sondern mit der Hand in dem Ring leisteten die Klosterbauern ihrem Abt den Treueschwur.

Getrennt war auch der Innenraum des Münsters. Einem Mann wie Balthazar war nicht erlaubt, mit den Mönchen und Novizen zu beten oder das Abendmahl zu empfangen. Sein Platz war bei den Laien im Konversenchor. So bekam er auch den Tabernakel und den mehr als hundert Jahre alten Hochaltar nicht zu Gesicht, den ihm allerdings Bernhard Witte vor einigen Jahren schon einmal gezeigt und dessen meisterhaftes Bildwerk er bewundert hatte. Sein Haupt beugte er vor dem Kreuzaltar, der den Konversenchor vom Mönchs- und vom Hohen Chor trennte. Der von Blattwerk umrankte Jesus Christus triumphierte am Kreuz, zu seinen Füßen eine Predella.

In der Kirche war es kühl und dunkel. In aller Eile hatte man zwar Fackeln und Kerzen aufgesteckt, aber sie reichten nicht aus, um den aufstrebenden Raum ausreichend zu beleuchten. Durch die hohen bemalten Kirchfenster sah man wieder und wieder die Blitze. Dann erhob sich der Gesang der Mönche. Balthazar Vrocklage bekam eine Gänsehaut.

Der einförmige Singsang zog sich bis zur Mette hin, und nachdem er Vrocklage anfangs ergriffen hatte, versetzte er ihn zunehmend in eine düstere Stimmung.

Der Übergang zum Nachtgottesdienst vollzog sich nahtlos. Die Mönche waren ohnehin auf, niemand mußte sie zur Mette wekken. Das Gewitter hatte sich verzogen.

Balthazar hatte sich zwar in das für ihn bestimmte Zimmer in der Abtei begeben, aber, so jedenfalls war sein Eindruck, kaum hatte er ein paar Minuten geschlafen, rief die Glocke bereits zum Morgenlob. Vrocklage überlegte nur kurz, ob er der Laudes beiwohnen sollte, entschied dann aber, daß er für sich beten wolle; es mochte sein, daß bei den Ehrwürdigen Brüdern selbst das Halleluja deprimierend klang.

Ein Frühstück nahm er nicht ein. Er hatte genug Wegzehrung dabei, um bis Lübeck zu gelangen, doch der Abt ließ ihn nicht ziehen, bevor er nicht noch Brot aus der Klosterbäckerei und etwas kalten Braten für das Proviantsäckel angenommen hatte.

Sie trennten sich auf halbem Wege zwischen Abtei und Novizenhaus. Bernhard Witte segnete den Rostocker Freund und bat ihn, sich in acht zu nehmen.

»Du weißt ja, Balthazar: Wo kein Kläger, da kein Richter«, warnte er. Er stellte ihm Notker zur Seite, der den Proviant zu den Pferden trug. Der Abt und sein Gast umarmten sich. Dann folgte Balthazar dem Novizen.

Die Pferde waren bereits gesattelt, die Reitenden Wächter warteten beim Torhaus. Sie nahmen die Gaben des Abts in Empfang und stopften sie in ihre Satteltaschen. Das Essen, so hatte Vrocklage entschieden, würden sie während einer Rast auf halber Strecke zwischen Doberan und Wismar einnehmen.

Durch die nächtlichen Regengüsse war die gestern noch staubige Handelsstraße aufgeweicht und schlammig. Den ausgeruhten Pferde machte es nichts aus. Eine gute Meile hinter Doberan jedoch stießen Vrocklage und sein Geleit auf einen quer zum Weg verrutschten und dann steckengebliebenen Leiterwagen. Zwei Pferde bildeten das Gespann. Der Mann, der es führte, trug den kurzen Rock und den Bundschuh eines Bauern. Ihn begleiteten ein Jüngling, der ähnlich gekleidet war wie der Ältere, und ein barfüßiger Knabe. Oben auf der vorderen Wand des kastenförmigen Aufbaus hockte ein kleines, schmuddeliges Mädchen, das eine einfache Flöte aus Knochen blies. Nur gut drei, vier Töne waren ihr zu entlocken.

Der Bauer gab den Tieren, einem Rappen und einem Falben, die Peitsche und feuerte sie an, der Jüngling und der Knabe stemmten sich von hinten gegen das Gefährt, aber es nutzte alles nichts, der Wagen bewegte sich keinen Fuß.

Es wäre ein Leichtes gewesen, den Bauern seinem Schicksal zu überantworten und um den verunglückten Wagen herumzureiten, aber Vrocklage ließ halten und saß ab.

»Woher und wohin des Wegs, Bauer?«

»Guten Morgen, gnädiger Herr!« grüßte der Bauer und ließ von seinen Pferden ab. »Mit einer Ladung frischer Eier, Milch, Käse, Butter, Grütze und Trockenerbsen vom Klostergut in Redentin nach dem Kloster Doberan soll's gehn.«

»Zu den Mönchen soll es also gehen? Unter dem Krummstab ist gut wohnen, nicht wahr?«

»Oh, ja, Herr. Lieber den Ehrbaren Brüdern treu sein als einem gewalttätigen Ritter. Wenn nur diese Straßen nicht wären.« Er seufzte. »Verzeiht, daß ich Euch im Wege bin, aber seht selbst: Ist es nicht ein Kreuz? Schlamm auf allen Straßen und Wegen! Man soll nicht schlecht über die Herrschaft reden … Oh, nein, nie rede ich schlecht über die Herrschaft, und die Herzöge werden wohl gar nicht wissen … Ich meine, gnädiger Herr, wenn die Herzöge wüßten, wie es um die Straßen und Wege bestellt ist … Sollte man es ihnen nicht schreiben, Herr? Ich kann nicht, aber mein Sohn, der hat's gelernt. Das Lesen, das Schreiben, das Zählen und das gottgefällige Singen«, sagte der Bauer stolz.

»Und wem willst du schreiben?«

»Nun, Herr, unseren Allergnädigsten Landesherren, Heinrich und Johann.«

»Damit du sagen kannst, dein Unglück habe auch eine gute Seite gehabt, sollst du etwas lernen, Bauer. Die beiden sind noch Kinder.«

»Wie, Herr?« Der Bauer schaute Vrocklage verwirrt an. »Kinder? Wie meinen?« Er wies auf Jüngling, Knabe und Mädchen.

»Wie er.« Balthazar zeigte auf den Jüngling.

»Komm her, Peter«, rief der Bauer, »begrüße den gnädigen Herrn.« Der Angesprochene kam durch den Schlamm herbeigestapft und erfüllte den Befehl seines Vaters. »Wenn aber die Herzöge Kinder sind wie dieser da«, fragte der Bauer, »wer regiert dann unser Land?«

»Ihre Mutter«, erklärte Vrocklage.

»Eine Frau?« rief der Bauer erschrocken. Ihm fiel die Peitsche aus der Hand.

»Aber guter Mann«, Vrocklage mußte lachen, »hast du noch nie von Frauen gehört, die Regierungsgeschäfte ausüben?«

»Es gibt natürlich Königinnen und Herzoginnen, aber die Macht ... Sie regieren nicht, sondern immer ihre Männer.«

»Ja, aber wie war das mit Margarete von Dänemark?« wollte Balthazar wissen. Die Rolle des Schulmeisters machte ihm Spaß.

»Wer ist das, Herr?«

»Wie der Name sagt: eine dänische Königin.«

»Die Frau von Erich?« Vom dänischen König, mit dem die wendischen Städte im Krieg lagen, sprach man also auch auf Gut Redentin. Balthazar Vrocklage zuckte die Schultern, dann bat er die Reitenden Wächter, sich für einen Moment in den Dienst der Landwirtschaft zu stellen. Sehr begeistert waren sie nicht, doch mochten sie dem Ratssendeboten nicht widersprechen und spannten ihre Pferde mit ins Joch. Um etwa auch noch in die Speichen zu greifen oder zu schieben, waren sie sich als städtische Angestellte aber doch zu fein. Das überließen sie dem Bauern und seinen männlichen Kindern. Der Leiterwagen setzte sich knarrend in Bewegung, wenn auch anfangs noch sehr mühsam. Schließlich jedoch war er wieder flott. Bauer und Kinder bedankten sich artig und mit vielen Verbeugungen vor den städtischen Herren und ihrer Großherzigkeit, die Gott vergelten möge.

»Grüßt mir den Ehrwürdigen Abt, Bauer«, verlangte Vrocklage und schwang sich in den Sattel. Die Reitenden Wächter saßen schon.

»Das will ich gern tun, gnädiger Herr, aber ich bekomme immer nur den Klostervogt zu sehen. Soll ich den grüßen?«

»Nein. Den kenne ich nicht. Grüßt mir ... Ach, meinetwegen das ganze Kloster.«

»Sehr gern, gnädiger Herr!« Der Bauer ließ die Peitsche knallen. Vrocklage und die Wächter waren schon etliche Schritte entfernt, da drehte er sich noch einmal um. »Wirklich eine Frau, Herr?«

Balthazar Vrocklage antwortete nicht mehr.

4

Über die Kunst konnte man geteilter Auffassung sein; Henning Holthusen für seinen Teil hielt die Braukunst für die höchste. In loser Runde pflegte er sich gern als Bürger und Brauer zu bezeichnen, aber der Wahrheit entsprach das nicht. Bürger war er natürlich, doch braute er längst nicht mehr selbst. Im Jahre 1427 und kurz vor dem zweiten Umsturz des Wollwebers Klaus Jesup hatte Henning Holthusen beschlossen, sich dem modernen Wirtschaften nicht länger zu entziehen und Bier nicht zu brauen, sondern zu verlegen. Sieben Wismarer Braumeister arbeiteten mittlerweile für ihn, und einmal in der Woche ritt er am frühen Morgen von Brauerei zu Brauerei, um die Ware zu probieren.

Auf diesen Ritten überzeugte er sich davon, daß in Wismar das beste Bier der Christenheit gebraut wurde. Der Hopfen, den man von den Doberaner Mönchen und ihren vielen Gütern bezog, gab dem Gerstensaft eine erstklassige Würze und einen herausragenden Geschmack. Henning Holthusen hatte nie ein anderes Bier als das Wismarer getrunken, doch vertraute er seiner Zunge, und diese Zunge betrog ihn nicht.

Im Gegensatz zum Dünnbier war das gute Bier allerdings eine hinterhältige Angelegenheit, vor allem zur Morgenstunde. Holthusens vierte Station war der Betrieb von Meister Ullrich im Krönkenhagen. Dort hatte gerade der Schopenhauer neue Schöpfkellen gebracht, die natürlich getestet werden mußten. So war es nicht bei den beabsichtigten zwei, drei Schlucken geblieben, und als Henning Holthusen die Brauerei verließ, hatte er bereits einen dünnen Schleier vor den Augen.

Unverdrossen ritt er in die Frische Grube. An der Schweinsbrücke befand sich das Wirtshaus *Wilder Mann*, in dem nicht nur Bier für den Ausschank hergestellt wurde, sondern auch für den Export. Vom Gewitterregen der letzten Nacht waren überall auf den Straßen noch Pfützen zurückgeblieben, aber die Luft war schon wieder schwülwarm. Holthusen schwitzte. Er hatte Durst, und dieser Durst wurde von Brauerei zu Brauerei immer stärker.

Henning Holthusen überquerte die Brücke und saß ab auf dem Platz vor Sankt Nikolai. In dieser Kirche war er einst getauft worden, als Kind hatte er mit seinen Eltern und Geschwistern hier die Gottesdienste besucht, doch nun, da er in der Neustadt lebte, gehörte er zu dem Sprengel von Sankt Georgen und Martini. Weil sie mit seinen Kindertagen in Verbindung stand, liebte er die Nikolaikirche besonders. Es hieß, daß ihr Mittelschiff das höchste der Christenwelt sei; ob das zutraf, vermochte Holthusen nicht zu beurteilen, aber das höchste Mittelschiff Wismars war es gewiß.

In der Brauerei, die dem *Wilden Mann* angeschlossen war, führte Meister Hege das Regiment. Hege stellte ein exzellentes Gesöff her. Nur die Franziskaner, so hieß es, waren noch besser, aber sie ließen sich nicht von Holthusen verlegen, weil diese kuttentragenden Gauner ihre eigenen Vertriebswege kannten. Da Heges Bier so gut war, ließ sich Holthusen vom Brauknecht die Schöpfkelle ein zweites Mal reichen. Der Braumeister sah es mit Wohlwollen. Henning Holthusen beschloß, seine Runde zu unterbrechen und erst einmal etwas Deftiges zu essen, bevor er den letzten beiden Betrieben seinen Besuch abstattete. In jeder Beziehung lag für diesen Zweck nichts näher als der *Wilde Mann*.

Holthusen verließ die Brauerei durch den Torbogen und hielt sich in der Straße Hinter dem Chor nach links. Zu der Treppe, die über zwei Stufen ungefähr eine Elle hinab in den Schankraum führte, würde er nur wenige Schritte brauchen. Zwei Männer kamen gerade aus dem *Wilden Mann*. Henning Holthusen fuhr sich über die Augen.

Einer der beiden Männer war klein und wirkte etwas geduckt, der andere war groß und vierschrötig. Der Kleine trug die Kleidung eines Kaufmannsgehilfen, der Große hatte eine Lederschürze vorgebunden und sah wie ein Handwerker aus, der für seine Arbeit Kraft brauchte. Die beiden trennten sich rasch, und es sprach nichts dafür, daß sie in Gemeinschaft miteinander gegessen oder getrunken hatten.

Der Kaufmannsgehilfe wandte sich der Schweinsbrücke zu, der Handwerker dem Platz vor der Nikolaikirche. Für den Kleinen interessierte sich Holthusen nicht. Der Vierschrötige hingegen kam ihm irgendwie bekannt vor. Es war ein Rohrgießer aus der Marienstadt. Oder ein Harnischmacher. Es konnte aber auch ein Schiffsschmied sein oder ein Hufschmied. Vielleicht war es gar ein Waffenschmied, ein Eisengießer oder ein Schwertfeger.

Henning Holthusen wußte es nicht. Wahrscheinlich irrte er sich und hatte den großen Mann nie gesehen. Es war im übrigen ohne Bedeutung. Wichtig war hingegen, rasch etwas in den Magen zu bekommen, einen gebratenen Schweinsfuß zum Beispiel, von dem das Fett nur so troff.

5

Da Johannes Vrocklage auf ärztliche Weisung bis Lübeck weder stehen noch gehen durfte, hatte sich der allzeit hilfsbereite Georg erboten, ihn zur Reling zu tragen, damit er die Einfahrt in die Trave nicht versäumte. Natürlich mußte auch noch ein weiterer Schiffsmann anpacken. Zwischen Mast und Reling hatten sie ein Segeltuch gespannt, auf das sie Johannes legten, so daß man mit Fug und Recht behaupten konnte, er stünde nicht.

Butenkofer sah das alles mit gleichmütiger Miene. Noch hatte er kein Wort darüber verloren, daß Johannes seinen Befehl mißachtet und damit ein wichtiges Gesetz der Seefahrt übertreten hatte. Zwar gehörte der Junge nicht zur Mannschaft, mußte sich aber wie sie den Regeln an Bord unterwerfen, und das hatte er nicht getan. Johannes Vrocklage rechnete angesichts des wortkarg gewordenen Schiffers mit dem Schlimmsten. In Lübeck würden sie seinen Vater treffen. Wenn Butenkofer sich weigerte, seinen Passagier weiterhin mitzunehmen, würde sich bestimmt ein anderes Schiff finden, das nach Brügge ging. Bei seinem Vater wäre Johannes allerdings unten durch.

Das Unwetter war vergessen. Die Sonne und der Himmel zeigten sich von ihrer besten Seite. Johannes bekam sofort Kopfschmerzen von der Hitze. Er ließ sich aber nichts anmerken; die Fürsorge des Matrosen begann ihm gewaltig auf den Geist zu gehen.

Angeführt vom Holk *Jacobus Major* fuhr die Flottille in einem sehr moderaten Tempo in den Fluß, der Lübeck mit der Ostsee verband. Johannes sah das Feuer von Travemünde, das zu dieser Stunde natürlich erloschen war. Vom Ufer löste sich ein kleines Boot, das auf *Jacobus Major* zusteuerte. Ein Mann mit einer roten Kopfbedeckung ließ sich zum Admiralsschiff bringen.

»Der Lotse«, erklärte Georg. »Für die Trave besteht seit einigen Jahren Lotsenpflicht.«

»Obwohl ich das nicht für notwendig halte«, mischte sich der Steuermann ein. »Aber die Lübecker erfinden immer wieder neue Möglichkeiten, den Schiffern Geld abzuknöpfen.«

»Gebt nicht so an, Steuermann«, sagte Georg. »Die Trave ist auch nicht mehr, was sie mal war. Behauptet nicht, sie ohne einen Lotsen befahren zu können.«

»Siehst du hier einen?« fragte der Steuermann.

»Krümelkackerei!« Schiffsmann Georg klopfte seinem neuen Freund auf den linken Oberarm. Gegen eine solche Übertretung der Schicklichkeit hätte sich Johannes eigentlich zur Wehr setzen müssen, auch wenn er sehr viel jünger als Georg war und dieser vielleicht annahm, sich als der Ältere ein paar Rechte herausnehmen zu können, die er aber nicht hatte. Johannes wagte nicht, ihn spüren zu lassen, daß er sich in einer unterlegenen gesellschaftlichen Position befand.

»Da! Schaut nur, Johannes!« Georg zupfte am Ärmel des Jungen. Das war diesem besonders unangenehm. »Das ist Lübeck!«

Aus der Ferne betrachtet bestand das Haupt der Hanse erst einmal nur aus Kirchtürmen, und mit diesen Türmen konnte Rostock durchaus konkurrieren. Johannes hatte beschlossen, sich nicht beeindrucken zu lassen. Der Hansetag von 1418 hatte nicht allein Lübeck zur Führung der Hanse ermächtigt, sondern auch die übrigen wendischen Städte. Lübeck, Rostock, Wismar, Stralsund, Greifswald, Hamburg und Lüneburg bildeten die Elite. Johannes Vrocklage würde als Vertreter Rostocks der Königin seine Referenz erweisen. Mochte sie noch so schön und wohlhabend sein, Johannes würde die kühle Distanz des feinen Mannes zu wahren wissen.

6

»Wollt Ihr das Rechnungsbuch nicht sehen?« fragte Sebastian Vrocklage den Teilhaber seines Vaters, den Ratsherrn Martin Grüneberg. Sebastian glaubte nicht, daß er über die Fähigkeiten verfügte, die einen guten Kaufmann auszeichneten. Nur notgedrungen führte er die Geschäfte seines Vaters, weil dieser nun einmal abwesend war.

»Man weiß gar nicht, ob diese Bücher noch zeitgemäß sind«, sagte Grüneberg. »Euer Vater hat doch Johannes auch deshalb zu diesem Mann aus Lucca geschickt, damit er sich mit der italienischen Weise der Buchführung vertraut macht? Ihr, sagt man, gehört die Zukunft, und selbst der Banco kommt von den Lombarden. Na ja, wenigstens nicht aus dem Morgenland!«

»Arnolfini heißt der Herr aus Lucca«, sagte Sebastian Vrocklage.

»Genau. Giovanni Arnolfini. Wir treiben mit ihm ein sehr gutes Geschäft. Die Seide, die in Rostock sowohl Frauen als auch Männer entzückt, beziehen wir von ihm. Konto, glaube ich, nennen sie ihre Bücher.«

»Konto heißt nichts weiter als Rechnung«, sagte Sebastian.

»Konto, Sebastian!« Martin Grüneberg nickte vor sich hin. »Das ist die Zukunft. Wir werden alle Italienisch lernen müssen.«

7

Johannes hatte beschlossen, ohne den lächerlichen Turban in Lübeck einzulaufen und den Kopf erhoben zu halten, was auch geschehen mochte. Georg und auch der Schiffer warnten ihn: Die Wunde könne sich entzünden. Johannes pfiff darauf. Sie blutete nicht mehr, und darauf kam es an.

Vom Hafen betrachtet, fand Johannes Vrocklage, ähnelte Lübeck seiner Heimatstadt. Im Gegensatz zu Rostock gab es hier zwar einen Dom, weil ein Bischof in den Mauern der Stadt residierte, aber im übrigen hatten die Kirchen auch nur spitze Türme und nicht einen einzigen Drachen obendrauf. Die Schiffe wurden wie in Rostock an Pfählen festgemacht. Die Rostocker und die Pommern löschten bei der Braunstraße, hatte Georg dem Jungen erklärt. Johannes würde in der Mengstraße wohnen. Auf Höhe der Mengstraße, so hatte Butenkofer ergänzt, legten die Schiffe von Riga an.

Auch im Lübecker Hafen geschah nicht mehr, als in Häfen nun einmal geschah. Man löschte und man belud. Johannes demonstrierte seine weltmännische Überlegenheit dadurch, daß er in die Trave spie. Die Trave lief davon nicht über.

Der Schiffsmann Georg erbot sich, sowohl Butenkofer als auch Johannes an den Kai zu rudern. Auch hatte er sich bereit erklärt, Johannes nach dem Haus in der Mengstraße zu bringen, in dem der Schonenfahrer Tidemann Tzerntien wohnte. Butenkofer war ihm dankbar, weil er sich nun nicht länger um seinen jungen Passagier kümmern mußte, sondern das Umladen der Ware auf die Fuhrwerke überwachen konnte. Auf diesen Fuhrwerken wurden die Güter erst auf den Markt gebracht, wo sie wegen des Lübekker Stapelrechts angeboten werden mußten, bevor man sie flußauf an die Obertrave schaffen konnte, wo die Stecknitzkanalfahrer auf Aufträge warteten. Zwei Tage sollte Johannes in Lübeck verbringen und im Hause des Tidemann Tzerntien auch seinen Vater treffen. Dann würde er die Reise fortsetzen, durch den Kanal bis Lauenburg und dann auf der Elbe nach Hamburg.

Tzerntien war ein Geschäftsfreund des Vaters. Er gehörte der höchst achtbaren Zirkelgesellschaft an, war während der Lübekker Verfassungskrise ein Mitglied des Sechzigerausschusses gewesen und 1416, also in dem Jahr, da Johannes zur Welt gekommen war, Ratsherr geworden. Der dänische König Erich hatte Tidemann Tzerntien sogar für einige Zeit ins Gefängnis geworfen, aber die Gründe kannte Johannes nicht. Politisch waren sich sein Vater und der Lübecker Handelsmann fremd. Im Geschäftsleben jedoch kooperierten sie, und deshalb auch war Johannes im Haus der Tzerntiens willkommen.

Schiffsmann Georg führte Johannes an der Untertrave entlang und dann nach rechts in die Mengstraße. Der weitgereiste Seemann kannte Lübeck natürlich wie seine Westentasche. Auf Anhieb fand er das Haus, das mit einem prachtvollen Ziergiebel ausgestattet war. Noch herrschaftlicher erschien Johannes allerdings das Nachbarhaus, das vom Tzerntienschen Anwesen durch die Blocksquerstraße getrennt wurde. Das Haus von Tidemann Tzerntien war drei Fenster breit, das Nachbarhaus hatte fünf Fenster nebeneinander; es sah fast aus wie ein Schloß.

»Dort muß ein sehr reicher Mann wohnen«, meinte Johannes.

»Ein von Thünen lebt in jenem Haus«, sagte Georg. »Ditmar von Thünen«, fügte er hinzu.

»Von Thünen gibt es auch in Rostock«, sagte Johannes. Das schien eine weit verzweigte Familie zu sein. Georg bestätigte es.

»Es ist ein altes Geschlecht, junger Herr. Auch in Wismar und Stettin ist es wohl zu Hause.«

»Und reich?«

»Außerordentlich. Aber sagt mir, junger Herr, wie werdet Ihr Euren Abend verbringen?«

»Ich weiß nicht, wann mein Vater eintrifft«, sagte Johannes.

»Euer Vater?«

»Er kommt auch nach Lübeck. Zum Hansetag.«

»Und mit Eurem Vater wollt Ihr den Abend verbringen? Ist das nicht ein ödes Vergnügen für einen abenteuerlustigen jungen Herrn?«

»Ich tue, was mein Vater mir befiehlt«, sagte Johannes. So gehörte es sich schließlich.

»Und wenn Euer Vater erst morgen eintrifft?«

»Dann werde ich Konversation mit dem Herrn Tzerntien pflegen«, sagte Johannes, hoffte allerdings auf einen besseren Vorschlag.

»Wie aufregend.« Georg gähnte, griff nach dem kleinen Geldsäckchen, das an seinem Gürtel hing, und ließ die Münzen klingen. »Wollt Ihr nicht mit mir ins Heiligen-Geist-Spital kommen? Dort wird ein zünftiges Bier ausgeschenkt, und es ist nicht so langweilig wie ein Gespräch mit einem alten Ratsherrn. Ihr wollt doch die Welt sehen, Johannes? Die bunte, lebendige Welt? Dann seid Klock sieben bei Sankt Jacobi oben am Koberg. Es sind nur ein paar Schritte, Ihr findet es ohne Frage. Ich warte auf Euch und hoffe, Euch zu sehen.«

FÜNFTES KAPITEL
Das Haupt der Hanse

1

Ungefähr eine halbe Meile von Wismar entfernt vermochten Balthazar Vrocklage und die Reitenden Wächter die Stadt noch nicht zu sehen, aber zu hören. Vrocklage wußte, daß es die Glocken von Sankt Marien waren, von denen die Mittagsstunde eingeläutet wurde. In allen Hansestädten, die er kannte, trug die Hauptpfarrkirche den Namen Unserer Lieben Frau.

Vrocklage preßte seine Schenkel etwas fester gegen den Bauch des Fuchses. Sofort fiel Bruno in einen verhaltenen Galopp.

Am Rostocker Tor wies Balthazar Vrocklage den Stadtwächtern das Einladungsschreiben der Hanse vor und durfte passieren, ohne zur Kasse gebeten zu werden. Er ritt die Altwismarstraße entlang, die an die slawische Vergangenheit des Ortes gemahnte, und mußte dabei acht geben auf die vielen Menschen, die Bauern, Beisassen und Bürger, die ebenfalls unterwegs waren. Beim Rathaus angekommen, sah Vrocklage die Ursache: Es war Wochenmarkt in Wismar. Im Gegensatz zu den Jahrmärkten, wie auch der Pfingstmarkt einer war, boten auf den Wochenmärkten nur die Krämer und Bauern aus der Stadt und ihrer nächsten Umgebung ihre Waren feil. Mägde erledigten die Einkäufe für ihre Herrschaft, aber auch die eine oder andere Bürgersfrau, die dem Sachverstand ihres Personals nicht traute, erwarb Gemüse, Kräuter, Fleisch, Butter und wohl auch einmal ein knöchernes Buttermesser oder ein eisernes für den Sonntagsbraten. Vor allem bot der Markt den Bürgersfrauen, erkennbar an ihren hohen Hauben mit den langen Bändern, einen Vorwand, sich zu treffen und die Mäuler zu zerreißen. Entstand aus dem Klatschen und Tratschen ein handfester Streit, dachte Vrocklage belustigt, hatte man es nicht weit zum Pranger.

Der Wismarer Marktplatz war bekannt für seine enormen Ausmaße. Er brauchte den Vergleich mit Rostocks Neuem Markt nicht zu scheuen, wenn er nicht sogar größer war. Für den Marktfrieden sorgten der Vogt und ein Knecht, die herumschritten, hier eine Ware betasteten, dort einen Händler in ein Gespräch verwikkelten. Der Eichmeister hingegen hatte seine Arbeit wohl schon zur Markteröffnung getan. Er saß abseits auf einer Bank, erkennbar an den Hoheitszeichen der Stadt und seines Amtes, und ließ alle fünfe gerade sein. Johannes Vrocklage winkte ihm zu, denn er kannte ihn seit längerem.

»Herr Vrocklage beehrt unsere würdige Stadt Wismar«, rief der Eichmeister und schwenkte sein Barett. »Ihr seid auf dem Weg nach Lübeck, nicht wahr? Zum Hansetag?«

»Richtig, Meister Wigbald. Die Hanse ruft, wir Sendboten folgen.«

»Beschließt doch endlich, den Holländern auf den Kopf zu hauen«, sagte Wigbald. »Es gibt ja fast kein anderes Thema mehr in den Schreibkammern und an den Tischen der Kaufherren. Nicht einmal die Reichsacht bewegt die Herzen so sehr wie der freche Holländer, der sich in der ganzen Ostsee breitmacht.«

»Wir werden darüber sprechen«, sagte Vrocklage.

»Immer nur reden, reden, reden.« Eichmeister Wigbald schüttelte den Kopf. »Irgendwann muß doch auch gehandelt werden.«

»Ihr wißt doch, wie ungern die Hanse Krieg führt. Und gerade Wismar hat erfahren müssen, wie kostspielig Kriege sind.«

»Oh, ja. Eine Baienflotte hat's gekostet, die der Däne uns wegnahm. Erst die Baienflotte, dann den Ratmann von Haren und den Bürgermeister Banzkow Kopf und Kragen. Ich habe sie selbst rollen sehen, die gnädigen Häupter, hier auf dem Markt. Angenehmen Aufenthalt, und grüßt mir Euren Freund Holthusen. Der ist hier auch schon vorbeigeritten, in einem, gelinde gesagt, sehr merkwürdigen Zustand.«

Henning Holthusen besaß und bewohnte das Haus über den schwarzen Männern. Nun verbarg er keine Mauren in seinen Gewölben, und die breitlippigen Männer, die man nur aus gemalten Chroniken kannte, zierten weder seine Fassade noch seinen Giebel. Das schöne, etwas schiefe Haus mit dem Blendgiebel, das Henning, seiner Frau, seinen Kindern und auch dem Gesinde Herberge gab, befand sich genau gegenüber der Kirche des Dominikanerkonvents. Wegen der schwarzen Kutten der Mönche wurde das Kloster im Volksmund seit vordenklicher Zeit Schwarzes Kloster genannt, und irgendwann hatte dann das Haus der Holthusen seinen mißverständlichen Namen erhalten.

Das Haustor stand offen. Balthazar Vrocklage saß ab und ließ die Wächter auch gleich absatteln. Daß er sich in der Stadt befand, hatte sich herumgesprochen, und so erwarteten ihn die Frau des Hauses und zwei Dienstmädchen. Ursula Holthusen befahl den Mädchen, die Reitenden Wächter im schmalen Hofanbau unterzubringen. Vrocklage sollte das schönste Zimmer bekommen, das sie ihm selbst zeigte. Auf der Treppe zur Galerie erkundigte sich Balthazar nach dem Hausherrn. Dieser sei, wurde ihm beschieden, unlängst von einem Ausritt zurückgekehrt und halte Mittagsruhe.

Die Mittagsruhe war eine wunderbare Sache. Trotzdem wunderte sich Vrocklage, daß sein Freund ihn nicht willkommen hieß. Auch Holthusen pflegte wie jeder Bürger auf den Anstand zu achten. Das war lebenswichtig; wenn man sich einmal entehrte, war es sehr schwer, wenn nicht gar unmöglich, die Ehre wiederzuerlangen.

Es gab viele Geschichten von ehrlos gewordenen Bürgern, die

man sich mit einer Mischung aus Schadenfreude und Unbehagen an den Bürgertischen erzählte. So war zu Zeiten, da Balthazar noch ein Kind gewesen war, einem Rostocker Kaufmann eine seiner Katzen auf den Tod krank geworden. Der Kaufmann hatte, von Mitleid übermannt, das Leiden des Tieres verkürzt und es dann zu allem Überfluß auch noch in seinem Garten verscharrt. Irgend jemand mußte es dem Abdecker, der einem unehrlichen Gewerbe nachging, gesteckt haben. Wie es Sitte war, hatte der Abdecker daraufhin sein Messer in das Tor des Kaufmannes gestoßen. Den Ehrverlust durch das Töten und Verscharren der Katze hätte der Kaufmann mit ein paar Münzen heilen können. Als er aber das Messer aus dem Tor zog, wurden er und seine Familie in Schimpf und Schande aus der Stadt gejagt. Als Fahrende, so wurde erzählt, haben sie sich dann noch eine Weile über Wasser gehalten, bevor sie in Armut und des Hungers starben.

Das Ende der Geschichte hielt Balthazar für eine Übertreibung aus pädagogischen Gründen. Daß man der Ehre dauerhaft verlustig ging, wenn man das Messer des Abdeckers, seinen Wagen oder ihn selbst berührte, entsprach allerdings den Tatsachen. Man durfte Menschen nicht zu nahe kommen, die einen unehrlichen Beruf ausübten. Auch wenn die Gemeinde auf die Dienste eines Scharfrichters oder eines Totengräbers oder eben eines Abdeckers nicht verzichten konnte, waren diese Leute doch Gift für jeden anständigen Bürger.

Das Zimmer, in dem Vrocklage seine Nacht verbringen würde, ging zu Hof und Garten hinaus. Der Laden war geöffnet, und so konnte Balthazar den Apfelbaum vor dem kleinen Fenster stehen sehen.

Das Bett war groß und hatte einen gewölbten Himmel. Die Seiten des Himmels waren mit Schnitzwerk versehen, mit Motiven aus dem Paradies. Dick und selbstgefällig grüßte das mit Daunen gefüllte Bettzeug. Vrocklage, der früh aufgestanden war, hatte nicht wenig Lust, sich auch einem Mittagsschlaf hinzugeben. Er durfte nicht. Ursula Holthusen hatte von der Mittagsspeise etwas aufwärmen lassen, und es wäre unhöflich gewesen, die Bitte zu Tisch abzuschlagen.

Balthazar Vrocklage aß mit Bedacht. Als er sich dem Kompott widmete, einer gekochten und dann in Wein eingelegten, gezukkerten Birne, trat Henning Holthusen in den Raum, der als Eßzimmer, Spinnzimmer und wohl auch als Zimmer für alle anderen Angelegenheiten der Familie diente. An dem hochstehenden wirren Schopf und an den kleinen, blutunterlaufenen Augen seines Freundes erkannte Vrocklage, daß ihn der Ausritt offenbar in eine Schänke geführt hatte.

»Ach, lieber Balthazar«, seufzte Henning, »muß man das Bier, das man verlegt, denn wirklich auch verkosten? Die Ältermänner der Ämter oder ihre Beauftragten führen doch die Qualitätskontrolle durch. Warum mische ich mich da ein?«

»Weil es ein gutes Bier ist, daß du verlegst?« Vrocklage wußte doch, was sein Freund hören wollte.

»Das beste, Balthazar. Es ist so gut, man kann ihm nicht widerstehen. Vierzig Faß konnte ich im letzten Jahr nach Brügge, Antwerpen und Bergen-op-Zoom verkaufen. Vierzig Faß, Balthazar, das war mein bisher bestes Jahr. Ursula, schick doch den Dreyer zum Gevatter Gerwer. Gib ihm einen Zweiling, und er soll uns für zwei Denare einen Krug vom Hopfenbier holen. Für den Rostokker Ratssendeboten Balthazar Vrocklage soll das Bier in Strömen fließen.«

Kaum hatte die Frau den Raum verlassen, wurde es sehr laut in der Diele. Es waren die Kinder, die einen solchen Lärm veranstalteten. Ursula Holthusen versuchte zwar, die Bälger zu beruhigen, aber bevor sie etwas ausrichten konnte, stürmten Frieder, Hannes, Hinrich und Helene herein.

Henning und Ursula Holthusen hatten zwölf Kinder, und diese waren die jüngsten. Sie besuchten eine Pfarrschule, während den größeren durch die Minderen Brüder von Sankt Katharinen

Trivium und Quadrivium eingebleut wurde. Die beiden ältesten Söhne wiederum, von denen der eine wie der Kaiser Sigismund hieß und der andere wie mehrere frühere Kaiser Karl, erlernten das Kaufmannsgewerbe und waren vor einigen Wochen nach Nowgorod abgereist.

»Nächsten Sonntag dürfen wir endlich im Chor von Sankt Marien singen«, verkündete Hannes und sprach für Hinrich mit. Die beiden waren Zwillinge. Helene warf sich auf den Schoß ihres Vaters, Frieder, der immerhin schon elf Jahre alt war, verbeugte sich vor Vrocklage.

»Wir heißen Euch willkommen im Haus über den schwarzen Männern«, sagte er vornehm.

»Er ist ein Spinner«, lautete Hannes' Kommentar. Hinrich nickte, sagte aber nichts. Helene umarmte ihren Vater.

»Meine Rasselbande«, meinte Holthusen stolz. Balthazar Vrocklage war ein bißchen neidisch. Er hätte gern mehr Kinder gehabt, aber eine fatale Krankheit seiner Frau verhinderte es; und die Bastarde waren sein Geheimnis. Bei Holthusen ging man weniger verschwiegen mit den Sprößlingen um, die der Hausherr mit Domestiken gezeugt hatte. Sie waren als Kinder anerkannt, allerdings, so glaubte sich Vrocklage zu erinnern, waren sie von der Erbfolge ausgeschlossen. Mit einem festen Betrag würden sie abgefunden werden, wenn Henning einmal starb.

Ursula Holthusen hatte dem Dienstmann Dreyer aufgetragen, was Henning verlangt hatte, und noch etwas mehr. Davon legte sie Rechenschaft ab, nachdem sie zurückgekehrt war.

»Ich habe Dreyer einen halben Pfennig zusätzlich gegeben, damit er auch Bier für die Reitenden Wächter holt«, sagte sie. »Im übrigen haben wir uns nicht so, Balthazar. Wenn Ihr wollt, dürfen die beiden gern bei uns am Tisch speisen. Mit all diesen schrecklichen Kindern.«

»Wir sind nicht die schrecklichsten, sondern die liebsten Kinder Wismars«, protestierte Hannes.

»Der ganzen Christenheit«, ergänzte Frieder, »denn auch wenn wir im Haus über den schwarzen Männern wohnen, sind wir doch keine Mohren.«

2

Tidemann Tzerntien begrüßte Johannes mit der größten Achtung, und auch Johannes zeigte sich als höflicher und gewandter junger Mann. Tzerntien erteilte einem Bediensteten Anweisung, Johannes' Kiste mit dessen Kleidern vom Hafen abzuholen, dann lud er seinen Gast zum Essen ein. Auch die Frau des Hauses und die beiden Töchter hießen Johannes willkommen, aber zu dem Mahl waren sie nicht zugelassen. Tzerntien speiste mit Johannes in der Schreibkammer. Er erkundigte sich nach den Dingen in Rostock, wollte auch wissen, wie sich der Vater befände und woher die Kopfverletzung seines Gastes stamme, plauderte ein wenig über die Not der Schonenfahrer, die unter dem Krieg mit Erich besonders zu leiden hätten, dann war Johannes entlassen. Er wurde der Obhut einer Magd anvertraut, die ihm sein Zimmer wies.

Die Familie Vrocklage zählte zu den wohlhabenden Bürgern Rostocks, aber verglichen mit dem Raum, den Tzerntien seinem Gast abtrat, lebte Johannes daheim in einer Kammer. Das Zimmer im Haus zum roten Drachen in der Wokrenterstraße hatte kein Fenster. Hier nun hatte Johannes gleich zwei. Sie gingen zur Mengstraße hinaus, und während die Magd das Bett mit weißem, nach Wiese duftendem Leinen bezog, warf er erst einmal einen Blick auf die Straße. Tidemann Tzerntien verließ gerade das Haus. Er ging zu Fuß, begleitet von einem Dienstboten, und er schlug nicht die Richtung zum Hafen ein, sondern die entgegengesetzte. In dem Nachbarhaus, dem Haus des Ditmar von Thünen, wurde das Tor geöffnet. Den Mann, der Tzerntien in den Weg trat, kannte Johannes natürlich nicht, aber er sah sehr vornehm aus. Tzerntien und der Unbekannte sprachen eine Weile miteinander, dann kehrte der Vornehme in das Haus zurück, während Tzerntien und der Dienstmann ihren Weg fortsetzten.

»Wünschen der gnädige Herr noch etwas?« erkundigte sich die Magd, während sie Kissen und Deckbett aufschüttelte. Sie war noch ein Mädchen und übertrieb gewaltig mit ihren Bewegungen, wohl damit Johannes auf ihre nackten Arme aufmerksam wurde. Johannes schüttelte den Kopf.

»Ihr dürft Euch zurückziehen«, erlaubte er.

»Jeden Wunsch soll ich Euch erfüllen, gnädiger Herr«, sagte das Mädchen. »Ihr müßt nur sagen, was Ihr wollt.«

»Dann geht«, befahl Johannes. Er kam sich ziemlich wichtig vor. Nachdem das Mädchen den Raum verlassen und die Tür geschlossen hatte, streifte er Schuhe und Beinkleider ab und warf sich rücklings auf das Bett.

Die Wände des Zimmers zierten flandrische Tapeten. Ein solches Luxusgut kannte Johannes von daheim nicht, dort hatte man die geweißten Wände nur bemalt. Die Tapeten zeigten verschiedene Stadtansichten, die der Fantasie der Teppichweber entsprungen waren. Zwei Ansichten jedoch, so jedenfalls behauptete eine verschnörkelte Schrift über den höchsten Türmen, waren der Wirklichkeit abgewebt. Eine Stadt war La Serenissima, also Venedig. Und die andere war Brügge. Johannes war erschüttert von dem, was er zu sehen bekam. Wenn die Teppichweber nicht logen, mußte Brügge eine entsetzlich große Stadt sein. Venedig auch, doch nach Venedig würde er nicht reisen. Johannes schüttelte verzagt den Kopf. Ein wenig Angst machte sie ihm schon, die Riesenstadt, die man auch den Stapel der Christenheit nannte.

3

»Ein Verbrechen, sagst du?« Henning Holthusen und Balthazar Vrocklage hatten sich in ein Nebengelaß zurückgezogen. Der Raum war klein und spartanisch eingerichtet, aber sie hatten alles, was sie brauchten: einen Tisch, zwei Stühle, einen randvoll mit gutem Bier gefüllten Krug, zwei Becher, Mandeln und Walnüsse zur Belustigung des Gaumens. »Und du möchtest mir dieses Wissen nicht anvertrauen, Balthazar? Ich dränge mich nicht auf, aber vielleicht wäre es besser?«

»Ich kann noch nicht, Henning. In Lübeck treffen sich die besonnenen Männer aus vielen Städten, darunter Ratssendeboten, die ich seit Jahren kenne: aus Greifswald, aus Köln, aus Stade, Braunschweig, Stettin.«

»Hier in Wismar zählt man auch mich zu den Witten, also den besonnenen Männern«, sagte Holthusen. Er meinte es ohne Groll und füllte Vrocklages Becher.

»Ich weiß, ich weiß. Wenn die Sache spruchreif ist, wirst du es als einer der ersten erfahren.«

»Verstehe.« Holthusen klaubte ein paar Mandeln aus dem Napf, legte sie sich auf die Handfläche und richtete sie aus wie Landsknechte. »Aber Martin Grüneberg weiß Bescheid?«

»Gerade er natürlich nicht.« Vrocklage lächelte. »Du kennst ihn doch, Henning. Er hätte die fatale Angelegenheit sofort an die größte Glocke gehängt.«

»Da hast du recht.«

»Du weißt, daß ich dir vertraue«, sagte Vrocklage. »Aber ist es nicht manchmal klüger, einem Freund ein Wissen zu ersparen, mit dem man selbst noch nicht zurechtkommt? Ich mag gar nicht glauben, was zu erfahren mich ein Zufall zwang. Ich zweifle auch manchmal an der Echtheit der Dokumente, die das Verbrechen beweisen, aber dann sehe ich das Siegel … Man kann natürlich auch ein Siegel fälschen, aber in dieser Sache machte es keinen Sinn.«

»Erzähl mir doch wenigstens, wie du in den Besitz dieser Dokumente kamst«, bat Holthusen.

»Ein Zufall, ich sagte es schon. Vielleicht auch ein göttlicher Fingerzeig. Wenige Wochen, bevor sich der Rostocker Rat entschloß, gemeinsam mit Stralsund bei Erich um Frieden zu bitten, haben mein Teilhaber und ich und andere Bürger ein Friedeschiff ausgerüstet, das eine Flottille von Flandern- und Baienfahrern beschützen sollte. Ich selbst habe die Bürgerpflicht auf mich genommen und das Friedeschiff befehligt. Die Flottille wurde dann von den Dänen attackiert. Es gelang meinen Männern, eines der dänischen Schiffe zu kapern. Der Kapitän versuchte noch, alle Unterlagen zu vernichten, aber dann traf ihn der tödliche Streich eines übereifrigen Heißsporns. Du bist Kaufmann wie ich, du weißt, daß man nicht nur mit Geld geizen muß, sondern auch mit Menschenleben. In der Seekiste des Schiffers fand ich dann, was seit mehr als einem Jahr meine Seele belastet.«

»Ich vermute, du hast die Dokumente wohl verwahrt?«

»Das habe ich, Henning. Niemand kennt das Versteck.«

»Das ist vielleicht ...« Holthusen gab noch etwas Bier in Vrocklages Becher. »Gott sei davor, daß dir etwas zustößt, nur ... Ich meine, wer wird dann das Verbrechen entdecken ... Ich mag diesen Gedanken nicht aussprechen.«

»Ich habe schon verstanden«, sagte Balthazar Vrocklage und griff ebenfalls in das Schälchen mit den Mandeln und Nüssen. »Du weißt von diesen Dokumenten, Henning, und der Abt von Doberan weiß es auch. Sollte mir jemand nach dem Leben trachten, so laßt meinen jüngsten Sohn befragen. Ich glaube, Johannes ist einerseits klug, andererseits noch Kind genug, er wird, wenn er sich nur ein wenig den Kopf zerbricht, herausfinden, wo ich die Pergamente versteckte.«

4

Der Herr stand so hoch, daß er das Subjekt warten ließ, obwohl auch er dessen Dienste bedurfte. Von der Bank in der Diele, die man ihm angewiesen hatte, konnte er in den Hof schauen. Es war eine sehr große Diele, es war auch ein sehr großer Hof. Das Subjekt vergnügte sich mit Blicken auf die Beine der Mägde, die in einen Bottich geklettert waren und Kraut stampften. Auch vertrieb er sich die Zeit damit zu raten, was sich wohl in den Tonnen, Fässern, Säcken und Bündeln befinden möge, die er vor dem Angesicht hatte.

Das Subjekt hatte sich aus bescheidensten Verhältnissen beharrlich emporgearbeitet. Seine Eltern waren Bauern, und obwohl das Subjekt weder der Erstgeborene gewesen war noch das jüngste Kind, war es ihm gelungen, die größte Aufmerksamkeit auf sich zu ziehen. Ihn hatten die Eltern am meisten geliebt. Ihre einfältigen Pläne jedoch hatte er bereits von Kindesbeinen an als unangemessen empfunden. Sie wären selig gewesen, hätten sie den Sohn als Lehrling bei einem Meister in der Stadt unterbringen können, wo er sich vermutlich jetzt noch als mittelloser Geselle herumquälen und auf den Tod des Meisters warten würde, um die Meisterin zu heiraten und endlich in das Amt aufgenommen zu werden. Das Subjekt hatte von klein auf andere Ambitionen. Es wollte so reich und so verderbt sein wie der Graf von Hahn, auf dessen Gütern die Eltern und die Geschwister schuften mußten und auch das Subjekt, als es alt genug war, wenigstens aber so wohlhabend wie der Verwalter. Dieser konnte lesen, schreiben und rechnen. So begann das Subjekt, kaum daß es seine ersten Schuhe bekommen hatte, sich selbst Lesen, Schreiben und Rechnen anzueignen. Der Schulbesuch wurde ihm verweigert. Der Graf hätte nichts dagegen gehabt. Es waren die Eltern selbst, die von der Schule nichts hielten und mehr darauf achteten, daß der Sohn seine Hände zu gebrauchen lernte.

Ganz ohne Hilfe ging es allerdings nicht ab. Der Verwalter war gern bereit, dem gelehrigen Kind das Nötige beizubringen. Dafür mußte es ihm zu Willen sein, wann immer ihm das Vieh nicht mehr ausreichte, um seine unnatürlichen Lüste zu befriedigen.

So war er denn gedemütigt und geduckt worden, so hatte er das Schleichen gelernt, aber auch andere äußerst nützliche Dinge. Von allen seinen Geschwistern hatte er es am weitesten gebracht.

Es mochte eine Stunde verstrichen sein, als der Hausherr ihn endlich zu sich rief. Das Subjekt war es gewohnt. Man liebte den Verrat, aber nicht den Verräter, und wenn man einen Mord bestellte, wünschte man sich den Mörder am liebsten anderntags am Galgen. Das war der Preis des gesetzlosen Handelns: Weil der Verräter Verrat betrieb, konnte man ihm niemals vertrauen, und weil der Auftragsmörder im Auftrag tötete, mußte man fürchten, er könne eines Tages den Namen des Auftraggebers preisgeben. Deshalb mußte das Subjekt auch immer seine eigene Sicherheit im Auge behalten.

Der hochgestellte Herr empfing ihn in einer kleinen Kammer, die den Wohnräumen vorgelagert war; deren Böden sollten natürlich nicht von den Füßen eines Handlangers beschmutzt werden, über dessen Moral es keinen Zweifel gab. Über die Moral des Hausherrn allerdings auch nicht. Das Subjekt verbeugte sich. Der Mann, der zu den Lübecker Geschlechtern zählte, musterte ihn vom Scheitel bis zur Sohle.

»Ich komme zu Euch mit den wärmsten Empfehlungen meines Herrn«, sagte das Subjekt.

»Ja, ja!« Der Kaufmann und frühere Bergenfahrer, der schon recht betagt war und der dem wiedereingesetzten Alten Rat angehörte, winkte barsch ab. »Ich höre, der junge Vrocklage sei in Lübeck. Warum? Hieß es nicht, er werde diese Stadt nie erreichen?«

»Der Vater, Herr! Der Vater wird Lübeck nicht erreichen. Der Sohn ist nicht so gefährlich ... Obwohl er eigentlich schon auf See ...«

»So war es doch ausgemacht? Daß er auf See bleibt? Hatten wir nicht gerade das schönste Gewitter? Ist das nicht ein Grund, auf See zu bleiben, von Sturzbächen über Bord gespült? Ja? Nein? Dorothea!« rief der Alte und klatschte in die Hände. Augenblicklich erschien ein Dienstmädchen. »Bring mir Wein! Den guten Elsässer! Und einen Pelz.« Er rieb sich die klammen Hände, obwohl es doch, jedenfalls für die Begriffe des Subjekts, viel zu heiß war. »Für meinen Gast ...« Der Lübecker Ratsmann überlegte eine Weile. »Nun, auch Wein! Rasch, rasch! Und Ihr setzt Euch endlich!« befahl er dem Subjekt.

5

Daß er sich mit dem Schiffsmann Georg zu einem Besuch in der Schänke verabredet hatte, bedauerte Johannes immer mehr. Natürlich wollte er die Lübecker Geheimnisse kennenlernen, wie Georg es ihm verheißen hatte. Mit einem Matrosen auszugehen gehörte sich jedoch nicht für einen Bürgersohn. Wenn Butenkofer von den Eskapaden an Bord erzählte, würde Johannes seinem Vater schon genug Kummer bereiten. Ein Besuch in einem Krug, noch dazu in einer fremden Stadt und in Begleitung eines Seemannes, würde dessen Enttäuschung noch um einiges steigern, auch wenn sich der Krug in einem christlichen Hospital befand.

Johannes hoffte, daß Tidemann Tzerntien entweder etwas für den Abend geplant hatte oder den Ausgang schlichtweg verbot. Tzerntien würde Johannes Folge leisten müssen. Einem Kaufherrn und Ratsmann, der zudem noch sein Gastgeber und Geschäftsfreund seines Vaters war, durfte er nicht widersprechen. Das würde selbst der ungebildete Schiffsmann begreifen.

Ein paar Stunden mit einem Mann wie Tzerntien zu verbringen, der aus der Sicht des Jungen zu den Alten gehörte, reizte aber auch nicht gerade. Johannes reiste durch die Welt und war auf Abenteuer aus, nicht auf die Weisheiten eines rechtschaffenen Mannes. Nur daß Tidemann Tzerntien in einem Verlies des Dänenkönigs gesessen hatte, machte ihn dem Jungen interessant. Genau darüber würde er höchstwahrscheinlich nicht sprechen wollen.

Johannes Vrocklage rechnete damit, daß sein Vater erst am nächsten Tag in Lübeck eintreffen würde, schließlich hatte er seinen Wismarer Freund Holthusen lange nicht gesehen. Mit seinem Vater würde Johannes gern einmal einen trinken gehen. Es konnte ja auch ein standesgemäßes Haus sein, eine Kompanie etwa oder auch die Schiffergesellschaft. Dort würde man Butenkofer antreffen können. Den Gesprächen der Schiffer zu lauschen, würde Johannes gefallen, aber der Zutritt zur Schiffergesellschaft war ihm untersagt.

Tidemann Tzerntien war für den Abend verpflichtet. Die Schonenfahrerkompanie wollte ein neues Mitglied aufnehmen, und das war erfahrungsgemäß mit einem stundenlangen Festschmaus verbunden.

Unter diesen Voraussetzungen mußte Johannes keine Entscheidung treffen. Ihm stand der Sinn nicht danach, der Frau des Hauses und ihren Töchtern bei der Handarbeit zuzusehen und an ihren Weibergesprächen teilzunehmen, also bat er Tzerntien um die Erlaubnis auszugehen. Tzerntien willigte ein, bestand allerdings darauf, daß ein Dienstmann ihn begleitete. Das paßte Johannes nicht, aber er hatte zu gehorchen. Außerdem konnte ihm der Dienstmann, der Melchior hieß, behilflich sein, sich in Lübeck zurechtzufinden.

Melchior wurde verpflichtet, den jungen Herrn vor der Stunde heimzubringen, in der die Straßen ausschließlich den Nachtwachen gehörten. Er sollte dafür Sorge tragen, daß Johannes die üblen Gassen und Gänge der Stadt mied und sich von Leuten fernhielt, die nicht zum Umgang eines anständigen Bürgers gehörten. Schließlich bekam der Dienstmann einen halben Pfennig, um mit dem Gast einen Krug Rotspon leeren zu können, einen Krug wohlgemerkt und kein ganzes Faß.

Mit diesen Instruktionen versehen wurde Johannes und seinem Bewacher gestattet, das Haus zu verlassen. Der Abend dämmerte, als sie die Mengstraße betraten. Melchior führte Johannes nach links, an dem großen Haus des Ditmar von Thünen vorbei und zur Marienkirche, deren schlanke Türme noch von den letzten Sonnenstrahlen getroffen wurden. Auch in Rostock gab es eine Marienkirche, doch während sie Johannes eher gedrungen vorkam wie ein zusammengekauertes Kaninchen, erschien das Lübecker Gegenstück elegant und leicht.

»Was wollt Ihr sehen?« erkundigte sich Melchior. »Bevor es dunkel wird, möchte ich Euch möglichst viel zeigen von der schönsten Stadt der Welt.«

»Kennst du eine andere, Melchior?«

»Oh, ja«, sagte der Dienstmann. »Ich habe einmal für den Herrn Tzerntien nach Grevesmühlen reiten müssen ... Sie haben nur eine Kirche dort, die armen Menschen!«

In Johannes Vrocklage regte sich der Lokalpatriot.

»Und in Rostock bist du nie gewesen?« fragte er.

»Nie«, erwiderte der Dienstmann. »Ist Rostock schön?«

»Sehr schön.«

»Schöner als Lübeck?«

»Ich weiß es nicht«, räumte Johannes ein. »Von Lübeck habe ich den Hafen gesehen, die Kirchtürme, die Mengstraße ... Aber selbst wenn hier die Straßen mit Silber gepflastert wären und die Dächer mit Gold gedeckt, würde ich wohl Rostock für schöner ansehen, weil es ... weil es meine Vaterstadt ist.«

»Gut gesprochen«, meinte Melchior. »Die Väter soll man ehren. Nun, was soll ich Euch zeigen? Den Dom? Die Wassermühlen an der Wakenitz? Sie sind riesig, sage ich Euch, riesig wie ... Riesen.«

»Bring mich zum Koberg«, bat Johannes.

Melchior nickte nur. Im ersten Moment hatte der Junge damit gerechnet, bei dem Dienstmann mit seiner Bitte Erstaunen oder gar Abwehr auszulösen, aber nichts dergleichen geschah. Das konnte nur bedeuten, daß der Koberg nicht zu den üblen Plätzen gehörte, von denen Tidemann Tzerntien gesprochen hatte.

Es ging die Breite Straße entlang, die von hohen und breiten Häusern gesäumt wurde, in denen nach Melchiors Worten viele Lübecker Ratsherren und Angehörige der Geschlechter wohnten. Die Mitglieder des Rats und der Oberschicht brauchten keine Trippen über die Schuhe zu streifen, wenn der Regen die Straßen in Schlamm verwandelte, denn die Breite Straße war gepflastert. Sankt Jacobi, die Kirche der Fischer und Schiffer, dominierte den Blick. Sie überragte den Norden Lübecks und den Koberg ohnehin.

Der Koberg war sogar ein recht nobler Platz, wie Johannes feststellen konnte, nachdem sie das Ende der Breiten Straße erreicht hatten. An der Ecke zur Engelsgrube unterhielt die Schiffergesellschaft ein sehr angemessenes Domizil. Die zur Jacobikirche gerichtete Giebelfront schmückte der Wahlspruch ihrer Genossen: *Allen zu gefallen ist unmöglich*. In diesem Haus saß nun also Michael Butenkofer, um zumindest sich selbst einen Gefallen zu erweisen.

Die gesamte Ostseite des Koberg nahmen die Kirche und zwei Lagerhäuser des Heiligen-Geist-Hospitals ein. Die Kirche bestand aus drei Teilen, dem Mittelschiff und zwei Seitenschiffen, und die Teile wurden von vier dünnen sechseckigen Türmen eingefaßt. Jedes der Schiffe war mit einem Portal versehen. Von seiner Betrachterposition aus konnte sich Johannes irren, aber er hatte den Eindruck, daß die Kirche breiter war als tief, und das erschien ihm ungewöhnlich. Die verblassenden Schatten von St. Jacobi bedeckten einen Teil der Fassade bis zum Dachreiter.

Der Schiffsmann Georg erwartete Johannes am Fuße der Jacobikirche. Obwohl er sich freundlich gab, war ihm auf Anhieb anzusehen, daß ihm Melchiors Anwesenheit nicht gefiel. Um so mehr war Johannes froh, einen Beschützer zu haben.

Melchior behielt seinen Gleichmut bei. Was er von der Idee hielt, die Trinkstube des Hospitals zu besuchen, zeigte er nicht.

Ein Heiligen-Geist-Hospital gab es auch in Rostock. Es konnte mit den Lübecker Gebäuden nicht konkurrieren, aber in ihm wurden die vier Rostocker Eichmaße aufbewahrt. Dieses Wissen wollte Johannes unbedingt kundtun.

»Und welche Maße, junger Herr, sind es?« erkundigte sich der höfliche Melchior. Johannes bekam nicht alle vier zusammen.

»Roggenscheffel, Gerstenscheffel«, sagte er unbestimmt. Ein angehender Kaufmann hätte es eigentlich besser wissen müssen.

»Was schiert's uns«, warf Georg fröhlich ein. »Schaut nur, junger Herr, die beiden Kornhäuser links von der Kirche. Sie sind schmucklos, wie Ihr wohl zugeben werdet, aber Korn muß man ja auch nicht in Palästen lagern. Doch in dem Keller ... Junger Herr, die Spitalbrauerei ist ausgezeichnet!«

Johannes warf Melchior einen fragenden Blick zu. Der Dienstmann zuckte nur ganz leicht die Schultern.

Im Braukeller war es kühl. Die Gäste saßen an langen Tischen auf durchgehenden Bänken. An den Wänden blakten Fackeln, auf den Tischen standen Öllichte. Die Mägde trugen in jeder Hand mehr Krüge, als ein Mensch eigentlich tragen konnte; sie mußten sechs, sieben oder acht Finger haben. Georg deutete in eine Nische fern von der Treppe. Der Tisch, den er im Auge hatte, war noch nicht so voll besetzt wie die anderen.

Verglichen mit der Lautstärke in dem Krug war ein Jahrmarkt ein Ort der Stille. Je mehr Bier durch die Kehlen geflossen war, desto roter wurden nicht nur die Gesichter, sondern um so lauter auch die Stimmen. Worüber gesprochen wurde, war kaum zu verstehen. Mitunter konnte man ein paar Worte aus dem allgemeinen Lärm heraushören. Was bereits ihre Kleidung verriet, wurde durch diese Worte noch bestätigt: Die meisten Gäste waren Pilger.

Sie hatten im Heiligen-Geist-Hospital Quartier genommen, um hier auf ihrem langen Weg nach Santiago de Compostela einen Abend und eine Nacht zu rasten.

»Einverstanden, junger Mann?« Georg fuhr mit einer einladenden Geste über den Tisch. Johannes nickte.

6

Kurz nach dem Abendläuten versammelten sich Johannes Vrocklage, Henning und Ursula Holthusen und die Kinder zum Gebet vor dem Hausaltar. Mittlerweile waren die älteren Söhne eingetroffen, die bei den Bettelmönchen ihre Bildung erhielten, und auch Roswitha, die älteste der Töchter, denen Frauen in der Nachbarschaft gerade das Sticken, Spinnen und Kochen sowie die weiblichen Tugenden beibrachten. Roswitha sollte in Kürze verheiratet werden.

Während sie mit ihren Eltern und dem Gast vor dem Altar knieten, waren selbst die lebhaften Kinder still und andächtig. Der Hausaltar war zwar klein, aber immerhin dreiflügelig. Ein Wismarer Bildschnitzer hatte ihn bereits für Hennings Urgroßvater angefertigt. Gottes Sohn an seinem Kreuz trug eine goldene Krone, und sie war von echtem Gold. Daß sie so glänzte, lag daran, daß Henning Holthusen das Blattgold unmittelbar vor dem Pfingstfest hatte erneuern lassen.

Die Stimmung wurde dadurch noch gehoben, daß man durch das offene Fenster den Gesang der Dominikaner hören konnte. Allerdings drangen auch irdische Geräusche herein. Die von der Stadt bezahlten Hirten trieben das Vieh der Bürger zu den Ställen, und Schweine, Rinder oder Schafe waren zwar Gottes Geschöpfe, konnten aber nicht beten. Man mußte das Fenster schließen, um den erbaulichen Worten lauschen zu können, die der Hausherr vorlas.

Balthazar Vrocklage war sehr müde. Er speiste noch mit der Familie, kündigte aber bereits an, daß er sich nach dem Abendessen ins Bett zurückziehen werde. Die Reste des Mittagsmahls wurden kalt aufgetragen, und als Schlummertrunk erhielt Balthazar einen stark gewürzten Wein.

Es war noch nicht einmal ganz dunkel, als sich Vrocklage entkleidete und unter die Bettdecke schlüpfte. Die Kinder veranstalteten noch eine Zeitlang einen Spektakel, wurden dann aber zur Ruhe ermahnt und leisteten der Ermahnung Folge. Nur für ein paar Minuten noch hörte Balthazar das Getrappel nackter Füße. Ursula, die ihre Kinder zu Bett brachte, redete leise auf sie ein und erzählte ihnen wohl auch eine Geschichte. Balthazar verstand kein Wort, aber die Melodie ihrer Rede schläferte ihn ein.

7

»Sagt, junger Herr, habt Ihr schon einer Frau beigewohnt?« erkundigte sich Georg. Mittlerweile hatte er den fünften Krug kommen lassen, und obwohl nur dünnes Bier ausgeschenkt wurde, spürte Johannes die Wirkung.

»Wie soll er denn?« Melchior schüttelte den Kopf. »So jung, wie er ist.«

»Und du, Melchior?« Georg grinste anzüglich.

»Ich? Natürlich.«

»Du bist doch aber nicht verheiratet, Melchior. Gehst also auch zu den«, Georg senkte die Stimme in einer Weise, die jedem in der Nähe Sitzenden Lust machte, genau zuzuhören, »zu den Huren?«

»Niemals!« rief Melchior. Sein Gesicht war hochrot, so sehr erregte ihn Georgs Verdacht. »Die Herrschaft …«

»Aber Melchior«, sagte Georg in einer betont mitleidigen Weise, »die Herrschaft geht doch auch in die Frauenhäuser. Kaufherren, Ratsherren, Adlige, alles gute Kunden bei den losen Frauen.

Die meisten von ihnen haben mehr Bastarde als Kinder mit ihren Gattinnen. Weiber, Johannes!« Der Matrose schnalzte mit der Zunge. »Was hältst du von ihnen, Junge? Von ihren weichen Brüsten, zarten Hälsen, langen Schenkeln? Nun, Johannes? Wann hast du deine erste Frau gehabt?«

»Wann? Ja, ich ... Nun, wann? Frauen, Georg, Frauen, Frauen und Frauen!« stammelte Johannes. Nur mühsam gehorchte ihm die Zunge. Georgs ungezügelte Rede hat in ihm eine starke Erregung entfacht.

»Siehst du, Melchior, der Herr Johannes ist erfahren«, behauptete Georg. »Und ich denke, daß er diese Erfahrungen in Lübeck vertiefen will. Nicht wahr, Johannes? Ich kann dich ...« Urplötzlich wurde dem Schiffsmann bewußt, daß er womöglich zu weit ging. »Ich kann Euch zu Frauen führen, nach denen Ihr Euch jeden Finger lecken werdet.«

»Darf nicht.« Johannes fühlte sich erschöpft. Der Rauch der Fackeln brannte in seinen Augen. Außerdem lag ihm ein Kloß im Magen, und richtig denken konnte er auch nicht mehr.

»So ist es richtig, junger Herr«, bestätigte ihm Melchior. »Wenn der Krug geleert ist, bringe ich den jungen Herrn nach Hause, so wie es mir befohlen wurde.«

»Du bist wohl nie jung gewesen, Melchior? Warst immer ein verbissener Diener, was?« Georg nestelte an seiner Gürteltasche, legte dann einen ganzen und einen Halbpfennig auf den Tisch. »Ich habe einen Anteil meiner Heuer erhalten. Denkt Ihr denn, ich möchte das Geld allein versau ... vertrinken?«

Melchior betrachtete die beiden Münzen durchaus mit Interesse.

»Warum gehst du nicht mit dem Schiffsvolk aus?« fragte er schließlich.

»Weil ich dem jungen Herrn versprochen habe, ihm Lübeck zu zeigen.«

»Hier ist nicht viel Lübeck zu sehen«, bemerkte Melchior.

»Einen Krug ... Wir können doch ... noch einen Krug ...« Es fiel Johannes nicht leicht, einen klaren Satz zu bilden. Gewiß war es klüger, dem Dienstmann Folge zu leisten, sich in die Mengstraße und dort zu Bett zu begeben, um sofort, also ohne Nachtgebet einzuschlafen. »Das Nachtgebet«, murmelte Johannes. »Einen Krug, nur einen noch.«

Der Dienstmann ließ sich breitschlagen. Johannes sah Georg winken. Offenbar hatte er jemanden entdeckt, der zur Mannschaft gehörte. Einen anderen Grund konnte es für das Winken nicht geben. Oder doch: Dem Jungen fiel ein, daß der Wink eine Aufforderung für die Schankmädchen darstellte, neues Bier zu bringen. Mit Johannes war wirklich nicht mehr viel los.

Von seiner Umgebung bekam er kaum noch etwas mit. Seine Aufmerksamkeit galt dem Boden seines Bechers. In der Neige zappelte eine Fliege. Johannes war vom Todeskampf des Insekts vollkommen in Anspruch genommen, so daß er erschrak, als neben ihm jemand zu sprechen begann. Nach der Stimme zu urteilen, war es eine Weibsperson

»Wie schön Ihr seid, Herr!« raunte sie ihm ins Ohr. Sie hatte sich zwischen Melchior und Johannes auf der Bank niedergelassen. Melchior sagte etwas. Es konnte ein Protest sein oder ein Wort der Bewunderung für die Frau, Johannes verstand ihn nicht. Johannes hörte nichts mehr und sah nur noch wenig. Er sah einen Hals, zwei Brüste, soweit verhüllt, daß man es gerade noch als schicklich bezeichnen konnte, den tiefen Spalt dazwischen. Er roch Haut, Schweiß und noch etwas anderes, etwas Schweres, ihm bisher Unbekanntes. Die Weibsperson lachte. Mit ihren kräftigen Händen packte sie den Kopf des Jungen und zog ihn zu sich. Melchior schien doch eher zu protestieren. Johannes schloß die Augen, bevor sein Gesicht die Brüste berührte.

8

Balthazar Vrocklage schreckte hoch, als es bereits stockdunkel war. Vor geraumer Zeit hatte der Nachtwächter Bürger und Einwohner aufgefordert, die Straßen zu verlassen sowie Tore und Türen zu verschließen. Sein Singsang war von fern in Vrocklages Bewußtsein gedrungen, doch dann hatte er sich auf die andere Seite gerollt und war wieder eingeschlafen. Nun war er hellwach.

Es war jemand im Haus, der nicht im Haus sein sollte.

Balthazar Vrocklage lauschte. Alles war still. Vor einigen Augenblicken jedoch hatte Vrocklage über sich ein Scharren und Schlurfen gehört, ein paar geflüsterte Worte, einen fallenden Gegenstand, leises Lachen. Über dem Zimmer, in dem er ruhte, befanden sich die Dachböden, die seinem Freund Holthusen als Lagerräume dienten. Das Scharren und das Schlurfen konnte man sich durch einen Marder erklären, vielleicht auch durch Ratten. Manchmal warfen diese Tiere auch einen Gegenstand um, aber sie flüsterten und sie lachten nicht.

Vrocklage erhob sich von seinem Bett. Er bemühte sich, kein Geräusch zu verursachen, aber das Bett knarrte, und die Diele, die er mit seinem nackten Fuß berührte, knarrte auch. Für einen Moment rührte sich Vrocklage nicht. Dann schlich er auf Zehenspitzen zum Fenster.

In dem Ausschnitt, der von den Dächern der den Hof begrenzenden Häuser freigegeben wurde, war ein klarer Himmel zu sehen. Die Sterne waren das einzige Licht, das um diese Stunde die Stadt beleuchtete. Viel konnte Balthazar Vrocklage dennoch nicht erkennen, von dem Apfelbaum abgesehen, der den Ausblick auch am Tag beherrschte. Fledermäuse, die bei Nacht noch besser sehen konnten als die Eulen und die Katzen, flatterten durch den Hof und kamen Balthazar ziemlich nahe; er wußte aber, daß sie ihn nie berühren würden. Vrocklage, der ein ungutes Gefühl hatte, schloß das Fenster. Obwohl es zuvor schon still gewesen war, hatte er den Eindruck, daß es nun noch stiller geworden war, eine Einbildung vermutlich. Auch vom Dachboden kamen keine Geräusche.

Balthazar Vrocklage bückte sich, tastete nach seinen Schuhen und schlüpfte hinein. Mit ausgestreckten Armen begab sich Vrocklage zur Tür, sperrte sie auf und trat auf die Galerie. Irgendwo zwischen den Türen, die von der Galerie abgingen, hatte er eine Truhe gesehen, auf der Truhe eine Schale, in der Schale Schwamm und Feuerstein. In seiner Erinnerung war die Truhe viel weiter von seiner Zimmertür entfernt als in Wirklichkeit, und schon nach zwei vorsichtigen Schritten stieß er sich das Schienbein.

Mit Schwamm und Feuerstein in der Hand kehrte Vrocklage um. Mit einer Hand tastete er sich an der Wand entlang in sein Zimmer. Dort entzündete er eine Öllampe, die er nach langem Suchen endlich gefunden hatte, und mit dieser Lampe bewaffnet, machte er sich erneut auf den Weg. Er ging die Galerie entlang und stieg die Treppe hinab in die Diele. Bis auf die Geräusche, die er selbst verursachte, blieb es still.

Balthazar Vrocklage prüfte das Tor und die Tür zum Hof, beide waren verschlossen. Er kontrollierte die Läden, deren Sitz und Festigkeit nichts zu wünschen übrig ließen. Zurück auf der Galerie, begab er sich zu der schmalen Stiege, die zu den Lagerböden führte. Die Stiege endete vor einer Luke, die ebenfalls verriegelt und verrammelt war. In diesem Haus hatte niemand etwas zu befürchten.

Als er wieder im Bett lag, überkam ihn die Überzeugung, daß er die Geräusche auf dem Boden nur geträumt hatte. Die Sorge, die Henning Holthusen am Abend, aber auch Abt Bernhard geäußert hatte, war nicht ohne Wirkung auf ihn geblieben. Vrocklage hätte nichts von den Gründen andeuten sollen, die ihn bewogen hatten, nach Lübeck zu gehen. Die Mahnungen zur Vorsicht hatten nur dazu geführt, daß er Gespenster sah.

Balthazar Vrocklage hatte keinen Anlaß zur Besorgnis. Er schlief auch bald wieder ein: Nur hatte er beide Riegel vor die Tür gelegt und das Fenster geschlossen gelassen. Und er ließ die Lampe brennen, bis die Flamme das Öl verzehrt hatte.

9

Das Zimmer war sehr klein. Seine Einrichtung bestand aus einem großen Bett, einem Tisch und einem Stuhl. Auf dem Tisch brannte ein Talglicht. Es roch nach Seife, nach einem aromatischen Öl und nach Frau.

Johannes wußte jetzt mehr denn je, wie eine Frau roch.

Obwohl die Fensterläden geschlossen waren, drang doch auch der Gestank von Schweinemist durch alle Ritzen. Dem Frauenhaus gegenüber erstreckten sich Ställe.

Wie es Georg gelungen war, den Widerstand des Dienstmannes Melchior zu brechen, wußte der Junge nicht. Zuerst hatte sich Melchior vehement dagegen gewehrt, Johannes mit dem käuflichen Mädchen mitgehen zu lassen. Johannes Vrocklage hingegen hatte sich in einem Zwiespalt befunden. Die Möglichkeit, zum ersten Mal in seinem Leben bei einer Frau zu liegen, hatte ihn aufgeregt, angezogen und entsetzt. Ohne den sanften Druck des Schiffsmannes hätte er sich nie darauf eingelassen. Um sich bedenken zu können, war er erst einmal auf dem Abort verschwunden. Nach seiner Rückkehr war Melchior plötzlich einverstanden gewesen, daß er die Hure besuchte. Vielleicht, überlegte Johannes jetzt, während er nackt auf dem Rücken lag und die Frau seine Brust streichelte, vielleicht hatte Georg ein paar Denare springen lassen. Das Mädchen, so schien es jedenfalls, hatte er auch bezahlt. Johannes begriff nicht, welchen Narren der Matrose an ihm gefressen hatte.

Er wußte nicht genau, wo er war. Georg hatte einen Fackelträger bestellt, so daß sie nicht durch die Dunkelheit stürzen mußten. Über den Koberg, am Haus der Schiffergesellschaft vorbei und die Engelsgrube hinab war es ins Gängeviertel gegangen. In einen der Gänge irgendwo nicht weit von der Trave entfernt hatte die junge Frau ihn geführt. Melchior hatte an dem niedrigen Torbogen, der die Straße vom Gang schied, Posten bezogen, der Schiffsmann hatte sich verabschiedet. Er wohnte in einem Gasthaus, das zu später Stunde verschlossen wurde, und wollte vermeiden, die Wirtsleute aus dem Bett klopfen zu müssen.

»Noch einmal, junger Herr?« fragte die Frau. Sie hockte neben ihm auf dem Bett, ebenfalls nackt, und ihre Finger umschifften seinen Bauchnabel.

Zuerst hatten Angst und Begierde in Johannes miteinander gekämpft. Je näher sie dem Frauenhaus gekommen waren, desto stärker war die Angst geworden. Als er in dem Gang das Grölen der Männer, als er das Geschrei und Gestöhne aus den kleinen, schiefen Buden vernahm, hatte er schon umkehren wollen. Melchiors Anwesenheit als Wächter an der Scheidelinie zwischen wohlanständigem Leben und Sünde beruhigte ihn, und während sie schließlich die enge Stiege hinaufkletterten und das Mädchen sein Kabuff öffnete, wurde die Begierde stärker. Und als die junge Frau sich aufs Bett warf, Johannes zu sich hinabzog und ihn küßte, hatte die Lust gesiegt.

Aufgeregt war er natürlich weiterhin gewesen. Er hatte nicht gewußt, was man tun mußte beim Beischlaf. Doch seine Befürchtungen, er könne Fehler machen oder versagen, waren unbegründet gewesen: Die Frau hatte die Initiative übernommen und ihm alles gezeigt.

»Noch einmal?« Johannes untersuchte mit den Händen Gesicht, Kinn und Hals der Frau. »Aber wer …? Deine Löhnung?«

»Was schiert's Euch? Ich bin bezahlt.«

»Noch einmal, wenn du mir deinen Namen sagst.«

»Wozu wollt Ihr ihn wissen, junger Herr? Ihr werdet Lübeck bald verlassen und mich vergessen.«

»Vielleicht …« Johannes richtete sich ein wenig auf, um ihren Bauch, ihre Schenkel und das Höhlentor dazwischen zu betrachten. »Ich brauche deinen Namen, wenn ich mich in dich verliebe«, sagte er fest.

»Ihr? Euch? In mich? Verlieben?« Die junge Frau lachte laut auf. »Verfluchen werdet Ihr mich, hat Euch der Priester nach der Beichte die Strafe für Eure Verfehlungen auferlegt.«

»Ich habe einen reichen Vater«, erklärte Johannes. Er wollte nicht angeben, er wollte nur zeigen, daß er die Frau notfalls aus ihrem Elend befreien konnte. Plötzlich wünschte er nämlich, ihr Gutes zu tun, obwohl sie sich über ihr Los nicht beklagt hatte, und sie zu retten, wie es sich für einen edelmütigen Liebhaber gehörte. »Wenn ich keine Lust auf hundert Paternoster habe, kaufe ich einfach ein paar Ablaßbriefe. Das haben die Geistlichen ganz gern, weil für ein Vaterunser kriegen sie nicht mal Graubrot. Und alle Geistlichen, die ich kenne, mögen das weiße Brot lieber, so wie wir gewöhnlichen Sterblichen auch.«

»Weißes Brot.« Die Frau schloß die Augen. Ihre Hände waren unterwegs durch das dünne Gestrüpp über Johannes' Scham.

»Morgen bringe ich dir welches«, gelobte der Junge. »Einen Korb voll«, versprach er in seinem Eifer und bedachte nicht, daß für einen Korb mit Weißbrot seine Barschaft nicht reichte. »So viel, wie du willst. Doch sage mir deinen Namen.«

»Marion«, erwiderte die junge Frau. Sie packte zu. Dem Jungen vergingen abermals Hören und Sehen.

SECHSTES KAPITEL

Der Sühnestein

1

Die Glocke von Sankt Marien schlug die erste Stunde des Tages. Noch nie in seinem jungen Leben hatte sich Johannes um diese Zeit außerhalb eines Hauses aufgehalten. Es war jedem Bewohner auch nur in außerordentlichen Fällen erlaubt, etwa wenn man nach einem Arzt schicken mußte. Wenn die Nachtwache Johannes und Melchior aufgriff, mußten sie beide mit erheblichen Konsequenzen rechnen. Der Dienstmann würde wohl den Stock zu spüren bekommen. Was Johannes erwartete, wußte er nicht.

Marion brachte Johannes nur bis zur Stiege, ließ aber die Tür offen, so daß er im schwachen Schein des Talglichts wenigstens ahnte, wohin er trat. Noch immer war es nicht ganz still in dem Haus und auch in dem Gang nicht: Männer zechten noch oder vollzogen betrunken den Beischlaf. Da der Himmel über Lübeck bedeckt war, dem Jungen also keine Sterne den Weg leuchteten, hatte Marion versprochen, das Licht ins Fenster zu stellen, bis er den Torbogen und den wartenden Melchior erreicht hatte. So tat sie es auch.

Johannes mochte sie sehr. Alles an ihr gefiel ihm, ihr Leib, ihr Geruch, ihre sanften Bewegungen, das lustvolle Zucken ihres Körpers in der Ekstase, ihr heftiges Stöhnen. Ganz gewiß würde er sie wieder besuchen. Diese Überzeugung war unerschütterlich. Viel gesprochen hatten sie allerdings nicht. Allein deshalb hielt er Marion auch für verständig, wenn nicht für klug.

Johannes entdeckte Melchior, der auf seiten des Ganges an der Wand lehnte und ihm zuwinkte. Natürlich konnte er ihn nicht erkennen, aber es mußte der Dienstmann sein, nach der Mütze zu urteilen und dem Gewand, das er trug.

»Verzeih mir, Melchior«, sagte Johannes, »ich habe nicht gewußt, daß es mich ...« Das Talglicht erlosch. Johannes erschrak und verstummte für einen Augenblick. »Melchior? Sag ein Wort, damit ich dich finde.«

Melchior aber schwieg. Johannes verharrte eine Weile, bis sich seine Augen so weit an die Dunkelheit gewöhnt hatten, daß er wenigstens Umrisse wahrzunehmen vermochte. Dort, wo der Dienstmann bisher gelehnt hatte, stand er nicht mehr.

Mit klopfendem Herzen näherte sich Johannes dem Torweg. Er griff nach seinem Dolch, den er als Bürger immer bei sich führte und führen durfte.

»Melchior?« flüsterte er. »Bitte, räche dich nicht an mir, indem du mich erschreckst.«

Plötzlich spürte Johannes einen Luftzug an seiner Wange.

2

Die weitverbreitete Ansicht, daß Müller Betrüger waren, bewies das Gasthaus *Bei der Wakenitzmühle* einmal mehr. Sie galten auch als Hehler und Hexenmeister, was das Subjekt nicht zu beurteilen vermochte; Betrug allerdings gehörte offensichtlich zu ihrem täglich Brot. Das Subjekt hatte auf einem sauberen Zimmer zu ebener Erde bestanden. Ein Zimmer zu ebener Erde hatte er auch bekommen. Die Müllersfrau, die den Gasthof nebenbei betrieb, hatte sich fast überschlagen vor Höflichkeit. Etwas sehr Gutes hatte sie kochen wollen für den gnädigen Herrn aus Stettin, für den das Subjekt sich ausgegeben hatte.

Das Essen war ungenießbar gewesen, und in dem sauberen

Zimmer fühlten sich nur die Wanzen und die Kakerlaken wohl. Da das Subjekt allerdings nicht vorgehabt hatte, die Nacht im Bett zu verbringen, war es zwar angewidert von der Vorstellung, einen Raum mit Ungeziefer teilen zu müssen, reklamierte allerdings nicht: Ein Zimmer im Obergeschoß würde ihm nichts nützen. Das Subjekt wünschte den Wirtsleuten, ihnen möge das Holzhaus in der Straße An der Mauer über dem Kopf abbrennen, und wartete auf die entscheidende Nachricht.

Nach dem trotz bester Voraussetzungen mißglückten Anschlag an Bord der *Bunten Kuh von Rostock* hatte das Subjekt beschlossen, beim zweiten Versuch in der Nähe zu sein. Seine Anwesenheit sollte den Schiffsmann Georg anspornen, sich die größte Mühe zu geben. Die Kaufleute, denen er diente, machten sich die Hände nicht schmutzig; mittlerweile hatte das Subjekt ebenfalls einen Status erreicht, in dem es den Pilatus gab. Georg würde es sicher gefallen, wenn er sofort nach getaner Arbeit das Salär erhielte. Und das Subjekt konnte in aller Frühe und in bester Laune wegen des Erfolgs nach Rostock zurückkehren. Wenn der dumme Bruder nicht versagt hatte, mußte man sich nur noch um Sebastian Vrocklage kümmern. Dann war die Sache ausgestanden.

Die Turmuhr von Sankt Marien verkündete die zweite Stunde, als jemand an die Läden pochte. Er klopfte leise und dreimal, wie es verabredet war. Das Subjekt langte nach dem Beutel mit den Münzen, trat zum Fenster und schob die Läden so weit auf, daß man seinen Kopf durch den Spalt hätte hindurchstecken können. Das tat das Subjekt nicht, vorsichtig, wie es war.

»Nun?« flüsterte es.

»Der Streich ist mißlungen«, antwortete ebenso leise der Schiffsmann.

»Mißlungen?« Das Subjekt traute seinen Ohren nicht. Daß man in tiefster Nacht und noch dazu in einem Torweg sein Opfer verfehlen konnte, sprach nicht für die Fähigkeiten des Schiffsmannes. Dieser Georg, von der Rostocker Unterwelt empfohlen, mußte ein Stümper zu sein. »Wie konnte das geschehen?«

»Fast hätte ich es geschafft«, flüsterte Georg. »Er stand schon neben mir. Ich konnte seinen Atem spüren, war bereit ... Dann ein Tumult! Ein Betrunkener stolperte in den Torweg. Über die Leiche von ... Ich hätte sie wohl besser ... Er schrie, und ich mußte fliehen.«

»Hättest du nicht rasch noch zustechen können?«

»Ich war so erschrocken«, sagte Georg und bat das Subjekt um Verständnis. Er hätte auch den Teufel darum bitten können, eine ihm verschriebene Seele zu verschonen, mit demselben Effekt. Das Subjekt war wütend. Daß es nicht laut toben und schreien konnte, steigerte seine Wut noch. Erregt ging es auf und ab, während Georg auf eine Entgegnung oder einen Befehl wartete. »Was soll nun werden?« fragte er verzagt.

Das Subjekt antwortete erst nach längerer Zeit.

»Ich weiß es noch nicht. Am Morgen des Tages, an dem ihr Lübeck verlaßt, treffe ich dich nach Sonnenaufgang vor dem Mühlentor. Es muß gelingen, verstehst du?« Das Subjekt fingerte ein paar Münzen aus dem Beutel. »Steck deine Hand durch den Spalt.«

»Aber ...« Georg fürchtete, daß ihm etwas angetan werden sollte.

»Keine Sorge, du sollst trotzdem ein wenig Geld erhalten. Damit du die Spuren beseitigen kannst.«

»Spuren beseitigen?« Die Hand des Schiffsmannes kam durch das Fenster. Sie war gestreckt, die Handfläche nach oben gewendet. Das Subjekt legte ein paar Denare auf den Handteller, den es viel lieber zerschlagen und verbrannt hätte, so groß war noch immer seine Wut.

»Natürlich mußt du alle Spuren beseitigen«, meinte das Subjekt. »Wenn sich die Aufregung gelegt hat, tötest du die Hure.«

3

Johannes weinte. Er hockte mit angezogenen Beinen auf der Erde und ließ seinen Tränen freien Lauf. Noch immer hatte er nicht genau begriffen, was eigentlich geschehen war. Nur eines stand fest: Melchior war tot. Er selbst hatte den Leichnam als einer der ersten entdeckt. Das Bild der klaffenden Wunde in seinem Hals und des im Erdreich versickernden Blutes würde er wohl Zeit seines Lebens nie mehr vergessen.

Nachdem Johannes einen Schritt in den Torweg hinein gemacht und sofort das schreckliche Gefühl gehabt hatte, jemand stehe unmittelbar neben ihm, war alles sehr schnell gegangen. Er hatte jemand scheinbar aus dem Nichts in den Torweg stürzen und wenig später laut schreien gehört. Instinktiv hatte sich der Junge auf den Boden fallen lassen und die Augen geschlossen. Es hörte sich an, als ob es ein kurzes Gerangel am Ende des Torwegs geben würde, in dessen Verlauf der Mann noch einmal schrie. Dann war es eine Zeitlang still. Schließlich sammelte der Mann noch einmal seine Kräfte.

»Mord, Mord!« schrie er. Johannes zitterte am ganzen Leib, als er dieses Wort hörte. Straße und Gang begannen sich nun zu beleben. Aus den Buden kamen Männer gelaufen, nur mit ihren Untergewändern bekleidet und mit Fackeln in den Händen. Ein paar Huren folgten. Auch auf der Engelsgrube öffneten sich zuerst die Läden, dann die Tore. Männer mit Öllampen oder Kienfackeln und gezogenen Dolchen näherten sich der Durchfahrt. Johannes war auf allen vieren zu dem Mann gekrochen, der beide Hände gegen seinen Bauch preßte und röchelte. Neben ihm lag auf dem Rücken, den Kopf unnatürlich weit im Nacken und die offenen toten Augen zur Trave gerichtet, der Dienstmann Melchior. Ihm fehlten Rock und Mütze. Johannes hatte sich übergeben müssen.

»Mord, Mord!« rief bald die ganze Straße, wenn nicht ganz Lübeck. Hufgetrappel war zu hören, Bewaffnete der Nachtwache eilten herbei. Johannes zitterte noch immer. Es brauchte noch eine Weile, bis jemand ihn bemerkte und an ihn herantrat. Es war ein Mann, den Johannes nicht kannte, ein Handwerker vielleicht aus der Umgegend. Nur ihm fiel offenbar auf, wie es um den Jungen stand.

»Rasch, eine Decke!« rief er. »Das ist ja fast noch ein Kind.«

Johannes Vrocklage widersprach nicht.

4

Man hatte nach dem Stadtphysikus schicken lassen, nach der Wedde und nach den Richteherren. Der Knabe, der verstört im Rinnstein saß, konnte keine Auskunft geben. Da ihm jedoch ein Dienstmann des Tidemann Tzerntien tot zu Füßen lag, holte man auch diesen. Und selbst Bürgermeister Brekewoldt fand sich mit einem mittleren Gefolge an der Stelle des Verbrechens ein.

Brekewoldt wechselte jedoch nur ein paar Worte mit Tidemann, dann verschwand er wieder. Morde waren alltäglich, und dieses Opfer war nicht einmal ein Bürger. Seinen Tod konnte man bedauern, man sollte auch für sein Seelenheil beten, aber im Grunde genommen war dieses Leben nicht viel wert.

Der Stadtarzt, ein beleibter Mann, der aussah, als würde er das Aqua vitae ebenso lieben wie Aderlässe, untersuchte den Verletzten. Aus den Reden der Umstehenden entnahm Johannes, daß es sich um einen stadtbekannten Saufaus handelte, der sein väterliches Erbe vertrunken hatte und wegen verschiedener Delikte schon mehrmals gestäupt worden war, beim letzten Mal sogar vom Scharfrichter, womit er seine Ehre dauerhaft verloren hatte. Daß er sich auf dem Weg ins Hurenhaus befand, schien allen selbstverständlich zu sein.

Der Trinker hatte zwar viel Blut verloren, aber der Dolchstoß des entflohenen Mordgesellen hatte kein lebenswichtiges Organ verletzt, so daß auch keine Lebensgefahr bestand. Das jedenfalls meinte der Arzt. Er ließ den Verletzten von zwei Bütteln auf eine Trage legen und beauftragte sie, ihn im Hospital des Heiligen Geistes abzuliefern, wo man sich um ihn kümmern würde.

Die beiden Würdenträger, die der Wedde vorstanden, wahrten zumindest den Anschein, man würde auch den gewaltsamen Tod eines Dienstmannes sorgfältig untersuchen. Sie befragten die Bürger und Einwohner der Engelsgrube, die zwar gestenreich berichteten, aber nichts gesehen haben konnten. Mit Johannes sprachen die Weddeherren vorerst nicht. Allerdings war ihnen, und nicht nur ihnen sehr deutlich anzusehen, daß sie gern gewußt hätten, was der jugendliche Gast aus Rostock um ein Uhr in einem Durchgang zu suchen hatte, der geradewegs zu den losen Weibern führte.

Johannes wurde der Obhut seines Gastgebers anvertraut, der ihn schweigend in Empfang nahm. Ein Fackelträger leuchtete ihnen auf dem Heimweg. Von der Engelsgrube bogen sie in die Große Kiesau, überquerten die Fischergrube und traten in den Ellerbrock. Tzerntien würdigte den Jungen, der nichts so sehr brauchte wie ein Wort der Zuwendung, keines Blickes. Natürlich hatte Johannes einen großen Fehler begangen und schwere Schuld auf sich geladen. Er hatte sich zum Trinken und zu einer noch viel schlimmeren Sünde verführen lassen. Dafür gebührte ihm eine angemessene Strafe. Nur jetzt, ein paar Augenblicke nach seiner Begegnung mit dem Tod, durfte man ihn nicht mit Schweigen strafen. Ihm lief das Herz über, doch niemand wollte ihn hören. Johannes fing wieder zu weinen an. Tzerntien überquerte die Bekkergrube und blieb hart.

Von der Beckergrube durch die Blocksquerstraße zur Mengstraße war es nur noch ein Katzensprung. Johannes befürchtete, daß seine Reise nach Brügge durch die Ereignisse der Nacht ein Ende gefunden hatte. Der Vater, der zweifellos am kommenden Tag in Lübeck eintreffen mußte, würde nun gar nicht anders können und den Sohn, der sich als Versager entpuppt hatte, nach Rostock zurückschicken müssen. Was ihn dort erwartete, mochte sich der Junge nicht vorstellen. Kaufmann jedenfalls würde er ganz gewiß nicht mehr werden dürfen.

Im Haus des Tidemann Tzerntien brannte Licht, wie man durch die Ritzen in den Fensterläden erkennen konnte. Ansonsten lag die gesamte Mengstraße oder das, was Johannes von ihr sehen konnte, im Dunkeln. Der Fackelträger öffnete das Tor und hielt es auf, bis Tzerntien und Johannes es passiert hatten. Als der Junge an ihm vorbeiging, zwinkerte er ein paarmal mit den Augen. Daß ihn von nun an alle Domestiken mit ihren Vertraulichkeiten peinigen konnten, hatte sich Johannes Vrocklage selbst eingebrockt.

Frau Tzerntien und ihre Töchter hörte man wohl flüstern, aber sie zeigten sich nicht. Der Hausherr schickte den Jungen sofort ins Bett. Er wollte nicht mit ihm sprechen, ihn nichts fragen, ihn nicht strafen, gar nichts. Johannes hatte sich für ihn in Luft verwandelt. Bestimmt war er froh, den ungebührlichen Gast bald wieder los zu werden.

Die Verachtung ihres Herrn übertrug sich auch auf die Magd, die das Licht trug. Das Mädchen, das sich nach Johannes' Ankunft erboten hatte, ihm jeden Wunsch zu erfüllen, behandelte ihn von oben herab. Johannes kam sich selbst wie ein Dienstbote vor. Er hatte bei einer Hure gelegen, wie es die meisten ehrbaren Bürger aller Städte taten; jedenfalls hatte Georg es behauptet. In diesem Moment wollte Johannes es glauben, weil es ihn entlastete. Alle Bürger waren Hurenböcke. Ihn aber behandelte man, als habe er seine Ehre verloren, nur weil er sich hatte erwischen lassen. Vielleicht auch, weil er so jung war. Aber ob jung oder nicht, er war nun endgültig zum Mann geworden.

Im Bett mußte Johannes an Marion denken. Er versuchte, ihr Bild festzuhalten, aber unbarmherzig wurde es wieder und wieder überlagert oder verdrängt von dem Bild des verbluteten Melchior.

Seine Halswunde verfolgte den Jungen bis in seine Träume. Sie wurde dabei größer und immer größer, bis sie Johannes verschlang.

5

Es war ein Dutzend Männer, das eine Stunde, nachdem die Wismarer Stadttore geöffnet worden waren, im Everstorfer Forst zusammentraf. Nur drei der Männer lebten in der Hansestadt, ihr Anführer, sein Sohn und sein Eidam. Ihretwegen hatte man das Öffnen der Stadttore abwarten müssen. Es hätte aber für ihre Zwecke ohnehin wenig genützt, sich früher zu treffen: Auch der Mann, dem sie an dieser Stelle auflauern wollten, konnte nicht durch Mauern gehen.

Der Ort war nicht ohne Grund gewählt. Die Handelsstraße von Wismar nach Lübeck verließ etwa eine Viertelmeile östlich den Wald und zog sich dann durch eine feuchte Niederung, die vom Rand des Everstorfer Forstes gut einzusehen war, während dichte Hecken die Beobachter verbargen. Es war der ideale Ort für einen Hinterhalt. Das wußten nicht nur die Männer, das hatte vor einem halben Jahrhundert schon ein anderer gewußt, wie ein Sühnestein bewies. Am zweiundzwanzigsten Juni 1391 war der Wismarer Bürger Lüdeke Mozellenbruch an dieser Stelle erschlagen worden, und seine Mörder hatten sich mit der Familie auf eine Sühne geeinigt, um dem Halsgericht zu entgehen; das jedenfalls nahmen die versammelten Männer an, denn keiner von ihnen hatte im Jahr des Herrn 1391 schon gelebt.

Die zwölf Spießgesellen waren sehr unterschiedlichen Alters, um Mitte Vierzig der älteste, gerade achtzehn der jüngste. Sie gehörten alle einer Familie an, mehreren Zweigen dieser Familie natürlich, und eigentlich hätte auch ein Verwandter aus Voigtshagen für das gebotene Geld gern Räuber gespielt. Er durfte nicht. Der

Anführer hatte es verboten. Mit dem Voigtshägener wären sie dreizehn gewesen, und diese Zahl brachte Unglück. Das glaubte der Anführer. Nicht alle teilten seine Ansicht. Sogar die Pfaffen hielten es für Aberglauben, aber wenn der Dreizehnte auf einen Freitag fiel, verließen auch sie nur ungern das Haus. Nun, man kannte die Pfaffen, sie predigten Wasser und soffen Wein, sie verdammten den Aberglauben und waren selbst abergläubisch wie nichts Gutes.

Vorsicht war immer angebracht, und deshalb stimmten alle Männer ihrem Anführer zu. Man sollte das Unglück nicht provozieren. Wenn man die Dreizehn vermeiden konnte, sollte man es tun. Die Männer waren nicht ängstlich, aber die Gegend war ihnen nicht geheuer. Ein dreizehnter Genosse hätte ihr Unbehagen noch verstärkt.

Einen Kaufmann und zwei Reitende Wächter zu überfallen und zu töten, machte ihnen wenig aus. Sie würden bezahlt werden, und Geld konnten sie immer gebrauchen. Nicht weit von der Stelle, an der sie lagerten, gab es jedoch ein Hünengrab. Dieses Grab war es, das ihnen Sorgen bereitete.

Hünengräber waren unheimliche Orte. Ob wirklich einst ein Riese die Menschen in dieser Gegend geplagt hatte und von ihnen im Schlaf überrascht, in eine Grube gewälzt und mit Steinen beschwert worden war, wie man erzählte, gehörte womöglich in das Reich der Sage; ganz genau wissen konnte man es aber nicht. Daran, daß die Hünengräber und ihre Umgebung verflucht waren, konnte es keinen Zweifel geben. Leute aus den Dörfern, die über Land unterwegs waren, oder auch Waldarbeiter und Köhler hatten immer wieder Begegnungen mit seltsamen Wesen, die bei den Steinblöcken nisteten.

Die Männer ließen einen der ihren am Waldrand auf Beobachtungsposten zurück, hockten sich auf eine Wiese ins hohe Gras, legten ihre Äxte, Forken und Spieße neben sich und begannen, sich aus ihren Proviantbeuteln zu bedienen.

»Nun, Onkel, was gibt es Neues in der Stadt?« wollte der Jüngste in der Runde vom Anführer wissen, der im übrigen selbst ein Hüne war, doch paßten auch mehrere seiner Sorte in das Grab.

»Arbeit, Arbeit, Arbeit«, murmelte er düster vor sich hin.

»Wie, Arbeit? War nicht Pfingstmarkt in Wismar? Da wirst du dich doch vergnügt haben.«

»Vergnügt.« Der Anführer prüfte das Wort auf seinen Geschmack, spie es dann aus.

»Wir haben prächtig getanzt, nicht wahr?« wandte sich der Neffe an den Zweitjüngsten, der wie er aus Arpshagen stammte und bei seinem Schwiegervater in der Dorfschmiede das Beschlagen der Pferde erlernte. »Getanzt, gegessen, Haferbier getrunken. Waren sehr lustige Tage.«

»Ihr jungen Leute habt immer nur das Tanzen im Kopf«, mischte sich ein weiterer Verwandter ein, der aus Hafthagen kam. »Da kann es noch so ernst hergehen in der Welt, ihr vergnügt euch. Aber es heißt: Erst die Arbeit, dann das Vergnügen. Und in diesen Zeiten ... Ist nicht wieder Krieg in der Welt?« Als ob man in der Stadt alles besser wüßte, richtete auch er seine Frage an den Anführer. Der antwortete mit einem Schulterzucken.

»Ja, Krieg ist wohl«, erwiderte dessen Sohn. »Mit dem Dänen.«

»Den meine ich nicht«, sagte der Hafthägener und senkte die Stimme, obwohl keine Obrigkeit in der Nähe war. »Ich spreche von dem anderen Krieg. Dem der Handwerker und Bauern gegen Kaiser und Papst. Es heißt, sie nennen sich Taboriten. Bis nach Danzig sollen sie gezogen sein. Sie predigen Gemeineigentum, und alle Fürsten zittern vor ihnen, so sagt man.«

»Wenn man so sagt, wird es wohl stimmen«, sagte der Sohn des Anführers.

»Die Soldaten sollen vor den Taboriten schon geflohen sein, als sie nur das Kriegsgeschrei hörten«, erzählte der junge Arpshägener. Das schien ihm zu gefallen.

»Es sind Gotteslästerer«, bemerkte einer, der in Damshagen sein Feld bestellte. »Es wird schon rechtens gewesen sein, diesen Jan Hus zu verbrennen.«

»Gotteslästerer!« Der Arpshägener sprang auf. »Kennst du nicht den Spruch: Als Adam grub und Eva spann, wo war da der Edelmann? Die gottgewollte Ordnung haben die Adligen erfunden und die Geistlichkeit. Weil sie davon profitieren. Nein, Gevatter, Gott hat die Stände nicht geschaffen. Wir sind alle gleich.«

»Natürlich.« Der Damshägener schaute den Heißsporn spöttisch an. »Und der größte Gleichmacher ist der Tod.«

6

Johannes erwachte bereits früh von den Geräuschen, die von der Mengstraße hinauf in sein Zimmer drangen. Zuerst wurde eine Ochsenherde hinab zum Hafen getrieben, dorthin, wo die rigischen Schiffe löschten und luden, dann brüllte ein enervierter Lastkutscher seine Zugpferde an, schließlich hörte man auch Rufe anderer Leute; die Nähe des Hafens war ständig spürbar. Auf nackten Sohlen trat Johannes ans Fenster. In dem gegenüberliegenden Haus war das Tor geöffnet, und drei Männer rollten Fässer auf die Straße. Ein paar Schritte hafenwärts lud ein Bäckerbursche Graubrote auf einen Handkarren, kontrolliert vom Meister, der sich ein ums andere Mal Schweiß vom Gesicht wischte. Eine Hundemeute kam aus Richtung der Marienkirche und hetzte kläffend die Straße hinab, um in der Geraden Querstraße zu verschwinden. Ein Leiterwagen, beladen mit Heringstonnen, bahnte sich seinen Weg die Straße hinauf; die Tonnen waren offenbar leer, denn ein Pferd genügte, um die Last zu bewegen. Der Mord in der vergangenen Nacht hatte das Leben nicht verändert. Johannes hatte das irgendwie erwartet, obgleich er gleichzeitig wußte, wie absurd diese Erwartung war.

Am meisten wunderte den Jungen, daß er geschlafen hatte. Es war kein tiefer und erholsamer Schlaf gewesen, sondern ein Schlaf voll mit Alpträumen, die nicht enden wollten, wenn er kurzzeitig erwachte. An die Träume konnte er sich kaum noch erinnern. Mit dem Mord an Melchior hatten sie nichts zu tun gehabt, jedenfalls nicht unmittelbar, denn vom Tod hatte er schon geträumt. Einmal sollte er hingerichtet werden. Der Scharfrichter hatte das Schwert bereits erhoben, das Rostocker Richtschwert mit der Aufschrift *Memento mori*, während der Ort unbestimmt geblieben war: Es handelte sich jedenfalls nicht um die Richtstätte draußen vor dem Steintor. Kurz bevor das Schwert seinen Nacken traf, war Johannes zu sich gekommen, doch dann hatte er diesen Traum noch einmal träumen müssen.

Johannes wandte sich vom Fenster ab, weil es klopfte. Das Dienstmädchen fragte, ob es Wasser bringen dürfe, und ließ verlauten, daß der Weddemeister und einer seiner Knechte sich soeben beim Herrn Tzerntien eingefunden hätten und auch den jungen Herrn zu sprechen wünschten. Johannes erlaubte dem Mädchen einzutreten. Es brachte eine Holzschüssel und einen Krug und hielt den Blick gesenkt, weil er im Nachthemd war. Nachdem die Magd das Zimmer wieder verlassen hatte, wusch er sich das Gesicht und kleidete sich an.

Nicht einmal eine Viertelstunde später stand er in der Schreibkammer vor Tidemann Tzerntien und zwei Männern, die er nicht kannte.

Tzerntien und der ältere der Männer, der eine Tonsur trug, nicht weil er ein Gelübde abgelegt hatte, sondern weil ihm die Haare ausgingen, saßen an dem großen, blankgescheuerten Tisch, an dem der Kaufmann seine Rechnungsbücher zu führen, Münzen zu stapeln und das Hacksilber abzuwiegen pflegte. Das Kontorbuch war allerdings geschlossen, das Kästchen mit den Gewichten ebenfalls. Tidemann Tzerntien, der an Johannes Vrocklage vorbeischaute, hatte beide Hände auf den Tisch gelegt, und der

Junge sah den großen Siegelring an seinem rechten Daumen. Der Herr mit der Tonsur, zweifellos der Weddemeister, hatte die Arme vor der Brust verschränkt und betrachtete Johannes mit einem schwer einzuschätzenden Blick. Es war ein gewisses Wohlwollen zu erkennen, vermutlich weil Johannes noch so jung war, andererseits kam er sich aber auch beobachtet vor wie ein seltenes Insekt oder Spinnentier, wie einer der Skorpione etwa, die manchmal an Bord von Schiffen zwischen den Waren verborgen aus dem Süden bis in die nördlichen Städte mitreisten. Der Begleiter des Weddemeisters, also der Weddeknecht, stand schräg hinter seinem Vorgesetzten und bemühte sich so angestrengt um einen desinteressierten Gesichtsausdruck, daß man annehmen mußte, er platze innerlich vor Neugierde.

»Nun, ja«, begann der Weddemeister, um einen geradezu gemütlichen Ton bemüht. Er ließ sich von seinem Knecht ein Tuch reichen, das er auf den Tisch legte. Irgendein länglicher Gegenstand war in das Tuch eingeschlagen. »Ihr werdet noch erschüttert sein, junger Mann, von diesem ... von dieser Bluttat. Schrecklich, schrecklich! Und das in unserem schönen, friedlichen Lübeck.« Der Weddemeister schüttelte betrübt den Kopf.

»Schon die vierzigste Untat in diesem Jahr, die an Hals oder Hand geht«, bemerkte Tzerntien ungehalten. Ihm schien die umständliche Art des Untersuchungsführers nicht zu behagen; sicher wünschte er in medias res zu gehen.

»Die dreiundvierzigste«, korrigierte der Weddemeister. »Man kann bald einen zweiten Scharfrichter einstellen«, sagte er und lächelte. »Nun ja ...« Er massierte seine Tonsur, als würde er fürchterlich angestrengt nachdenken müssen. »Man wird über die Ereignisse der Nacht trotzdem sprechen müssen. Man wird ... Ja, ich nehme doch an«, er begann, den länglichen Gegenstand aus dem Tuch zu wickeln, »das gehört Euch?« Fast triumphierend präsentierte er Johannes' Dolch. Der Junge erschrak heftig, als habe man ihn des Mordes beschuldigt, und nickte verzagt. »Ihr habt also den Dolch gezogen, bevor Ihr in den Torweg tratet?« fragte der Weddemeister. Der Ton war weiterhin jovial. »Warum? Der Tote lag doch in der Engelsgrube und nicht im Gang.«

»Ja, ich ...« stammelte Johannes. »Es war so ... unheimlich. Nachts. So dunkel. Ich war zum ersten Mal zu dieser Stunde allein auf der Straße«, gestand er beschämt.

»Auf der Straße, soso, auf der Straße«, wiederholte der Weddemeister bedächtig. »Auf der Straße, mmh? Wart Ihr auf der Straße? Oder wolltet Ihr nicht vielmehr auf die Straße?«

»Ich wollte«, sagte der Junge und starrte auf seine Schuhe. Dort gab es sehr viel Schuhspitze zu betrachten.

»Woher kamt Ihr denn?«

Johannes riß sich zusammen. Es hatte keinen Zweck abzustreiten, daß er bei einer Hure gewesen war. Beinahe trotzig hob er den Blick und sah dem Weddemeister gerade in die Augen.

»Ich war bei einer Frau«, sagte er.

»Bei einer Frau.« Nichts in der Miene des Weddemeisters verriet, was er von solchen Frauen und Besuchen bei ihnen hielt. »Hat diese Frau einen Namen?«

»Sicher. Aber ich kenne ihn nicht.«

»Kennt ihn nicht«, murmelte der Weddemeister. Gesagtes zu wiederholen, gehörte offenbar zu seinen Marotten. »Wie wäre es, wenn Ihr einfach erzählen würdet, was Euch widerfuhr?«

Johannes folgte dieser Aufforderung. Je flüssiger sein Bericht wurde, desto deutlicher wurde ihm, was passiert war. Der anfängliche Schock hatte wichtige Beobachtungen nicht ausgeblendet, das nicht, aber sie waren in den Hintergrund getreten hinter die Leiche mit ihrer entstellenden Wunde. Der Weddemeister erfuhr beileibe nicht alles. In Johannes' Kopf allerdings breitete sich eine Klarheit aus, die alles andere als beruhigend war.

Der Mord an Melchior konnte nur ein Mittel zum Zweck gewesen sein. Jemand hatte ihn getötet, um ihn auszuschalten und um Rock und Mütze des Dienstmannes an sich zu bringen. Rock und Mütze hatten ausgereicht, um Johannes in der Dunkelheit zu täuschen. Nicht Melchior hatte an der Wand gelehnt und gar nicht lehnen können, weil er tot war. Jetzt erst fiel es Johannes wie Schuppen von den Augen. Ihm hatte der Mordanschlag gegolten. Jemand wollte ihn beiseite schaffen und hatte es womöglich an Bord der *Bunten Kuh von Rostock* bereits versucht. Dem Jungen wurden die Knie weich, während er berichtete und zugleich verschwieg.

Georg erwähnte er nicht. Er wollte nicht, daß der Schiffsmann von Butenkofer gefeuert wurde, obwohl er ihm nicht sonderlich sympathisch war. Die Antipathie hatte keinen Grund, sie war nur einem Gefühl entsprungen, und Gefühle waren Weiberkram. Johannes verhielt sich als Mann, der einen anderen Mann schützte, wie es die Ehre gebot. Und die Ehre verlangte weiterhin, Marion nicht beim Namen zu nennen.

Tidemann Tzerntien war jetzt nicht mehr so ablehnend. Er schaute Johannes an, wich aber dessen Blick noch aus. Der Weddemeister betrachtete nachdenklich den Dolch, das geschlossene Kontorbuch, den Tisch, den Kaufherrn und seinen Knecht. Erst dann widmete er seine Aufmerksamkeit wieder dem Jungen. Dem machte er ungewollt bewußt, daß er nur auf etwas Naheliegendes gestoßen war.

»Und Ihr meint nicht, daß man es auf Euer Leben abgesehen hatte«, sprach der Weddemeister aus, was Johannes gedacht hatte. Tzerntien und auch der Knecht zuckten zusammen, aber wohl weniger vor Schreck denn aus Wollust: Ihre Blicke wanderten zwischen dem Untersuchungsführer und dem Untersuchungsgegenstand hin und hier, und Johannes glaubte in ihren Gesichtern eine Mischung aus Entsetzen und Sensationslust zu erkennen.

»Warum sollte man?« Johannes erwiderte mit einer Gegenfrage.

»Tja, warum sollte man. Hattet Ihr Geld dabei?«

»Nicht mehr als das, was ich bei der Frau ließ«, log Johannes. Er kam sich ungeheuer edelmütig vor, als ein Beschützer auch noch des niedrigsten Weibes.

»Da man Geld nicht auf der Stirn trägt, mag der Räuber ... Wir setzen einmal voraus, daß es ein Raub gewesen sein könnte ... Ein Versuch, von mir aus ... Er hat vielleicht nicht gewußt, daß Ihr blank seid«, überlegte der Weddemeister.

»Möglich.« Johannes Vrocklage zuckte die Schultern.

»Und der Name der Frau, er will Euch partout nicht einfallen?«

»Er kann mir nicht einfallen, weil sie ihn mir nicht genannt hat«, behauptete der Junge steif und fest.

»Nun, ja«, der Weddemeister erhob sich, »dann muß ich Euch bitten, mir zu folgen. Die gewissen Frauen erwarten uns, und keine kann davonlaufen.« Er grinste. Jovial war er nicht mehr. »Die Stadtwache paßt nämlich auf.«

Man hatte die Frauen in dem Gang antreten lassen, den Rücken zu den Wänden der Buden, das Gesicht zu den Schweineställen gerichtet. Den Torweg sicherten zwei Büttel, und auch vor der Mauer zu einem Nachbarhof hatten Wächter Position bezogen. Frauen, die fliehen wollten, konnten nur im Erdreich versinken oder sich in Luft auflösen.

Weddemeister und Weddeknecht wichen Johannes nicht von der Seite. Jede der Frauen sollte er ausgiebig visitieren. Der Junge war verwirrt, hatte nicht damit gerechnet, daß es allein in diesem einen Gang fast zwei Dutzend Huren gab. Es waren Frauen mittleren Alters, alte Frauen, junge Frauen und halbe Kinder.

Nachdem Johannes die Hälfte der Frauen betrachtet und immer wieder den Kopf geschüttelt hatte, vermochte er den Gang bis an sein Ende zu überschauen. Er atmete auf. Marion stand nicht in der Reihe. Dennoch schritt der Junge bis zu der Mauer, drehte sich sogar um, um die eine oder andere Weibsperson noch einmal in Augenschein zu nehmen.

»Die Frau, von der Ihr spracht, ist nicht dabei?« erkundigte sich schließlich der Weddemeister. Johannes verneinte. Marion hatte es geschafft, sich vor den Häschern zu verstecken. Sie konnte es nur für ihn getan haben, also liebte sie ihn wohl.

»So kommt, Herr!« bat der Weddeknecht. Er öffnete die Tür zu der Bude, in der Johannes womöglich den späten Abend und den frühesten Morgen verbracht hatte; da es dunkel gewesen war, vermochte er es nicht zu beschwören. Ihm wurde erst beklommen zumute, als es die enge Stiege hinaufging. Das Innere des kleinen Hauses kam ihm schon bekannter vor. Vor dem Eingang zu Marions Zimmer blieb er stehen. Übelkeit übermannte ihn, und seine Knie zitterten wieder.

»Tretet nur ein«, verlangte der Weddemeister, der ihm gefolgt war.

Marion lag nackt auf ihrem Bett. Das einfache Bettzeug war mit Blut getränkt. Ihr Hals war aufgerissen wie ein blutiger Mund. Johannes schrie. Er stürzte sich auf den Weddemeister, stieß ihn zur Seite, stolperte die Treppen hinab, hetzte an den verwunderten Wachen vorbei durch Gang und Torweg auf die Engelsgrube. Er lief zum Koberg, überquerte den Platz, rannte die Große Burgstraße entlang zum Burgtor und Marstall, wo man die Pferde und Fuhrwerke des Rates pflegte. Er sah nicht viel, nahm kaum etwas wahr. Zuerst wollte er durch das Tor hinaus vor die Stadt, doch besann er sich, kehrte um, jagte am Maria-Magdalenen-Kloster der Dominikaner vorbei in die Kleine Altefähre zum Inneren Niederwasserbaum, der rechtlichen Hafengrenze an der Untertrave. Johannes achtete nichts und niemanden, sondern lief auf das Hafengelände und flußaufwärts. Er hetzte vorbei an den Schiffen aus Norwegen und Fehmarn, vorbei an den Bergenfahrern und den Koggen und Holken von Kurland und Preußen, vorbei an Russen, Finnen, Stockholmern und Wismarern, vorbei an Lastträgern, Schiffskindern, Leiterwagen, Fässern, Ballen, Balken, Winden, Seemannsgarn und neuem Tauwerk. Er wußte nicht, wohin er wollte. Vielleicht nach Rostock, vielleicht zurück in die Heimat, zurück zu Vaterstadt und Vaterhaus.

Die *Bunte Kuh von Rostock* wurde mit Travensalz aus Lüneburg beladen. Das besonders kostbare Siedesalz war für etliche Städte an den südlichen und westlichen Ufern der Ostsee bestimmt, für Wismar, Rostock, Stralsund, Danzig, Elbing, Reval, Riga und womöglich gar für Nowgorod, aber auch für das Einsalzen des schonischen Herings, wenn man denn Schonen ohne Probleme mit den Dänen erreichte. Den Rostockern mochte gelingen, was den Lübeckern derzeit wegen des Kriegszustands verwehrt war. Ein anderer Schiffer, der ebenso Teilhaber der Partenreederei war wie Butenkofer, Balthazar Vrocklage, Martin Grüneberg und andere Kaufleute, würde die Kogge führen. Johannes war drauf und dran, an Bord zu gehen, obgleich das eine unüberlegte Handlung wäre, schließlich wurde sein Vater noch an diesem Tag in Lübeck erwartet. Ihm konnte sich der Junge an die Brust werfen. Vielleicht würde er ihm verzeihen. Johannes hoffte es sehr. An dem Kai bei der Braunstraße lief er dem Schiffsmann Georg in die Arme.

7

Der dreißigste Mai des Jahres 1431 war ein Mittwoch. Henning Holthusen hätte seinen Freund Balthazar gern noch in Wismar behalten, um mit ihm am folgenden Tag das Festum corporis Christi zu feiern, auch Fronleichnam genannt. Balthazar Vrocklage jedoch zog es nach Lübeck, wo er seinen Sohn zu treffen hoffte, bevor dieser über Stecknitzkanal und Elbe nach Hamburg und von dort nach Brügge weiterreiste. Dafür hatte Holthusen allergrößtes Verständnis, denn auch ihm bedeuteten seine Kinder sehr viel.

Henning Holthusen hatte es sich nicht nehmen lassen, seinen scheidenden Gast bis zur Stadtmauer zu bringen. Vom hohen

Turm der Marienkirche schlug es die neunte Stunde, da verabschiedeten sich die beiden Männer am Lübschen Tor.

»Lebewohl, und Gott sei mit dir«, wünschte Holthusen seinem Freund.

»Er nehme auch dich in seine Hut, Henning«, Vrocklage gab den Reitenden Wächtern ein Zeichen, und sie setzten sich langsam in Bewegung, »dich und deine Familie. Lebewohl!«

Einen Augenblick später hatten Balthazar Vrocklage und die Wächter schon freies Feld gewonnen.

Sie überquerten den Köppernitzbach, durchritten die verstreuten Wohnorte der Pfahlbürger, die außerhalb der Grenzpfähle der Stadt siedelten, dann erreichten sie den Wald. Eine gute halbe Meile weiter verließen sie ihn wieder, und vor ihnen erstreckte sich Acker- und Weideland, das ein Waldhufendorf umgab. Die Bauernfamilien waren allesamt auf den Feldern beschäftigt. Sie hatten ihre Rücken gebeugt und sahen die drei Reiter nicht, die in gezügeltem Trab die Handelsstraße entlangritten und bald wieder im Wald verschwanden.

Die Sonne in ihrem Rücken stieg unaufhaltsam empor, wie es vormittags so ihre Art war. Am Sonnenstand ließ sich die Zeit schätzen, und es mochte auf die elfte Stunde zugehen, als Vrocklage und die Reitenden Wächter bei einer Feuchtniederung anlangten, die dem Everstorfer Forst vorgelagert war.

Balthazar Vrocklage, nicht zum ersten Mal nach Lübeck unterwegs, wollte bei dem Sühnestein eine kurze Rast einlegen, um die Pferde zu tränken. Er teilte den Wächtern seinen Entschluß mit, und so brachten sie die Pferde zum Stehen und saßen ab. Einer der Wächter griff die Zügel und führte die Tiere zu dem schmalen Bach, der die Niederung durchlief. Der zweite Wächter ließ sich auf einem Findling nieder, Balthazar Vrocklage studierte die Inschrift auf dem Sühnestein. An dieser Stelle also war am zweiundzwanzigsten Juni 1391 der Wismarer Bürger Lüdeke Mozellenbruch erschlagen worden.

»Orate deum pro eo!« las Vrocklage vor.
»Wie?« fragte der Wächter.
»Wir sollen zu Gott für ihn beten«, erklärte Balthazar Vrocklage und deutete auf den Stein. »Für den Erschlagenen«, fügte er hinzu.
Ein Dutzend Männer sprengte aus dem Wald.
Die Gegenwehr war gering und wegen ihrer Übermacht schnell überwunden. Um ihren Auftrag zu erledigen, brauchten die Männer nur eine Viertelstunde.

SIEBTES KAPITEL

Der Stapel der Christenheit

1

Die Unruhe wich nach einigen Tagen. Für die Schifferknechte und die Linienzieher, von denen die Stecknitzkähne gegen den Strom getreidelt wurden, mochte die Kanalfahrt eine anstrengende Sache sein, Johannes Vrocklage hingegen hatte nichts zu tun. Er verbrachte den Tag damit, die Knechte und Treidler bei der Arbeit oder die Landschaft beim Vorbeiziehen zu beobachten. Manchmal saß er stundenlang auf dem Deck des Kahns, der einem Lübecker Salzherrn gehörte, und ließ sich von der Sonne die Gedanken aus dem Hirn brennen, oder er döste im But, dem Unterstand, auf einer wenig komfortablen Liegestatt, was auch dazu führte, daß die beunruhigenden Grübeleien nach und nach einer umfassenden Gleichgültigkeit Platz machten.

Die Ware der *Bunten Kuh von Rostock* war auf mehrere Kähne verteilt worden, die in Reihe fuhren. Am liebsten hatte es Johannes, wenn ihnen Salzkähne von Lüneburg an einer Schleuse entgegenkamen. Bei den Schleusen ging Johannes an Land und schaute den Manövern der Schifferknechte zu. Die stromauf gehenden Kähne mußten am Ufer vertäut werden. Dann schloß der Schleusenwärter hinter den stromab fahrenden Prahmen das Schleusentor, bis sich genug Wasser gestaut hatte. Das Tor wurde geöffnet, und der Wasserschwall trug die Kähne bis zur nächsten Schleuse. Für die Kähne mit der Ladung der Rostocker Kaufleute traten als bald die Linienzieher in Aktion. Sie schleppten Kahn um Kahn durch das offene Tor, während sie ächzten und ihnen der Schweiß über Gesicht und Rücken lief, ihnen die Stirnadern schwollen und ihre Armmuskeln hervortraten.

Johannes war auf dem Stecknitzkahn untergebracht, der die Reihefahrt anführte. Den But teilte er sich mit einem der Knechte und mit Michael Butenkofer, der während der Kanalfahrt mehr als Frachtbegleiter denn als Schiffer fungierte. Die Mannschaft der *Bunten Kuh von Rostock* war an Bord der Kogge geblieben, um die Reise mit der neuen Ladung fortzusetzen. Johannes hatte eigentlich damit gerechnet, daß zumindest Georg mit nach Hamburg oder gar mit nach Brügge kommen würde. Der Schiffsmann hatte in Lübeck die *Bunte Kuh* verlassen, um noch ein paar Tage in der Stadt zu verbringen und dann auf einem Bergenfahrer anzuheuern; er hatte Freunde in der norwegischen Stadt, die bereits seit Jahren als Träger und Lagerarbeiter auf der Deutschen Brücke tätig waren.

Johannes war froh darüber, daß Georg nicht länger mit von der Partie war. Die Krokodilstränen, die der Matrose um Melchior und Marion vergossen hatte, hatten seine Überzeugung gestärkt, Georg sei ein unehrlicher Mensch und zum wahren Freund nicht geeignet. Sein Verhältnis zu Butenkofer hatte sich entspannt, der Schiffer nahm ihm den Regelverstoß während der Fahrt von Rostock nach Lübeck nicht mehr übel. Außerdem schien er den Jungen schonen zu wollen, der immerhin innerhalb von einem Tag zwei entstellte Leichen hatte sehen müssen. Jeden Abend tranken die beiden einen Becher vom Rotspon, den Butenkofer in Lübeck erworben hatte, und ließen sich vom Sonnenuntergang in eine schläfrige Stimmung versetzen. Noch in der Dämmerung verrichteten sie gemeinsam ihr Nachtgebet, legten sich dann in ihre Hängematten und waren sofort eingeschlafen.

Der Weddemeister hatte sich an Johannes die Zähne ausgebissen. An dessen Reaktion hatte er mitbekommen, daß Marion das

Mädchen gewesen war, dem der Junge beigewohnt hatte. Daß Georg das Geschäft mit der Hure vermittelt hatte, verschwieg Johannes. Überhaupt sagte er nicht viel. Erst einmal, so hatte er vorgehabt, wollte er sich mit seinem Vater aussprechen. Der Vater sollte ihm raten, wie er sich vor der Wedde zu verhalten habe. Die ganze Wahrheit hätte Johannes seinem Vater allerdings auch nicht gesagt.

Vor der Abfahrt der Stecknitzkähne war Balthazar Vrocklage in Lübeck nicht eingetroffen. Auch das war ein neuer Anlaß zur Beunruhigung gewesen.

Die Frage des Weddemeisters, die sich Johannes bereits vor ihm gestellt hatte, ließ den jungen Reisenden lange nicht los. Zuerst hatte sie ihm angst gemacht, jetzt erörterte er sie in seinen Gedanken mit einer gewissen Distanz, die mit der Entfernung zu Lübeck korrespondierte. Immer öfter vergaß er sie sogar. Doch sie war da, tief in ihm, und kam manchmal gerade dann zum Vorschein, wenn sie unwillkommen war, abends beim Schwatz mit Butenkofer oder bei einer Schleuse, wo es doch eigentlich genug Ablenkung gab. Johannes fragte sich ein ums andere Mal, ob ihm tatsächlich jemand nach dem Leben trachtete, wer es sein könnte und warum. Er fand keine Antwort. Nicht einmal der Zipfel einer Antwort wollte sich zeigen. Und je länger die gemächliche Fahrt auf dem Stecknitzkanal währte und ohne Zwischenfälle verlief, desto mehr wuchs seine Hoffnung, daß seine Nähe zu den beiden Mordtaten eine rein zufällige Nähe gewesen war.

2

Den Brief aus Lübeck wollte Sebastian Vrocklage in Ruhe lesen, also hatte er die Lektüre auf den Abend verschoben. Er ließ sich vier Talgkerzen in die Schreibkammer bringen, obwohl in der Diele sieben Fässer mit Wachs lagerten, aber es mußte erst noch zu Kerzen verarbeitet werden. Außerdem waren Wachskerzen ein viel zu teures Luxusgut, das man sich nur zu Festtagen leistete. Sebastian mußte lächeln. Er hätte nie für möglich gehalten, daß er einmal in kaufmännischen Kategorien denken und die Sparsamkeit schätzen lernen würde.

In den letzten Tagen war einiges an neuer Ware in Rostock eingetroffen. Ein ortsansässiger Kauffahrer, für diese eine Reise Handelsgenosse von Balthazar Vrocklage, hatte Hanf, Honig und Wachs aus Nowgorod, ein Schiff des Deutschen Ordens aus Königsberg hatte Holz, Teer und Asche geliefert. Dieses Gut hatte Sebastian im Lagerhaus am Hafen untergebracht. Der Speicher gehörte nicht seinem Vater allein, sondern er nutzte ihn gemeinsam mit Martin Grüneberg, Jakob von Kröpelin, Wibrecht Alen und noch einigen anderen Kaufleuten. Dadurch wurde Leerstand vermieden, was die Kosten für die Lagerhaltung erheblich senkte. Das hatte Sebastian, der bisher nur wenig Interesse für die Angelegenheiten des Fernhandels aufgebracht hatte, einmal durchgerechnet, rein zum Privatvergnügen, denn gerechnet hatte natürlich sein Vater schon. Die Effizienz der kaufmännischen Methoden beeindruckte den Studiosus iuris sehr.

Seitdem er an der Verwaltung der väterlichen Geschäfte mitwirkte, war Sebastians Tag ausgefüllt wie noch nie. An diesem Vormittag hatte er eine Vorlesung über kanonisches Recht gehört, die ein Gastprofessor aus Wittenberg gehalten hatte. Von der Universität war er zum Mittagsmahl nach Hause geeilt, dann hatte er in der Curia von Doberan, dem Rostocker Klosterhof der Zisterzienser, mit dem Klostervogt über die Lieferung von Wachs zur Kerzenherstellung verhandelt. Martin Grüneberg hatte ihn für den guten Preis gelobt, den er erzielt hatte, und Sebastian war stolz auf diese Anerkennung. Angeregt vom Teilhaber seines Vaters hatte er einen Brief nach dem dänischen Schleswig geschrieben und angefragt, wie der Preis für hundert oder zweihundert Ochsen stünde; in den wendischen Städten bestand derzeit auch aufgrund der Kriegswirren eine enorme Nachfrage, und auf dem Kölner Ochsenmarkt sollte man gerade exzellente Margen erzielen. Sebastian hatte Blut geleckt. Handel und Wandel waren die Zeichen der Moderne, während die gelehrten Rechte und die Kirche allmählich verstaubten und es nur noch eine Frage der Zeit war, bis sie entweder erneuert wurden oder über den Jordan gingen.

Um sich zu belohnen, hatte Sebastian Vrocklage vom Rheinwein einen kleinen Krug abgezapft. Er füllte seinen Becher, trank einen Schluck, lehnte sich zurück und betrachtete den Brief. Die Korrespondenz aus Lübeck stammte von Tidemann Tzerntien, dessen Siegel das Schreiben trug. Sebastian erbrach es.

Tzerntien erstattete einen Geschäftsbericht, und es irritierte Sebastian, daß dieser Rapport an ihn, zumindest jedoch nach Rostock geschickt worden war. Pfund für Pfund, Scheffel für Scheffel und Stübchen für Stübchen listete er auf, wieviel von welcher Ware wegen des Lübecker Stapelrechts auf dem dortigen Markt verkauft und wieviel auf die Kähne der Stecknitzfahrer zum Weitertransport verladen worden war. Er berechnete die Erlöse, zog eine Provision ab und kündigte mit dem nächsten Boten einen Wechsel auf die Geldsumme an, die dem Haus Vrocklage zustand. Der Lübecker Kaufmann erwähnte nur mit einem Satz, daß sich Johannes bereits auf der Reise nach Hamburg befinde und man keinen Anlaß zur Klage über den gut geratenen jungen Mann habe. Was Tzerntien dann schrieb, verwirrte Sebastian noch mehr: Eigentlich, teilte der Geschäftsfreund mit, habe er direkt mit Balthazar Vrocklage abrechnen wollen, der ja im übrigen auch als Sendbote des Ehrbaren Rostocker Rats erwartet worden sei. Sehr zur Verwunderung aller beim Hansetag versammelten Gesandten und auch des Gastgebers, des Heiligen Reiches Rat der Reichsstadt Lübeck, sei der geschätzte Vrocklage bisher nicht erschienen, und man erhoffe sich nun Antwort aus Rostock über den Verbleib.

Sebastian ließ die Hand mit dem Brief auf den Tisch sinken. Mit der anderen hob er den Becher, hielt aber in der Bewegung inne. Nachdenklich geworden, stellte er den Becher wieder ab. An dem Tag, an dem Tidemann Tzerntien den Brief geschrieben hatte, hätte sein Vater schon seit einer Woche in Lübeck sein müssen. Sebastian Vrocklage sprang auf. Er schob das Schreiben in seinen Rock und verließ das Haus.

3

Die Fahrt den Kanal hinauf nach Lauenburg und dann elbabwärts nach Hamburg hatte mehr Zeit in Anspruch genommen, als Johannes vermutet hatte. Vier Tage vor seinem Namenstag liefen die Kähne im Hamburger Hafen ein. Von dort sollte die Ware in den Lagerräumen des Holk *Maria Magdalena*, der unter Hamburger Flagge fuhr, nach Brügge gebracht werden. Neben den Gütern aus Rostock transportierte das große Schiff auch noch andere Ladung; so ein Holk hatte einen großen Bauch, und die *Maria Magdalena* faßte einhundertfünfzig Last. Vor allem Kaufherren aus dem Heimathafen hatten ihn befrachtet, und das Wichtigste, was sie nach Flandern zu liefern hatten, war das exklusive Hamburger Hopfenbier. Die gehobenen und höchsten Stände in Brügge, Gent, Ypern und Antwerpen bevorzugten es, auch wenn sich allmählich Konkurrenz aus Holland in das Geschäft mischte.

Michael Butenkofer drängte zur Eile. Er erhöhte das Windegeld für die Matrosen, damit sie sich beim Umladen stärker anstrengten. Befehligt wurde die *Maria Magdalena* vom Hamburger Schiffer Hermann Groth. Butenkofer würde sich die Wachen mit ihm teilen, aber das letzte Wort hatte der Mann von der Alster.

In Hamburg sollte Johannes Vrocklage weder bei einem Geschäftsfreund des Vaters noch in einem Gasthaus logieren, sondern er sollte die Zeit bis zum Auslaufen des Holk bereits an Bord verbringen. Der Dreimaster hatte nicht nur sehr hohe Decksaufbauten und ein viel größeres Achterkastell als die *Bunte Kuh von Rostock*, das Kastell beherbergte auch mehrere und komfortablere Kajüten, die Passagieren für eine Überfahrt zur Verfügung gestellt wurden, wenn sie sich einen Kajütplatz leisten konnten. Für ärmere Reisende standen Decksplätze zur Verfügung. Johannes wurde in eine Kajüte einquartiert, die er sich mit Butenkofer teilen würde. Ein Träger brachte ihre Kisten, aber Butenkofer ließ sich noch nicht blicken: Entweder trieb er gerade das Schiffsvolk bei den Ladearbeiten an, oder er fachsimpelte mit dem Schiffer.

Nachdem Johannes sich umgekleidet hatte, schaute er sich um. Der Holk *Maria Magdalena* verfügte über ein Batteriedeck mit je sieben Pulvergeschützen auf jeder Seite. Auch in das hintere Kastell waren zwei Luken für Kanonen eingelassen, die es ermöglichten, sogar achteraus zu feuern. Die Hellebarden hingegen befanden sich auf dem Vorderkastell. Johannes zählte vierzig dieser Waffen, die in einer speziellen Vorrichtung befestigt worden waren.

Eine Zeitlang sah der Junge den Matrosen an den Winden zu. Butenkofer war nicht in der Nähe. Johannes entdeckte ihn beim Ruder, in ein Gespräch nicht mit dem Kapitän vertieft, sondern mit dem Steuermann. Nicht alle Schiffskinder beherrschten die hiesige Volkssprache. Die meisten sprachen wohl Niederdeutsch, aber Johannes glaubte auch einige englische Laute zu hören. Um dem auf den Grund zu gehen, gesellte er sich zu Butenkofer und dem Steuermann. Dort erfuhr er, daß die Mannschaft aus etwa drei Dutzend Hamburgern und einer Handvoll Engländern bestand. Außerdem habe der Schiffer vor zwei Tagen noch einen Rostocker angeheuert, der dringend nach Brügge müsse und ein solches Loblied auf seine Fertigkeiten gesungen habe, daß Groth nicht widerstehen konnte. Sogar als Bootsmann habe er den Mann eingestellt, und man wolle nur hoffen, daß sich die

Hamburger ihm ohne Murren unterordneten. Wegen der Engländer mache er sich da keine Sorgen, meinte der Steuermann. Ihnen sei es egal, ob man ihnen einen Hamburger oder einen Rostocker vor die Nase setzte, denn für sie sei der eine so fremd wie der andere.

Johannes fand es gar nicht übel, daß neben Michael Butenkofer noch ein weiterer Landsmann mit auf die Reise gehen sollte. Die Hamburger und mehr noch die Engländer betrachtete er mit Scheu. Eine gemeinsame Herkunft war immer ein guter Grund für ein Gespräch.

Auch ein wenig stolz war er. Rostocker waren überall. Die ganze Welt bereisten sie, und er gehörte dazu.

Nach dem Essen, das Johannes zusammen mit Groth, Butenkofer und dem Steuermann einnahm, begab er sich wieder an Deck; einen Landgang hatten ihm Groth und Butenkofer nicht erlaubt. Johannes stützte sich mit beiden Armen auf die Reling und schaute hinüber zum Grasbrook, der Hamburger Richtstätte bei der Hafeneinfahrt. Dort waren im Jahr des Herrn 1401 Störtebeker, Goedeke Michels und viele weitere Vitalienbrüder hingerichtet worden. Ihre Schädel hatte man mit Schiffsnägeln an das Blutgerüst genagelt, um ein Wiedergängertum der ruchlosen Verbrecher zu verhindern, wie Hermann Groth, damals ein Knabe, dem mit roten Ohren lauschenden Johannes erzählt hatte. Dann hatte sich der Schiffer über den Hamburger Bürgermeister Nikolaus Schoke ausgelassen, der 1402 nach Santiago de Compostela gepilgert war, um Jacobus dem Älteren für die Überwindung der Seeräuber zu danken. Noch neunundzwanzig Jahre später regte sich Groth über die Rechnung auf, die Schoke der Kämmerei eingereicht hatte und die offenbar exorbitant hoch gewesen war. Trotz der Pilgerreise und der Gebete waren die Vitalier keineswegs überwunden. Noch immer trieben sie in der Westsee, aber auch in der Ostsee ihr Unwesen. Jacobus Major hatte von Schoke ebensowenig gehalten wie der Schiffer Groth.

Das Blutgerüst konnte Johannes sehen, aber Schädel trug es nicht. Auch ohne menschliche Überreste beflügelte der Ort, an dem die Urteile des Halsgerichts vollstreckt wurden, die Fantasie. Um ihr Leben zu retten, soll Störtebeker noch mit abgeschlagenem Kopf an seinen Kameraden vorbeigelaufen sein, bis ihm der Scharfrichter einen Klotz vor die Füße warf. Groth und Butenkofer hatten diesen Bericht in den Bereich der Legende verwiesen. Auch an die Schätze des Störtebeker, an die Fässer mit Gold, Silber und Edelsteinen, mit Samt und Seide und Brokat mochten sie nicht glauben. Johannes schon.

Eine Begegnung der *Maria Magdalena* mit den Vitaliern auf der Fahrt nach Brügge schien der Schiffer kaum zu fürchten. Seine Sorge und seine Bewaffnung galt den Kaperschiffen, die im Auftrag der englischen Krone unterwegs waren. Eigentlich wurden sie im Krieg gegen Frankreich eingesetzt, der seit unvordenklichen Zeiten andauerte, aber manchmal vergaßen ihre Anführer, wer der Feind war. Immer wieder griffen sie auch Schiffe der Hanse an. Vor allem die Baiensalzfahrer, die von Frankreich kamen, konnten ein Lied davon singen.

Als Johannes den Blick auf das Wasser senkte, machte er ein Ruderboot aus, das auf den Holk zusteuerte. Zwischen den anderen ankernden Schiffen sah das Boot besonders klein und zerbrechlich aus. Ein Schiffsknecht legte sich mächtig in die Riemen, um einen einfach gekleideten Mann zum Liegeplatz der *Maria Magdalena* zu bringen. Johannes wollte seine Aufmerksamkeit schon wieder anderen Dingen zuwenden, hatte aber plötzlich das Gefühl, irgend etwas mit den Bootsinsassen stimme nicht, also schaute er noch einmal genauer hin. Sein Atem stockte. Der Mann in den einfachen Kleidern war der Rostocker Schiffsmann Georg.

4

Martin Grüneberg wohnte in der Breiten Straße. Sebastian brauchte nicht lange, um von der Wokrenterstraße aus das Haus zu erreichen, das Lange Hand hieß. Den Namen hatte es allerdings nicht nach einem Merkmal an der Fassade erhalten, sondern wegen eines Reliefs auf den Beischlagwangen der Bank neben dem Hoftor. Abgebildet war Christus als Hohepriester, und seine segnende Hand hatte der Steinhauer viel zu schmal und viel zu lang gestaltet. Das war vor sechzig Jahren geschehen, um die Zeit des Stralsunder Friedens, denn ihm war ein anderes Motiv gewidmet: Der Meister schien über den Sieg der Hanse im zweiten Krieg gegen den Dänenkönig Waldemar Atterdag so froh gewesen zu sein, daß er ihn als Werk Gottes dargestellt hatte.

Martin Grüneberg traf Sebastian Vrocklage in der Stube an. Der Ratsherr hatte fünf Kinder, aber nur Margarete, die älteste Tochter, saß mit der Mutter auf einer Bank nahe dem Kachelofen, im Winter sicher ein höchst begehrter Platz. Mutter und Tochter bestickten gemeinsam ein Kleid, das zweifellos zum Sonntagsstaat einer der beiden Frauen gehörte. Grüneberg hatte den Minderen Bruder Anselm zu Gast. Zwischen ihnen stand auf einem unter einer Brokatdecke verborgenen Tisch ein Weinkrug. Nachdem Sebastian zum Sitzen aufgefordert worden war, rief Grüneberg nach einem dritten Becher. Das Hausmädchen brachte ihn prompt.

Der Franziskaner spürte sofort, wie nervös der Neuankömmling war. Ohne Umschweife sprach er ihn auf seine Unruhe an. Sebastian Vrocklage nickte zur Bestätigung, daß der Mönch seinen Zustand richtig erkannt hatte, dann zog er den Brief aus seinem Rock und reichte ihn dem Ehrbaren Bruder. Der las zuerst für sich, dann räusperte er sich und wiederholte laut die Passage, auf die es ankam.

»Was? Balthazar ist nicht rechtzeitig in Lübeck eingetroffen?«

vergewisserte sich Martin Grüneberg. Das war dermaßen unvorstellbar, daß seine Frau und Margarete ihre Stickerei unterbrachen und von dem Kleid aufschauten. »Unser Freund, der in seinem Herzen eine Uhr trägt, sollte sich verspäten? Um Tage gar? Unmöglich!«

»Aber Ihr wollt doch nicht sagen, daß Tidemann Tzerntien lügt?« fragte Sebastian entsetzt.

»Nein. Mag sein, daß er manchmal seine Lieferanten übers Ohr haut, wenn er mit ihnen handelt, aber lügen … Warum sollte er? Es gibt ja keinen Grund.«

»Seltsam.« Bruder Anselm legte das Schreiben auf den Tisch. »Balthazar, die Zuverlässigkeit in Person … und nun das.«

»Dafür gibt es gewiß eine einfache Erklärung«, meinte Grüneberg. »Durch diesen heftigen Gewitterregen kurz nach seiner Abreise werden die Straßen mal wieder vollkommen schlammig und beinahe unpassierbar gewesen sein. Womöglich hat sich ein Pferd ein Bein gebrochen. Auch Balthazar kann sich verletzt haben.«

»Hätte er dann nicht einen der Reitenden Wächter nach Lübeck geschickt?« gab Sebastian zu bedenken.

»Stimmt.« Martin Grüneberg faßte sich an die Stirn. Auch Bruder Anselm dachte nach. Schließlich unterbreitete er einen Vorschlag.

»Dein Vater, Sebastian, wollte Station machen beim Abt von Doberan und bei einem Freund in Wismar …«

»Henning Holthusen«, sagte Sebastian.

»Genau.« Bruder Anselm griff nach seinem Becher. »Wir sollten ihnen Briefe schreiben. Doberan und Wismar, das sind keine Weltreisen. In ein paar Tagen haben wir Antwort und wissen, woran wir sind.«

5

Von der Fahrt die Küste der Westsee entlang würde Johannes Vrocklage wohl nur in Erinnerung bleiben, daß sie drei Wochen währte und vollkommen ereignislos verlief. Seeräuber oder englische Kaperer griffen nicht bloß nicht an, sie zeigten sich nicht einmal. Die *Maria Magdalena* begegnete nur Flotten von Kauffahrern, Salzschiffen von Bourgneuf, Spanien oder Portugal, wie Schiffer Groth behauptete.

Zu sehen gab es zwar immer etwas, da das Land nie hinter der Kimm verschwand: den Leuchtturm von Neuwerk, die Friesischen Inseln, die Küste Hollands. Der Leuchtturm, der die Einfahrt in die Elbe sicherte, hatte Johannes beeindruckt. Im übrigen hätte man ihm viel erzählen können. Die Ufer waren nicht beschriftet wie Seekarten, ob man ihm nun Holland vorführte, Mecklenburg, Pommern, Preußen, Kurland oder Schweden, konnte der Junge nicht unterscheiden. Nur zu den Seeleuten sprachen die Landmarken, anhand derer sie ihre Position bestimmten.

Von Georg hatte sich Johannes ferngehalten, soweit dies an Bord eines Schiffes möglich war. Johannes begegnete ihm mit größtem Mißtrauen, und irgendwann hatte der Schiffsmann begriffen, daß der junge Herr nichts mehr mit ihm zu tun haben wollte. Er respektierte es und begegnete ihm dermaßen devot, daß es in dem Jungen Übelkeit erregte.

Trotzdem blieb er auf der Hut. Demgegenüber stand die tagelange Tatenlosigkeit. Die Anspannung und das gleichzeitige Nichtstun hatten in Johannes eine gewisse Hysterie ausgelöst. Lange würde er die Seereise nicht mehr aushalten, ohne irgend einen Unsinn zu verzapfen. Bei der Morgenspeise hatte er zum ersten Mal gegenüber Butenkofer und Groth ausgesprochen, was er schon lange dachte. Er hatte seinen Wunsch geäußert, man möge doch um seinetwillen nicht länger nur die Land- und Seekarten, sondern auch die wirkliche Welt mit Ortsangaben beschriften. Bei den Schiffern hatte das eine große Heiterkeit ausgelöst, und sie versprachen, diesen Vorschlag per Gebet bei Gott einzureichen.

Einer der Tage auf See hatte besonders trist begonnen. Es war der vierundzwanzigste Juni. Johannes hatte sich verschätzt. Er hatte seinen Namenstag bereits in Brügge begehen wollen; das war nun erst im Jahre 1432 möglich. Den Namenstag hatte er allen verschwiegen, er wollte keine Glückwünsche, kein Fest. Einsam hatte er sich an jenem Morgen gefühlt, und dann war plötzlich auch noch Heimweh aufgekommen. Bis zum Mittag war er in seiner Koje geblieben und hatte sogar ein paar Tränen vergossen. Der Schiffer Groth trieb ihn aus dieser Melancholie. Nachdem sich Johannes stundenlang nicht an Deck gezeigt hatte, wie er es jeden Tag tat, war Groth stutzig geworden, und dann hatte er eine Eingebung gehabt. Er war in die Kajüte gestürzt, in der Johannes seine Traurigkeit pflegte, und hatte wissen wollen, wer denn sein Namenspatron sei: Johannes der Täufer, dem auf Betreiben eines Weibes der Kopf abgeschlagen worden war, oder Johannes der Evangelist, dem Gott die Apokalypse offenbart hatte? Der Junge hatte bekannt, den Baptisten zum Patron zu haben. Das hatte Hermann Groth ganz fröhlich werden lassen. Mehrmals hatte er Johannes auf die Schulter geklopft und ihn ausdrücklich vor den Frauen gewarnt, die es seiner Ansicht nach alle auf den Kopf des Mannes abgesehen hatten, auf seinen Verstand, denn über Verstand verfügten sie bekanntlich nicht.

Johannes' Bitte um Diskretion hatte Groth entsprochen. Die Namenstage von Passagieren, insbesondere von Kajütreisenden, gingen die Mannschaft nichts an. Nur Butenkofer wurde ins Vertrauen gezogen. Wie zu erwarten, nötigte er Johannes am Abend zu einem Umtrunk. Er öffnete seine berüchtigte Reiseapotheke und spendierte vom Aqua vitae. Auch Groth beteiligte sich. Ebenfalls nicht ganz unerwartet verbrachte Johannes den kommenden Tag in der Koje, allerdings nicht mit Depressionen, sondern mit einer riesigen Geschwulst im Hirn, die sich nur sehr, sehr langsam zurückbildete.

Nun aber hatte sich alles verändert. Ein Ruf aus dem Mastkorb hatte den Jungen auf der Steuerbordseite an die Reling getrieben. Aufgeregt und voll Bedauern, daß er seine Augen nicht noch weiter aufreißen konnte, starrte er in die Fahrtrichtung des Holk. Vom Ausguck war der Turm der Kirche St. Katharinen in Knocke angekündigt worden. Der Kirchturm war in großer Entfernung auch auszumachen, jedoch was er markierte, sah Johannes noch nicht. Es war die Einfahrt in das Zwin.

Die Geduld des jungen Reisenden wurde noch auf eine harte Probe gestellt. Unablässig hatte er den Turm von Knocke im Blick, aber je größer er wurde, desto mehr verwandelte er sich von einer Verheißung in einen Fluch. Johannes glaubte kaum noch daran, aber schließlich erreichte der Holk *Maria Magdalena* tatsächlich das Zwin. Eine gute Deutsche Meile, so hieß es nun, und dann endlich laufe man Sluis an.

An den Rändern des Zwin grüßten weitere Kirchtürme die einlaufenden Schiffe. Michael Butenkofer, der sich zu Johannes gesellt hatte, benannte sie ihm. Der Turm von St. Anna-ter-Muiden sah beinahe wie der einer Wehrkirche aus, so trutzig ragte er in den Himmel. Und auch Sluis hatte natürlich seinen Kirchturm. Als er ins Bild kam, interessierte sich Johannes längt nicht mehr für diese Landmarken. Er hatte etwas viel Spannenderes entdeckt: Schiffe aus aller Herren Länder.

Im Zwin und im Hafen von Sluis, einem Vorhafen von Brügge, schienen sich Kauffahrer aus der ganzen Welt ein Stelldichein zu geben. Von den italienischen Galeeren erkannte Johannes die Schiffe aus Venedig am Löwen von San Marco und die aus Genua am Drachentöter Sankt Georg. Andere mußte Butenkofer ihm erklären, so etwa das Tuch von Pisa und Florenz. An den Masten der Holke und Koggen wehten die Flüger von Wismar, Hamburg, Bremen und Danzig sowie der livländischen Hansestädte Reval,

Riga und Dorpat. Der Deutsche Orden hatte seine Waren auf die Reise nach Flandern geschickt, darunter ganz gewiß Bernstein, aus der schwedischen Stadt Lödöse, mit der auch Rostock eifrig Handel trieb, ankerten zwei Dreimaster im Zwarte Gat, die Engländer waren da und ebenso Handelsschiffe von Navarra. Besonders ins Auge fiel Johannes ein hochbordiges, gedrungenes Fahrzeug, nach dem er sich erkundigte. Butenkofer beschied ihm, daß es sich um die bei Portugiesen und in den spanischen Landen so beliebte Nao handelte. Fünf dieser ungewöhnlichen Schiffe steuerten gerade Sluis an, zwei aus Lissabon, wie Butenkofer sagte, und drei aus dem Königreich Aragonien.

Johannes schwirrte der Kopf von all diesen klangvollen Namen. Stadtrepubliken, Hansestädte, Königreiche entsandten ihre Kaufleute zum Stapel der Christenheit, und bereits dessen Vorhafen war überfüllt mit den Schiffen, die Waren aus dem Süden und aus dem Norden brachten und flandrische Güter luden. Nun war der Junge natürlich auf Brügge besonders gespannt.

Mit einer Sturmflut im Nebelmonat des Jahres 1134 hatte Gott das Zwin geschaffen. Mittlerweile schien das Treiben des Kaufmannes jedoch seinen Unwillen zu erregen, wie es lange den Unwillen der Kirche erregt hatte, die sich aber damit abfand und selbst zum Händler wurde. Johannes war stolz auf seinen Stand. Er glaubte nicht, daß Gott das Zwin versanden ließ, weil er die Kaufleute strafen wollte. Gegen die Fernhändler, die alle Meere befuhren und die Völker verbanden, konnte er nichts haben. Was ihm zuwider sein mochte, war der Wucher. Die Lombarden hatten das Kreditgeschäft auch in Brügge eingeführt und setzten sich damit über das kanonische Zinsverbot hinweg. *Usura est ubi requiretur, quam detur*, hatte Johannes bei Bruder Anselm gelernt: *Wucher ist, wo mehr zurückgefordert als gegeben wird.* Und Thomas von Aquino hatte die Leihe gegen Zinsen als ungerecht verurteilt. Bei Raten von vierzig Prozent konnte Gott einfach nicht mehr stillhalten. Deshalb vielleicht strafte er die Stadt

Brügge mit der Versandung des Zwin. Eine andere Erklärung fand Johannes nicht. Er selbst würde zwar im Auftrag seines Vaters auch das Gebaren der lombardischen Geldverleiher studieren, aber entsprechend seiner Erziehung lehnte er, wie alle anständigen Hansekaufleute, das Kreditwesen ab.

Gottes Entschluß hatte erhebliche Folgen. Seeschiffe von der Größe der *Maria Magdalena* konnten nicht mehr bis Brügge vordringen. Die Ware mußte auf Leichter umgeladen werden, die sie dann über die kanalisierte Reie in die Stadt brachten. Für Johannes bedeutete dies, in Sluis an Land zu gehen. Michael Butenkofer begleitete ihn. Der Schiffer mietete bei einer Relaisstation zwei Pferde, mit denen sie erst einmal bis nach Damme reiten wollten. An der dortigen Schleuse, der Dammer Speye, wollte Butenkofer die Schuten mit den Gütern aus Rostock erwarten.

Johannes war glücklich, den Schiffer an seiner Seite zu haben, denn Butenkofer war ein altgedienter Flandernfahrer und kannte jeden Baum und jeden Kirchturm. Während sie gemächlich auf dem Deich dahintrabten, bewunderte Johannes die Landschaft. Pappeln säumten das Fahrwasser für die Leichter und kleineren Schiffe, und die regelmäßigen Abstände zwischen den hohen Bäumen zeigten, daß sie von Menschen gepflanzt worden waren. Im übrigen war das Land flach wie ein Tisch. Es schien keinen Wald zu geben, sondern nur Acker- und Weideflächen, soweit das Auge reichte.

Damme war nicht nur ebenfalls ein Vorhafen von Brügge, sondern es hatte auch einen eigenen Kran. Die Kirche einer solch wichtigen Stadt hatte Ausmaße, die der Bedeutung des Ortes entsprechen sollten. Johannes fand das Bauwerk, das Butenkofer als Liebfrauenkirche bezeichnete, viel zu groß. Im übrigen hatte er längst festgestellt, daß die flandrischen Kirchen ganz anders aussahen als die heimatlichen. Sie bestanden natürlich aus Schiffen und Türmen, und auch für ihren Bau war Backstein verwendet worden, aber allein der Stein war von einer anderen Farbe. In

Rostock und auch in Lübeck war der Backstein rot, in Rostock mit einem Stich ins Gelbliche. Der Ziegel hier war eher grau. Es war ein Grau mit rötlichem Schimmer, aber ein Grau blieb es doch.

Butenkofer nahm im Gästehaus des St.-Johannes-Hospitals im Schatten der Liebfrauenkirche Quartier, was Johannes auf das Äußerste mißfiel. Vom Hafen und vom Flußufer aus konnte man eine Kirche mit einem schlanken, in große Höhen strebenden Turm sehen, auf den die Reie schnurgerade zulief. Wenn man die Fantasie spielen ließ, konnte man den Turm für den abgetakelten Mast eines auf Grund gelaufenen Schiffes halten, wobei das an und für sich grazile Bauwerk dafür wiederum zu breit war. Auch dies war eine Liebfrauenkirche, allerdings die von Brügge. Die Weltstadt war zum Greifen nah, doch Johannes sollte noch eine Nacht in diesem Nest verbringen.

Er fügte sich. In einem Wirtshaus *De Gouden Boom* aß er mit Butenkofer zu Abend, und damit er möglichst bald den neuen Tag begrüßen konnte, ging Johannes früh zu Bett. Er schlief auch sofort ein, doch schon im Morgengrauen weckte ihn der Hahn, der dem Hühnerhof der Augustinerinnen wie ein Prior vorstand.

6

Lautlos und geschickt zwängte sich das Subjekt zwischen den Tonnen hindurch. In der linken Hand hielt es eine Wachstafel, in der rechten einen Griffel, mit dem es die angelieferten Mengen in die Tafel ritzte. Seit dem Separatfrieden mit Dänemark kam wieder mehr Hering in die Stadt, sechs Rostocker Tonnen insgesamt, wie das Subjekt sorgfältig notierte, aber diesen Tonnen galt nicht sein besonderes Interesse. Auch Eisen und Kupfer aus Schweden und den weißen Kalkstein von Gotland registrierte er zwar, seiner Pflicht gemäß, doch suchte er etwas anderes. Zwischen den vielen neuen Waren mußte sich auch eine Lüneburger Salztonne befinden, die laut Ladepapieren eine Tonne Salz netto enthalten sollte, die wiederum zu zwanzig Liespfund maß. So war die Tonne in Lübeck, woher sie kam, gewogen worden, und eine Überprüfung auf der Rostocker Waage hatte ergeben, daß die Papiere der Wahrheit oder die Wahrheit den Papieren entsprach.

Das Subjekt lächelte wegen seiner spitzfindigen Gedanken. In der Tonne war nicht nur Salz. Es gab etwas, das die Papiere verschwiegen. Ein Brief aus Lübeck, vom Befrachter an den Schiffer zu Treu und Glauben übergeben und für den Herrn des Subjekts bestimmt, war in dessen Hände geraten, denn schließlich war es das Subjekt, daß die Waren am Hafen in Empfang zu nehmen pflegte. Als Beauftragter seines Herrn wohlgemerkt. Das Subjekt hatte sofort geahnt, welche brisanten Hinweise der versiegelte Brief barg.

In seiner langen Karriere als ebenso nützliches wie verachtetes Instrument eines fremden Willens hatte das Subjekt ein enormes Geschick in der Kunst entwickelt, Briefe zu öffnen, ohne das Siegel zu beschädigen. Das Schreiben aus Lübeck teilte seinem Empfänger mit, in der Tonne mit dem Lüneburger Salz befände sich auch ein Lederbeutel mit hundert lübischen Gulden und ein paar Silberbarren; dies war die übliche Methode, kleinere Mengen von Edelmetall zu transportieren, insoweit also nichts Ungewöhnliches. Das Subjekt hatte die Tonne gefunden, legte Wachstafel und Griffel auf einen Ballen Rinderhaut, die an die Rostocker Gerber weiterverkauft werden sollte, und löste den Deckel lautlos und mit viel Geschick. Feines weißes Siedesalz füllte das hölzerne Gefäß bis zum Rand, doch als das Subjekt seinen Arm bis auf den Ellbogen hineintauchte, stieß es schon auf den Beutel.

Er wollte nichts fortnehmen, denn das wäre seinem Herrn sofort aufgefallen. Die lübischen Gulden beachtete er kaum, doch die Silberbarren untersuchte er einzeln. Und er fand, was er suchte: Die Markierung, die nicht nur die Echtheit und das Normgewicht zertifizierte, sondern auch das Verbrechen bewies, das mit Gulden und Silber honoriert werden sollte. Die Barren stammten aus Schweden. Schweden gehörte zu den Reichen der Kalmarer Union, wurde also von Dänemark beherrscht.

Das Subjekt versenkte den Beutel wieder in dem Salzfaß und schloß den Deckel. Natürlich hatte das Edelmetall Begehrlichkeiten geweckt. Aber manchmal war Wissen viel wertvoller sogar als Diamanten.

7

An der Dammer Speye sah Johannes den Schiffsmann Georg wieder. Der Matrose begleitete die Leichter, auf denen sich die Rostocker Güter befanden. Während des Manovers in der Schleuse kontrollierte Butenkofer die Ware. Johannes schaute von der Deichkrone zu. Er hielt die beiden Pferde an den Zügeln und wartete ungeduldig darauf, endlich nach Brügge reiten zu können.

Erst am späten Vormittag war es so weit. Die Glocke der Onze-Lieve-Vrouwekerk von Damme verkündete die elfte Stunde, da schwang sich Butenkofer in den Sattel. Johannes saß bereits. Nun galt es, die letzte Meile in Angriff zu nehmen, die ihn vom Stapel der Christenheit trennte.

Es brauchte keine halbe Stunde. Johannes hatte einen Kloß im Hals, als sie sich dem Dammtor näherten. Die Dampoort war nicht etwa nur ein gewöhnliches Stadttor für Fußgänger, Reiter, Pferd und Wagen, sondern es handelte sich um einen Komplex von Schleusen, Brücken und Toren. Die Schleusen dienten der Schiffahrt auf der Reie, die hier die Stadt verließ, die Brücken überspannten einen Doppelgraben, der zum Schutz der Bewohner angelegt worden war. Drei Tore sah Johannes, und durch das linke, das Speytor, ritten sie in die Stadt.

Unmittelbar hinter dem Tor war noch nicht viel Aufregendes zu sehen. Linker Hand drehten ein paar Windmühlen ihre Flügel, rechter Hand erstreckte sich das Gelände einer großen Werft. Ein Hospital hatte man, wie allgemein üblich, in der Nähe der Tore angelegt, ein Hospital mit dem umständlichen Namen Unsere Liebe Frau von der Potterie. Die Liebe Frau, das wußte Johannes natürlich, war die Jungfrau Maria. Was man in Flandern Onze-Lieve-Vrouwekerk nannte, hieß in seiner Heimat schlicht Marienkirche. Jede Hansestadt hatte eine, und hier schien das nicht anders zu sein. Johannes fragte sich, wie man die Marienkirchen wohl in England nennen mochte. Oder in Frankreich. Notre-Dame vielleicht?

Während sie gemächlich an der Reie stadteinwärts trabten, sagte Johannes kein Wort. Hin und wieder warf er Butenkofer einen Blick zu. Der Schiffer schaute stur geradeaus, lächelte aber, und zwar wissend, wie es dem Jungen vorkam. Offenbar konnte er nachvollziehen, wie sich Johannes fühlte. Immerhin befand man sich nun in Brügge, dem Umschlagplatz des Welthandels, auf dem die Hansestädte auch die exotischen Güter aus dem Morgenland und sogar aus China erwarben.

Während ihres Rittes sahen sie stets die Liebfrauenkirche vor sich, aber auch andere Türme. Einer davon war der Belfried, das Symbol der Bürgerfreiheit, von dem der Vater berichtet hatte. Schließlich erreichten sie eine Stelle, an der sich die Reie gabelte. Genauer gesagt, denn auch die Reie floß von der Quelle zur Mündung, ein Nebenarm vereinigte sich mit dem Fluß. Butenkofer wies nach links in die Carmerstraat. Eine Kirche überragte Mauern und Nebengebäude, die zweifellos zu einem Kloster gehörten.

»Dort, Johannes, werdet Ihr als Jungkaufmann bald ein- und ausgehen«, sagte der Schiffer. »Es ist das Karmeliterkloster. Im Refektorium treffen sich die Hansekaufleute zu ihren Versammlungen. Auch Euch wird man wohl jeden Tag zur Morgensprache erwarten. Denkt daran, wer nicht erscheint, muß eine Strafe zahlen.«

»Auch Lehrlinge?« erkundigte sich Johannes.

»Das weiß ich nicht.« Michael Butenkofer lenkte sein Pferd zu einer Brücke, die den Nebenarm der Reie überquerte. Der Junge folgte ihm. »Nein, Lehrlinge wohl nicht. So, ich bringe Euch nun zu Eurem Gastgeber. Zuvor muß ich noch ein paar Worte mit dem Zolleinnehmer wechseln. Da vorn«, der Schiffer wies in die Richtung, in die sie ritten, »an der St.-Jans-Brücke steht auch das Zollhaus. Von dort ist es nicht mehr weit zum Haus des Signore Arnolfini.«

Wenn es nach Johannes gegangen wäre, hätte er sich noch bis zur Ankunft der Schuten bei der Sint Jansbrug aufgehalten. Dort befand sich eine Waage der fremden Kaufleute, daneben ein ziemlich nobles Haus, die Poortersloge, die den gleichnamigen Klub reicher Bürger beherbergte, und eben das Zollhaus. Während Johannes auf die Pferde achtete, verschwand der Schiffer für eine Viertelstunde in dem Domizil der Snakher. Weil sie die Abgaben mit heftigen Worten einforderten, so hatte Butenkofer erklärt, belegten die Flamen die Zolleintreiber, die sie abgrundtief haßten, mit diesem Wort. Wenn der Haß zu groß geworden war, wurde ein solcher Snakher auch schon einmal erschlagen oder aufgeschlitzt.

Nachdem der Schiffer die Eintragung der von ihm beförderten Ware in das Zollregister vorbereitet hatte, geleitete er Johannes zu dem Haus, in dem dieser die nächsten Jahre leben würde. Die Gefühle des Jungen wechselten ständig von einem Extrem zum anderen. Einerseits überkam ihn eine heftige Trauer, wenn er an den Abschied von Butenkofer dachte, den er als so etwas wie eine letzte Verbindung zur Heimat empfand, andererseits weckten die Straßen, die sie passierten, in ihm die Hoffnung auf ein aufregendes Leben in dieser Stadt, die nicht bloß von Kaufleuten und Bankiers bevolkert wurde, sondern in der auch ein leibhaftiger Herzog seinen Hof unterhielt. Damit konnte Rostock nicht konkurrieren, ja nicht einmal Lübeck, das Haupt und der Ursprung aller in der Hanse.

An der Größe der Häuser war unschwer zu erkennen, daß Giovanni Arnolfini in einem reichen Viertel lebte. Nachdem sie die Diele betreten hatten, fühlte sich Johannes sogleich heimisch. Auch im Haus des Kaufmannes aus Lucca betrat man von der Straße zuerst einen Lagerraum, auch hier war die Diele gefüllt mit Fässern und Ballen und Kisten. Eine Haushälterin nahm den Neuankömmling in Empfang. Sie behandelte Johannes von oben herab, als wollte sie ihm deutlich machen, daß man hier jeden Tag Gäste aus der ganzen Welt empfinge und Rostock nur eine Stadt unter vielen sei. Ihr Verhalten entsprach nicht den Gepflogenheiten, und diese Frechheit nahm sich die Weibsperson gewiß nur heraus, weil der Herr des Hauses abwesend war. Giovanni Arnolfini weilte im Prinsenhof, bei Philipp dem Guten, dem allergnädigsten Herzog von Burgund, wie die hochnäsige Bedienstete zu berichten wußte. Wenn man sie reden hörte, bekam man den Eindruck, sie selbst sei mindestens eine Gräfin. Johannes scherte sich nicht um ihre Arroganz. Er bat Michael Butenkofer, die Kisten mit seinen Kleidern und anderen Besitztümern zu dem Haus schaffen zu lassen, sobald die Schuten die Stadt erreicht hatten, was der Schiffer versprach. Dann trat Johannes mit ihm auf die Straße.

Sie verabschiedeten sich voneinander wie zwei Männer. Johannes schluckte seine Tränen hinunter. Um sich das Adieu zu erleichtern, versuchte er es mit einem Scherz.

»Richtet dem Schiffsmann Georg von mir etwas aus«, sagte er. Butenkofer schaute ihn verwundert an. »Einen lateinischen Spruch, auch wenn er ihn nicht verstehen wird.« Dem Jungen gelang sogar ein Lächeln. »Es ist ein Rat für Zeiten des Schwarzen Todes, ein Rat an Gesunde: Mox fuge, longe recede.«

»Nun, meine Kenntnisse des Lateinischen sind mehr als bescheiden«, räumte Butenkofer ein. »Ich glaube aber …«

»Es heißt: Fliehe bald, bleibe lange fort«, fiel ihm Johannes ins Wort.

»Ich glaube«, der Schiffer ließ sich nicht beirren, »daß der Spruch nicht vollständig ist.«

»Da habt Ihr wohl recht.« Johannes seufzte theatralisch, gab sich geschlagen. »Exakt heißt es: Mox fuge, longe recede, tarde redi. Man wünscht dem Fliehenden, daß er am Ende langsam zurückkehre.«

»Und das wollt Ihr nicht, was, Johannes?« Der Schiffer Butenkofer lächelte nun ebenfalls. »Georg soll überhaupt nicht zurückkehren, weder schnell noch langsam? Dabei sah es doch anfangs nach einer dicken Freundschaft aus.«

»Nein, nein, nein!« rief Johannes. »Und hoffentlich sehe ich ihn nie wieder.«

ZWEITER TEIL

Confutatis

Confutatis maledictis,
flammis acribus addictis,
voca me cum benedictis.
Ora supplex et acclinis,
cor contritum quasi cinis,
gere curam mei finis.

ERSTES KAPITEL

Der Auftrag

1

Der Bote aus Lübeck erreichte Rostock am siebten Tag des Heuert. Als er das Kröpeliner Tor durchritt, vor den Torwächtern durch ein Schreiben legitimiert und damit nicht zur Zahlung eines Eintrittsgeldes verpflichtet, läuteten die Glocken die zweite Nachmittagsstunde. Der Bote gab auch in der Stadt seinem Braunen kräftig die Sporen. Wer unterwegs war auf der Kröpeliner Straße, stob zur Seite und schickte dem Reiter wohl auch den einen oder anderen Fluch hinterher, den man vor Gott niemals wiederholt hätte.

Der Bote sprengte zum Neuen Markt. Es war kein Markttag in Rostock, alle Buden, Stände und Scharren lagen leer. Am Kaak jedoch hatte man einen Mann befestigt, und die Gassenjungen kitzelten mit den bloßen Fingern seine Sohlen. Der Bote hatte dafür nur einen oberflächlichen Blick. Vor dem Rathaus sprang er vom Pferd, winkte einen Ratsdiener herbei und erkundigte sich nach dem Aufenthalt des Bürgermeisters.

Nun hatte eine große Stadt wie Rostock nicht nur einen, sondern drei. Der Bote wollte den Ersten Bürgermeister sprechen, aber wie sich herausstellte, bekam er mit dem Ersten auch die beiden anderen zu Gesicht. Johann von der Aa, Gerd Wymanne und Hinrik Berndes gluckten nämlich in des Ersten Bürgermeisters Haus zusammen. Eigentlich hatten sie sich über das Bepflastern aller vom

Neuen Markt nach dem Hafen gehenden Straßen beraten wollen; Rostock war eine moderne Handelsstadt, und es war an der Zeit, die für das Wirtschaftsleben so wichtigen Straßen besser gängig zu machen. Allerdings waren die drei Bürgermeister nicht sehr weit gekommen. Johann von der Aa kredenzte einfach zu guten Malvasier. Nach dem zweiten Glas pflasterten sich, zumindest in der Fantasie von Bürgermeistern, die Straßen von allein.

Der Bote des Lübecker Rats brachte seit fünfundzwanzig Jahren Einladungen, Briefe und schlechte Nachrichten durchs nördliche Europa, er machte nicht mehr viele Worte. Nachdem er die unerläßlichen Höflichkeitsfloskeln von sich gegeben hatte, überreichte er den Bürgermeistern das Schreiben, das sie auf einen Schlag ernüchterte. Natürlich trug der Brief das Siegel mit dem Doppeladler, aber der Bote wußte, was in ihm stand. Seit fünfundzwanzig Jahren kannte er die Geheimnisse der allergeheimsten Schreiben bereits, bevor sie verfaßt waren. Er war schließlich ein Fachmann. Lesen konnte er nicht.

»Nicht angekommen«, sagte von der Aa und deutete ein betroffenes Seufzen an. So war es also: Des Ehrbaren Rostocker Rates Ehrbarer Sendbote Kaufmann Balthazar Vrocklage war beim Hansetag nicht angekommen.

»Nicht?« fragte Gerd Wymanne. »Nicht angekommen in Lübeck? Unser Freund Balthazar?«

Der Bote aus Lübeck zeigte nicht mit der geringsten Bewegung eines Gesichtsmuskels, was er dachte. Als Bote war er diskret. Was sind diese Rostocker doch für begriffsstutzige Krauter, dachte er. Er war Lübecker, und Lübeck war die Krone der Schöpfung. Es hatte die schnellsten und diskretesten Boten, die höchsten Türme, die klügsten Ratsherren und die geilsten Weiber.

»Ist er denn einem Verbrechen zum Opfer gefallen?« fragte Hinrik Berndes den Ratsboten. Woher sollte dieser denn das wissen? Er war Bote und weder Wedde- noch Richteherr. Einen Sechsling und einen Scherf bekam er für seine Mission, da durfte man nicht auch noch verlangen, daß er sprach. Jedes seiner Worte war mindestens einen Gulden wert.

»Was kostet ein Wort von Euch, Bote?« wollte Johann von der Aa wissen. Einen nicht ganz dummen Ersten Bürgermeister hatten die Rostocker jedenfalls.

»Einen Pfennig«, sagte der Bote. Er wollte ja bescheiden sein, und ein Gulden war vielleicht doch übertrieben.

»Einen halben«, entschied von der Aa. Dafür bekam man immerhin genug Bier, wenn auch von dem schwachen. »Wenn Ihr mir sagt, ob Vrocklage einem Verbrechen zum Opfer gefallen ist.«

»Das weiß man nicht, Herr! Der Kaufmann Balthazar Vrocklage ist einfach nicht zum Hansetag gekommen. Es gibt keinen erkennbaren anderen Grund als ein Verbrechen.«

»Und was wird Lübeck tun?«

»Ich bin nur ein Bote, Herr! Mit mir beraten sich die Ehrbaren Ratmannen nicht.«

»Auch dafür wird es wohl einen Grund geben, meint Ihr nicht?« Johann von der Aa entnahm seiner Geldkatze einen halben Pfennig und warf den Scherf dem Boten vor die Füße. Der bückte sich rasch und dienerte, weil das bei den Herren immer gut ankam. »Geht nun ins Wirtshaus, Bote! Und Ihr, meine Herren Wymanne und Berndes, versammelt mir den Rat. In einer Stunde sollen alle Ehrbaren Herren im Rathaus sein.«

»Was denkt Ihr?« fragte Berndes.

»Mord«, sagte der Erste Bürgermeister Johann von der Aa, und es klang, als ob ihm der Gedanke gar nicht so übel gefiele.

2

Die ersten Tage in Brügge verbrachte Johannes wie im Rausch. Die Stadt war so unheimlich groß, er mochte kaum glauben, daß irgendein Mensch in der Lage war, mehr zu überblicken als das

Viertel, in dem er wohnte. Die Kaufleute und die Krämer, die Bankiers und die Geldverleiher, die herzoglichen Beamten und die Beamten der Stadt, die Handwerker, Träger, Mönche, Nonnen, Priester, Zöllner, Mägde, Knechte und Soldaten, sie alle, und wer noch immer in dieser gewaltigen Stadt lebte oder zu tun hatte, bewegten sich aber mit einer enormen Sicherheit durch die Straßen und gingen offenbar nie fehl, wie es Johannes anfangs ständig widerfuhr.

Den Weg zum Antrittsbesuch bei Leberecht Hoyer hatte Johannes nicht verfehlen können, weil ihm Giovanni Arnolfini einen Begleiter und Führer an die Seite gestellt hatte. Der Kaufmann Hoyer war einer der beiden Oldermänner des lübischen Drittels im Kontor des deutschen Kaufmanns in Brügge, wie es korrekt hieß. Das lübische Drittel vertrat die wendischen und die sächsischen Städte. Daneben existierte ein Drittel der westfälischen und preußischen Kaufleute sowie ein Drittel der Fernhändler von Gotland und Livland. Jedes Drittel wählte einmal im Jahr, am Sonntag nach Pfingsten, zwei Oldermänner, so daß insgesamt sechs dem Kontor vorstanden. Leberecht Hoyer war Anfang Juli noch recht neu in seinem Amt. Daß Balthazar Vrocklage seinen Sohn an ihn verwiesen hatte, lag nicht an dessen Funktion, von der weder der Vater noch Johannes bei ihrer Abreise aus Rostock wissen konnten. Hoyer war schon als Lehrling mehrere Jahre in Brügge gewesen und hatte damals den ebenfalls noch jungen Balthazar Vrocklage getroffen. Deshalb wollte der Vater, daß Johannes zuerst Hoyer aufsuchte. Daß er damit sofort an eine für die deutschen Kaufleute wichtige Adresse geriet, war eine göttliche Fügung.

Leberecht Hoyer hatte Johannes den Versammlungsraum des Kontors gezeigt, aber auch den Ort, wo die Hansekaufleute beteten. Der Prior des Karmeliterklosters hatte den Remter für die Morgensprachen zur Verfügung gestellt, wie Johannes bereits von Butenkofer erfahren hatte. Für die persönliche Zwiesprache mit Gott, aber ebenso für Gottesdienste durften die Deutschen den Hauptaltar der Klosterkirche nutzen, wie im übrigen auch Katalanen und Aragonesen, während die Engländer und Schotten eine eigene Kapelle unterhielten.

Bei dem Aufenthalt im Kloster hatte Hoyer den künftigen Kaufmann auf eine Besonderheit der Stadt aufmerksam gemacht. Offenbar hielt er für wichtig zu erwähnen, daß die Damen des Lustgewerbes ihre Domizile vor allem in der Nähe der Klöster und Konvente eingerichtet hatten. Die meisten Bordelle befanden sich zwar bei der Augustinerabtei, aber auch in der Umgebung der Karmeliter und der Franziskaner sollte es hoch hergehen. Das behauptete zumindest der Oldermann, der kein Kind von Traurigkeit zu sein schien. Johannes glaubte sich zwar nach seinen Lübecker Erlebnissen kuriert von der käuflichen Liebe, aber die Verlockung war trotz allem da.

Ältermann Hoyer hatte dem Neuling gestattet, sich erst einmal eine Woche in Brügge umzusehen, um sich in der Stadt orientieren zu können. Ob er damit auch Besuche bei Prostituierten meinte, ließ er offen. Johannes sollte fünf Tage im Kontor den Kaufmannsberuf erproben und am Samstag dann in der Kanzlei von Arnolfini in die Geheimnisse der italienischen Buchführung und Finanzwirtschaft eingeführt werden. So war es vereinbart. Da Signore Arnolfini den Wechsel bereits am zweiten Tag nach Johannes' Ankunft beim Brügger Korrespondenten der Medici-Bank eingelöst hatte, war es dem Jungen möglich, seine Aufnahmegebühr bei Hoyer zu entrichten. Noch war er kein vollwertiger Kaufmann, aber der erste Schritt war getan.

Ob er mit Giovanni Arnolfini jemals warm werden würde, stand in den Sternen. Der Kaufmann aus Lucca war vor allem mit Dingen reich geworden, die niemand wirklich brauchte und die daher sehr begehrt waren, mit Samt und Seide. Und er war nicht nur reich, er war steinreich. Außerdem ging er als Berater Philipps des Guten bei Hofe ein und aus. Johannes hatte rasch mitbekommen, daß er seine Position ohne Skrupel ausnutzte. Eines Nachmittags war eine Dame der besseren Gesellschaft bei Arnolfini erschienen, deren Mann beim Herzog in Ungnade gefallen war und ins Exil hatte gehen müssen: In Ungnade, so lernte Johannes daraus, konnte man also auch bei Herzögen fallen, die man die Guten nannte. Händeringend bat sie Arnolfini, sich bei Philippe le Bon für die Rehabilitation ihres Gatten zu verwenden. Johannes war zwar aus dem Zimmer geschickt worden, aber Arnolfini war dermaßen von sich überzeugt, daß er weder die Tür schloß noch andere Anstalten unternahm, das nun Folgende geheimzuhalten. Er sagte der Dame seine Fürsprache zu, erwartete aber eine Gegenleistung: Einen Beischlaf, der auch sofort in der Schlafkammer des Kaufmanns vollzogen wurde.

Johannes speiste zwar für gewöhnlich mit seinem Gastgeber, aber Arnolfini richtete nur selten das Wort an ihn. Zuerst nahm er an, daß es an seinem schlechten Italienisch liegen würde, aber das war nicht der Grund, denn der Signore beherrschte neben Französisch auch Deutsch, was ihm beides in Brügge sehr zugute kam. Arnolfini war zu eingebildet, um sich intensiver mit einem Lehrling zu befassen, auch wenn dieser ein Kaufmannssohn aus der bedeutenden wendischen Hansestadt Rostock war. In seinem Weltbild existierten als menschliche Wesen nur Herzöge, Grafen, Kardinäle, Bischöfe, Patrizier und berühmte Künstler, und über ihnen allen thronte nicht etwa Gott, sondern Giovanni der Herr.

Einmal war es Johannes gelungen, den immer ernsten Signore Arnolfini zum Lachen zu bringen. Allerdings hatte sich sein Gastgeber auf seine Kosten amüsiert und ihn ziemlich verletzt, da er sich ausgelacht fühlte. Johannes hatte sein Erstaunen angesichts der Größe von Brügge kundgetan, und sofort hatte Arnolfini losgebrüllt vor Lachen. Als er sich etwas beruhigt hatte, erklärte er dem Jungen, ihm käme Brügge womöglich riesig vor, weil er noch keine großen Städte gesehen habe. Venedig sei fünfmal so groß wie dieses Brügge, und auch Neapel bringe beinahe das Vierfache an Einwohnern aufs Tapet. Das seien wahrhaftige Riesenstädte, aber doch Brügge nicht.

Seine Heimatstadt Lucca erwähnte Arnolfini nicht. Johannes, der beleidigt war, entschied für sich, Lucca für ein Dorf zu halten. Das half ihm über seine Wut hinweg. Dieser Arnolfini war ein unangenehmer Patron. So viele widerwärtige Typen, wie er auf seiner Reise bislang schon kennengelernt hatte, gab es in Rostock nicht.

3

Sie hießen John und Paul, aber heilig war keiner der beiden, und auch der Dritte im Bunde hatte keine Chance, es jemals zu werden. Im Gegenteil, ihr bisheriges Leben und Tun machte sie zu erfolgreichen Aspiranten der Hölle. Georg hatte die zwei Seamen an Bord der *Maria Magdalena* kennengelernt. Sie stammten aus Boston, und ihr Leben war verwirkt, sollten sie jemals wieder ihren Fuß auf englischen Boden setzen.

Auf Betreiben von Georg hatten John und Paul Quartier im St. Juliaanshospital bezogen so wie er. Dieses Hospital beim Boeverietor wurde von den Filles Dieu betrieben, die von Arras nach Brügge gekommen waren, aber mittlerweile stand ihnen auch die Brüderschaft des Heiligen Julian zur Seite. Die Unterkünfte waren erschwinglich, die Nähe des Stadttores konnte nicht schaden. Georg hatte einiges vor mit den Engländern. Um ihnen seinen Plan zu enthüllen, hatte er sie in die Schänke *De Zwarte Kat* eingeladen, die sich, nicht weit vom Hospital entfernt, beim Vrijdagmarkt befand.

Georg spendierte *Brugsch bier*, zu Anfang allerdings die schwache Variante, das *clejn bier*, denn die Engländer sollten aufnehmen können, was er ihnen vorzuschlagen hatte, und sie sollten ihre Entscheidung bei wachem Verstand treffen. Zuerst einmal tranken sie. Der Schiffsmann ließ auch noch eine zweite Runde springen, dann fragte er John und Paul, ob sie sich ein paar Silberlinge verdienen wollten. Die Antwort war voraussehbar. Männer wie sie waren immer auf einen Nebenverdienst aus. Wenn der Preis stimmte, konnte man sie auch für heikle Aufgaben einsetzen. Georg hatte sie richtig eingeschätzt. Johannes Vrocklage war totes Fleisch.

Natürlich war es nicht einfach, einen Bürgersohn um die Ecke zu bringen, noch dazu in Brügge. Gemordet wurde auch hier, aber vor allem in den Schichten, die am Rande der Gesellschaft lebten. Einem Bürgersohn konnte man nicht am hellichten Tage auf einer belebten Straße auflauern und ihn dann hinmachen. Das heißt, man konnte schon, wenn man unbedingt ein paar Tage später aufs Rad geflochten werden wollte. Weder John noch Paul noch Georg hatten einen entsprechenden Bedarf. Man mußte Johannes also auf Abwege bringen. Georg schlug vor, die nur durch einen sehr dummen Zufall gescheiterte Nummer mit der Hure erneut auszuprobieren.

»Er ist ein unerfahrener Jüngling«, meinte der Schiffsmann und nebenberufliche Mörder. »Glaubt mir, wenn man es geschickt einfädelt ... Er will es doch. Er sucht die Frauen, um seine Männlichkeit zu beweisen. Im Moment ist er noch etwas verstört wegen ... Egal!« Georg winkte ab. »Was mir die Hure in Lübeck noch sagte, bevor ich ihr mit dem Dolch einen breiten roten Mund malte ... Marion hieß sie wohl, aber was zählen bei solchen Weibern schon die Namen ... Der junge Vrocklage hat ihr ein Liebesgeständnis gemacht. Daran seht ihr, wie naiv er ist. Diese Einfalt müssen wir ausnutzen.«

»Glaubst du denn wirklich, daß er sich noch einmal zu einer Hure locken läßt?« fragte Paul. Die Skepsis war ihm anzusehen.

»Als er mir im Lübecker Hafen in die Arme lief, habe ich mit ihm ein paar Worte gewechselt«, erwiderte Georg und nickte der Bedienung zu. »Er hat eingeräumt, daß er auf den Geschmack gekommen ist. Daß dieser Dienstmann und später das lose Frauenzimmer dran glauben mußten, hat ihn zwar aus dem Tritt gebracht. Ihr müßt mit Engelszungen auf ihn einreden ...«

»Mit englischen Zungen«, bemerkte John und lachte. Georg bestellte Starkbier.

»Wir sollten nicht direkt aufs Ziel losgehen«, schlug Paul vor.

»Woran denkst du?« wollte John wissen.

»Wenn wir versuchen, ihn in ein Bordell zu kriegen, wird er womöglich ablehnen. Wie wäre es mit einem neutraleren Ort? Einer Badestube?«

»Raffiniert«, lobte Georg.

»Da bekommst du auch alles«, fuhr Paul fort. »Ein Bad, Wein und Weiber.«

»Also gut, versuchen wir unser Glück«, sagte John.

»Nun denn«, Georg hob den Humpen, »Anker auf, Männer!«

4

»Es ist eine Ode des Horaz, mein Vater«, sagte Margarete Grüneberg. »Es geht darum, wie schön es ist, fürs Vaterland zu sterben. Also eine Männersache.«

»Was sind denn Frauensachen?« Martin Grüneberg winkte der Magd, damit sie ihm mehr von der Suppe auftat. Die Magd war auch eine Frau, vielleicht hatte sie sogar eine Meinung, aber es gehörte zu den Vorzügen des Personals, daß es taub und stumm zu sein hatte, wenn es die Herrschaft bediente.

»Sticken«, sagte das Mädchen.

»Du kannst nicht überzeugend lügen, mein Kind. Das Sticken haßt du doch!«

»Und wie ich es hasse«, bestätigte Margarete.

»Dulce et decorum est pro patria mori«, mischte sich Arnulf ein, Grünebergs mittlerer Sohn. »Und diesen einfachen Satz in allereinfachstem Latein, Margarete, diesen Satz magst du nicht lernen?«

»Bruder Anselm gibt ihn mir doch nur auf, weil Horaz so berühmt ist. Aber ich bin ein Weib, Vater! Frauen verbinden den Kriegern die Wunden, aber sie sterben nicht gern für das Vaterland.«

»Na, welches Buch hat dir denn das eingetrichtert?« wollte Martin Grüneberg wissen. »Doch nicht etwa ein Buch deines Schatzes?«

»Welcher Schatz?« fragte Margarete schnippisch. Es war ein Spiel, alle in der Familie wußten, daß Hanning Vrocklage sie verehrte. Bei den Vrocklages, so war das nun einmal mit Familienangehörigen, wußte es natürlich niemand. »Ich habe keinen.«

»Und wer, Jungfer Grüneberg, hat Euch den Roman *Der Dieb von Brügge* geschenkt? Bevor er abreiste? Und mit einer Widmung?«

»Auf Knien lege ich Euch dieses Buch zu Füßen«, zitierte Arnulf und kicherte.

»Hanning ist ein herzensguter Junge«, mischte sich Katharina Grüneberg ein, die immer erst das Wort ergriff, wenn es Hannings Partei einzunehmen galt. Katharina sah Vrocklages jüngsten Sprößling bereits als Schwiegersohn. Grüneberg rechnete eher damit, daß Balthazar für Hanning, den auch er sehr mochte, schon eine Arnolfini bestimmt hatte, wenn der Herr aus Lucca denn überhaupt eine Tochter hatte. Als Grüneberg war man eine hochgestellte Persönlichkeit in Rostock, aber mit einem Arnolfini konnte man sicher nicht konkurrieren. Margarete würde Morkerke heiraten müssen, einen Kaufmann, den Grüneberg heimlich favorisierte.

»Und ich lerne es nicht, weil es mir nicht behagt«, sagte Margarete. Ihr Selbstbewußtsein war schon ungehörig, aber Martin Grüneberg mochte es noch nicht beschneiden. »Dulce et decorum est pro patria mori. Ach, ja? Es mag anständig sein, aber ist es wirklich süß, für die Heimat zu sterben?«

»Du kannst es ja!« sagte Arnulf. »Du glaubst es nur nicht!«

»Aber sie hat schon recht«, meinte Grüneberg. »Ein Tod kann anständig sein, doch niemals süß.«

5

Der aufregendste Platz in ganz Brügge war für Johannes der Grote Markt. Vor allem die Waterhalle hatte es ihm angetan. Der Junge kannte nur die Häfen von Rostock und Lübeck, aber was er hier zu sehen bekam, war sensationell. Die Waterhalle war ein überdachter Hafen, sie war Kai und Lagerhaus in einem. Und sie beherbergte nicht nur ein Lagerhaus, sondern im ersten Stockwerk über der Reie lagerten die vielfältigsten Güter in jeweils eigenen Räumen. Sie war das größte Bauwerk, das Johannes jemals gesehen hatte. Nicht einmal die Tuchhallen zu Füßen des Belfried konnten mithalten.

Der Grote Markt bot jedoch nicht nur Eindrücke für die Augen, auch die Nase kam auf ihre Kosten. Vor allem waren es natürlich die Gewürze, die den Geruchssinn reizten. Italienische und spanische Zwischenhändler brachten eine fast unerschöpfliche Vielfalt aus Marokko und aus dem Land der Berber nach Brügge: Senf, Nelken und Pfeffer, Ingwer, Muskatnuß und Safran, Kardamom, Anis, Aloe und Kampfer, Wurmkraut und Weihrauch, Datteln und Feigen, Reis, Rosinen und Kastanien, Mandeln, Orangen und noch Hunderte anderer Südwaren. Der Geruch, den sie verbreiteten, lag über dem gesamten Markt.

Wenn sich Johannes an den Ständen der Händler auf dem Platz satt gesehen hatte, warf er immer einen Blick in die Tuchhalle. Die flandrische Tuchindustrie war die bedeutendste der Welt. Tuche aus Wolle und aus Leinen wurden feilgeboten, daneben auch Kölner Barchent und die pastellfarbenen Stoffe aus dem Languedoc. Das Mechelner Tuch fand reißenden Absatz bei den Rittern des

Deutschen Ordens, und ein Joch weiter sah Johannes die legendären Brügger Hosen in der Auslage. Doch die flämische Weberzunft hatte nicht nur Tuche zu bieten, auch die Teppichweber waren berühmt: Die Teppiche aus Flandern, aber auch andere Arten von Wandbehängen waren in allen Städten der Hanse bekannt und galten als großer Luxus.

Johannes ging an der Ostseite der Halle entlang die Wollestraat hinab zum Zoutkaai. Allmählich fühlte er sich nicht mehr orientierungslos in Brügge, mußte allerdings einräumen, daß er bisher nur die Viertel der Wohlhabenden und der Macht kennengelernt hatte. In der Gegend zwischen Jakobskirche, Münze, Prinsenhof, Grote Markt, Burg und Zollhaus war er heimisch geworden, und auch zum Karmeliterkloster oder zur Liebfrauenkirche fand er ohne Hilfe. Das war, wie er wußte, nur ein kleiner Teil der Stadt, wenn auch der wichtigste: Hier wurde Geld verdient und Geld verloren, hier wurde verhandelt, verkauft, erworben, getauscht und betrogen, hier wurde nicht nur die Stadt, nicht nur das Brügger Freiamt oder Flandern beherrscht und verwaltet, sondern das Herzogtum von Burgund, das nach Süden bis ins ferne Dijon reichte und noch darüber hinaus. Der Herzog war ein Cousin des mächtigen Königs von Frankreich, aber zugleich war er mit der Großcousine des englischen Königs Heinrich VI. verheiratet, die allerdings Isabella von Portugal hieß; diese ganzen verwandtschaftlichen Beziehungen der Herrschenden waren Johannes zu kompliziert. Das war Politik. Ein Giovanni Arnolfini befaßte sich damit, aber für Johannes waren das undurchschaubare Gegenstände.

Johannes genoß den letzten Tag der Freiheit. Es war nicht einmal ein ganzer Tag, der ihm zur Verfügung stand, denn Schlag zwei erwarteten ihn Signore Arnolfini und der Ernst des Lebens im Handelshaus der Luccaer Kaufleute in der Naaldenstraat. Am Zoutkaai schaute der Junge eine Weile zu, wie das Salz von Frankreich und von Deutschland umgeladen wurde. Diesen Platz suchte er fast jeden Tag auf in der Hoffnung, auf einen Schiffer aus Rostock zu treffen, den er kannte. Bisher war ihm das nicht gelungen: Der Handel mit Lüneburger Salz war fest in Lübecker Hand.

Nach einer Viertelstunde, in der er von Leichter zu Leichter gelaufen war, verließ Johannes Vrocklage den Salzkai. Er überquerte den Fischmarkt und betrat die Blinde Ezelstraat. Sein Ziel war der Kraanplats. Auch diesen Ort suchte er gern auf, weil es dort immer etwas zu sehen gab. Außerdem war der Kran ein imposantes Werk der Handwerkskunst. Er wurde von den Krankindern angetrieben, die in einem großen Tretrad laufen mußten. Häufig wurden Weinfässer entladen, und Johannes liebte es, den Brüdern des Sint Janshospital zuzuschauen, wenn sie den Inhalt der Fässer mit einem Meßstock kontrollierten, wofür sie eine Gebühr kassieren durften. Die Brüder ließen sich im übrigen sehr gern dazu verführen, den Wein nicht nur zu messen, sondern auch zu kosten.

Johannes hatte den Durchgang zwischen Rathaus und Freiamt noch nicht erreicht, als ihm zwei Männer entgegenkamen, die er zu kennen glaubte. Bei näherem Hinsehen entpuppten sie sich als zwei der englischen Seeleute, die der Schiffer Groth für die Fahrt von Hamburg nach Brügge angeheuert hatte. Nachdem auch sie einen Moment in nachdenklicher Pose verharrt hatten, begrüßten sie Johannes überschwenglich. Der Junge war überrascht, sie noch in der Stadt anzutreffen.

Einer der beiden Engländer erklärte, sie seien auf der Suche nach einem neuen Arbeitgeber. Mit dem Holk *Maria Magdalena* nach Hamburg zurückzukehren, sei ihnen zu öde, da sie die Stadt wie ihre Rocktaschen kennen würden. Als Seefahrer suche man das Abenteuer, und es sähe so aus, als würde ein portugiesischer Schiffer sie heuern für eine Fahrt nach Lissabon. Auf diese guten Aussichten habe man gerade trinken gehen wollen.

Johannes glaubte sich zu erinnern, daß der Matrose, der mit

ihm sprach, John genannt wurde. Der Name des anderen war ihm entfallen, wenn er ihn überhaupt einmal gehört hatte.

»Wollt Ihr uns nicht begleiten, junger Herr?« fragte dieser. »Auf die Freude und auf dieses Wiedersehen müssen wir doch trinken.«

»Da stimme ich meinem Freund Paul zu«, sagte John. »Die Taverne in der Blinde Ezelstraat schenkt das billigste Bier in der ganzen Stadt aus.«

»Und es kann nur ein gottgefälliges Werk sein, in dieser Schänke Bier zu bestellen«, meinte Paul und schmunzelte. »Sie gehört nämlich dem Bischof.«

6

Ausgerechnet beim geräucherten Vorderschinken kamen die Ratsdiener. Martin Grüneberg hatte es auf sich genommen, von vielen der alten Ratsherren verachtet zu werden, aber er glaubte es seiner Stadt und ihren Bürgern schuldig zu sein, auch im neuen Rat eine verantwortliche Position zu bekleiden. Im tiefsten Herzen war er jedoch ein Familienmensch. Eine Störung beim Essen konnte ihn sehr leicht in Rage versetzen.

Doch der Rat rief ihn, und diesem Ruf hatte jeder Ratsherr Folge zu leisten, auch wenn er einen geräucherten Vorderschinken in der Schüssel hatte. In dieser Hinsicht gab es keinen Spielraum. Die Bürger und auch die Beisassen äußerten immer wieder ihre Unzufriedenheit mit dem Rat. Daß die Ehrenämter sehr viel Zeit fraßen und manche Ratsherren, die ihre Funktion zu ernst genommen und ihre Geschäfte vernachlässigt hatte, vom Bankrott bedroht wurden, das wollten die Unberufenen natürlich nicht sehen.

Martin Grüneberg übte sein Amt als einer der beiden Rostocker Weddeherren eher moderat aus. Wirklich erfolgreich waren nur seine Erlasse für die Heimlichkeitsfeger, die nachts die Latrinen entleerten. Seitdem es ein Gesetz für sie gab, kackten die Bürger nur noch auf ihren Höfen. Daß sie allerdings auch ihre Speiseabfälle, ihre toten Haustiere, zerbrochenes Geschirr und zerrissene Kleider in die Kloaken warfen, war nicht im Sinne des Oberaufsehers für die Sanität. Gegen diese Gewohnheiten allerdings nutzte nicht einmal ein Sturmlauf. Die Bürger hatten eine gewisse Zähigkeit entwickelt, und dies in bezug auf ihre guten, vor allem jedoch in bezug auf ihre widerwärtigen Eigenschaften.

Martin Grüneberg erhob sich mit einem Seufzer vom Tisch. Seine Frau versprach, ihm etwas vom Abendbrot in seine Schreibkammer bringen zu lassen, wenn es spät werden sollte. Der Weddeherr Grüneberg machte sich mit düsteren Vorahnungen auf den Weg. Wenn die Bürgermeister zu dieser Stunde eine Versammlung des Ehrbaren Rates einberiefen, konnte das eigentlich nichts Gutes bedeuten.

7

Johannes war den englischen Seemännern an die Angel gegangen, nachdem sie einen Köder ausgelegt hatten, dem er nicht hatte widerstehen können. Eigentlich hatte er nicht vorgehabt, mit ihnen auch bloß einen halben Krug Bier zu leeren. Wegen der angeberischen Lobpreisung von Venedig und Neapel durch Arnolfini hatte er sich nur erkundigt, ob John und Paul jemals in einer der beiden Städte gewesen seien. John behauptete, Venedig zu kennen, Paul nahm dies für Neapel in Anspruch. Sie versprachen, ihm ungehörte Ereignisse von ihren Fahrten nach dem Mittelmeer zu schildern, von Sarazenen und von Schiffbruch an der Küste des wilden Korsika, von blutrünstigen Janitscharen und von Berbern, die sich auf Teppichen in die Luft erheben konnten.

Natürlich war Johannes klar, daß er neben ein paar Brocken Wahrheit vor allem Lügengeschichten hören würde. Die wenig gebildeten Matrosen wußten offenbar nicht, daß die Zeit der Sarazenen längst vorbei war, und die Geschichten mit dem fliegenden Teppich mußte man wohl auch anzweifeln. Es gab natürlich Wunder, aber solche Wunder bewirkte allein der christliche Gott und nicht der angebliche Gott der Muselmanen, den sie Allah nannten und in Gestalt eines schwarzen Steines anbeteten. Ob die Berber überhaupt Muslime waren, wußte Johannes allerdings nicht.

Trotzdem war er auf das gespannt, was John und Paul ihm auftischen würden. Zwei Stunden durfte er für das Beisammensein mit ihnen erübrigen, dann mußte er zur Naaldenstraat aufbrechen. In diesen zwei Stunden würde er sich amüsieren können. Johannes beschloß, sich beim Bier zurückzuhalten, auch wenn es nur billiges Dünnbier war. Als blinder Esel, wie man die Betrunkenen nannte, wollte er die Taverne nicht verlassen. Zuerst einmal stellte er die Engländer auf die Probe.

»Wie geht es Georg?« wollte er wissen.

»Wem?« fragte John zurück.

»Georg. Dem Bootsmann.«

»Oh, den haben wir seit Sluis nicht mehr gesehen«, sagte Paul.

Das *clejn bier*, das eine Weibsperson gebracht hatte, die man für zwei nehmen konnte, war wirklich sehr dünn. Der Bischof mochte das billigste Bier von Brügge ausschenken, aber wenn man einen Schluck davon genommen hatte, wußte man, daß er auch daran noch verdiente.

»Wie ist es in Venedig? Erzählt!« forderte Johannes den Seaman John auf. Und der erzählte.

Schon nach den ersten Sätzen war dem Jungen klar, daß der Engländer nie in Venedig gewesen war. Er hatte von anderen Seeleuten eine Menge aufgeschnappt, aber daß der bedeutendste Platz der Stadt San Marco hieß, das wußte jeder. Die Tapete im Haus des Tidemann Tzerntien hatte die Wirklichkeit vermutlich genauer wiedergegeben als Johns Rede. Johannes mußte ein Lachen unterdrücken, als der Seefahrer von den Löwen erzählte, die sich die reichen Venezianer in ihren Gärten hielten. Immerhin besaß John

Fantasie, und er hatte aus dem Wappentier Venedigs kurzerhand auf lebendige Löwen in der fernen Lagunenstadt geschlossen.

Pauls Bericht über Neapel fiel nicht weniger fantastisch aus. Giovanni Arnolfini hatte behauptet, die Stadt am Vesuv sei viermal so groß wie Brügge. Nachdem Johannes das erwähnt hatte, galoppierte die Einbildungskraft des Matrosen auf und davon.

»Noch viel, viel größer«, erklärte er im Brustton der Überzeugung. Vielleicht glaubte er sogar, was er sagte. »Stellt Euch den Weg vom Minnewater durch ganz Brügge und zum Dammtor hinaus bis nach Sluis vor, dann habt Ihr eine Idee von der Größe Neapels. Man läuft sich die Füße blutig, will man von einem Stadttor im Norden zu einem Tor im Süden oder von einem Tor im Osten zu einem Tor im Westen gelangen. Ich möchte sogar sagen, daß kein Mensch es an einem Tag schafft.«

»Und die Türme?« erkundigte sich Johannes.

»Ganz gewaltig, junger Herr. Die riesigsten Türme der Welt stehen wohl in Naples.«

»Aber auch in Venedig«, fiel ihm John ins Wort.

»Auch dort«, bestätigte Paul. »Der Belfry von Brügge paßt wohl drei-, viermal in die höchsten Bauten Neapels.«

»So würde selbst der Turm zu Babel daneben verblassen?« fragte Johannes, der sich diebisch freute.

»Man soll sich nicht versündigen«, sagte Paul.

»Aber Ihr habt recht, junger Herr«, erklärte John. »Venedig ist das Babylon unserer Zeit. Man spricht dort in allen Zungen der Erde.«

»Das tut man in Brügge doch auch«, meinte Johannes.

»Nicht so viele Sprachen, nicht ganz so viele wie in Venedig.«

»Aber in einem Punkt, nicht wahr, John, in einem Punkt ist Brügge allen anderen Städten der Welt voraus«, sagte Paul.

»Oh, ja«, pflichtete John ihm bei und leckte sich die Lippen.

»In welchem Punkt?« erkundigte sich Johannes Vrocklage ernsthaft.

»Es sind die Frauen, junger Herr. Die Brügger Frauen sind die schönsten von allen.«

»Und die willigsten«, fügte Paul noch hinzu.

8

Es gab nur schlechte Nachrichten. England und Frankreich führten immer noch einen Krieg gegeneinander, an dessen Ursache und Beginn sich kein Christ mehr erinnern konnte. Nun waren England und Frankreich von Seestädten wie Rostock weit entfernt, aber dennoch betraf sie dieser Krieg, denn er machte die Baienfahrt zu einer höchst riskanten Angelegenheit. Außerdem gab es immer wieder Versuche, aus diesem Risiko Gewinn zu schlagen und mit Salz zu spekulieren. Gerade waren zwei solcher Salzspekulanten mit ihrer Handelsgesellschaft auf Grund gelaufen und im Schuldturm gelandet.

Frater Anselm erhob sich von seiner Pritsche und drückte den Rücken durch. Mit zwei Schritten erreichte er das Fenster seiner Zelle, das in eine Nische eingelassen war. In dieser Nische bewahrte der Franziskanermönch die Bücher auf, die er mit Vorliebe studierte.

Der Krieg gegen Erich von Pommern dauerte ebenfalls an. Rostock und Stralsund gehörten zwar nicht mehr zu den Gegnern des Dänenkönigs, aber das vermochte Anselm nicht mit den Zeitläuften zu versöhnen. Scheußlich waren auch Kriege, in die nur fremde Mächte verwickelt waren, denn auch sie brachten Menschen um.

Der Krach mit den Dänen schien gleichfalls nie enden zu wollen. Die Hanse hatte gegen Waldemar Atterdag einen triumphalen Sieg errungen, sie hatte sogar für fünfzehn Jahre die Sundschlösser besetzt und damit die Durchfahrt kontrolliert; manchmal, in trüben Stunden, dachte der Mönch, es wäre besser gewesen, wären die Städte vertragsbrüchig geworden und hätten die Schlösser nicht wieder zurückgegeben. Das hätte wahrscheinlich keinen neuen Krieg verhindert, ihnen aber eine bei weitem bessere strategische Position verschafft.

Bruder Anselm nahm eine alte Ausgabe der berühmten *Legenda Aurea* des Jacobus de Voragine zur Hand, die er in der Klosterbibliothek gefunden hatte. Sie war nach einem Manuskript aus dem Jahre 1301 von sorgfältiger Hand kopiert und mit naiven, aber ausdrucksvollen Randzeichnungen versehen worden.

Was Anselm über die Rückgabe der Sundschlösser gedacht hatte, eignete sich wirklich nur für einen Moment schlechter Laune, und niemals würde der Mönch es laut aussprechen, nicht einmal allein in seiner Zelle. Die Hansestädte hatten den Vertrag nicht gebrochen, und das war anständig gewesen. Gegen einen neuen Krieg hatte der ganze Anstand nichts ausgerichtet. Dabei war Erich noch 1415 ein Verbündeter Lübecks gewesen, das ihn nun so erbittert bekämpfte. Im Kampf gegen den neuen Rat hatte der alte die Hilfe des Dänenkönigs gern in Anspruch genommen. Als er jedoch elf Jahre später Schleswig angriff, fühlten die Lübecker ihre Interessen mißachtet; vor allem fürchteten sie, daß nicht nur der Sund, sondern auch der Transitweg über Land unter dänische Kontrolle geraten könnte. Fünf Jahre währte dieser Krieg nun schon, der zum ersten Mal auch mit Feuerwaffen geführt wurde. Ein Ende war nicht abzusehen.

Der Franziskaner blätterte die *Legenda Aurea* auf. Dieses Standardwerk über das Leben der Heiligen diente ihm nicht nur zur Erbauung, sondern manchmal übte seine Lektüre auch einen beruhigenden Einfluß auf sein Gemüt aus. Es hatte schon schlimmere Zeiten gegeben. Von besseren war, wenn man vom Paradies absah, allerdings nie die Rede.

Die Hagiographie des Jacques de Voragine war aber doch nichts für seinen derzeitigen Seelenzustand, fand der Mönch schon nach den ersten Worten heraus. Vielleicht würde ihm Cyprians *De uni-*

tate ecclesiae guttun. Dieses Werk verbreitete die tröstliche Hoffnung auf die Einheit der Kirche, die oft genug von Schisma und Schismatikern bedroht gewesen war. Anselm glaubte auch nun wieder die Gefahr einer Kirchenspaltung am Horizont aufscheinen zu sehen. Nicht nur England, Frankreich, Dänemark und einige der wendischen Hansestädte führten Kriege, auch die Kirche und der Kaiser Sigismund kämpften mit Wort und Schwert für die Auslöschung eines Gegners, der die Grundfesten der Dogmatik ebenso erschütterte wie das Reich. Gerade war auch der fünfte Kreuzzug gegen die Taboriten gescheitert. Der vierte im Jahre 1427 hatte sich bei Mies von selbst aufgelöst, als die Soldaten das Kriegsgeschrei der Hussiten gehört hatten. Das war nun bei Taus wieder passiert. Niemand wagte es, gegen Andreas Prokop und sein Heer vorzugehen.

Bruder Anselm mußte an die Worte des Ekkehard von Aura denken, die dieser über den Sinn und das Resultat der Kreuzzüge nach dem Heiligen Land geäußert hatte. *Novitatem hanc iam senescenti et prope intereunti mundo pernecessariam*, hatte der Benediktinerabt und Weltchronist geschrieben: *Dieses Neue, das für die bereits vergreisende und fast schon untergehende Welt dringend notwendig war*. Anselm fragte sich, ob es in diesem verkehrten Jahrhundert die Hussiten und Taboriten waren, die dieses Neue repräsentierten, und ob die Kreuzzügler nicht die vergreisende und fast schon untergehende Welt des Papsttums verkörperten und sie auch deshalb wegliefen, weil sie dies zumindest fühlten.

Diese Überlegungen waren ketzerisch. Der Mönch wußte, was ihm blühte, wenn er sie öffentlich äußerte. Das würde er tunlichst unterlassen. Auch Anselm hing an seinem Leben, das er Gott geweiht hatte und nicht den Verbrechern im Lateranpalast. Gott sollte es bekommen, Papst Martin V. hatte nicht den geringsten Anspruch darauf.

Frater Anselm fand auch über *De unitate ecclesiae* keine Ruhe. An Krieg, Blutvergießen und Mord, an Lug und Trug auf allen

Ebenen hatte man sich mittlerweile gewöhnt. Auch ein Mönch konnte nicht immerzu am Weltzustand leiden. Nun aber war sein lieber Freund Balthazar vom Erdboden verschwunden. Das Unglück stand vor der Tür.

Anselm ließ die Bücher Bücher sein und schlüpfte in seine Sandalen. Gemessenen Schrittes verließ er das Katharinenkloster, aber kaum war er den Blicken des Bruders Pförtner entschwunden, raffte er die Kutte und begann zu laufen. Das ließ sich weder mit der Würde eines Geistlichen noch mit der Würde seines Alters vereinbaren, aber ihm war es egal. Wie ein junger Mann setzte er über die Grube und hetzte die Krämerstraße und den Vogelsang hinauf und auf die Marienkirche zu. Durch die Lange Straße eilte der Mönch, bis er die Breite erreichte. Das Haus der langen Hand war sein Ziel.

Martin Grüneberg war gerade aus dem Ratssaal zurückgekehrt. In der Schreibkammer erwartete ihn der versprochene Rest vom Vorderschinken. Er hätte ihn gern mit dem Mönch geteilt, doch da er vom Schwein stammte, also von einem Vierfüßler, mußte sich Frater Anselm mit Wein und Weißbrot begnügen.

Der Ratsherr teilte die Sorge des Geistlichen. Was Anselm und er hatten vermeiden wollen, war nun geschehen: Durch das Auftauchen des Boten aus Lübeck hing das Verschwinden von Balthazar Vrocklage an der großen Glocke. Die ganze Stadt würde bald darüber sprechen. Allerdings hatte es auch einen Vorteil.

»Der Rat hat mich beauftragt, nach Balthazar zu suchen«, sagte Grüneberg. »Ich bekomme den Hauptmann Tötelin zum Begleiter, einen namhaften Geldbetrag und so viele Stadtsoldaten, wie ich will.«

»Tötelin? Das ist ein guter Mann«, meinte der Mönch.

»Ich weiß. Zuverlässig und unbestechlich. Etwas Besseres kann mir nicht passieren.«

»Und wann brecht ihr auf?« wollte Bruder Anselm wissen.

»Übermorgen«, erwiderte Martin Grüneberg. »Morgen wird sich Tötelin um die Ausrüstung kümmern und die Eskorte zusammenstellen. Und ich werde die gesamten Geschäfte seines Vaters in Sebastians Hände legen müssen. Hoffentlich erdrückt ihn die Verantwortung nicht.«

»Ich werde ihm zur Seite stehen«, versprach Anselm.

»Aber Ihr versteht doch gar nichts vom Kaufmannsberuf«, sagte ein skeptischer Grüneberg.

»Nein, gar nichts«, bestätigte der Franziskaner und lachte. »Aber noch bin ich nicht so alt, daß ich nicht noch einiges lernen könnte.«

ZWEITES KAPITEL
Agnus Dei

1

Der Ritter Heinrich von Ritzerow war vollkommen betrunken. Er befand sich auf Gut Ritzerow, wo er nicht auf die Etikette zu achten hatte, und auf Gut Ritzerow soff er des Abends und des Nachts und auch am Morgen schon, wenn er es denn morgens aus den Betten schaffte. Er soff mit jedermann, sogar mit seinen Bauern. Gegenüber den Bauern kannte er keinen Standesdünkel; sie waren Geschöpfe des Bodens wie er. Er soff mit ihnen, und er vögelte ihre Frauen. Was der Ritter von Ritzerow nicht mochte, das waren die Bürger. Diese Städter hielten sich für etwas Besseres. Sie erlaubten sich ein Selbstbewußtsein, das nur dem Adel zustand. Der Adel und die Bauern waren von Gott geschaffen. Der Bürger konnte nur ein Werk des Teufels sein.

»Was ist los?« brüllte der Ritter in den Vorsaal, der mit Bildern seiner trunksüchtigen Ahnen ausgestattet war. Jeder männliche Ritzerow war seit Generationen ein rechter Saufaus gewesen. Und das hatte sich als Vorteil erwiesen: Während all der von zweifellos besoffenen Päpsten angezettelten Kreuzzüge hatte kein Ritzerow sein Leben lassen müssen, weil die Ritzerows nie auf den Schlachtfeldern im Heiligen Land angekommen, sondern in irgendwelchen französischen Schenken steckengeblieben waren. Heinrich von Ritzerows Mutter war denn auch eine Französin gewesen. Nun schimmelte sie auf dem Friedhof derer von

Ritzerow, und der Ritter scherte sich einen Dreck um sie. Noch weniger als die Bürger mochte er die Toten. Der Tod machte ihn nervös.

»Ein Bote von der Herzogin«, sagte irgendeines der Mädchen, die den Ritter zu bedienen pflegten und mit dem er sicher auch schon gevögelt, dessen Namen er nach dieser zweifellos langweiligen Liebesnacht aber vergessen hatte. Das Fleisch von Domestiken vermochte der Ritter von Ritzerow durchaus zu schätzen, aber er merkte sich nie die Namen.

»Es gibt keine Herzogin«, behauptete der Ritter. Es gab zwar eine gewisse Katharina, aber sie übte die herzogliche Macht nur für ihre beiden minderjährigen Söhne aus. Als vollwertige Herzogin konnte man sie nun wirklich nicht bezeichnen. »Schaff mir Wein, Mädel! Ein ganzes Faß!«

Das Mädchen trollte sich. Heinrich von Ritzerow hatte überhaupt keine Lust, sich mit einem Abgesandten der Landesherrin zu treffen. Wenn sie einen ihrer Beamten schickte, war etwas Unangenehmes im Busch. Der Ritter hielt sich Unannehmlichkeiten gern vom Leib. Alle Männer seiner Familie waren alt geworden, weil sie nur die Verantwortung für die Güter der Ritzerows gekannt hatten, ihnen das Herzogtum Mecklenburg-Schwerin oder gar das Reich am Allerwertesten vorbeigegangen war.

»Wein!« brüllte er, damit man seine Order gewissenhaft ausführte. Dann trat er auf den Hof.

Katharina von Mecklenburg hatte einen ihrer geringsten Diener zum Ritter von Ritzerow geschickt. Der Jüngling war ohne Troß nach Gut Ritzerow gekommen, und sein Pferd war ohne Schmuck. Offenbar handelte es sich um eine eilige Sache, denn üblicherweise ritten die Delegaten der Herzogin mit dem landesherrlichen Stander durch die Gegend. Heinrich von Ritzerow bekam von der grellen Sonne sofort Kopfweh.

»Was wollt Ihr?« fragte der Ritter.

»Die Herzogin bittet, Euch an Eure Treuepflicht zu erinnern.«

Das hatte er befürchtet. Die alte Tante kam ihm natürlich mit Eiden, die seine Vorväter geschworen hatten. Vermutlich sollte er irgendein in den Brunnen gefallenes Balg retten. Das gefiel dem Ritter von Ritzerow mitnichten, aber gegen seine Herrin konnte er schlecht aufbegehren. Erst einmal sollte er wohl den Boten anhören und ihn dann zur Sicherheit betrunken machen.

»Ihr seid sicher durstig, Herr Ritter?« fragte Heinrich von Ritzerow hinterhältig.

»Joachim von Raben-Steinfeld«, stellte sich das Bürschlein vor.

»Ihr werdet mir die Ehre nicht abschlagen und einen Becher Wein mit mir leeren?«

»Meine Mission erfordert Eile«, erklärte Joachim von und zum Allerwertesten. Er war also einer von diesen schwanzlosen Secretarii, die nur existierten, wenn ein Lichtstrahl von der Macht auf sie fiel. Den Herrn von Ritzerow beeindruckte ein solches pflichtversessenes Kriechtier keineswegs.

»Dann eilt Euch«, sagte Ritter Heinrich und schaute sich um nach dem Mädchen, das beauftragt war, ihm Wein zu bringen. Das Kopfweh wurde immer schlimmer, aber offenbar traute sich das Pack nicht, vor einem herzoglichen Boten geistige Getränke zu kredenzen. Der Ritter von Ritzerow befand sich auf seinem Grund und Boden. Hier konnte er tun und lassen, was er wollte. »Wein!« brüllte er. »Oder es gibt die Peitsche!« Daß der kleine Sekretär daraufhin hüstelte, gefiel ihm sehr.

»Ich habe hier ein Schreiben …« sagte Joachim.

»Der einzige, der Schreiben zu lesen vermag, ist der Verwalter«, entgegnete Heinrich von sehr weit oben herab. »Und auch unser Geistlicher kann lesen. Übergebt einem von ihnen das Schreiben, Herr von Rabenfeld! Es war mir ein Vergnügen.«

2

In Johannes Vrocklages Kopf wirbelten Begriffe durcheinander, von denen die meisten nicht auf der Vokabelliste des Bruders Anselm gestanden hatten. Man benötigte sie auch kaum in der alltäglichen Konversation, sondern hauptsächlich im Bankenwesen, das die Italiener erfunden hatten. Worte wie Agio, Disagio, Credito, Conto, Giro und Saldo schickten sich an, in den gewöhnlichen Gebrauch des Jungen überzugehen. Die Vokabel Giro hatte er bei dem Franziskaner allerdings lernen müssen. Dort hatte sie Kreisumfang, Drehung, Wendung, aber auch Reise oder Rundreise bedeutet, nicht jedoch die Übertragung unsichtbaren Geldes von einem zum nächsten. Johannes hatte sich eine Eselsbrücke für den Begriff Giro errichtet: Für ihn war es der Kreislauf des Geldes einmal in den Büchern und zum anderen in der Handelswelt.

Ein anderer Terminus amüsierte ihn. Die Zahlungsunfähigkeit eines Kaufmannes oder Bankiers nannten die Italiener Banca rotta. Was es mit diesem zerbrochenen Tisch auf sich hatte, das hatte der Junge noch nicht herausgefunden.

Als Lehrling hielt er sich gut. In die italienische Art und Weise der Buchführung und des Geldverkehrs hatte er sich rasch eingefunden, und Signore Pistrani, sein Lehrherr im Lucca-Haus, war dermaßen des Lobes voll, daß er auch in der Achtung seines Gastgebers gestiegen war. Giovanni Arnolfini hatte sogar begonnen, hin und wieder mit Johannes zu plaudern.

Am liebsten verbreitete er Hofklatsch. Bei seiner Hochzeit mit Isabella im Januar Anno Domini 1430 hatte Herzog Philipp auch den Orden vom Goldenen Vlies gestiftet, und es hieß, er habe sich dabei nicht von dem antiken Lammfell inspirieren lassen, sondern vom blonden Vlies einer Mätresse namens Maria Crombrugghe. Darüber ließ sich Arnolfini, der selbst kein Frauenverächter war, mit Vorliebe aus. Und wenn er einmal die Mätressenwirtschaft des Burgunders zu behandeln vergaß, konnte man sicher sein, daß er sich das Maul über Herzog Johann II. von Cleve zerriß, den man allüberall den Kindermacher nannte, denn er sollte dreiundsechzig illegitime Kinder haben.

Drei Wochen weilte Johannes nun schon in Brügge. Er hatte sich eingelebt und dachte mit einer Mischung aus Sehnsucht und milder Verachtung an seine Vaterstadt, die ihm nunmehr klein und weltabgewandt erschien. Der Tag war ein Samstag. Johannes war von Pistrani zum Platz vor dem Haus Ter Beurze geschickt worden. Das war kein weiter Weg, er mußte nur die Naaldenstraat bis zu ihrem nördlichen Ende abschreiten und dann nach rechts in die Grauwwerkerstraat biegen; sie mündete zwischen dem Haus Ter Beurze und dem Natiehuis van Genua in die Vlamingstraat.

Die drei bedeutendsten norditalienischen Handelsstädte hatten an dem Platz ihren Sitz. Das Haus der Familie van der Beurze war an die Venetianer vermietet, diesem Gebäude gegenüber hatten die Florentiner eine Niederlassung, und wer im Natiehius van Genua residierte, sagte der Name. Jeden Tag wurden hier unter freiem Himmel die Wechselkurse an den anderen großen Geldmärkten festgestellt und verkündet. Wer in Erfahrung bringen wollte, wie die Florene oder der Dukat in Venedig, Florenz, Genua, Barcelona, London, Montpellier oder Paris gegen andere Münzen gewechselt wurden, fand die Antwort vor dem Haus Ter Beurze. Die Herren Arnolfini und Pistrani wollten es täglich wissen, aber auch die Oldermänner und Kaufleute im Kontor interessierten sich dafür. So führte der Weg des Lehrlings jeden Vormittag über den Beursplein, bevor er im Karmeliterkloster erschien und dort seine Aufgaben erledigte.

Johannes ritzte die Kurse in seine Wachstafel. Dieser Sonnabend sollte für ihn ein besonderer Tag werden. Bis vier Uhr ging die Arbeit, dann hatte Signore Arnolfini Gäste geladen. Das tat er jeden Samstag, aber nun sollte auch Johannes an dem Festessen teilnehmen. Es war eine Auszeichnung für seine gute Auffassungsgabe und seinen Fleiß, vor allem aber war es eine enorme Ehre.

Wichtige Männer aus der Stadt wurden erwartet, außerdem Kaufleute anderer Nationen. Daß Signore Pistrani nebst Gattin zu dem erlauchten Kreis gehörte, verstand sich von selbst. Auch Leberecht Hoyer war geladen, ebenso weitere Ältermänner des Brügger Kontors. Die Korrespondenten der Medici-Bank aus Florenz durften nicht fehlen, und die Handelsherren aus Genua, Venedig und Pisa waren zwar Konkurrenten, aber der eine oder andere verkehrte gelegentlich im Haus des Giovanni Arnolfini, denn schließlich war Brügge nicht das Mittelmeer. Allerdings hatten die Genuesen darauf bestanden, daß kein Kaufmann oder Diplomat aus Aragon die Atmosphäre vergifte: Genua und das Königreich lieferten sich gerade eine heftige Auseinandersetzung um Korsika. Arnolfini hatte den Wunsch respektiert, obwohl er ein Zyniker war und man ihm zutrauen mußte, gerade deshalb Aragoneser zu sich zu bitten, weil es den Genuesen mißfiel.

Daß ein Mann wie Arnolfini, der bei Philippe le Bon ein- und ausging, zu einem Festessen auch Leute vom Hof einlud, verwunderte nicht. Er rechnete sogar mit dem Erscheinen von Guillaume Rolin, Sohn des Kanzlers Nicholas, und natürlich mit einer Phalanx von dessen Günstlingen. Die Günstlingswirtschaft des aus bescheidenen Verhältnissen in eines der höchsten Staatsämter aufgestiegenen Nicholas Rolin war in Brügge ebenso sprichwörtlich wie seine Habsucht und Grausamkeit.

Besonders gespannt war Johannes auf seinen Namensvetter Jan van Eyck. Das war ein berühmter Künstler, von dem es hieß, er habe die Ölmalerei erfunden. Unter Ölmalerei konnte sich Johannes Vrocklage nichts Rechtes vorstellen. Dieser van Eyck war aber auch Stadt- und Hofmaler in Brügge, und davon, was das bedeutete, machte sich der Junge durchaus einen Begriff: Der Künstler erhielt ein Salär vom Herzog, und das war sicher nicht zu knapp bemessen. Außerdem nahm der Meister natürlich auch

Aufträge von gutbetuchten Honoratioren an. Jan van Eyck mußte gewiß keinen Hunger leiden. Im Gegenteil, wer von ihm sprach, erwähnte gern seinen Wohlstand.

Nach seiner Rückkehr vom Beursplein übermittelte Johannes dem Signore Pistrani die Wechselkurse. Pistrani nickte zufrieden, dann legte er seinen Rock an, nahm ein paar Papiere auf und verabschiedete sich mit den Worten, er müsse noch rasch ein paar Wechsel saldieren lassen. Johannes war überzeugt, daß er keinesfalls einen Bankier aufsuchte, sondern die Signora Pistrani, von deren Kochkunst er so schwärmte. Der Junge war zufrieden. Da ihm keine Aufgaben übertragen worden waren, nutzte er die Gelegenheit, um zu träumen. Er sah sich in der Runde gewichtiger Männer, die am Abend zusammenkommen würden, und in seiner Vorstellung unterhielt er sich munter mit all den Großen des Handels und des Hofes.

Das Essen bei Arnolfini würde jedoch nicht das einzige Vergnügen sein, das ihn an diesem Tag erwartete. In der Stunde des Zwielichts hatte Johannes etwas vor, das er mit noch größerer Aufregung herbeisehnte, das in ihm aber auch eine leise Furcht erregte.

3

Dreimal hatte sich der Ritter Heinrich von Ritzerow das Schreiben der Herzogin ad interim vorlesen lassen. Dreimal hatte er eine große Kruke mit Wein geleert, während er in seinen großen Stiefeln hin und hergestapft war und die Galerie seiner Ahnen mit düsterem Ausdruck betrachtet hatte. All die Heinriche, Johanns und Albrechte, die vor ihm auf Gut Ritzerow gelebt und geburt hatten, starrten ihn unter ihren schweren Lidern ebenso düster an. Der Ritter verstand nicht, was die alte Ziege von Mecklenburg-Schwerin von ihm wollte. Irgendein beliebiger Ratsherr aus Rostock war verschwunden. Er befand sich auf Reisen zum Hansetag nach Lübeck, hatte soeben Wismar verlassen, und dann verlor sich seine Spur. Heinrich von Ritzerow fragte sich, was ihn das anginge. Die Straße berührte seine Ländereien, aber es war nicht seine Straße. Bloß weil er ein Vasall war, sollte er sich nun um diesen entlaufenen Bürgerlichen kümmern, der vermutlich in einer drallen Bauersfrau steckte und seinen blödsinnigen Hansetag einfach vergessen hatte. In drallen Bauersfrauen vergaß schließlich auch Heinrich alles.

Es mußte um die Finanzen der Herzogin schlecht bestellt sein, wenn sie sich dermaßen besorgt um einen städtischen Untertanen zeigte. Wahrscheinlich wurde sie von den Pfeffersäcken unter Druck gesetzt. Dieser Balthazar Bückling, der nun also verschwunden war, gehörte der Kaufmannschaft an, und den Kaufleuten quollen die Münzen nur so aus Nase und Ohren. Heinrich von Ritzerow haßte das Pack wie die Pest, namentlich unter dem Einfluß von größeren Mengen Wein.

Der Ritter musterte seinen Verwalter und den Brief voll Wut. Der Verwalter war ein Gebildeter, was Heinrich mißfiel, der Brief zwang ihm eine Reise in der Sommerhitze auf, und das war noch schlimmer. Um sich abzureagieren warf er die Kruke nach dem Kopf des Verwalters. Die Kruke streifte nur das Ohr. Heinrich von Ritzerow hatte sich gewünscht, den Verwalter tot zu Boden sinken zu sehen.

»Sagt Rudolf und Gernot, daß sie sich bereithalten sollen!« befahl der Ritter. »Ich werde eine Runde schlafen. Wenn ich erwacht bin, benötige ich genug Speise für einen Bärenhunger und zwei Weiber. Habt Ihr verstanden? Zwei! Dann will ich aufbrechen. Man soll mir das schnellste der Pferde satteln. Ich will bald zurück sein von dieser unseligen Mission.«

4

Giovanni Arnolfini, Kaufmann aus Lucca und Berater des Herzogs Philipp von Burgund, ließ sich wahrlich nicht lumpen. Er hatte seinem Personal Order gegeben, so viel aufzutafeln, daß nicht nur die beiden Hausmädchen Leonie und Elza die Gäste bedienten, sondern auch der Dienstmann Geeraarts helfen mußte, der mit Elza verheiratet war. Johannes zählte zwanzig Männer und Frauen, die an der Tafel Platz genommen hatten. Die Männer befanden sich in der Überzahl.

Von den Männern, die er von Angesicht oder dem Namen nach kannte, waren neben Pistrani, Leberecht Hoyer und Guillaume Rolin der Kanonikus Georg van der Paele erschienen und der Goldschmiedemeister Jan de Leeuw, der erst dreißig Jahre alt war, aber schon zu den führenden Goldschmieden Brügges zählte; wer als Adliger oder Bürger auf sich hielt, ließ bei ihm arbeiten. Über den Pasteten, die als Vorspeise gereicht wurden, drehte sich das Gespräch um einen Gegenstand, den der Sohn des Kanzlers aufgebracht hatte. Guillaume Rolin hatte das Bedürfnis, sich über die neue burgundische Herrenfrisur auszutauschen. Bei diesem Haarschnitt wurden der Nacken und die Partien über den Ohren kahlrasiert und die übrigen Haare gleichlang nach allen Seiten getragen, so daß es aussah, als trüge man eine zu klein geratene flache Kappe auf dem nackten Schädel.

Die Meinungen über diese Frisur waren eindeutig. Da nicht nur Guillaume, sondern auch sein Vater, der Kanzler, mit der Mode gingen, fanden auch all jene Männer, die ihr Haar anders trugen, die neue Frisur exzellent.

Da der Maler van Eyck noch nicht gekommen war, befahl Arnolfini, mit dem Hauptgericht, einem flämischen Schmorbraten, noch zu warten. Leonie, Elza und Geeraarts brachten gebackenen Fisch aus der Westsee und zahlreiche Gemüse, während die Unterhaltung den Gegenstand wechselte und sich den Mätressen und

Bastarden des Herzogs widmete. Namen, die Johannes Vrocklage nichts sagten, wurden hin- und hergeworfen, ohne Rücksicht darauf zu nehmen, daß auch Guillaume Rolin keinen Mangel an illegitimen Halbgeschwistern kannte. Der junge Mann war denn auch recht still, bis er sich entschied, sich dem Goldschmied zuzuwenden und nur mit ihm zu plaudern.

Obwohl er sich für Malerei nicht im geringsten interessierte, wartete Johannes ungeduldig auf das Erscheinen des Meisters Jan. Er hatte sehr viel von ihm gehört, denn ganz Brügge sprach von ihm. Die meisten hatten noch keines seiner Werke gesehen, aber darum ging es auch nicht: Die Stellung des Malers am Hof war viel wichtiger. Jan van Eyck hatte Einfluß beim Herzog. Er hatte in dessen Auftrag geheime Reisen unternommen und war in Portugal gewesen, um ein Porträt der Isabella zu zeichnen. Daß sich Philipp wegen dieses Bildes in die Tochter des Königs von Portugal verliebt hatte, war nur eine romantische Legende. Herzöge heirateten nicht aus Liebe. Für die Liebe standen ihnen Dutzende von Hofdamen zur Verfügung. Die Portugiesin hatte Philipp zur Frau genommen, um sich dem englischen König zu nähern.

Warum ausgerechnet toter Fisch aus der Westsee zum Reden über Politik animierte, vermochte Johannes nicht zu erkennen. Es war der Kanonikus van der Paele, der sich bemüßigt fühlte, die Versuche des Kanzlers Rolin zu loben, Burgund als dritte bedeutende Macht zwischen Frankreich und England zu etablieren. Vermutlich tat Paele es mit Rücksicht auf Guillaume. Alle stimmten ihm zu, dabei wußte Johannes genau, daß Signore Pistrani überzeugt war, das ständige Lavieren Burgunds zwischen den beiden anderen Mächten werde eines Tages zu seinem Untergang führen. Der Kanonikus hatte jedoch sein Ziel erreicht. Guillaume Rolin nahm wieder an der großen Runde teil.

Schließlich erschien, von Geeraarts begleitet, der Maler van Eyck. Er wirkte angespannt und zugleich erschöpft, wie er da in den Raum trat und ihm nur mit Mühe ein Lächeln gelang. Auffallend war die turbanartig aufgesteckte Sendelbinde, die er als Kopfschmuck trug. Das Gesicht unter der roten Binde war bleich, der Mund, nachdem sich das Lächeln wieder verzogen hatte, wurde schmal wie ein Strich. Geeraarts rückte dem Künstler den Stuhl, auf den er sich schwer fallen ließ.

»Ihr seht müde aus, Meister. Wart Ihr wieder tagelang in Gent?« erkundigte sich der Hausherr. Van Eyk schüttelte den Kopf.

»Schon seit einer Woche nicht mehr«, sagte er. »Nein, mir saß der Kardinal Albergati, der kürzlich in Brügge eintraf. Er ist ein vielbeschäftigter Mann, ich konnte nur eine Silberstiftzeichnung von ihm fertigen. Später wird dann vielleicht ein Ölbild daraus.«

Giovanni Arnolfini gab Leonie und Elza ein Zeichen, und wenig später trugen sie den flämischen Schmorbraten auf. Er war mit viel rotem Wein zubereitet worden, wovon der kräftige Geruch der Soße kündete. Jan van Eyck warf einen dankbaren Blick auf die Schüsseln, dann nahm er Johannes Vrocklage wahr. Für Sekundenbruchteile wurden seine Augen ein wenig schmaler. Nur Johannes bemerkte es. Der Maler wandte seine Aufmerksamkeit seinem Nachbarn de Leeuw zu, der ihn angesprochen hatte.

»Aber Ihr arbeitet doch noch in Gent?« wollte er wissen.

»Ja, natürlich. Ich muß doch das Werk vollenden, daß mein Bruder und ich begonnen haben. Den Altar für die Kapelle des Jodocus Vyd in der Johanneskirche.«

»Wird es Euch nicht sauer bei den Gentenaar?« fragte Guillaume Rolin und lachte. Er spielte auf die uralte Feindschaft zwischen Brügge und Gent an. Die Einwohner beider Städte waren neidisch auf die Einwohner der jeweils anderen Stadt und verachteten sie.

»Ich sehe dort nur meine Arbeit, lieber Freund«, erwiderte der Meister. Er pflegte auch mit Kanzler Nicholas Verkehr, deshalb sprach er dessen Sohn so vertraulich an. »Gerade arbeite ich an der Haupttafel, dem Agnus Dei. Noch ein, zwei Jahre, dann ist der Altar vollendet.«

Johannes rutschte unruhig auf seinem Stuhl hin und her. Er hätte gern eine Frage gestellt, wagte es aber nicht, in dieser erlesenen Runde auch nur einen Mucks von sich zu geben.

»Sagt, Meister, ist die Gattin des Jodocus Vyd nicht eine Borluut?« erkundigte sich ein Brügger Hostelier und Makler, dessen Namen Johannes nicht wußte.

»Isabella Borluut, ja«, sagte van Eyck.

»Ein altes und edles Genter Geschlecht«, meinte der Flame. »Ein Borluut hat die Truppen der Gentenaar in der Schlacht bei Kortrijk geführt.«

Diese Schlacht, das hatte Johannes längst mitbekommen, war für die Flamen von großer Bedeutung. Sie hatte 1302 stattgefunden und endete mit einem Sieg über die Franzosen, die damals Flandern besetzt gehalten hatten. Sobald sich die Flamen dieser Schlacht erinnerten, überkamen sie patriotische Gefühle. Daß sie nun von Burgund beherrscht wurden, ja sogar ein Teil des Herzogtums geworden waren, störte sie aber nicht.

Die Signora Pistrani, die neben Johannes saß, bemerkte dessen aufgeregtes Herumrutschen. Nachdem sie es eine Zeitlang ignoriert hatte, begann es ihr nun auf den Geist zu gehen. Da sie den Jungen nicht vor allen ausschelten wollte, erkundigte sie sich leise, ob er sich den Magen verdorben habe oder ob gar ein Vogel hinter seiner Stirn picke. Der Junge fragte ebenso leise, ob er richtig gehört habe und diese Kirche in Gent tatsächlich Sankt Johannes heiße. Signora Pistrani musterte ihn skeptisch, bis sie begriff. Ein spöttisches Lächeln erschien auf ihrem ältlichen Gesicht. Johannes erkannte sofort seinen Fehler. Er wurde vorsorglich rot, während die Signora das Wort an den Maler richtete, sich aber eigentlich an die versammelten Herrschaften wandte.

»Der junge Geck neben mir möchte wissen, Meister van Eyck, in welcher Genter Kirche Ihr arbeitet.«

»Sagte ich es nicht?« Der Künstler schaute abermals auf Johannes und machte die Augen schmaler. »Aber bevor ich antworte: Der Mensch ist mir bereits aufgefallen. Ich kenne ihn nicht, Giovanni, habe ihn nie zuvor gesehen. Wer ist er?«

»Ein deutscher Kaufmannslehrling«, erklärte Arnolfini. »Ich handle mit seinem Vater. Kommt aus der Stadt Rostock. Der Junge soll sich in Brügge den Wind der großen, weiten Welt um die Ohren pfeifen lassen.«

»Das kann nicht schaden«, meinte van Eyck. Er betrachtete den schamroten Johannes mit einem gewissen Wohlwollen. »Sint Janskerk heißt die Kirche. Warum?«

»Weil er Johannes heißt, der eitle Knabe«, krähte die Signora Pistrani.

»Ich heiße auch Johannes«, mischte sich Goldschmied de Leeuw ein.

»Wie ich«, sagte Arnolfini.

»Und ich? Ich etwa nicht?« Der Maler deutete eine leichte Verbeugung gegen Johannes Vrocklage an. »Angenehm, Jan. Ich bin Johann van Eyck, Hofmaler und Spezialist für Falten. Meine Falten, junger Mann, sind die exaktesten in der ganzen Geschichte der Malerei. Und ich sage laut und deutlich: Wer Johannes heißt, darf getrost stolz darauf sein. Denn es war ein Johannes, meine Freunde, der uns Kunde gab von dem Buch mit den sieben Siegeln. Gloria in excelsis Deo. Amen.«

5

Martin Grüneberg erreichte Wismar beim Läuten der Biergglocke. Da seine Sorge um den Freund von Stunde zu Stunde wuchs, hatte er einen gestreckten Galopp vorgelegt. Der Hauptmann Tötelin, der nicht viel sprach und seine sehr disziplinierte Mannschaft mit Handzeichen dirigierte, war ihm schweigend gefolgt.

Die Stippvisite beim Doberaner Abt Bernhard hatte die Besorgnis nur verstärkt. Der Zisterzienser hätte es gern gesehen, wenn Grüneberg im Kloster übernachtet und ihm abends Gesellschaft geleistet hätte, doch der Herr der Wedde wollte unbedingt die Reise fortsetzen. Er wußte nun, daß Balthazar Vrocklage Kenntnis von einem Verbrechen hatte, in das ein Rostocker Ratmann und ein Ratsherr aus einer anderen Stadt der Hanse verwickelt waren. Seine Eitelkeit hatte Martin Grüneberg rasch niedergerungen. Zuerst hatte ihn geärgert, daß der Freund ihn nicht ins Vertrauen gezogen hatte, aber das war ein unwürdiges Gefühl.

Auf dem Ritt von Doberan nach Wismar hatte Grüneberg darüber nachgegrübelt, welcher Herr des Rostocker Rates wohl für ein Verbrechen in Frage kam. Er traute mehreren zu, sich den einen oder anderen Frevel zuschulden kommen zu lassen, also eine Tat, die an Haut und Haar oder mit Buße bestraft wurde. Balthazar hatte jedoch von einem Ungericht gesprochen, also einer Untat, für die das Blutgericht zuständig war. Niemand fiel Martin Grüneberg ein, der riskieren würde, Hand oder Hals zu verlieren, vor allem nicht, wenn die Geschäfte blühten. Es sah nicht so aus, als ob es jemandem der neuen Ratsherren dermaßen schlecht ginge, daß er sich mit einem Verbrechen zu retten versuchte.

In Wismar kehrte der Feierabend ein. Die Handwerker, die während der warmen Jahreszeit im Freien zu arbeiten pflegten, wiesen ihre Lehrburschen an, Bank, Tisch, Material und Werkzeug in die Häuser zu tragen, andere Meister schlossen ihre Läden. Tagelöhner und Hilfsarbeiter, Bettler und arme Hökerinnen strebten zu ihren Buden oder in die Wirtshäuser, Geistliche hatten es eilig, zu ihren bürgerlichen Schäfchen zu kommen und ihnen nach der Beichte auch etwas vom gesegneten Abendessen abzunehmen, die Händler und die Krämer räumten ihre Stände auf dem Markt, der Marktvogt beaufsichtigte sie und dachte zweifelsohne auch bereits an Speise und Bier.

Martin Grüneberg begab sich nicht sogleich zu Henning Holthusen. Dem Bürger und Brauer hatte ein Bote zwar Grünebergs

Kommen avisiert, so daß er von einem Besuch nicht überrascht sein würde, und auch der Wismarer Rat war unterrichtet. Zuerst einmal wollte der Rostocker sein Quartier besichtigen, also ritt er in die Breite Straße, wo der Protonotarius Mertens wohnte.

Als Vorsteher der Ratskanzlei hatte sich Mertens sofort nach Eintreffen des Boten aus der Nachbarstadt um Unterkunft für die Untersuchungskommission gekümmert. Er hatte dabei die Standesunterschiede zwischen dem Ratsherrn Grüneberg und seinem Gefolge berücksichtigt und ihn im *Goldenen Schwan* am Markt einlogiert, während Tötelin und seine Soldaten mit dem *Wilden Mann* vorlieb nehmen mußten. Ihnen war es recht. In einem Gasthaus wie dem *Goldenen Schwan* hätten sie sich unwohl gefühlt. Außerdem waren das Essen und das Bier im *Wilden Mann* ihren Geldbeuteln angemessener und sättigten auch.

Der Kanzler Mertens erbot sich, Martin Grüneberg zum *Goldenen Schwan* zu begleiten. Die Führung seines Anhangs zu dem Gasthaus bei der Schweinsbrücke übernahmen zwei von dessen sieben Söhnen.

»Ein Gesandter aus Lübeck ist auch schon da und wohnt ebenfalls im *Schwan*«, berichtete Mertens auf dem Weg. »Es scheint ein sehr vornehmer Herr zu sein. Gleich Euch«, setzte der Protonotarius rasch hinzu.

»Aus Lübeck, sagt Ihr? Und in welcher Angelegenheit?«

»Nun, wegen des ...« Kanzler Mertens senkte die Stimme. »Eine schreckliche Sache, nicht wahr? Wie kann ... Es muß doch wohl ein Raub gewesen sein. Irgendein adliger Strauchdieb, der seine Ländereien vernachlässigt hat, bessert seine Kasse durch Raubzüge auf. Das erste Mal wär's nicht.«

»Vrocklage ist ein gutsituierter Kaufmann und Ratssendebote noch dazu, Mertens«, erwiderte Grüneberg. »Wenn Räuber im Spiele sind, dann lassen sie ein Huhn, das ihnen goldene Eier legen kann, doch nicht sang- und klanglos verschwinden, sondern sie würden versuchen, ein Lösegeld zu erpressen.«

»Auch wahr.« Mertens wies mit einer einladenden Geste über den großen Marktplatz. Auf dem Platz sollte Grüneberg aber gar nicht nächtigen, sondern nur am Markt. »Wir haben natürlich sogleich den Ausreitevogt losgeschickt, nachdem Euer Brief an Henning Holthusen angelangt war und er den Rat davon in Kenntnis setzte. Gefunden hat er nichts. Was also soll Eurer Meinung nach geschehen sein?« Der Kanzler ging voraus, überquerte den Platz auf der Diagonalen.

»Zuerst dachte ich ja an einen Unfall«, meinte Grüneberg. »Nach dem Gewitter müssen die Wege aufgeweicht gewesen sein.«

»Nicht nur das. Es war die übliche Katastrophe. Von einem Unfall haben wir aber nichts gehört.«

»Ich bin mittlerweile auch sicher …« Martin Grüneberg schnitt sich selbst das Wort ab. Er mochte nicht aussprechen, was er spätestens seit seinem Aufenthalt im Kloster von Doberan dachte. Der Protonotarius nahm es ihm ab.

»Daß eine Untat vorliegen muß?« fragte er.

»Eine Untat«, wiederholte Grüneberg und nickte bedenklich vor sich hin.

6

An den Kirchtürmen erkannte man bereits, wes Geistes Kind die Städter waren. Anmaßend ragten die Türme in den Sommerabendhimmel. Und natürlich tat es nicht eine Kirche, nein, es mußten gleich drei sein. Der Ritter von Ritzerow spie am Lübschen Tor der Stadt Wismar dreimal auf den Boden. Seine Begleiter Rudolf und Gernot schauten demonstrativ auf die Hälse ihrer Rappen.

Am liebsten wäre der Ritter Heinrich wie ein großer Fürst mit Spielleuten, wehenden Fahnen, Gerüsteten und Gewappneten durch das Tor in die Stadt gezogen. Die Bewohner hätten die Straßen bevölkert und ihm zugejubelt, man hätte Blumen vor die Vorderläufe seines Pferdes gestreut, und er hätte im Fürstenhof die Nacht verbracht mit einem fürstlichen Gelage. Die reichsten Bürger hätten um seine Gunst angehalten und ihm ihre schönsten Töchter auf einem Silberteller kredenzt, damit er sich ihnen gewogen zeige.

Von solchen Fantasien begleitet, ritten der Ritzerow und seine Dienstleute Rudolf und Gernot völlig unbeachtet die Lübsche Straße entlang. Die frechen Bürger scherten sich nicht um einen Herrn von Adel. Den regte sogar auf, daß die Straße gepflastert war. Das Pflastern war eine praktische Maßnahme, die nur den wichtigsten Straßen und Plätzen zuteil wurde, aber der Ritter hielt es für Protzerei. Die Pfeffersäcke wollten ihren Reichtum ausstellen.

Ein wenig versöhnte es Heinrich, daß die Wismarer nicht nur einem Landedelmann die kalte Schulter zeigten, sondern daß sie auch ihre fürstlichen Stadtherren gerade einmal duldeten, indem sie ihnen erlaubten, bei ihren Besuchen den Fürstenhof zu nutzen. Man konnte auch sagen, daß sie dahin abgeschoben worden waren. Allerdings mußten die Stadtbürger doch eine gewisse Rücksicht auf die Interessen des Hauses Mecklenburg-Schwerin nehmen. Vor vierzig Jahren, der Ritter lag noch in den Windeln und es ging wieder einmal gegen Dänemark, hatte Herzog Johann der Ältere für Wismar und auch für Rostock Kaperbriefe ausgestellt, was beide nicht nur in Konflikt mit Lübeck und anderen Hansestädten brachte; es war auch eine ziemlich giftige Suppe, die ihnen der Landesherr eingebrockt hatte und die sie jahrelang auslöffeln mußten. Als die Vitalier übermächtig wurden, hatten Wismar und Rostock einen immensen Nachteil von ihrer erzwungenen Unterstützung der Kaperei.

Der Ritter von Ritzerow dachte mit Schadenfreude an diese leider fast vergangene Schmach. Hier in der Stadt hegte er plötzlich positive Empfindungen gegen das von ihm eigentlich wenig geliebte Herrscherhaus.

Im Fürstenhof würde er nicht logieren. Er hatte überhaupt noch kein Quartier, also beauftragte er Rudolf und Gernot, sich an einen Mann zu wenden, der ihnen auf der Lübschen Straße entgegenkam. Der Mann sah vornehm aus, obwohl er nur ein Bürger war. Er empfahl als bestes Haus den *Goldenen Schwan*. Heinrich von Ritzerow ließ sich von dem glänzenden Namen der Absteige nicht blenden; er hatte schon in Goldenen Schwänen übernachtet, in denen man reich geworden wäre, hätte man die Wanzen vergoldet.

Der vornehm aussehende Bürger erklärte Rudolf und Gernot den Weg. Der Ritter hörte auch zu, und es schien sich tatsächlich um ein gutes Haus zu handeln, da es sich am Markt befand. Andererseits bedeutete dies, daß Heinrich tief in die Tasche würde greifen müssen. Ob ihm die Herzogin seine Unkosten ersetzte, war zweifelhaft. Für seine Mission würde er sicher nur Ehre einheimsen. Die war auch etwas wert, vor allem für einen Ritter und zweihundert Jahre zuvor.

Der *Goldene Schwan* erwies sich als außerordentlich passabel. Die Wirtsleute wußten noch, wie man einen Edelmann zu behandeln hatte. Heinrich von Ritzerow bekam ein großes, zum Markt gerichtetes Zimmer, Rudolf und Gernot wurden in einer Dienstbotenkammer unter dem Dach untergebracht. Das Zimmer für den Ritter verfügte nicht nur über ein großes Bett mit einem Baldachin, das Leinzeug war auch weiß wie frisch gefallener Schnee. Während Rudolf und Gernot das Gepäck des Ritters hinaufschafften, empfahl der Wirt ihm den Inhalt seiner Töpfe und Pfannen. Dem hohen Gast floß das Wasser im Mund zusammen. Von Gut Ritzerow war er vor etwa drei Stunden aufgebrochen, aber er hatte schon wieder Hunger. Und vor allem natürlich Durst.

7

Das Wasser verdampfte zischend auf den heißen Steinen, und der Raum füllte sich mit dem aromatischen, kräftigenden Duft von Heilkräutern. Johannes lief der Schweiß über den nackten Leib und über das Gesicht in die Augen, die er rasch schloß. Doch Suzanna war zur Stelle. Mit einem weichen Tuch betupfte sie seine Lider.

John und Paul hatten nicht zuviel versprochen. Der Junge begann zu kichern. Auch John war ein Namensvetter. Die Signora Pistrani hatte ihn bloßstellen wollen und war wegen ihrer geringen Bildung sogleich in ein Fettnäpfchen getreten. Ihr Mann war im internationalen Handel tätig, aber sie beherrschte außer der toskanischen Sprache nur den Brügger Dialekt, weil sie schon seit vielen Jahren in der Stadt lebte und sich dem Personal verständlich machen mußte.

»Was ist so komisch, Herr?« wollte Suzanna wissen. Ihre Finger fuhren um die Brustwarzen des Jungen. Ein Mann seufzte, aber Johannes behielt die Augen geschlossen. Vermutlich war es der dicke Alte, der sich schröpfen ließ, damit die bösen Säfte aus seinem Leib abgezogen wurden.

»Nur eine komische Erinnerung«, flüsterte Johannes. Suzannas Finger verstärkten den Druck. In seinen Ohren setzte ein Rauschen ein, so als säße er nicht in einer Badestube, sondern am Meer.

Johannes hatte das Fest bei Arnolfini unter dem Vorwand verlassen, das vorbildliche Buchführungssystem der Genueser Bank Casa di San Giorgio studieren zu wollen. Das fand allgemeines Wohlwollen. Niemand fragte sich, wo er es denn studieren wolle. Ein Buch gab es darüber nicht. Wahrscheinlich waren alle froh, daß Johannes ging, damit sie endlich über die Dinge sprechen konnten, die den fremden deutschen Jungen nichts angingen.

Allein der Maler Jan hatte Johannes mit einem halb skeptischen, halb einverständigen Blick bedacht. Ihm war zwar das

Geld willkommen, aber vielleicht lehnte er die Kunst der Buchführung als Teufelswerk ab. Immerhin, so hatte sich im Laufe der Unterhaltung herausgestellt, fühlte er sich zumindest während seiner Arbeit von Gott und allen Heiligen durchdrungen. Nach getaner Arbeit jedoch waren es, wie er schelmisch anmerkte, mehr Hunger und Durst.

Hungrig war auch Johannes. Aber es war ein anderer Hunger. Ihn verlangte nicht nach Nahrung, sondern nach einer Frau.

John und Paul vergnügten sich in einem der Badezuber. Sie reinigten aber nicht nur ihre Haut. Drei Weiber teilten sich das Wasser mit ihnen, und mit Wein spülten die beiden Engländer ihre Kehle, ihre Speiseröhre und ihren Magen aus.

Johannes hatte sich für das Schwitzbad und für Suzanna entschieden. Das war ein Mädchen von siebzehn Jahren und auf jeden Fall sehr erfahren mit den Fingern. Jetzt hatten sie den Bauchnabel erreicht und erforschten ihn. Als sie schließlich noch tiefer kletterten, war Johannes verloren.

8

Die Köchin im *Goldenen Schwan* hatte offenbar auf dem Wismarer Markt günstig Geflügel eingekauft, denn Heinrich von Ritzerow wurde mit Kapaun, Fasan und Wachtel traktiert, hatte dagegen allerdings nichts einzuwenden. Mit Genuß zerlegte er das gebratene Federvieh und brach ihm die Knochen. Sein lautes Schmatzen erfüllte die Gaststube. Alle konnten hören, daß hier ein rechter Mann seinen Hunger stillte. Seinen Durst natürlich auch. Der Wein, der im *Goldenen Schwan* ausgeschenkt wurde, war alles in allem nicht übel.

Außer dem Ritter hielten sich in dem feinen Wirtshaus nur zwei Männer auf, die an verschiedenen Tischen saßen. Beide waren vornehme Bürger, wie ihre Kleidung und ihr Gebaren verrieten.

Der eine hockte vor einem Krug mit Hopfenbier, der andere gab wie der Ritter dem Wein den Vorzug. Der Biertrinker brütete vor sich hin. Bei dem anderen Mann hatte man eher den Eindruck, daß er an nichts Gewichtiges dachte, sondern sich nur bettschwer trinken wollte.

Heinrich von Ritzerow prüfte sie lange und ausgiebig. Er legte sich dabei nicht so sehr die Frage vor, woher die beiden kommen mochten und was sie nach Wismar geführt hatte, sondern ihn bewegte vielmehr, ob er sie zu einem zünftigen Würfelspiel überreden könne. Bei dem Grübler waren wohl einige Zweifel angebracht. Der Ritter erwog, es nach dem gespickten Kaninchenbraten dennoch zu versuchen. Er konnte die beiden Männer zu der Nachspeise einladen, die nach den Worten des Wirts aus Kuchen, Äpfeln und Nüssen bestand.

Ritter Heinrich würde die Würfel vom Wirt bringen lassen. Er würde sich unter dem Vorwand, den Abtritt aufsuchen zu müssen, rasch auf sein Zimmer begeben, seine eigenen Würfel holen und sie gegen die des Wirtes austauschen. Darin hatte er ein großes Geschick, niemand pflegte diesen Tausch zu bemerken. Mit seinen eigenen Würfeln gewann der Ritter immer.

Heinrich von Ritzerow senkte den Kopf, damit niemand sein Grinsen sehen konnte. Er hatte nicht die geringsten Skrupel, beim Würfelspiel den ärmsten seiner Bauern auszunehmen. Um so weniger schlug ihm das Gewissen, wenn sich eine Möglichkeit bot, zwei reiche Bürger um ihr Geld zu erleichtern. Es würde ihm sogar ein Vergnügen sein.

9

Nach seiner Visite bei Henning Holthusen war Martin Grüneberg nicht viel klüger, und seine Sorgen hatten sich auch nicht verringert. Balthazar war sich durchaus der Gefahr bewußt gewesen, in die er sich begeben hatte, andernfalls hätte er die Dokumente, die das Verbrechen bewiesen, wohl kaum versteckt. Man solle im Falle eines Falles seinen Sohn Johannes nach dem Versteck befragen, hatte Freund Vrocklage gesagt. Doch der Junge befand sich in Brügge und war nur schwer zu erreichen.

Eines stand fest: Am Tag vor Fronleichnam hatten Balthazar Vrocklage und die Reitenden Wächter Wismar verlassen. Holthusen hatte sie noch zum Lübschen Tor begleitet und sich dort von seinem Gast verabschiedet. Er hatte Balthazar durch das Tor hinausreiten sehen. Was dann geschah, war noch unbekannt.

Martin Grüneberg glaubte nicht, in Wismar auf eine Spur zu stoßen, also hatte er beschlossen, die Stadt am nächsten Morgen zu verlassen, und zwar um die gleiche Stunde wie der Vermißte. Nach wie vor bewegte die Frage seine Gedanken, welcher Art die Untat gewesen sein mochte, die Balthazar durch eine Fügung des Schicksals zur Kenntnis gelangt war. Sie schien in einem Zusammenhang mit dem Krieg zu stehen, aber nicht einmal das war sicher. Die Salzspekulation blühte in Kriegszeiten, aber wenn sie schiefging, schnitt sich der Spekulant nur ins eigene Fleisch. War sie hingegen von Erfolg gekrönt, klingelte es in der Geldtruhe, und kein Hahn krähte nach den Mitteln, die ein erfolgreicher Geschäftsmann eingesetzt hatte, um seinen Reichtum zu vermehren.

Martin Grüneberg achtete nicht auf das, was in der Gaststube vorging. Natürlich hatte er bemerkt, daß sich außer ihm noch ein fremder Bürger und ein Mann in unstädtischer Kleidung in ihr aufhielten. Der Mann vom Lande mußte ein Edelmann sein. Beide schienen ebenso wie er allein mit ihren Gedanken beschäftigt. Als der Wirt an seinen Tisch trat, wurde Grüneberg klar, daß er sich geirrt hatte.

»Der Herr Ritter läßt Euch fragen, ob Ihr zu einer Partie Würfel aufgelegt seid«, sagte der Wirt. Grüneberg warf dem Landedelmann einen Blick zu. Der Ritter lächelte einladend. Eigentlich war der Rostocker überhaupt nicht zum Spiel aufgelegt, darüber hinaus zog er Schach den Würfeln vor. Allerdings konnte ein wenig Ablenkung nicht schaden. Grüneberg wies auf seinen Humpen und erhob sich. Der Wirt trug ihm den Krug hinterher.

»Ich danke Euch für die Einladung, edler Herr«, sagte Martin Grüneberg höflich, nachdem er an den Tisch des Ritters getreten war. Der winkte ab.

»Bitte, setzt Euch! Ihr tut mir einen Gefallen in meinem Kampf gegen die Langeweile.« Der Ritter senkte die Stimme und wurde sogar vertraulich. Angetrunken war er auf jeden Fall. »Einschlägige Frauen scheint es hier ja nicht zu geben«, meinte er.

»Solche Frauen, edler Herr, gibt es in jeder Stadt. Ihr solltet Euch beim Wirt nach den Frauenhäusern erkundigen.«

»Ach, lassen wir das. Das Würfeln bietet auch Zerstreuung. Wirt!« befahl er. Das genügte, der Inhaber oder Pächter des *Goldenen Schwan* verstand sofort und ging die Würfel holen. »Wir brauchen natürlich noch einen dritten Mann«, sagte der Edelmann laut. Dieser dritte Mann reagierte nicht.

»Vielleicht sollte ich mich vorstellen«, schlug des Ritters Tischgast vor. »Martin Grüneberg, Ratsherr aus Rostock.«

»Donnerwetter!« rief der Adlige. Martin Grüneberg wollte es scheinen, als ob eine leise Ironie mitschwingen würde. »Ritter Heinrich von Ritzerow. Der fünfte, um genau zu sein. Der fünfte Heinrich. Was, guter Mann, führt Euch in dieses gottver ... in diese wunderbare Stadt?«

»Ein trauriger Anlaß, Herr Ritter«, begann Grüneberg. Der Wirt unterbrach das Gespräch. Er stellte einen ledernen Becher auf den Tisch. Ritter Heinrich nahm ihn in die Hand und blickte hinein, dann schüttete er drei knöcherne Würfel auf die Platte.

»Traurig?« vergewisserte sich Heinrich.

»Allerdings. Ich bin hier im Auftrag des Rostocker Rates. Und, wenn ich so sagen darf, auch und vor allem in meinem eigenen Auftrag. Mein Freund und Teilhaber war als Ratssendebote zum Hansetag nach Rostock unterwegs ...«

»Sprecht nicht weiter, sprecht nicht weiter«, verlangte der Ritter plötzlich aufgeregt und ruderte mit den Händen in der Luft. »Er ist verschwunden, nicht wahr?«

»Hat es sich schon so weit herumgesprochen?«

»Ich habe auch einen Auftrag, guter Mann«, sagte Heinrich. »Von höchster Stelle.«

»Vom Kaiser?« Grüneberg musterte den Edelmann mit unverhohlener Skepsis.

»Von der Herzogin. Da die Handelsstraße von Wismar nach Lübeck an meine Güter stößt, soll auch ich nach Eurem Freund suchen.«

»Nein!« Martin Grüneberg faßte es nicht.

»Nein!« sagte auch noch ein anderer. Der Ritter und der Weddeherr wandten ihre Aufmerksamkeit dem unbekannten Bürger zu, der bisher Wein getrunken und geschwiegen hatte. Er stand nun, die Arme auf den Tisch gestützt, und starrte die beiden ihn Anstarrenden an. »Johann Kollmorgen«, stellte er sich vor und verbeugte sich leicht. »Seit Anno 1428 Mitglied des Heiligen Reiches Rat der Stadt Lübeck. Von demselben beauftragt, nach dem Sendboten des Ehrbaren Rostocker Rats Balthazar Vrocklage zu fahnden oder seine Mörder dingfest zu machen und der lübschen Halsgerichtsbarkeit zu überstellen.«

»Mein Gott, Ratmann, bekommt Ihr keinen dicken Hals von solch geschwollener Rede?« fragte der Ritter, dem sie auf den Geist gegangen war. »Im übrigen, was hat Lübeck in dieser Angelegenheit zu suchen?«

»Nun, Herr Ritter, Ihr scheint nicht zu wissen, daß Kaiser Karl IV. im Jahre 1374 die Lübecker Bürgermeister zu Reichsvikaren in Landfriedenssachen ernannt hat. An unseres Kaisers Statt dürfen sie in allen Ländern den Bruch des Landfriedens verfolgen. In allen Ländern wohlgemerkt, Herr Ritter, sogar auf Euren Ländereien.«

»Da hat Kaiser Karl einen großen Fehler gemacht«, meinte Heinrich von Ritzerow schnippisch.

»Ich sehe noch keinen Bruch des Landfriedens«, sagte Martin Grüneberg.

»Was hier gesehen werden muß, müßt Ihr schon meiner Entscheidung überlassen.« Johann Kollmorgen setzte sich wieder. »Mich nämlich hat der Lübecker Rat ermächtigt, das Reichsvikariat stellvertretend für die Bürgermeister auszuüben. Es war mir eine Ehre, Eure Bekanntschaft gemacht zu haben, meine Herren. Ihr könnt wieder abreisen.«

10

Die Stoofstraat trug nur den ersten Teil ihres Namens zu Recht. Tatsächlich existierte hier eine Badestube, in der man sich den verschiedensten Sinnenfreuden hingeben konnte. Den Durchschlupf zwischen Walplein und Mariastraat eine Straße zu nennen, war allerdings sehr hoch gegriffen.

Allein auf der Südseite der Stoofstraat gab es Hauseingänge, während die andere von der fensterlosen Mauer eines Hauses eingenommen wurde, das man nur von der Mariastraat betreten konnte. Einer der Eingänge führte in das Badehaus, die beiden übrigen in Wohnhäuser. Als ein gutgelaunter und rundum befriedigter Johannes in Begleitung von John und Paul auf die Stoofstraat hinaustrat, war die Sonne untergegangen. Der Himmel spiegelte noch etwas von ihrem Licht, aber in dem Verbindungsweg war es schon sehr dunkel.

»Wohin nun?« wollte der Junge wissen. Die Vernunft gebot zwar, sich schleunigst in das Haus des Giovanni Arnolfini zu begeben, aber Johannes war viel zu aufgewühlt. Irgendwo mußte er mit seinen beiden Spießgesellen noch einen Becher Wein trinken.

John und Paul drängten ihn zum Walplein. Bevor sie ihn erreichte, knickte die Stoofstraat scharf nach Süden. Hinter der Biegung wurde das vergnügungssüchtige Gespann bereits erwartet.

Es war noch dunkler hier. Trotzdem erkannte Johannes den Schiffsmann Georg. Auch das Messer sah er. Er setzte noch zum Schreien an. Der Schrei verließ seine Kehle nicht mehr. Nur Blut und Luft und ein schäumendes Gemisch aus beidem kam heraus.

DRITTES KAPITEL
Feuer

1

Die Hitze war so groß, daß die Rostocker im Scherz sagten, man müsse die Feuerstellen nicht mehr mit Holz oder Kohlen beschikken, da man in der Warnow kochen könne. Wegen einer seit Tagen anhaltenden Flaute war der Schiffsverkehr beinahe zum Erliegen gekommen. Einerseits waren die Lastträger und Ladearbeiter froh darüber, denn sie mußten ihrer schweißtreibenden Tätigkeit nur selten nachgehen. Andererseits schmerzten sie die finanziellen Einbußen. Vor allem die Tagelöhner spürten ihre Armut einmal mehr, denn niemand brauchte ihre Arbeitskraft.

Sebastian Vrocklage war auf dem Weg zum Hafen. Er hatte die Universität lange nicht besucht. Der Teilhaber Martin Grüneberg war nun auch nicht mehr in der Stadt, und so war der Student ganz allein für die väterlichen Geschäfte verantwortlich. Diese Verantwortung drückte ihn jedoch nicht nieder, sondern sie ließ ihn wachsen. Keiner erkannte ihn wieder, vor allem seine Mutter und Bruder Anselm nicht.

Der Kaufherr auf Abruf winkte dem Bäckermeister vor dem Haus zum goldenen Laib einen Gruß; der Mann schwitzte immer, schließlich war es in der Backstube heiß, aber nun schwitzte er geradezu unmäßig. Er saß auf der Bank und hatte die Arbeit seinen Gesellen und dem Lehrburschen überlassen. Der vorübergehende Sebastian weckte allerdings seine Lebensgeister. Natürlich war es die Neugierde, die ihn beflügelte. Er erhob sich sogar und trat einen Schritt vor.

»Habt Ihr Neuigkeiten von Eurem Vater?« wollte er wissen. Das wurde Sebastian ständig gefragt. Er schüttelte den Kopf und strengte sich an, nicht zu betrübt zu wirken, denn das hatte ausführliche Mitleidsbezeugungen zur Folge, die sich mit inquisitorischen Fragen abwechselten.

Sebastian mußte noch dreimal laut und immer lauter bekräftigen, daß er keine Neuigkeiten habe, dann ließ er den Bäcker einfach stehen. Sein Ziel war der Speicher beim Hafen. Dort wollte er nach dem Rechten sehen, vor allem bei der leicht entzündlichen Ware.

Das große Tor zum Lagerhaus war mit drei Schlössern verriegelt. Das Schlüsselbund war so schwer, daß Sebastian es nicht am Gürtel mitführen konnte, sondern in der Hand trug. Diebe mußten schon über einen Rammsporn oder übernatürliche Kräfte verfügen, wollten sie in das Gebäude eindringen. Bisher war es noch keinem gelungen.

Kaum hatte er das Untergeschoß betreten, schlug Sebastian Vrocklage die abgestandene und erhitzte Luft entgegen. Es roch stark nach warmem Teer und trockenem Holz. Der junge Mann öffnete ein paar Luken, damit die Luft wenigstens etwas zirkulieren konnte. Den großen Schlüsselbund legte er auf einem Faß ab, das Eisenerz enthielt. Von einem Wandregal nahm er Wachstafel und Griffel, dann begab er sich auf seinen Rundgang.

Auf der schmalen Stiege kletterte er hinauf zum Zwischenboden. Dort lagerten unter anderem die Terling genannten Ballen mit dem Mechelner und dem Leidener Tuch, aber auch mit den billigeren, aus schottischer Wolle hergestellten Tuchen von Haarlem. Sebastian schnürte einen Terling auf und prüfte den Stoff mit den Fingern. Er mußte die Tuche nicht mehr ansehen, sondern er spürte mittlerweile ihre Qualität. Dieses war minderes Tuch. Über die Herkunft sagte das aber nichts; auch die flandrischen Tuche waren zumindest teilweise von abnehmender Güte.

Sebastian machte sich eine Notiz auf der Wachstafel. Auf dem Zwischenboden war es noch heißer als im Erdgeschoß, der Schweiß rann ohne Unterlaß. Etwas weiter hinten standen mehrere Säcke, gefüllt mit verschiedensten Waren. Bevor er seine kleine Inventur fortsetzte, öffnete Sebastian Vrocklage auch hier erst einmal einige der Luken. Der Durchzug kühlte ein wenig die feuchte Haut.

Plötzlich hielt er inne. Für einen Moment glaubte er, Brandgeruch wahrgenommen zu haben. Sebastian streckte den Kopf aus einer der Luken, warf einen Blick auf das gegenüberliegende Lagerhaus und schaute dann an der Fassade des väterlichen Speichers hinab. Dort war nichts Auffälliges zu sehen, also zog er den Kopf wieder zurück. Vermutlich hatte ihm sein Geruchssinn einen Streich gespielt, denn schließlich hielt er sich auch in dem Speicher auf, um der Brandgefahr zu begegnen. Sebastian widmete sich den Säcken. Nicht jeden öffnete er, sondern er machte nur Stichproben.

Dann hatte er wieder diesen Geruch von brennendem Holz und Teer in der Nase. Diesmal war er stärker. Sebastian verharrte und schnupperte. Er täuschte sich nicht. Irgendwo brannte es.

Noch einmal schaute er aus der Luke. Abermals war nichts zu sehen. Doch als er zur Stiege zurückgekehrt war, sah er unten schon die Flammen züngeln.

2

Martin Grüneberg ärgerte sich nach wie vor über die Abfuhr, die Johann Kollmorgen ihm erteilt hatte. Sie hatte auch den Ritter getroffen, aber Heinrich von Ritzerow war ihm gleichgültig. Der Lübecker Ratsherr bildete sich wer weiß was ein auf ein Privileg, das er von seinen Vorvätern ererbt hatte und nun ohne eigenes Verdienst in Anspruch nahm. Grüneberg wunderte sich, warum der lübische Rat das Reichsvikariat ausgerechnet im Fall Vrocklage wieder ausgegraben hatte. Er hatte damit das seltsame Verschwinden des Rostocker Sendboten an seine allergrößten Glocken gehängt.

Von seinem Vorsatz, um neun Uhr Wismar zu verlassen, war Martin Grüneberg abgerückt. Natürlich ließ er sich nicht zurück nach Rostock schicken. Statt dessen warf er sich dem Gefolge des Lübeckers an den Hals, das ebenso wie Tötelin und seine Soldaten im *Wilden Mann* untergebracht worden war. Er wußte, was er einzusetzen hatte, um den Männern die Zungen zu lösen. Es kostete ihn einiges an Wein und gutem Bier, aber schließlich erfuhr er, was er wissen wollte.

Es waren verstörende Neuigkeiten, die ihm Grund gaben, einen Brief an das Kontor des deutschen Kaufmanns in Brügge aufzusetzen und den Protonotarius Mertens zu bitten, die sofortige Beförderung durch einen städtischen Boten zu veranlassen. Das war nicht möglich. Erst in drei Wochen sollte Ratspost via Lübeck an das Kontor gesandt werden, also blieb Martin Grüneberg nur übrig, entweder auf eigene Kosten einen Boten zu beauftragen oder seinen Brief einem Schiffer mitzugeben, der Brügge ansteuern würde.

Kollmorgens Begleiter hatten von dem Mordanschlag am Torweg zum Hurenhaus berichtet. Der Rat und vor allem die Weddeherren sahen zwar keine Ursache dafür, annehmen zu müssen, der Überfall habe dem jungen Rostocker gegolten; nur der Weddemeister glaube es und riskiere damit zunehmend, bei den Ratsmannen in Ungnade zu fallen. Jedenfalls sei der Rostocker unverletzt geblieben und einige Tage später mit den Stecknitzkanalfahrern nach Hamburg aufgebrochen. Der verletzte Trunkenbold befinde sich auf dem Weg der Besserung; er habe keine sinnvollen Angaben zum Tathergang machen können.

Martin Grüneberg war geneigt, die Position des Lübecker Weddemeisters einzunehmen. Johannes Vrocklages Leben war es ihm wert, einen Boten aus eigenem Säckel zu bezahlen. Henning Holthusen, den er in der größten Mittagsglut aufsuchte, versprach ihm Unterstützung. Auch an den Kosten wollte er sich beteiligen. Die Magd wurde nach dem Mann geschickt, der für ihn Botendienste zu leisten pflegte. Der kam auch prompt, weil er einen großen Braten roch. Zwar war er noch nie in Brügge gewesen, versprach aber, sich der Sache anzunehmen. Er würde das Schreiben in Köln an einen ihm bekannten Fernhändler übergeben, dessen Leute ständig zwischen Rhein und Reie unterwegs seien.

Als Martin Grüneberg das Haus über den schwarzen Männern verließ, sah er Kollmorgen und Gefolge gerade in die Straße einbiegen, die vom Markt zu Holthusens Haus führte. Grüneberg machte sich durch einen beherzten Sprint in die Straße neben dem Dominikanerkloster für die Lübecker unsichtbar. Auf einem Umweg, der ihn an der Stadtmauer entlangführte, kehrte er zum Gasthaus zurück. In der Stube saß der Ritter von Ritzerow bei einer Beschäftigung, die man nur als Katertherapie deuten konnte: Er trank Wein. Offenbar war er gerade aufgestanden. Sein Gesicht sah fürchterlich verwüstet aus, also hatte er, nachdem Martin Grüneberg längt in einem unruhigen Schlaf gelegen hatte, noch tief in den Krug geschaut.

Obwohl er ihn beim Betreten des *Goldenen Schwan* gesehen hatte, beachtete der Ritter Heinrich den Rostocker Ratsherrn nicht. Vielleicht war er so arrogant wie viele seines Standes: Wenn sie nicht gerade Geld von den Stadtbürgern borgen oder sich ihre Pulvergeschütze ausleihen wollten, verachteten sie den bürgerlichen Stand.

Martin Grüneberg ließ den Edelmann links liegen. Er stieg die Treppe hinauf und schrieb auf seinem Zimmer einen zweiten Brief. Im *Wilden Mann* hatte er außerdem in Erfahrung gebracht, daß es die Vertreter der Bergentahrer im Lübecker Rat und vor allem ihr greiser Führer Ditmar von Thünen gewesen waren, die sich so vehement dafür eingesetzt hatten, daß ein Vertreter Lübecks das Reichsvikariat ausüben und andere aus der Untersuchung von Vrocklages Verschwinden hinausdrängen sollte. Die Familie von Thünen war insbesondere in den wendischen Städten, aber auch bis nach Preußen und Livland verbreitet, und ein Zweig hatte sich in Rostock niedergelassen. Das dortige Familienoberhaupt war der Kaufmann Winfried von Thünen. Er saß nicht nur mit Martin Grüneberg im Rat, er war auch der zweite Weddeherr. Grüneberg bat ihn in seinem Schreiben, Kontakt zu seinem Verwandten Ditmar aufzunehmen und ihn zu fragen, ob er womöglich Hintergrundinformationen habe, die ihn zu seinem Eintreten für die Wahrnehmung der Rechte des Reichsvikariats bei der Ratsversammlung bewogen hatten.

Als Martin Grüneberg gedacht hatte, der Ritter beachte ihn nicht, hatte er sich geirrt. Heinrich von Ritzerow hatte sehr wohl mitbekommen, daß der Rostocker schon zu einer Zeit Aktivitäten entwickelt hatte, da er selbst noch in einem dumpfen Schlaf lag. Da das Schicksal des Ratsherren Vrocklage ihm schnurzpiepegal war, er aber aus Gründen der Ritterlichkeit seinen Auftrag auszuführen gedachte, wollte sich Heinrich auf eine List verlegen.

Martin Grüneberg verließ den Gasthof mit dem Brief an Winfried von Thünen um die zweite Nachmittagsstunde. Er sah den Ritter immer noch beim Trinken. Die beiden Dienstmänner des Ritters, Rudolf und Gernot, hatte er nie gesehen. So konnte ihm nicht auffallen, daß sie ihm folgten.

Zum zweiten Mal an diesem Tag begab sich Grüneberg zum *Wilden Mann*. Er händigte den Brief einem der Soldaten des Hauptmanns Tötelin aus, der ihn nach Rostock bringen sollte. Mit Tötelin verabredete er, um drei Uhr vom Lübschen Tor aus aufzubrechen.

Zurück im *Goldenen Schwan* bezahlte er den Wirt. Der ließ es sich nicht nehmen, Grünebergs Gepäck eigenhändig zu dem Pferd zu tragen, das der Stallbursche inzwischen gesattelt und herangeführt hatte. Der Rostocker verabschiedete sich freundlich von seinem Wismarer Herbergsvater und ritt dann, weil Markttag war und der Platz von Menschen wimmelte, auf einem Nebenweg zum westlichen Stadttor. Der Weg war nicht viel länger als der direkte und führte sowohl an der Marienkirche als auch an Sankt Georgen vorbei.

Den Ritter von Ritzerow hatte Martin Grüneberg nicht mehr zu Gesicht bekommen. Während er gemächlich durch die Stadt ritt, fragte er sich, wie dieser wohl vorgehen würde, falls auch er sich nicht an das Gebot des Lübeckers halten sollte. Vermutlich würde der Ritter sich nur betrinken und dann wieder auf seine Güter zurückziehen. Er hatte kein Motiv, sich um eines ihm Unbekannten willen mit der mächtigsten Hansestadt anzulegen.

Heinrich machte es überhaupt nichts aus, sich mit jemandem anzulegen, und manchmal brauchte er nicht einmal ein Motiv dazu. Eine mächtige Hansestadt galt ihm nicht mehr als ein Furz. Er und seine Dienstmänner waren vor Grüneberg am Lübschen Tor, hielten sich aber in einer Seitenstraße verborgen.

Der Rostocker Weddeherr Martin Grüneberg, der Hauptmann Tötelin und ihre Soldaten verließen Wismar zügig. Kaum hatten sie das Tor hinter sich gelassen, befahl Grüneberg einen Galopp. Soweit die Ansiedlungen der Pfahlbürger reichten, rechnete er nicht mit einer Spur. Erst dort, wo der Wald begann, wurde es wieder interessant.

Der Ritter von Ritzerow dachte nicht an solche Spitzfindigkeiten. Er ließ den Rostockern einen ordentlichen Vorsprung. Erst dann setzte er ihnen nach.

3

Der Brand hatte am Fuß der Stiege begonnen. Sebastian Vrocklage hatte vorsorglich einige Eimer mit Wasser auf allen Stockwerken des Speichers deponiert, aber das Wasser wirkte nur wie ein Tropfen auf den heißen Stein. Offenbar breitete sich das Feuer in Windeseile aus. Die Flammen versperrten Sebastian den Weg zum Tor und hinaus ins Freie.

Er überlegte fieberhaft, was er tun könne, um die Ware und auch sich zu retten. Ein Geräusch in seinem Rücken ließ ihn zusammenfahren. Nachdem er sich mit einer heftigen Bewegung umgewandt hatte, sah er eine Pechfackel, die einen Ballen mit Schönwerk entzündet hatte. Jemand mußte sie durch die geöffnete Luke hereingeschleudert haben, also war das Feuer nicht durch die Hitze entstanden. Der junge Mann begriff nicht, was ihm geschah. Ein Brandstifter trieb sein Unwesen. War es ein Konkurrent, der die Waren zerstören wollte? Oder war es ein Mordanschlag? Das war kaum vorstellbar. Sebastian lief zu den Pelzen. Hermelin, Fuchs und Zobel waren zu wertvoll, er mußte das Schönwerk retten.

Wieder kam eine Fackel geflogen. Sebastian Vrocklage sah sie erst, als sie mit einem Krachen gegen die Luke prallte und ihr Ziel nicht erreichte, sondern außen zu Boden fiel. Er hörte, wie sie unten auf dem festgestampften Sand aufkam, und jagte zum Fenster, um einen Blick hinauszuwerfen. Die Fackel brannte weiter, konnte aber keinen Schaden anrichten. Der Fackelwerfer war nicht zu sehen.

Sebastian schloß die Luke und hetzte zu der gegenüberliegenden Seite. Er kam zu spät. Der Brandstifter hatte besser gezielt. Die Pechfackel lag auf dem Deckel eines Fasses, das Eisenerz enthielt. Das Holz entzündete sich nicht so rasch, also ergriff der Student die Fackel, warf sie hinaus und verriegelte auch diese Luke rasch.

Mittlerweile war der Brand entdeckt worden. Sebastian vernahm den Feuerruf. Der Brandstifter mußte sich entfernen, bevor er erwischt wurde. Die Flammen aus dem Untergeschoß hatten die Stiege verzehrt und verbreiteten sich nun von der Öffnung im Zwischenboden aus in dem oberen Geschoß, wo Sebastian sich befand. Auf der anderen Seite brannten die Pelze. Noch eine Luke stand offen, doch mußte er nicht mehr befürchten, daß eine Fackel hereingeschleudert wurde. Eine Zeitlang versuchte er, wenigstens das Schönwerk zu retten. Er trat beherzt in die Flammen, bis seine Schuhe Feuer fingen und er aufgeben mußte. Ein paar Ballen konnte er aus dem Fenster werfen. Dann zwängte er sich durch die schmale Öffnung, durch die normalerweise kein Mensch paßte, aber in der Not schien sein Körper schmaler zu werden, denn es gelang. Allerdings war Sebastian mit dem Kopf voran durch das Fenster gekrochen, und nun hing er zur Hälfte über der Tiefe. So konnte er nicht aus dem Speicher gelangen, ohne sich das Genick zu brechen. Verzweifelt schrie er nach Hilfe.

4

Leberecht Hoyer, Oldermann des lübischen Drittels im Kontor zu Brügge, war von der sonntäglichen Morgenmesse in der Karmeliterkirche zurückgekehrt in sein Hostel am Schottendeich. Das war nur ein kurzer Weg, aber er war doch vom Regen so durchnäßt, daß er seine Oberkleider wechseln mußte. Am Tag zuvor hatte als erfrischender Sommerregen begonnen, was sich als Landregen entpuppen sollte; seit fast vierundzwanzig Stunden fiel ununterbrochen Wasser vom Himmel.

Ältermann Hoyer hatte noch eine unangenehme Pflicht zu absolvieren. Seit ein paar Tagen schob er sie vor sich her, aber nun hatte er sich fest vorgenommen, an den Rostocker Kaufherren Balthazar Vrocklage zu schreiben und ihm den gewaltsamen Tod seines Sohnes mitzuteilen. Da ein solcher Brief nicht so haltbar sein mußte wie ein Grundbuch benutzte er Papier. Er glättete es mit der Hand und legte es auf den Tisch am Fenster, von dem er wahlweise auf die Gracht, auf den Verversdijk mit den Bürgerhäusern oder auf den grauen Himmel schauen konnte, der alle Welt verhöhnte. Mit einem kleinen Messer schärfte er den Gänsekiel, legte ihn neben das Blatt und begann, Tinte anzurühren. Für alle Verrichtungen ließ er sich Zeit. Er würde den Brief schreiben. Jede Minute, die er gewann, verlängerte die Galgenfrist, machte aber überhaupt nichts besser oder erträglicher.

Die Leiche des jungen Vrocklage hatte man, all seiner Habe entledigt, noch an dem Abend gefunden, da er getötet worden war. Drei herzogliche Soldaten, die am Walplein gezecht hatten und sich ein letztes Bier vor Toresschluß im *Blinde Ezel* genehmigen wollten, waren in der Stoofstraat auf das Opfer gestoßen. Sie hatten sofort nach den Bütteln geschickt, und das Schicksal wollte es, daß einer der Büttel häufiger in der Carmerstraat zu tun hatte. Er wußte daher, wo Johannes ein- und ausging, und da er ihn nicht für einen Novizen der Karmeliter hielt, mußte der Junge dem Kontor der Deutschen angehören. Ein deutscher Kaufmann war schnell gefunden, der sofort einen Dienstmann in das Haus des Giovanni Arnolfini beorderte, wo er Hoyer vermutete. So war der Oldermann am Tatort gewesen und hatte den armen Jungen in seinem Blut liegen sehen, beschienen von Fackeln und den Blicken von Männern ausgeliefert, die kein Mitleid kannten, weil Mord und Totschlag zu ihrem Beruf gehörten.

Auch die Behörden des Herzogs wurden verständigt, doch die Kanzlei Philipps des Guten überließ die Untersuchung den städtischen Ämtern. Eine Kommission unter Leitung eines Brügger Ratsherren wurde gebildet, und die fand sehr rasch heraus, daß Johannes in einer Badestube gewesen war.

Die Badestuben wurden wie die Bordelle als notwendiges Übel akzeptiert, waren aber bei den Behörden und der Kirche nicht gern gesehen. Daß in ihnen nicht nur Bäder, Schwitzkuren,

Schröpfungen und Kopfwäschen gegen Läuse verabfolgt wurden, sondern auch der Fleischeslust gefrönt wurde, war allgemein bekannt. Die Möglichkeit, einer dieser Lasterhöhlen eins auszuwischen, war dem Rat höchst willkommen. Vorsorglich wurde die Bademutter in Haft genommen. Der Rat genehmigte eine peinliche Befragung. Beim ersten Grad gab sie noch Lügengeschichten von sich, in denen zwei englische Seemänner vorkamen, die den Jungen in die Badestube gebracht haben sollten. Die Namen der Seeleute konnte die Kupplerin nicht angeben. Als man den zweiten Grad anzuwenden begann, zählte sie alle englischen Namen auf, die sie jemals gehört hatte, dann schrie und winselte sie eine halbe Stunde, und schließlich legte sie ein Geständnis ab. Sie gab zu, gemeinsam mit ihrem Gatten und ihren drei Söhnen den Raubmord an einem Kunden geplant zu haben. Sie habe zwei ihrer Mädchen ausgesandt, die den umherspazierenden Jüngling anlockten, weil er wohlhabend aussah. So sei es vorgesehen gewesen, und Johannes Vrocklage sei nur zufällig ausgewählt worden; es hätte auch jeden anderen treffen können. Nach dem Bade sei der junge Herr dann in einer dunklen Ecke der Stoofstraat vom Gatten und den Söhnen ermordet und ausgeraubt worden.

Der Gatte und die Söhne waren hartnäckiger als die Bademutter. Sie leugneten zwei Tage. Am dritten Tag ergriff der Henker außerordentliche Maßnahmen. Dem Feuer und der Glut konnten auch sie nicht widerstehen.

Die Bademutter, die beiden Mädchen, der Ehemann und die drei Söhne, der jüngste so alt wie Johannes Vrocklage, wurden zum Tode verurteilt. Noch saßen sie im Gefängnis, doch das Urteil sollte in einigen Tagen vollstreckt werden. Für den Rat der Stadt Brügge war das Verbrechen innerhalb kürzester Zeit aufgeklärt worden. Johannes wurde in der Sint Gilliskerk beigesetzt. Außer Leberecht Hoyer und dem Geistlichen der Kirche, der die Zeremonie vornahm, gab nur ein mitleidiger Karmelitermönch dem Jungen das letzte Geleit.

Leberecht Hoyer schilderte in seinem Brief nicht alles, was geschehen war. Die geringe Anteilnahme bei der Beisetzung verschwieg er, und auch die Art und Weise, wie der Junge umgekommen war, erwähnte er nicht. Den Untersuchungen und dem Urteil widmete er hingegen breiten Raum. Da die Bilder von dem Toten, seiner Wunde und dem vielen Blut immer wieder vor seinem Geist erstanden, war das Schreiben ein entsetzlicher Kraftakt, und Hoyer brauchte drei Stunden, bevor er den Brief endlich abschließen konnte. Der Himmel hatte ihm seine Aufgabe schwerer gemacht, als sie ohnehin schon war, und noch mehr Wasser herabgesandt; der Regen legte einen grauen Schleier über alle Gebäude, und das Wasser in der Gracht verwandelte sich in Blei.

Ältermann Hoyer las den Brief noch einmal durch. Er fand seine Worte dürftig und dem traurigen Anlaß nicht angemessen, doch besser hatte er nicht zu formulieren vermocht, also faltete er den Brief und siegelte ihn. Die Empfindungen des Vaters von Johannes nach dem Erhalt und der Lektüre des Schreibens stellte er sich lieber nicht vor.

5

Die Feuerglocke läutete, vom Kröpeliner Tor blies der Türmer seine Hornsignale, und Sebastian rief aus Leibeskräften um Hilfe. Durch alle Straßen, die zum Rostocker Hafen hinabführten, durch die Grapengießer- und die Badstüberstraße, durch die Schnickmannstraße, die Wokrenter- und die Lagerstraße, liefen die Menschen zum Brandort. Sie führten Ledereimer mit sich, Feuerklatschen und Handspritzen, Äxte und Leitern. Diejenigen, die von der Brandordnung dazu auserkoren worden waren, holten mit ihren Pferdewagen die großen Wasserfässer ab und brachten sie zu dem Speicher, der in Flammen stand. Auch die Kaufleute Jakob von Kröpelin und Wibrecht Alen eilten herbei, obwohl sie noch nicht wußten, daß jenes Lagerhaus brannte, in dem auch sie ihre Waren untergestellt hatten. Mehrere Ratsherren ließen sich sehen, unter ihnen der zweite Weddeherr Winfried von Thünen, dem die Brandbekämpfung unterstand.

Sebastian Vrocklage war bald über eine Leiter gerettet worden. Seine Hosenbeine und Schuhe waren angesengt gewesen, und man hatte sie ihm rasch vom Leib gerissen. Der Wundarzt fand keine Verletzung, die seiner Kunst bedurfte. Die Haut an Beinen und Füßen war zwar gerötet, aber die Verfärbung würde sich nach einem längeren Bad in kaltem Wasser schnell zurückbilden.

Das Lagerhaus brannte auf allen Stockwerken. Die Flammen hatten auch das Dach erfaßt, und die Hitze, die den Helfern entgegenschlug, war mörderisch. Weder mit dem Wasser aus den Eimern noch aus den Handspritzen konnten sie etwas gegen die Feuersbrunst ausrichten. Schließlich verlegten sie sich darauf, die umliegenden Gebäude mit Wasser zu bespritzen. Trotz der Windstille gab es nämlich einen erheblichen Funkenflug; so ein Brand erzeugte seinen eigenen Sturm. Jakob von Kröpelin und Wibrecht Alen sahen stumm und kopfschüttelnd zu, wie der Speicher bis zum Feldsteinsockel abbrannte. Sebastian hatten hilfsbereite Leute nach Hause getragen, wo er von seiner niedergeschlagenen Mutter in Empfang genommen wurde. Der junge Mann beklagte den Schaden, die Frau Vrocklage beklagte vor allem ihren nur geringfügig, aber immerhin verletzten Sohn.

Bisher hatte sie die Last auf ihren Schultern ohne Murren ertragen. Ihr jüngster Sohn lebte seit Wochen in der Fremde und schickte kein Lebenszeichen, ihr Mann war verschwunden, der ältere Sohn wäre beinahe verbrannt. Das war zu viel. Frau Vrocklage brach in Tränen aus und konnte sich über Stunden nicht beruhigen. Erst als Frater Anselm lange mit ihr gesprochen und sie zu trösten versucht hatte, kam sie wieder zu sich.

Am Abend erschien Herr von Thünen mit einigen städtischen Beamten, die auf der Wedde dienten, und befragte Sebastian eingehend. Als der junge Mann von den Pechfackeln berichtete, schaute der Ratsherr ihn nur an, ohne mit der Wimper zu zucken. Einer der Beamten setzte allerdings ein Protokoll auf. Winfried von Thünen nahm die Einladung der Frau zum Essen an, da er noch mit dem Arzt sprechen wollte. Es kamen sogar zwei Ärzte, neben dem Chirurgus auch der Stadtarzt. Dieser war akademisch gebildet und überschüttete den Wundarzt mit einem Schwall lateinischer Begriffe, die dieser nicht verstand. Letztlich einigte man sich aber auf Deutsch, daß der Patient weder unter Fieber leide noch Anzeichen anderer Folgeerkrankungen zu erkennen seien. Zur Vorsicht wurde ein Aderlaß verordnet, den der Wundarzt vornehmen wollte, nachdem er sich an der Tafel der Frau Vrocklage gestärkt hatte.

Sebastian hütete auf Anordnung seiner Mutter das Bett. Die Rötung an Beinen und Füßen war längst schwächer geworden, aber um der gebeutelten Frau weiteren Kummer zu ersparen, hatte der Sohn sich gefügt. Er war bei dem Essen also nicht dabei, und nur deshalb wagte es Ratsherr von Thünen, die Mediziner nach dem Geisteszustand ihres Patienten zu befragen.

»Kann er einen Schock erlitten haben und sich nur einbilden, daß ein Brandstifter am Hafen gewütet hat?« wollte er wissen.

»Tja«, sagte der Physikus gedehnt. Der Chirurg zuckte die Schultern.

»Ich verstehe mich auf Wunden des Körpers«, sagte er, »nicht auf Wunden der Seele.«

6

Der Weddeherr Martin Grüneberg, der Ausreitevogt Wigald Tötelin und seine Soldaten hatten etwas mehr als die Hälfte des Weges zwischen den Städten Wismar und Grevesmühlen zurückgelegt, als es zu dämmern begann. Daß sie für diese Strecke so viel

Zeit benötigt hatten, lag daran, daß Tötelin an Orten, die für einen Überfall geeignet schienen, seine Soldaten ausschwärmen und nach Verdächtigem suchen ließ. Sie hatten nichts gefunden. Nunmehr ritten sie durch den Everstorfer Forst. Nachdem sie eine Viertelmeile durch den Wald geritten waren, auch das ohne Ergebnis, stießen sie auf einen Weiler. Er wurde von ein paar bäuerlichen Anwesen gebildet, die sehr weit voneinander entfernt lagen, und keinem Aufschneider konnte man raten, er möge die Kirche im Dorf lassen; es gab keine. Allerdings mußten die Reisenden zu ihrer allergrößten Überraschung feststellen, daß der kleine Ort über eine Herberge verfügte. Martin Grüneberg beschloß, dort um Unterkunft zu bitten. Nicht daß die Herberge einladend wirkte, ganz im Gegenteil, aber solange niemand wußte, was mit Balthazar Vrocklage und den beiden Wächtern geschehen war, schien es nicht ratsam, in der Dunkelheit durch einen Forst zu reiten. Außerdem wollte Grüneberg die Gelegenheit nutzen, den Herbergsvater oder die Herbergsmutter zu befragen. Irgendwo zwischen Wismar und Lübeck mußte Vrocklage schließlich verschwunden sein.

Der Gasthof war von außen ein gewöhnliches Bauernhaus. An einer hölzernen Stange, die aus dem Mauerwerk ragte, waren, ebenfalls aus Holz gefertigt, ein Bett und ein Krug befestigt. In dem Bett konnte nur ein Zwerg nächtigen, den Krug nur ein Riese leeren, aber der Everstorfer Forst war berühmt dafür, daß er sowohl von Zwergen als auch von Riesen bewohnt wurde, zumindest jedoch bewohnt worden war. Aus dem Eulenloch im Giebel quoll Rauch, also wurde gerade gekocht. Das Mauerwerk war unverputzt und rissig, über dem Abzug war es mit einem dunklen Schmierfilm aus Ruß lasiert. Die Fenster waren nicht mehr als kleine Löcher, die man nachts mit Säcken verhängte. Grüneberg saß vor dem Tor ab, das offenstand. Wigald Tötelin und die Soldaten folgten seinem Beispiel. Eine Horde schmutziger Kinder in zerrissenen Hemden und Hosen kam schreiend aus dem Haus gerannt und umringte die Ankömmlinge. Hunde schlossen sich den Kindern an und sprangen bellend an ihnen hoch. Von den entfernten Gehöften fielen die Hunden ein, und bald ließen sich auch von dort Kinder blicken. Die Ankunft einer Reisegesellschaft, die aus Bürgern und Soldaten bestand, glich einer kleinen Sensation in dem verkommenen Weiler.

Den Kindern und den Hunden folgten die Wirtsleute. Auch sie waren nicht gerade sauber, was für die Zimmer und vor allem für die Wäsche das Schlimmste fürchten ließ. Martin Grüneberg stand kurz davor, die Reise fortzusetzen, aber bis nach Grevesmühlen, wo man mit einer gut geführten und reinlichen Unterkunft rechnen durfte, war es zu weit.

Der beleibte Wirt umschmeichelte und umtanzte Grüneberg und Tötelin, als hätte er den Papst und den Kaiser zu Gast, seine Frau, ein Hungerhaken neben ihm, schlug in einem fort die Hände zusammen vor Begeisterung. Ab und zu verteilte sie Kopfnüsse an die Kinder, die mit dem Schreien nicht aufhören wollten. Sie vermehrten sich unablässig, bald waren es an die zwanzig, und auch Hunde heckte der Weiler auf allen Gehöften. Die mageren Tiere, in deren Fell alles Mögliche und Unmögliche klebte, kläfften und umkreisten die Fremden wie eine leckere Beute.

»Wie heißt der Ort, Wirt?« erkundigte sich Martin Grüneberg.

»Nebenhagen, hoher Herr.«

»Und wem gehört er?«

»Seit Martini vor einem Jahr dem Grafen von Hahn«, erklärte die Wirtin. Der Wirt schlug ihr auf das vorlaute Maul. Sie nahm es offenbar nicht krumm, ging aber ins Haus zurück.

»Dem Grafen von Hahn, hoher Herr. Seit Martini des letzten Jahres. Vorher war der Ritter von Ritzerow unser Herr. Aber er hat Nebenhagen beim Würfelspiel an den Grafen von Hahn verloren.«

Wahrscheinlich ohne darum zu trauern, dachte Grüneberg. Daß er so rasch dem Ritzerow wiederbegegnen würde, wenn auch sozusagen *in absentia*, hätte er nicht erwartet. Ohne besonderen Grund seufzend ließ er sich in das Haus führen.

Man betrat es von der Giebelseite und gelangte zuerst in die Diele. Von ihr gingen zu beiden Seiten die Stallungen für das Vieh ab, auf dem Boden darüber befanden sich die Vorratsräume. Der große Herd nahm einen erheblichen Teil der hinteren Front ein. Er ließ allerdings noch Platz für eine Tür, die zu den Wohn- und Schlafräumen führte. Dort lagen auch die Gästezimmer. Sie waren nicht ganz so schmutzig wie befürchtet.

Wegen der Hitze wurde das Abendessen im Freien gereicht. Grüneberg, Tötelin und die Soldaten saßen an einem rohen Holztisch auf ebenso rohen Bänken, von denen man sich leicht einen Splitter einriß. Die Nahrung war bäuerlich. Nur wegen der hohen Gäste gab es zum Gerstenbrei neben viel in Schmalz gebratenem Speck auch Hühnerbeine und Schweinskopf.

Der Ritter von Ritzerow hatte Rudolf und Gernot als seine Späher in den Weiler geschickt, wo sie die Lage peilten. Nebenhagen steckte wie ein entzündeter Stachel im Fleisch des Ritters, nicht weil sein körperlicher auch einen wirtschaftlichen Verlust zur Folge gehabt hätte, sondern weil er es dem Kapaungrafen nicht gönnte; mit dieser Bezeichnung belegte er den Grafen von Hahn, denn für einen verschnittenen Hühnermann hielt er ihn. Dumm war der Graf allerdings nicht, hatte er doch peinlich genau darauf geachtet, daß Ritter Heinrich nicht seine eigenen Würfel ins Spiel bringen konnte.

Seine Dienstmänner kehrten mit der Nachricht zurück, daß der Rostocker sich in der Herberge niedergelassen habe. Heinrich wunderte sich sehr über den Daunenpuper, denn er wußte, was die Nähe von Stallungen und Gästezimmern zu bedeuten hatte: nächtlichen Juckreiz. Obgleich er Nebenhagen verloren hatte, war der Ort noch immer nach seinem Geschmack. Hier hatte er mit fast allen Bauern gesoffen und fast alle Frauen, Töchter und Mägde geliebt. Vermutlich waren etliche der schmutzigen Bälger, die ihm entgegengelaufen kamen, seinen Lenden entsprungen.

Martin Grüneberg staunte nicht schlecht, als der Ritzerow den Hof betrat. Das Mahl war beendet, Grüneberg hatte eigentlich vorgehabt, noch einen Becher von dem Dünnbier zu leeren, das die Wirtsleute selbst brauten, und die beiden dann ins Gebet zu nehmen. Daß Ritter Heinrich nur *in absentia* ein angenehmer Patron war, bekam Grüneberg sofort zu spüren. Heinrich von Ritzerow war mehr als anwesend, wie seine polternde Begrüßung bewies. Sie galt allerdings den Herbergseltern. Die Städter erhielten nur einen scheelen Seitenblick.

Da Heinrich wie immer hungrig und durstig war, mußte er sich schließlich doch an den Tisch im Hof bequemen, denn dort trugen Wirt und Wirtin auf.

»Haben der Herr Ritter schon eine Fährte aufgenommen?« erkundigte sich Grüneberg mit angemessener Höflichkeit.

Einer Fährte war Heinrich von Ritzerow tatsächlich gefolgt, der Spur der Rostocker. Das verschwieg er natürlich. Statt dessen schüttelte er heftig den Kopf und brummte in seinen Bart.

Der Lübecker Ratsherr Johann Kollmorgen wäre wohl durch Nebenhagen hindurchgeritten. Er hatte seinen Leuten Befehl gegeben, die Fackeln bereitzuhalten, die ihm durch den Everstorfer Forst leuchten sollten. Dann fielen ihm jedoch die Pferde auf der Koppel auf. Für ein Nest wie dieses waren die Tiere von zu edlem Blut. Kollmorgen ahnte ein böses Spiel. Er sandte einen seiner Begleiter zu der Herberge. Was dieser wenig später zu melden hatte, bestätigte Kollmorgens Befürchtung. Nicht nur dieser vermaledeite Rostocker, auch der dämliche Ritter stellten sich also gegen ihn und forderten ihn heraus. Ratsherr Johann Kollmorgen würde beiden den Kopf waschen, bis ihnen die Haare ausgingen. Die Suche nach Vrocklage war allein Sache Lübecks.

7

Der lübische Ratsmann war den Wirtsleuten, ansonsten aber weder Martin Grüneberg noch dem Ritter Heinrich willkommen. Grüneberg fürchtete, Kollmorgen könnte mit seiner Selbstgerechtigkeit und seinen Überlegenheitsgefühlen mehr zerstören als aufklären, der Ritzerow mochte nicht leiden, daß ein Bürger das Recht haben sollte, auf seinem Land herumzustöbern. Für ihn war es ein angemaßtes Recht, mochte es auch ein Kaiser verliehen haben. Dieser Kaiser war längst verschimmelt.

»Ach, der Herr Reichsvikar!« rief Heinrich denn auch, als sich Kollmorgen dem Tisch näherte, an dem Grüneberg seit geraumer Zeit, der Ritter soeben erst sein Mahl beendet hatte. »Und ist Lübeck nicht auch noch Reichsstadt?« Kollmorgen nickte ungnädig. Der Herr von Ritzerow schüttelte betrübt den Kopf. »Dann zahlt Ihr ja wohl Reichssteuer, nicht wahr? Und er ist doch sicher teuer, unser Kaiser Sigismund? Schröpft er Euch sehr? Wie ich Euch bedaure.« Mit großer Gebärde griff sich der Ritter ans Herz. »Ja, und das Reichsvikariat! Was kostet das?«

»Das Reichsvikariat ist eine Ehre«, sagte Kollmorgen grollend.

»Eine Ehre!« rief Ritzerow theatralisch. »Eine Ehre!« wiederholte er. »Und das in diesen ehrlosen Zeiten. Nehmen nun die Städte auf sich, was manche Höfe vor langer Zeit schon verloren haben? Die Ehre, ja? Kämpft Ihr in Euren Mauern jetzt mit Lanze und Schwert auf Leben und Tod? Und was ist mit L'amour courtois? Pflegt man in Lübeck die höfische Liebe? Zur wohlduftenden Frau von Gerberlohe etwa? Oder zur Dame zum Geldsack?«

»Ich lasse mich von Euch nicht herausfordern«, sagte Kollmorgen und baute sich vor Heinrich auf. »Was wollt Ihr an diesem Ort?«

»Wir trinken Bier, wie Ihr seht«, erwiderte der Ritter und wies auf den Krug.

»Ich erlaube Euch nicht ...«

»Was, was, was? Ihr erlaubt nicht? Ja, wer seid Ihr denn, Ratsherrlein?«

»Hört, ich will vernünftig mit Euch reden.« Johann Kollmorgen verscheuchte sein Gefolge mit einer Handbewegung und setzte sich sogar an den rauhen Tisch. Als der Wirt erschien, um sich nach seinen Wünschen zu erkundigen, verscheuchte er auch ihn. »Die Sache des Balthazar Vrocklage liegt gut in lübscher Hand. Wir sind die Gastgeber des Hansetages gewesen, unser Gast sollte der ehrbare Freund Vrocklage sein, also gebührt auch uns, nach ihm zu suchen und ihn, falls es erforderlich ist, zu rächen. Erinnert Ihr Euch des Ritters Pentz?«

»Als Kind erzählte mein Großvater von ihm, aber mehr noch vom Ritter Ribe. Hockte er nicht bei Redefin in der Griesen Gegend und machte Euch Kaufleuten das Leben schwer? Aber doch vor hundert Jahren schon?«

»Beides ist richtig«, erklärte Ratsherr Kollmorgen. »Bei Redefin überqueren die Handelsstraßen von Wismar und von Lübeck die Sude. Dort lag Ribe auf Lauer und überfiel die Kaufleute, obwohl er es gar nicht nötig hatte. Er war böse aus Lust, nicht aus Not! Wer aber war es, der im Jahre 1353 seinem Nachfolger, dem Ritter Pentz, schließlich das Handwerk legte und den Heller schleifte, die Raubritterburg also? Wir waren es. Wir Lübekker.«

»So seid Ihr wohl über hundert Jahre alt?« fragte Heinrich spöttisch.

»Und vor allem, Johann Kollmorgen, was wollt Ihr uns mit dieser Heldengeschichte sagen?« mischte sich nun Martin Grüneberg ein.

»Ich denke, daß Vrocklage Opfer eines Raubritters geworden ist. Überlaßt ihn getrost uns. Wir werden ihn zur Strecke bringen wie den Pentz.«

»Aber warum treffen keine Lösegeldforderungen ein?« wollte

Grüneberg wissen. »Ich glaube nicht, daß bei Balthazar und seinen Begleitern viel zu holen war. Ein Raubritter würde doch versuchen, das Leben seiner Opfer zu Geld zu machen.«

»Man hat auch überhaupt nichts von Raubrittern in diesem Gebiet gehört«, meinte Heinrich von Ritzerow, »seit Anno Krug nicht mehr. Die Griese Gegend, mein Gott, die ist einige Meilen von hier entfernt. Und auch beruhigtes Land nach dem heldenhaften Schlag der großen, geliebten, herrlichen Mutter aller Hansestädte.«

»Nun übertreibt nicht«, sagte Grüneberg und lächelte.

»Vielleicht seid Ihr der Raubritter«, sagte Kollmorgen unbeeindruckt. »Ihr müßt mir also erlauben, Eure Ländereien zu durchkämmen.« Er zog ein zusammengerolltes Schriftstück aus seinem Rock und reichte es über den Tisch. »Meine Legitimation, Herr Ritter.«

Der Ritter sprang auf. Er entriß seinem Gegenüber das Beglaubigungsschreiben, entrollte es auch, warf aber nicht einen Blick auf den Text.

»Was wollt Ihr? Was?« keuchte er. »Ihr wollt meine Ländereien durchkämmen? Ihr? Eine Krämerseele? Den Teufel werdet Ihr tun. Wagt es nur, die Grenze meiner Güter auch nur mit der Nasenspitze zu durchbohren. Dann werdet Ihr sie los, mein Herr, die Spitze so gut wie die ganze Nase.« Heinrich hielt das Schreiben in die Höhe und zerfetzte es vor den Augen der entsetzten Anwesenden. Johann Kollmorgens Gesicht wurde hochrot, die Adern in seinen Augäpfeln füllten sich mit Blut.

»Grimm!« brüllte er. »Grimm! Sofort!«

Dieser Grimm war offenbar der Anführer seines Gefolges. Er kam umgehend, begleitet von ein paar Männern, deren Kleider offenstanden, vielleicht weil sie mit den Bauerstöchern in nähere Unterhaltung getreten waren. Als Grimm die Lage erkannte, sprach er leise zu ihnen, und sie zogen ihre Dolche. Daraufhin griffen sowohl Wigald Tötelin und seine Soldaten als auch Rudolf und Gernot zu den Waffen. Die Situation war explosiv wie ein brennender Pulverturm.

»Ich werde mich über Euch beschweren, Herr Ritter«, drohte Kollmorgen. »Bei der Herzogin.«

»Warum nicht gleich beim Kaiser? Oder beim Papst? Oder dem lieben Gott?«

»Das ist … Blasphemie ist das, Ihr … Ihr … Ihr Hinterwäldler!« Johann Kollmorgen hatte nach einem Begriff suchen müssen, mit dem er den Landedelmann zu treffen glaubte. Und er traf. Heinrich von Ritzerow, der zweifelsohne bereits etwas betrunken war und daher leicht zu provozieren, warf die Schnipsel des Schreibens durch die Luft.

»Hinterwäldler, ja? Und Euch doch über!« Mit der flachen Rechten schlug er dem Lübecker Ratsherren ins Gesicht. Alle fuhren zusammen und erstarrten anschließend. Kollmorgen bekam noch eine weitere Ohrfeige. Auch er war nicht fähig, sich zu rühren. Vermutlich hatte er so etwas noch nie erlebt. Martin Grüneberg im übrigen auch nicht.

»Nun, Ratsherr?« fragte ein hämischer Ritter von Ritzerow. »Was nun?« Noch einmal sauste seine Hand in das jetzt bläulichrot angelaufene Gesicht des Johann Kollmorgen und hinterließ dort einen weiteren Abdruck. »Nehmt dies als meinen Kommentar zu Eurer Ehre. Ihr könnt mich nicht vor Euer Messer fordern, Bürger! Euer Blut ist nicht geeignet, von mir vergossen zu werden! Zieht ab!«

Die Gewappneten aller Seiten hielten ihre Waffen fester. Es sah nach einer Prügelei aus, die womöglich blutig enden sollte, deshalb griff Martin Grüneberg ein.

»Euer Betragen ist ungebührlich, Ritter von Ritzerow«, wies er Heinrich auf etwas hin, was dieser auch selbst wußte. Der Ritter winkte deshalb bloß ab. »Und Ihr, Johann Kollmorgen, entscheidet Euch wie ein Kaufmann und Ratsherr, also mit Klugheit und Bedacht. Beenden wir dieses unwürdige Spektakel.«

»Unwürdig, ungebührlich, so empfinde ich es auch. Und wie heißt es so schön: Der Klügere gibt nach.« Kollmorgen wandte sich an sein Gefolge. »Männer«, befahl er, »entzündet die Fackeln und sattelt die Pferde. Wir reiten nach Grevesmühlen weiter.« Vor Martin Grüneberg verbeugte er sich leicht. Den Ritter ignorierte er. Ratsmann Johann Kollmorgen verließ wort- und abschiedslos die Herberge in dem Weiler Nebenhagen, der vergessen zu werden verdiente und den er wohl auch bald vergessen würde. Die Schmach, die der Ritzerow ihm angetan hatte, würde er allerdings nicht so rasch oder auch nie aus der Erinnerung löschen. Von Grevesmühlen wollte er daher einen Boten nach Lübeck senden und sich selbst nach Schwerin auf den Weg machen, zur Herzogin, damit die Landesherrin den frechen Vasallen zügele.

Nach all der Aufregung blieb Martin Grüneberg noch eine Weile an dem Tisch im Freien sitzen und ließ für sich, Wigald Tötelin und die Soldaten ein paar große Krüge Bier kommen. Der Ritter ging erregt auf und ab, Rudolf und Gernot saßen ebenfalls und tranken.

»Ihr hättet die Beglaubigung wenigstens lesen sollen, bevor Ihr sie zerreißt«, rügte Grüneberg den Ritter.

»Faxen!« erwiderte dieser nur.

»Er kann nicht lesen«, erklärte wenig später der Wirt, als er Grüneberg zu dessen Schlafkammer leuchtete.

VIERTES KAPITEL
Unter Verdacht

1

In Nebenhagen rief keine Morgenglocke zum Gebet, sondern das Vieh. Die Bauern standen auf mit dem ersten Hahnenschrei, aber auch die Rinder und Schweine, Schafe und Gänse, Ziegen und sogar die Hunde begannen den Tag mit einem fürchterlichen Spektakel, da sie gefüttert werden wollten. Martin Grüneberg hatte sich in der Morgenfrühe noch einmal in dem knarrenden Bett mit der stockfleckigen Wäsche umgedreht und war auch wieder eingeschlafen, aber schließlich wurden die Geräusche auf dem Hof so eindringlich, daß er sich erhob.

In seinen Unterkleidern trat er hinaus. Die Sonne hatte schon eine beachtliche Höhe erreicht. Martin Grüneberg war wie vor den Kopf geschlagen, als er den Ritter von Ritzerow bereits an dem rohen Tisch sitzen sah. Er war nicht allein, sondern seine Dienstmänner Rudolf und Gernot waren bei ihm. Der Ritter trank Wein. In dem Gasthaus wurde kein Wein ausgeschenkt. Vermutlich wußte man in ganz Nebenhagen nicht, daß es ein solches Getränk überhaupt gab. Heinrich von Ritzerow mußte einen Weinvorrat mit sich führen. Martin Grüneberg drehte sich der Magen um. Im übrigen saß der Ritter nicht beim Morgenmahl, sondern er würfelte.

»Ich entbiete Euch einen wunderschönen Morgen«, grüßte der Ritter gutgelaunt. Martin Grüneberg nickte nur. Noch saß ihm der Schlaf in allen Gliedern, also reckte er sich und gähnte. Langsam überquerte er den Hof, um sich aus dem Brunnen Wasser zu schöpfen. Ein Junge, der plötzlich aus dem Nirgendwo auftauchte, war schneller als er. Vermutlich hatte ihn der Wirt geschickt, damit der vornehme Herr aus der Stadt nicht mit dem Eimer hantieren mußte. Martin Grüneberg setzte sich auf einen Balken, der aus unerfindlichen Gründen auf zwei Ziegelpyramiden aufgebockt worden war; womöglich war er sogar zum Sitzen gedacht. Der Junge zog den Eimer aus der kühlen Tiefe und goß das Wasser in einen Zuber.

»Nun, was meint Ihr, Ratsherr, wo sollte man Euren Freund suchen?« rief der Ritzerow herüber. »Ihr glaubt ja wohl nicht an Raubritter?«

»Nein«, entgegnete Grüneberg. Mehr wollte er nicht sagen. Von Balthazars gefährlichem Wissen würde der Ritter nichts erfahren. Das ging den Saufaus nichts an. »Und Ihr, Ritter, was werdet Ihr tun?«

»Würfeln und warten«, lautete die Antwort. »Irgendwer wird schon hier vorbeikommen. Wenn nicht Euer Freund, so der Tod. Der kommt gewiß. Drei Sechser!« jubelte er und meinte die Würfel. »Andererseits«, sagte er nach einer Weile, »vielleicht gilt ja noch heute, was der Chronist Helmold von Bosau Anno 1170 schrieb.«

»Was schrieb er denn?« erkundigte sich Martin Grüneberg mit mäßigem Interesse.

»Mecklenburg ist ein Land des Mangels und des Hungers, wo der Sitz des Satans und aller bösen Geister ist.«

»Ihr seid mir schon ein Phänomen, Ritter. Könnt nicht lesen, aber aus alten Chroniken zitieren.«

»Woher wißt Ihr, daß ich nicht lesen kann?«

»Ich bin Weddeherr, Ritter Heinrich«, sagte Grüneberg und stand auf. Der Zuber war nun voll, er konnte mit der Morgenwäsche beginnen. »Ich weiß, wen man tragen muß.«

»Mich sollt Ihr doch gar nicht suchen«, meinte Heinrich und grinste.

»Nein, Euch nicht.« Grüneberg tunkte die Fingerspitzen in das frische Naß. »Wenn Balthazar Vrocklage dem Satan oder bösen Geistern in die Hände gefallen ist, wie Ihr erwägt, dann können wir gleich aufgeben. Mit denen können wir uns nicht messen.«

»Es soll aber böse Geister in der Nähe geben«, sagte der Dienstmann Gernot.

»Und Riesen sowie Zwerge und Elfen«, erwiderte Martin Grüneberg, schöpfte Wasser mit der hohlen Hand und warf es sich ins Gesicht.

»Auch ich weiß, wen ich fragen muß«, sagte der Ritter. »Und vor allem weiß ich zu deuten, was hinter dem Gerede der Leute in dieser Gegend steckt. Ich kenne sie besser als Ihr, Ratsherr.«

»Und was, Herr Ritter, erzählen die Leute? Vom Satan oder von den bösen Geistern?«

»Die Wirtsleute schwören Stein und Bein, daß nördlich von hier die Geister von Toten umgehen«, sagte Heinrich.

»Nacht für Nacht schreien sie um Erlösung«, fügte Gernot hinzu.

»Und manchmal wimmern sie wie Kinder«, ließ sich nun auch Rudolf vernehmen.

»Aberglaube?« Martin Grüneberg faßte den Ritter fest ins Auge. Seine Wäsche hatte er unterbrochen.

»Wer nicht lesen und nicht schreiben kann, mein Herr, malt Bilder«, entgegnete der Ritter sibyllinisch.

2

Nach der Ratssitzung hatten sich die Rostocker Bürgermeister und die verdienten Ratsherren noch in den Ratskeller begeben, wo ihnen der Kellermeister den Ehrenwein überreichte. Die Bürgermeister bekamen acht- oder neunmal im Jahr zwischen vierzig und sechzig Flaschen, die Ratsherren etwas seltener und etwas weniger. Natürlich schleppten sie die Flaschen nicht eigenhändig nach Hause, sondern sie hatten ihre Dienstleute mit Handwagen einbestellt. Es war allein die Vorfreude, die sie in den Ratskeller trieb, und womöglich auch das Mißtrauen. Wenn man die Hausangestellten nicht überwachte, kam es schon einmal vor, daß Flaschen verschwanden. Angeblich waren sie zu Bruch gegangen, und der kostbare Wein war im Boden versickert, aber das konnte man nicht glauben. Die Ratsherren ließen daher die Wagen nicht aus den Augen und begleiteten sie auf dem Heimweg.

Die Bürgermeister Johann von der Aa, Gerd Wymanne und Hinrik Berndes standen abseits und in ein Gespräch mit dem Ratsmann Winfried von Thünen vertieft, der zur Zeit allein der Wedde vorstand. Das Feuer am Hafen hatte die ganze Stadt in Aufregung versetzt; nicht daß jemand Mitleid mit den Kaufleuten hatte, die einen Teil ihrer Waren verloren hatten, sondern es war die Furcht, daß während der Sommerhitze auch anderswo Brände ausbrechen und man an der eigenen Habe Schaden nehmen könnte, die viele beunruhigte. Außerdem verbreitete Sebastian Vrocklage, das Feuer sei nicht durch Selbstentzündung entstanden, sondern gelegt worden. Vor einem Feuerteufel hatten Bürger und Beisassen noch mehr Angst.

Bei der Ratssitzung hatte sich keine Mehrheit gefunden, die eine polizeiliche Untersuchung des Geschehens befürwortete. Winfried von Thünen hatte seinen Bericht erstattet und Brandstiftung nicht ausgeschlossen, aber auf die hohen Temperaturen verwiesen. Auch in der knochentrockenen Rostocker Heide kam es immer wieder zu Feuern. Es war nun einmal Sommer, und man war der Hitze schutzlos preisgegeben. Die Verluste, die Grüneberg, Vrocklage, von Kröpelin und Alen sowie einigen anderen Kaufleuten entstanden waren, seien zu bedauern. Weddeherr von Thünen schlug vor, ihnen zumindest einen Teil aus dem Stadtsäckel zu ersetzen. Das führte zu wohlwollenden Reaktionen, vor allem weil die Ratsherren an ihre eigenen Speicher dachten, aber noch nicht zu einem Beschluß.

Johann von der Aa, Wymanne, Berndes und von Thünen verabredeten, sich noch zu einem Umtrunk zu treffen, wenn die Flaschen sicher in die Weinkeller geschafft waren. Ihre Wahl fiel, ohne daß sie lange überlegen mußten, auf die Trinkstube der Geschlechter im Rathaus, denn dort waren sie als die Witten unter sich. Nur die verständigen, die besonnenen Männer durften diese Trinkstube betreten.

3

»Keinen Pfennig gäbe ich auf das, was die Leute sich erzählen, hätte die Wiedergängerei nicht ausgerechnet ein paar Tage nach dem Verschwinden Eures Freundes begonnen«, erklärte der Ritter von Ritzerow. Seine Dienstmänner und Tötelins Leute waren dabei, die Pferde zu satteln und Vorräte zu beschaffen, was auf dem Land nicht schwierig war. »Niemand weiß Genaues, aber alle haben irgend etwas gehört. So entstehen die Gerüchte, aber auch die Angstträume der einfachen Leute.«

»Und Ihr glaubt daran, daß die Toten umgehen? Wimmern? Um Erlösung betteln, weil sie ohne das letzte Sakrament gestorben sind?« fragte der skeptische Martin Grüneberg.

»Ihr nicht?«

»Für mich ist das Aberglaube«, erwiderte der Rostocker kategorisch.

»Vielleicht hören die Leute wegen der umlaufenden Gerüchte bloß alltägliche Dinge mit anderen Ohren«, gab Wigald Tötelin seine Überlegungen preis. »Ein Rauschen des Windes wird plötzlich zum Wimmern, ein Knarren der Bäume zur Stimme der Geister.«

»Euer Stadthauptmann kann denken, Ratsherr«, bemerkte Heinrich anerkennend.

»Tja«, meinte der Angesprochene mit einem spöttischen Lächeln, »in einer Hansestadt werden eben nur die Klugen was.«

»Dann müßte ich längst Bürgermeister sein«, sagte Tötelin und lachte.

»Na, Tötelin, reich und wohlgeboren muß man natürlich auch noch sein. Und wenn es um die Wurst geht, dann besser reich als klug.«

»Ich persönlich würde Reichtum auch der Klugheit vorziehen«, sagte der Ritter. Die Bediensteten und Soldaten hatten alles für den Ausritt vorbereitet. Martin Grüneberg, der Ritter von Ritzerow, Wigald Tötelin und ihre Gefolgsleute verließen Nebenhagen ohne Bedauern.

4

In der Trinkstube des Rathauses hatten sich neben den drei Bürgermeistern und dem Weddeherrn von Thünen auch noch andere Angehörige der vornehmen Geschlechter eingefunden. Jakob von Kröpelin kam sogar an den Tisch, um mit den Herren des Rats über das zu sprechen, was sich in kurzer Zeit von Bürgerhaus zu Bürgerhaus verbreitet hatte, nämlich daß es womöglich eine Entschädigung für die Brandopfer geben könne. Bürgermeister von der Aa wies auf Winfried von Thünen, der den Vorschlag unterbreitet hatte, Gerd Wymanne und Hinrik Berndes bestellten Malvasier beim Schankmädchen, von Thünen folgte ihrem Beispiel.

»Der Rat hat noch nicht entschieden«, sagte er.

»Wenn es ums Geld geht, empfiehlt es sich, die Tausende zu berufen«, meinte Johann von der Aa.

»Ihr wollt die Bürger befragen?« erkundigte sich Jakob von Kröpelin.

»Vielleicht.« Der Bürgermeister zuckte die Schultern.

»Wie seht Ihr denn das Feuer in dem Lagerhaus, Jakob?« fragte der Weddeherr. »Vrocklages Sohn behauptet, jemand habe Brandfackeln in den Speicher geworfen. Glaubt Ihr das?«

»Sebastian macht sich sehr gut als Stellvertreter seines Vaters«, meinte von Kröpelin. Das Schankmädchen brachte die Weinkrüge und die Becher. »Er hat sich als zuverlässig und engagiert erwiesen, was man einem Studenten gar nicht zutraut. Warum sollte er nicht die Wahrheit sagen? Eine Lüge nützt ihm ja nichts.«

»Genau«, stimmte ihm Hinrik Berndes zu. »Vermutlich sind Diebe am Werk gewesen. Die legen ja öfter einen Brand, um im Durcheinander danach besser mit dem Diebesgut flüchten zu können.«

»Aber ist etwas gestohlen worden?«

»Das kann ich nicht sagen. Die Asche verrät nicht mehr viel«, erklärte von Kröpelin.

»Wundert Euch diese fantastische Wandlung des Sebastian nicht?« Winfried von Thünen schaute von einem zum anderen, dann hob er seinen Becher. »Gestern noch war er ein Student des Jus. Man sagt, er habe fortschrittliche Ideen vertreten, vertritt sie wohl weiterhin. Im Gegensatz zu seinem Vater akzeptiert er diesen unseren neuen Rat. Und das Kaufmannsfach, so hieß es immer, gefalle ihm nicht. Aber plötzlich? Als hätte er nie etwas anderes gemacht, betreibt er die Geschäfte seines Vaters und auch die unseres geschätzten Freundes Grüneberg.«

»Worauf wollt Ihr hinaus?« wollte Gerd Wymanne wissen.

»Vielleicht hat er sich die ganze frühere Zeit verstellt und hegte schon lange einen teuflischen Plan. Kann es nicht sein, daß er den Brand selbst gelegt hat? Um von sich abzulenken?«

»Aber das wäre ungeheuerlich«, riefen Gerd Wymanne und Hinrik Berndes beinahe gleichzeitig.

»Und warum sollte er das tun?« Jakob von Kröpelin hielt den Gedanken für abwegig.

»Vielleicht steckt er auch hinter dem Verschwinden seines Vaters«, setzte von Thünen unbeirrt hinzu.

5

Die Suche im nördlichen Everstorfer Forst währte bis zur Dämmerung. Zu den aufregenden Funden zählten ein totes Reh, eine verrostete Speerspitze, die vermutlich noch aus wendischer Zeit stammte, sowie eine Köhlerhütte samt Betreibern. Die beiden Brüder, die Holz in Kohle verwandelten, konnte man tatsächlich für Geister oder gar für Teufel halten, schwarz wie sie waren. Martin Grüneberg bekam allmählich das Gefühl, mit jedem Baum und jedem Strauch verwandt zu sein. Nichts, aber auch gar nichts wies eine Spur zu Balthazar.

Die Köhlerbrüder waren wortkarge Menschen, aber was sollten sie auch groß erzählen in ihrer Waldeinsamkeit. Immerhin bewirteten sie den erschöpften Martin Grüneberg mit Graupensuppe und Quellwasser. Sie boten dem hohen Herrn aus Rostock auch eine Schlafgelegenheit in ihrer Hütte an, und da der aus heiterem Himmel von seinem Auftrag geradezu besessene Ritter die Suche am kommenden Morgen fortsetzen wollte, nahm Grüneberg dankbar an. An Geister zu glauben, kam ihm nun noch unsinniger vor. Nicht einmal Volkes Stimme konnte man vertrauen.

Tötelin, der Ritter und die Soldaten brauchten nachts kein Dach über dem Kopf, Rudolf und Gernot hatten keinen Willen, sondern gehorchten Befehlen. Sie alle würden bei den Meilern schlafen, also würde es Martin Grüneberg vergleichsweise komfortabel haben. Trotzdem sehnte er sich nach seinem großen Bett in der Breiten Straße in Rostock. In diesem Bett schlief er nun schon so viele Jahre. Ein Baum wie er wurde nicht gern in die Tartarei verpflanzt.

Zwar hatte das Armeleutegericht der Köhler dem Ratsherrn im Freien und nach anstrengendem Tag gemundet, aber er war doch froh, daß Tötelins Leute noch Schinken und Brot brachten, als es schon dunkel war und man am Feuer saß und in den Sternenhimmel starrte und über die unergründlichen Werke Gottes nachdachte, zu denen die Sterne zweifellos gehörten. Auch der Mond ließ sich blicken, allerdings war ihm eine Laus über die Leber gelaufen, und er erschien deshalb nur kurz und als Sichel. Der Ritter von Ritzerow befragte die Köhler eingehend nach dem Wimmern und Schreien von Toten hier in der Umgebung. Die Brüder antworteten langsam. Für jedes Wort brauchten sie Äonen. Martin Grüneberg fielen immer wieder die Augen zu.

»Ja, die Toten«, sagte der eine Bruder und kratzte sich hinter dem rechten Ohr.

»Die Toten«, wiederholte der andere.

»Sie gehen um«, sagte der erste.

»Um«, bestätigte der zweite.

»Finden keine Ruhe«, sagte der erste.

Nach einer Weile wurde das dem Rostocker Ratsherrn zu dumm. Die Befragung der Köhler war nicht im geringsten ergiebig, also ließ sich Grüneberg seine Lagerstatt zeigen. Sie war einfach, aber er war viel zu müde, um sich darüber zu beklagen. Nicht lange mehr drang das Gemurmel vom Feuer an sein Ohr, dann hatte er die schnöde Wirklichkeit verlassen und war in eine höhere eingetaucht. Er träumte davon, vor seinen Schöpfer zu treten, der ausgerechnet wie Heinrich von Ritzerow aussah und mit dem Finger drohte, weil Martin Grüneberg nicht an Geister glauben wollte.

6

Die ehrbaren Bürgermeister der Hansestadt Rostock hatten mehr getrunken, als ihnen bekam. Von Thünen, der alte Gauner, wie sie ihn jetzt vertraulich nannten, hatte immerzu nachbestellt. Der Malvasier war auch wirklich ausgezeichnet, der trank sich so weg.

Der Verdacht, den der Weddeherr ausgesprochen hatte, war natürlich an die übrigen Tische gedrungen und machte die Runde bei anderen Ratsherren, die in die Trinkstube kamen. Was den Bezechten anfangs ungeheuerlich erschienen war, kam ihnen unter dem Einfluß des Weines bald ganz logisch vor. Es war durchaus möglich. Es wurde sogar immer wahrscheinlicher.

»Man weiß doch, daß Sebastian Vrocklage viel Geld mit Dirnen durchbringt«, erklärte von Thünen gerade dem Ratmann Kreibohm, dem Ältesten der Grapengießer, also eigentlich kein Angehöriger der Geschlechter, aber man hatte ja nun auch andere Verhältnisse in der Stadt.

»Davon habe ich noch gar nichts gehört«, sagte Kreibohm mit hochroten Ohren.

»Aber so ist es«, rief Bürgermeister Wymanne, der es auch vor einigen Stunden noch nicht gewußt hatte, im Brustton einer allerdings trunkenen Gewißheit.

»Er ist schon ein Heimlichtuer, der Sebastian«, bemerkte Hinrik Berndes.

»Das kann man laut sagen«, bestätigte von Thünen. »Und ebenso heimlich, wie er Vaters Geld ins Bordell trägt, hat er auch das Verschwinden unseres lieben und sehr achtbaren Freundes Balthazar vorbereitet.«

»Er steckt dahinter? Der eigene Sohn?« Kreibohms Ohren wurden noch roter.

»Aber bitte setzt Euch doch, Meister Kreibohm«, forderte von Thünen ihn auf. Das tat der Grapengießer gern. »Wir vermuten natürlich nur«, fuhr der Weddeherr fort. »Noch können wir es nicht beweisen. Aber überlegt doch selbst, Meister Kreibohm. Der Vater ist verschwunden, der jüngere Bruder weit weg. Ich … Aber das kann man nicht laut sagen.« Winfried von Thünen senkte also die Stimme. An den Nebentischen wurden daraufhin die Ohren noch spitzer. »Was meint Ihr zu der folgenden Überlegung, Kreibohm: Der junge Mann hat seinem Vater den Garaus gemacht, um an das Erbe zu gelangen.«

»Das wäre Vatermord!« sagte der Meister mit weit aufgerissenen Augen. »Eine Untat sondergleichen.«

»Aber undenkbar?«

»Das nicht«, sagte Kreibohm.

»Eben«, sagte von Thünen.

»Eben«, wiederholte der längst überzeugte Johann von der Aa und nickte, und die beiden anderen Bürgermeister nickten mit.

7

Martin Grüneberg erwachte in der Morgendämmerung. Es war kein Hahn, der ihn geweckt hatte, und Glocken gleich gar nicht. Durch die offenen Fenster der primitiven Hütte drang ein Jammern und Klagen herein, das Grüneberg, nachdem er zu sich gekommen war, sofort auf die Beine trieb.

Die Köhler hatten ihre Liegestatt bereits verlassen, Grüneberg war allein in der Hütte. Das Wimmern schwoll an und ab, wurde mal zu einem Heulen, das durch Mark und Bein ging, dann wieder zu leisem Greinen. Grüneberg glaubte nicht an Geister. Außerdem war dies nicht die Stunde, in der sie umgehen sollten. Trotzdem waren ihm die Geräusche unheimlich.

Nur flüchtig kleidete er sich an. Die Geister begannen, mehrstimmig zu jammern. Der Rostocker Ratmann schaute auf seine Arme. Dort hatte sich tatsächlich eine Gänsehaut gebildet. Deshalb wütend auf sich selbst stapfte er zum Ausgang, der mit einem großen Sacktuch verhängt war. Das Lamentieren wurde immer lauter. Martin Grüneberg schlug das Tuch beiseite. Gut zwanzig Klafter von der Hütte entfernt saßen Ritter Heinrich und seine beiden Dienstmänner auf dem Boden. Martin Grüneberg stampfte auf. Sie hatten Geist gespielt und brachen nun in Gelächter aus. Nie würden sie glauben, daß sich Grüneberg zwar unbehaglich gefühlt, aber keine Angst gehabt hatte.

Martin Grüneberg schüttelte nur den Kopf, dann trat er ein paar Schritte vor die Hütte. Die Köhlerbrüder waren dabei, die Meiler mit Holz zu beschicken, Tötelin und die Soldaten deckten einen langen Tisch. Sie grinsten, als Grüneberg näher kam.

»Habt Ihr Euch ordentlich gefürchtet, Ratsherr?« fragte der Ritzerow. Er hatte ein verquollenes Gesicht, das nicht nur von einer durchsoffenen Nacht, sondern in mehreren Bänden von einem durchzechten Leben sprach.

»Ganz und gar, Herr Ritter, ganz und gar ordentlich. Aber daß Ihr so früh schon auf den Beinen seid … Ihr seid doch voller als ein Faß.«

»Wein konserviert, Ratsherr«, sagte Heinrich leichthin.

»Aber er verwirrt auch die Sinne«, fügte Tötelin schmunzelnd hinzu.

»Zum Glück, Hauptmann«, behauptete der Ritter von Ritzerow. »Stimmt Ihr mit mir überein?«

»Oh, sehr gern«, sagte Tötelin. Dann wandte er sich an Martin Grüneberg. »Der Herr Ritter saß noch bis nach Mitternacht am Feuer.«

»Dann habe ich mein Schloß gesucht«, fuhr Heinrich fort. Er lachte, aber diesmal war er selbst Gegenstand seines Gelächters. »Ich nahm ein paar Scheite und entzündete mir eine Fackel. Wie lange ich durch den Wald gestürzt bin und wie ich wieder hierher zurückfand, wird wohl immer ein Geheimnis bleiben. Aber ich stieß auf etwas, das Euch interessieren wird. Ich habe es aufgelesen, aber erst, nachdem ich es dem Hauptmann zeigte, wurde mir klar … wurde ich klar.«

»Hier!« Wigald Tötelin hielt einen Reisesack in die Höhe. Martin Grüneberg machte ein paar Schritte auf den Hauptmann zu. Der Sack war feucht und vom Erdreich schmutzig. Ein Wappen verzierte ihn. Es war das Wappen der Familie Vrocklage.

FÜNFTES KAPITEL

Wahnsinn und Flucht

1

Der Ratsherr von Thünen war gerade vom Hufschmied zurückgekehrt. Er neigte nicht dazu, sein Vertrauen leichtfertig zu verschenken, so daß er das Beschlagen der Pferde lieber selbst überwachte. Auch dem Subjekt vertraute er nicht. Er benutzte es, aber er sann schon auf eine Möglichkeit, es für immer loszuwerden.

Peter Gröschlin erwartete seinen Herrn vor der Schreibkammer. Von seinem Kontorschreiber noch nicht bemerkt, schaute ihn sich Winfried von Thünen eine Weile kopfschüttelnd an. Es war ein kleines krummes Wesen, dem er vor etlichen Jahren vorausschauend den Posten gegeben hatte, den es bei einem anderen nie erreicht hätte. Das Subjekt, das manche auch die Schlange nannten, war seinem Herrn noch heute dankbar. Die Investition hatte sich gelohnt, Gröschlin war zu einem ergebenen Handlanger herangewachsen. Was er für von Thünen tat, war allerdings nicht immer von Erfolg gekrönt, wie sich gerade wieder gezeigt hatte.

»Gröschlin!« rief der Kaufmann. Das Subjekt zuckte zusammen. Dann, als er seinen Herrn erkannte, beugte der Schreiber tief das Haupt.

»Gute Zeitung, Herr«, sagte er.

»Ach?« Von Thünen fingerte den Schlüssel von seinem Gürtel und sperrte die Tür zur Schreibkammer auf. »Gute Zeitung, sagst du? Hoffentlich sind deine Nachrichten so beschaffen, daß sie meine schlechten in den Schatten verweisen.«

»Ihr habt ...?«

»Später.« Winfried von Thünen winkte ab und betrat das Kontor. Gröschlin folgte ihm in respektvollem Abstand. Der Ratsherr setzte sich an seinen Tisch und musterte seinen Schreiber, bis diesem ganz unbehaglich wurde. »Also, welche Nachrichten hast du?«

»Johannes Vrocklage weilt nicht mehr auf dieser Welt«, sagte das Subjekt.

»Was man von Sebastian nicht behaupten kann«, meinte von Thünen spitz.

»Auch das wird noch geschehen, Herr«, versprach Peter Gröschlin. »Was aber das Schönste ist: Eine Bademutter und ihre Familie sind für den Mord verurteilt worden. Niemand wird jemals erfahren, wer wirklich hinter dem Anschlag steckt.«

»Eine Bademutter?« Weddeherr von Thünen lachte. »Na, das ist ja mal etwas. Man hat wohl gleich die Gelegenheit ergriffen und das Laster ausgerottet. Was bekanntlich nicht möglich ist.«

»Und, Herr, ist das keine gute Zeitung?«

»Eine gute und vergnügliche. Leider, Gröschlin, leider haben deine Verwandten versagt. Das trübt mir die Stimmung. Habe ich nicht gesagt, daß Vrocklage und alles, was ihn auf seiner Reise begleitet, für immer verschwinden soll? Unauffindbar, Gröschlin, habe ich nicht unauffindbar gesagt?«

»Das habt ihr, Herr.« Das Subjekt war leichenblaß geworden. In Gedanken verfluchte er seinen dummen Bruder, denn er ahnte, was von Thünen ihm gleich sagen würde.

»Grüneberg hat einen Reisesack gefunden.« Der Kaufmann und Ratsherr erhob sich, ging ein paar Schritte auf und ab. »Was wird noch alles auftauchen, Gröschlin? Am Ende noch die Mörder? Und diesmal vielleicht die richtigen?«

2

Bruder Anselm hatte lange Zwiesprache mit Gott gehalten und den Herrn ersucht, Balthazar Vrocklage alsbald wieder in seine Heimatstadt zurückzuführen. Auch bat er um Heil und Wohlergehen für den jungen Johannes im fernen Brügge. Aber Gott hatte längst andere Entscheidungen gefällt. Nach der Tertia erfuhr der Franziskaner von dem Brief aus dem Kontor, der im Hause Vrocklage eingetroffen war.

Anselm zögerte nicht. Er erbat vom Abt die Erlaubnis, für den langen Rest des Tages seinen seelsorgerischen Pflichten nachzukommen, dann hetzte er in die Wokrenterstraße. In letzter Zeit hatte er des öfteren solch unmönchisches Verhalten an den Tag legen müssen. Wenn es damit nicht bald ein Ende hatte, würden ihn die Rostocker noch den rennenden Mönch taufen.

Im Haus zum roten Drachen hatte die Nachricht von der Ermordung des Johannes eingeschlagen wie eine Geschützkugel. Die Mutter, die sich im allgemeinen zurückhielt und nie viel sprach, hatte den Verstand verloren. Zwei Mägde geleiteten den Minderen Bruder zu dem Schlafraum der Eheleute. Die Frau Vrocklage saß dort im Nachtgewand und mit bloßen Füßen auf dem Bett. Sie hielt ein Kopfkissen im Arm, wiegte es und summte ihm ein Schlaflied vor. Ihr Gesicht sagte alles. Bruder Anselm hatte lange nicht ein dermaßen entstelltes, fratzenhaft verzerrtes Gesicht gesehen. Die Frau war an diesem Morgen um Jahrzehnte gealtert und sah aus, als erwarte sie stündlich den Tod.

Der Physikus hatte sie zweimal zur Ader gelassen, um die bösen Säfte abzuziehen. Den Schmerz konnte er ihr nicht nehmen. Gegen die kühlenden Umschläge für die Stirn und die Schläfen hatte sich die Frau gewehrt. Sie wollte eigentlich nur in Ruhe gelassen werden, um ihre ganze Fürsorge auf das Kind zu konzentrieren. Sie behandelte es mit größter Liebe und Zartheit. Vor jeder anderen Mutter hätte man sich verneigt. Diese hier liebkoste ein Kissen

Die Mägde standen ratlos neben dem Frater. Anselm war kein Arzt, aber wie viele Mönche kannte er sich mit den Kräutern aus. Nachdem der Physikus den Raum verlassen hatte, um in der Schreibkammer nach Sebastian zu sehen, schickte Anselm die eine Magd nach dem Katharinenkloster, um vom Bruder Gärtner ein Säckchen Melisse zu erbitten. Die andere Magd wurde beauftragt, auf der Curia der Doberaner Zisterzienser viel Hopfen zu kaufen und dabei nicht auf den Pfennig zu schauen. Die Mägde eilten davon, ihre Holzschuhe klapperten auf der Treppe. Anselm war nicht sicher, ob ein schwerer, angewärmter und mit den Kräutern versetzter Wein der Frau helfen würde. Er hatte die Mädchen aber auch deswegen mit Aufträgen versehen, weil er mit ihr allein sein wollte. Der Franziskaner setzte sich zu ihr, legte seine Hand auf das Kissen und begann, halblaut Gebete zu sprechen.

Einige Zeit später erschien Sebastian in der Tür. Sein Gesicht war grau und eingefallen, dunkle Ringe lagen um die Augen.

»Jetzt werden sie noch mehr gegen mich hetzen«, sagte er leise und senkte den Blick auf die Dielen. Es war ihm unmöglich, seine zerstörte Mutter anzusehen.

»Wer hetzt gegen dich?« fragte Anselm.

»Habt Ihr noch nicht davon gehört, Ehrwürdiger Bruder? Im Rat setzt sich mehr und mehr die Überzeugung durch, ich habe meinen Vater verschwinden lassen. Nun noch der Tod meines Bruders … Wer nur will unsere Familie auslöschen, Frater Anselm? Wer kann ein Interesse daran haben? Ich verstehe das alles nicht.«

»Martin Grüneberg wird es herausfinden«, behauptete der Mönch. Er sagte es mehr, um Trost zu spenden, denn überzeugt war er davon nicht.

3

Nicht nur im Hause Vrocklage bedurfte man der Tröstungen durch den Franziskaner. Anselm hatte der Frau sein Gemisch aus Wein und Kräutern einflößen lassen, aber es war ohne Erfolg geblieben. Schließlich hatten der Arzt und Sebastian sich schweren Herzens entschlossen, Frau Vrocklage zur Pflege in das Heiligen-Geist-Hospital zu bringen. Bruder Anselm hatte sie begleitet. Vom Hospital hatte er sich dann in die Breite Straße begeben. Auch im Haus der langen Hand trauerte man.

Margarete Grüneberg saß in der Wohnstube und weinte. Ihre Mutter kniete vor ihr und hielt ihr die Hand, das Gesinde ging auf leisen Sohlen umher und brachte stärkende Mittel. Anselm wußte, daß Margarete eine besonders innige Beziehung zu Johannes Vrocklage gehabt hatte. Bisher hatte er sie als kindlich eingestuft. Zu seiner Überraschung mußte er feststellen, daß Margarete Schwarz angelegt hatte wie eine Witwe.

»So traurig bist du, Mädchen?« fragte er denn auch und deutete auf Kleid und Haube.

»Sie behauptet, Johannes zu lieben«, sagte die verzweifelte Mutter. »Nie will sie einen anderen Mann ansehen, sondern ihrem Johannes treu sein bis an ihr Grab.«

»Nun ja.« Der Mönch ließ sich einen Stuhl neben Margaretes rücken. Backfische machten sich, wie er wußte, noch Illusionen über die Länge des irdischen Lebens. »Mein liebes Mädchen ...« begann er. Ein Dienstbote unterbrach die beruhigende Rede, die er hatte halten wollen, allerdings ohne schon zu wissen, was er sagen würde. Ihm kam die Störung nicht ungelegen. Der Ratsherr Kreibohm wurde gemeldet. Er war ganz außer Atem.

»Ich danke Gott, Euch hier zu finden, Ehrwürden«, keuchte er.

»Was gibt es so Dringendes?« wollte Anselm wissen.

»Oh, Himmel, hilf!« Der Grapengießer schaute zur Decke. »Ihr seid gut Freund mit der Familie Vrocklage ... Man kann ja von

Familie kaum mehr sprechen ... Ich bitte Euch, Ehrwürden, warnt den Sohn. Warnt Sebastian. Ich kann nicht selbst in das Haus gehen, denn wenn man mich sieht ...« Meister Kreibohm ließ offen, was dann mit ihm geschehen würde.

»Aber was ist passiert?« fragte Margarete. Sie war von ihrem Stuhl aufgesprungen.

»Der Weddeherr von Thünen will Sebastian verhaften lassen«, sagte Kreibohm.

4

Nach erneutem, fast zweiwöchigem Nachforschen und Graben im nördlichen Everstorfer Forst war Martin Grüneberg erst einmal nach Wismar zurückgekehrt. Die Übernachtungen in den ländlichen Läuseherbergen und den bäuerlichen Hütten, die ebenfalls von Ungeziefer wimmelten, gingen ihm sehr gegen den Strich, er brauchte ein paar Tage in einer sauberen Umgebung. In Wismar hatte er sich erneut im *Goldenen Schwan* einlogiert. Wigald Tötelin und seine Soldaten waren bei dem verrückten Ritter geblieben. Heinrich von Ritzerow war vom Jagdfieber angesteckt, seitdem er den Reisesack gefunden hatte. Irgendeiner Sucht schien er immer frönen zu müssen. Er war vom Wein besessen, von den Frauen, vom Würfelspiel, vom Landbau und nun von der Verbrecherjagd.

Die lange Suche hatte neben einem weiteren Reisesack und einem Paar verschimmelter Beinkleider nichts zutage gebracht. Ob die Hosen einem der beiden Reitenden Wächter gehört hatten, stand nicht fest. Kaum noch Zweifel konnten darüber bestehen, daß Balthazar und seine Begleiter getötet worden waren. Martin Grüneberg glaubte zwar nicht an den Raubritter als Täter, aber an Raubmord als Tat.

Im *Goldenen Schwan* hatte der Rostocker Ratsherr nicht nur

ein ausgiebiges Bad genommen, sondern er hatte auch ein üppiges Mahl bestellt. Gereinigt und befreit vom Hautjucken schlüpfte er in frische Kleider. Er hatte Henning Holthusen zum Essen eingeladen. Kurz nachdem es von Sankt Marien fünf Uhr geschlagen hatte, ging Grüneberg die Treppe hinab und zur Gaststube. Der Wismarer Kaufmann traf wenig später ein. Die Wirtin trug eine große Terrine mit Wildsuppe auf, der Wirt brachte einen spanischen Roten.

»Ich kann es immer noch nicht fassen.« Holthusen schüttelte betrübt den Kopf. »Mir werfe ich vor, Balthazar nicht nachdrücklicher gewarnt zu haben. Ihr müßt diese verbrecherischen Kaufleute ausfindig machen, auf deren Spuren er im Krieg unfreiwillig gestoßen war.«

»Leichter gesagt als getan«, erwiderte Martin Grüneberg.

»Und die Dokumente? Habt Ihr schon eine Ahnung, wo Balthazar die Dokumente verborgen hat?«

Grüneberg verneinte. Er hatte die Tür im Blick, durch die Gäste den Schankraum zu betreten und zu verlassen pflegten. Ein wenig erschrak er schon, als er dort den Ratsherrn Johann Kollmorgen auftauchen sah, denn mit ihm hatte er nicht gerechnet. Ein junger Mann in der Tracht eines Hofbeamten begleitete ihn.

Haltung und Miene des Lübeckers kündeten von einem großen Triumph. Mit einem selbstzufriedenen Lächeln trat er zu Grüneberg und Holthusen an den Tisch. Der Wismarer schaute auf und sah dann fragend zu seinem Gegenüber. Martin Grüneberg zuckte die Schultern, allerdings eher für sich. Etwas Gutes war von den beiden Herren gewiß nicht zu erwarten.

»Ich hatte ja versprochen, daß wir uns wiedersehen«, sagte Kollmorgen. Sein Lächeln wurde süffisant. »Das ist Joachim von Raben-Steinfeld, Sekretär der herzoglichen Kanzlei. Unsere durchlauchtigste Herzogin Katharina von Mecklenburg-Schwerin war im übrigen nicht sehr erfreut von der Abfuhr, die Ihr mir erteiltet, Grüneberg.«

»Der Ritter, Kollmorgen. Der Ritter von Ritzerow hat Euch eine Abfuhr erteilt.«

»Welcher Ritter?« wollte Holthusen wissen. Er bekam keine Antwort.

»Unsere Landesherrin hat an Euch einen Brief gerichtet«, sagte von Raben-Steinfeld und übergab das Schreiben. »Die Herzogin wünscht, daß Ihr das Reichsvikariat respektiert und dem Herrn Kollmorgen die Sache überlaßt.«

»Das Reichsvikariat?« fragte Holthusen staunend.

»Ich respektiere es doch«, erklärte Martin Grüneberg, »allerdings bin ich nicht die Amme des Ritzerow.«

»Der bekommt auch sein Fett«, meinte Kollmorgen und setzte sich unaufgefordert zu Grüneberg und Holthusen an den Tisch. Mit der Rückendeckung der Herzogin kam er sich offenbar wer weiß wie vor und achtete nicht einmal mehr auf die Gebote des Anstands. Erst einmal ließ Martin Grüneberg den Brief unangerührt. Er fixierte den Lübecker und starrte ihn eine Weile an.

»Warum seid Ihr nur so erpicht, Kollmorgen, diesen Casus criminalis zu klären?« fragte er schließlich. »Balthazar Vrocklage ist doch ein Rostocker Bürger. Traut Ihr uns Rostockern nicht zu, die Mörder unserer Ratssendeboten ausfindig zu machen? Oder aus welchem Grund habt Ihr diese Sache zu der Euren gemacht? Oder sollte ich sagen: Zur Sache des Ratsherren Ditmar von Thünen? Denn er hat doch wohl Druck ausgeübt im lübischen Rat?«

»Woher Ihr das auch immer wissen mögt ... Ja, er hat durchgesetzt, daß der Rat beschließt, unsere Pflicht wahrzunehmen«, entgegnete Johann Kollmorgen. »Lübeck ist das Haupt der Hanse, der Hansetag fand in unseren Mauern statt, also liegt es doch auf der Hand ...«

Martin Grüneberg fiel ihm ins Wort. Er wußte selbst nicht, welcher Teufel ihn ritt.

»Sagt Ihr mir damit die wahren Gründe, Kollmorgen? Oder

habt Ihr was zu verbergen?« schoß er einen Pfeil ins Blaue. »Hat man Euch vielleicht geschickt, nicht damit Ihr aufklärt, sondern verschleiert?«

Der besonnene Bürger und Ratmann Johann Kollmorgen ging in die Luft. Sein Gesicht überzog sich rot, die Stirnadern schwollen, mit der Faust schlug er auf den Tisch, so daß die Suppe überschwappte, aber er brachte keinen zusammenhängenden Satz heraus, sondern nur Gestammel. Holthusen und Raben-Steinfeld schauten sich den Ausbruch betreten an, Martin Grüneberg hatte die Arme gekreuzt und lächelte fein. Kollmorgen geiferte, sprang schließlich auf und stürzte wie eine Furie durch den Gastraum. Als er in die Nähe der Tür geriet, wäre er beinahe mit dem Hauptmann Tötelin zusammengestoßen. Wigald Tötelin runzelte die Brauen angesichts des tobenden Lübeckers. Wenig später erschien auch der Ritter. Er schwankte gewaltig wie eine Kogge bei Orkan, aber er strahlte.

»Wir haben«, lallte er, »wir haben ... haben ... Sagt Ihr es!« Er klopfte dem Hauptmann auf die Schulter.

»Drei vergrabene Leichen gefunden«, ergänzte Tötelin. Kollmorgen erstarrte. Grüneberg erstarrte auch.

5

Bruder Anselm brachte Sebastian bis vor das Kröpeliner Tor. Der anständige Grapengießer Kreibohm war rechtzeitig im Hause Grüneberg erschienen. Der Mönch verstand, daß der Ratsherr seine Warnung Sebastian nur auf indirektem Pfad zukommen lassen konnte. Sofort hatte sich Anselm auf den Weg gemacht. Sebastian hatte nur das Nötigste zusammengepackt und ein Pferd satteln lassen. Dem Franziskaner hatte er das Versprechen abgenommen, sich so gut es ging um das Haus und das Gesinde zu kümmern und regelmäßig nach der Mutter zu schauen.

Die Wachen blickten jedem, der das Kröpeliner Tor passierte, genau ins Gesicht, und sie interessierten sich auch für die Gegenstände, die mitgeführt wurden. Allerdings war Wochenmarkt in Rostock, also konnten die Stadtsoldaten nur Stichproben durchführen. Vor Sebastian Vrocklage, dem Sohn eines bekannten Kaufmannes, nahmen sie sogar Haltung an. Von der Absicht des Rates, den jungen Mann zu verhaften, war noch nichts bis zur Torwache durchgedrungen.

Bruder Anselm bestand auf einem kurzen Abschied. Er segnete den Studiosus Sebastian, wünschte ihm Glück und sagte zu, sich für ihn zu verwenden, wo immer es notwendig sei. Auch sprach er die Hoffnung aus, daß sich diese grausam verwickelte Angelegenheit bald zum Guten entknoten möge.

Sebastian ritt rasch davon. Zwischen den Pfahlbürgerhäusern drehte er sich noch einmal um und hob die Hand zu einem letzten Gruß. Bruder Anselm zog ein großes Leintuch unter dem Skapulier hervor und wischte sich über das Gesicht.

»Diese Hitze!« stöhnte er, als er an den Posten vorbeiging. Die Soldaten nickten verständnisvoll.

6

Man hatte die drei Toten bisher nicht gefunden, weil sie nicht im Everstorfer Forst vergraben worden waren. Obwohl sie nicht durch ein Reichsvikariat dazu berechtigt waren, hatten Tötelin und der Ritter beschlossen, es einmal außerhalb des Waldes zu versuchen. Das Land, das im Norden an den Forst stieß, gehörte dem Grafen von Hahn. Bearbeitet wurde es von Bauern, die ihm hörig waren.

Auf dem abgeernteten Acker eines dieser Unfreien, der nach Angaben des Ritters über jeden Verdacht erhaben war, war man, gar nicht weit vom Wald entfernt, auf die Leichen gestoßen. Wegen der sommerlichen Hitze waren sie weitgehend skelettiert. Nur ein paar Reste ihrer Kleidung boten noch Anhaltspunkte, um sie zu identifizieren. Die Todesursache konnte eindeutig festgestellt werden; man hatte ihnen die Schädel eingeschlagen.

Martin Grüneberg fiel die Aufgabe zu, die Mordopfer in Augenschein zu nehmen. Kollmorgen, Joachim von Raben-Steinfeld und auch der Graf von Hahn hielten einen größeren Abstand. Der Graf hatte sich erst fürchterlich über das eigenmächtige Handeln des Ritters und des Hauptmanns aufgeregt, vor allem natürlich wegen des Ritzerow, mit dem er zwar gelegentlich würfelte, der aber doch so etwas wie ein Widersacher für ihn darstellte. Nun war auch er verstummt. Die Männer sahen nicht zum ersten Mal Tote, waren sie doch alle im Krieg gewesen. Was sie zu respektvollem Schweigen nötigte, war ihre Achtung vor Grünebergs Gefühlen. Vrocklage war dessen Freund gewesen. Freundschaften genossen eine hohe Wertschätzung.

Martin Grüneberg betrachtete lange die sterblichen Überreste der drei Männer. Sein Hauptaugenmerk galt jedoch jenem, der bürgerlich gekleidet gewesen war. Nach einer Viertelstunde nickte er schließlich. Wenn die Mörder nicht einem anderen Balthazars Kleider angezogen hatten, dann mußte dies hier der Ratssendebote Vrocklage sein.

7

Sebastian Vrocklage und sein Pferd waren nahe am Zusammenbruch, als sie kurz vor Toresschluß Wismar erreichten. Der Student hatte das Tier beinahe pausenlos zu einem gestreckten Galopp angetrieben, und daß es noch lebte, grenzte an ein Wunder. Immerhin war es auf diese Weise gelungen, noch rechtzeitig in die Stadt zu gelangen, in der Sebastian Henning Holthusen wußte und Martin Grüneberg vermutete.

Sogleich suchte er das Haus über den schwarzen Männern auf. Holthusen war daheim. Er ging mit Sebastian in das Kontor, kramte dort unablässig in Kästchen und Schachteln und wagte nicht, seinem Gast ins Gesicht zu sehen. Nach einiger Zeit sprach Sebastian den Freund seines Vaters auf dessen seltsames Verhalten an. Böses ahnend bat er darum, Holthusen möge ihm reinen Wein einschenken.

Der Wismarer Bierverleger eröffnete ihm, daß man Balthazar Vrocklage gefunden habe, und zwar tot. Sebastian war wie betäubt. Zu viele Schicksalsschläge hatte er in letzter Zeit empfangen und empfand nichts mehr. Er seinerseits verschwieg Holthusen, was sich in Rostock gegen ihn zusammenbraute; er mißtraute ihm nicht, wollte ihm aber ersparen, zu viel zu wissen. So konnte er seine Hände in Unschuld waschen.

Die Toten hatte man nach Wismar gebracht, und natürlich wollte Sebastian sie sehen. Holthusen verwies den so schwer gebeutelten Sohn seines Freundes an Martin Grüneberg im *Goldenen Schwan*. Sebastian ließ sein Pferd bei Holthusen untergestellt und legte den kurzen Weg zum Markt zu Fuß zurück. Es war bereits dunkel, er mußte der Nachtwache ausweichen.

Das Tor zum Gasthof war zwar verschlossen, doch nachdem Sebastian lange und laut geklopft hatte, öffnete ihm ein verstört wirkender Wirt. Er ließ ihn ein, weil er den Rostocker Weddeherren Grüneberg dringend zu sprechen wünschte. Eine erregte Debatte drang aus dem Schankzimmer. Worüber gestritten wurde, konnte man nicht genau verstehen, aber der Ton war heftig. An der Stimme erkannte Sebastian Martin Grüneberg. Dessen Anwesenheit beruhigte ihn ein wenig.

Außer Grüneberg hielten sich in der Gaststube ein Landedelmann und ein vornehmer Bürger auf; sie hatten sich mit Grüneberg oder auch untereinander das Wortgefecht geliefert. Etwas abseits wartete ein weiterer Mann offenbar darauf, sich zurückziehen zu dürfen. Sebastian erschrak. Grüneberg, der ihn als erster bemerkte, riß die Augen auf und schüttelte unmerklich den Kopf. Doch es war zu spät. Der vierte Mann war ein Bote aus Rostock. Seiner staubigen Kleidung war anzusehen, daß er noch nicht lange vom Pferd abgesessen war. Offenbar war es ihm gelungen, noch schneller zu reiten als der Flüchtling, aber er hatte ja auch kein Gepäck zu befördern gehabt. Der Bote erkannte Sebastian sofort.

»Da ist er«, sagte er bloß und zeigte zur Tür. Über Sebastian hatte man also gestritten, ihn wohl sogar erwartet. Der Edelmann und der vornehme Bürger wandten ihm ihre Aufmerksamkeit zu. Er versuchte gar nicht erst zu fliehen. Mittlerweile war ihm alles gleichgültig. Zur Gegenwehr war er nicht mehr fähig.

»Sebastian Vrocklage?« fragte der Bürger. Sebastian nickte. »Ich bin Ratsherr Johann Kollmorgen und vertrete die lübischen Bürgermeister in ihrer Funktion als Reichsvikare. Tut mir leid, Vrocklage. Im Namen des Kaisers: Ich muß Euch in Haft nehmen und nach Rostock zurückbringen.«

DRITTER TEIL

Lacrimosa

Lacrimosa dies illa
qua resurget ex favilla
iudicandus homo reus:
huic ergo parce deus!
Pie Iesu domine
dona eis requiem.

ERSTES KAPITEL

Das Urteil des Kambyses

1

Seit beinahe vier Wochen saß Sebastian Vrocklage nun schon im Lagebuschturm als Untersuchungshäftling des Rostocker Rates. Der Holzmonat war soeben dem Oktober gewichen, und es hatte bereits den ersten, ungewöhnlich frühen Herbststurm gegeben. Das Obst war eingebracht, auf dem Lande liefen sicher längst die Vorbereitungen zum Erntedank. In seinem Verlies bekam Sebastian von alledem nichts mit. Er zweifelte nicht daran, daß außerhalb der dicken Mauern das Leben so vonstatten ging wie immer, auch wenn er sich mitunter etwas anderes wünschte: Daß die Welt in ihrem Lauf innehielt, weil ein Unschuldiger angeklagt werden sollte. Sebastian wehrte sich immer weniger gegen die absurden Vorwürfe, die man gegen ihn erhob. Es war auch schwer, Anschuldigungen zu entkräften, die vollkommen aus der Luft gegriffen waren und die man nur aufrechterhalten konnte, indem man an sie glaubte. Ein Glaube jedoch konnte weder durch Beweise noch durch einen Mangel an Beweisen erschüttert werden.

Frater Anselm kam fast täglich zur Seelsorge, während ihn Grüneberg nur in seiner offiziellen Funktion als Weddeherr sprechen durfte und dabei nie allein war; entweder begleitete ihn der Weddemeister, oder der Ratmann von Thünen höchstpersönlich wohnte den Gesprächen bei. So stellte der Franziskaner seine einzige unbelastete Verbindung zur Außenwelt dar. Während ihm sein eigenes Schicksal zu einem von unbekannten Mächten inszenierten kuriosen Spektakel geworden war, dem er wie ein unbeteiligter Zuschauer beiwohnte, lag ihm das Befinden der Mutter sehr am Herzen. Noch immer befand sie sich im Hospital. Da sich ihr Zustand nicht verschlechterte, wurde er als hoffnungsvoll bezeichnet. Sie würde also aller Voraussicht nach nicht gesund werden.

Manchmal erkundigte sich Sebastian auch nach Grünebergs Tochter. Margarete hatte seinen Bruder geliebt, jedenfalls hatte sie ihre Gefühle für Liebe gehalten. Trotz ihrer Jugend waren ihre Empfindungen von Dauer, denn noch immer trauerte sie. Wie ihr Vater und wie Bruder Anselm war sie davon überzeugt, daß Sebastian weder mit dem Tod von Balthazar Vrocklage noch dem von Johannes etwas zu tun hatte. Es tat Sebastian wohl, daß es noch Menschen gab, die an ihn glaubten und sogar mehr Hoffnung hatten als er.

»Und du bist immer noch nicht dahinter gekommen, wo dein Vater die Dokumente versteckt haben könnte?« fragte der Mönch. Sebastian schüttelte vehement den Kopf.

»Jeden Tag grüble ich darüber nach«, sagte er und lachte bitter. »Ich habe ja genug Zeit. Aber ich komme nur auf Orte, die Ihr schon um- und umgewühlt habt, Ehrwürdiger Bruder. Auswendig kann ich, was mein Vater zu Henning Holthusen sagte: Sollte mir jemand nach dem Leben trachten, so laßt meinen jüngsten Sohn befragen. Ich glaube, Johannes ist einerseits klug, andererseits noch Kind genug, er wird, wenn er sich nur ein wenig den Kopf zerbricht, herausfinden, wo ich die Pergamente versteckte. Aber wo, wo, wo?« Sebastian Vrocklage rang die Hände. »Wo kann das sein?«

»Ich weiß es ebensowenig wie du, lieber Sohn. Womöglich sind wir zwar klug, aber nicht mehr Kind genug, um das Orakel deines Vaters selbst zu deuten.«

2

Dafür, daß er die Nacht mit zwei Weibern verbracht hatte, war der Ritter von Ritzerow ungewöhnlich früh auf den Beinen. Die Frauen waren Mutter und Tochter, und während ihn an der Jungen das frische Fleisch gereizt hatte, waren es bei der Älteren, einer Witwe, die Reife und die Erfahrung. Jede Frau, gleich welchen Alters, war für Heinrich ein Mysterium. Sie war auch die Verführerin, das Sinnbild der Sünde, und nur die höfischen Sänger früherer Zeiten vermochten ihre Reinheit zu preisen, weil sie sich über die Wahrheit hinwegtäuschten; die Frau war das Unreine, und der Ritter liebte alles, was befleckt war.

Noch vor einigen Wochen wäre er wenigstens bis zur Mittagsstunde mit den Frauen im Bett geblieben. Seitdem der junge Vrocklage in Wismar verhaftet worden war, trieb ihn jedoch eine seltsame Unruhe um. Weder dieser Student noch dessen ermordete Angehörige gingen ihn etwas an. Er hatte damals nur halbherzig begonnen, den Auftrag seiner Landesherrin auszuführen. Daß er ihn nicht hatte zu Ende bringen können, wurmte ihn dennoch. Auch hielt er, ebenso wie der Rostocker Ratsherr Grüneberg, diesen Grünschnabel von Studenten nicht für einen Mörder. Der Junge konnte vielleicht Fliegen töten, aber damit hatte es sich. Eine Intrige war gesponnen worden, um den jungen Mann ans Messer zu liefern. Heinrich war bei der Mördersuche auf halbem Wege umgekehrt. So etwas tat ein Ritzerow nicht. Entweder blieb man in einer Schenke kleben und ertrank allmählich in den Weinfässern, oder man beendete, was man begonnen hatte, ob nun mit Freuden oder mit Widerwillen. Wegen des seiner versoffenen Sippe eigentümlichen Gerechtigkeitssinns mochte er nicht dulden, daß unschuldige Menschen den Machenschaften irgendwelcher mächtigen Verbrecher zum Opfer fielen.

Die Ernte war eingebracht. Auf den Gütern ging alles seinen Gang, auch wenn der Ritter nicht die Peitsche schwang. Er konnte es sich leisten, auf eigene Faust ein paar Nachforschungen anzustellen, die einem noch unbekannten Geldsack unangenehm werden oder ihn gar den Kopf kosten konnten. Diese Vorstellung erfüllte Heinrich mit einer diebischen Freude. Noch mehr befriedigte ihn jedoch der Gedanke, daß die Spur zu den Mördern die Ländereien des Grafen von Hahn kreuzen würde. Der Ritter von Ritzerow würde den Hahn zum Hahnrei machen, denn er würde sich alle Frauen vornehmen, die auch der Graf gehabt hatte.

3

Ein Schiff von Kurland hatte Waren nach Rostock gebracht. Peter Gröschlin war damit beschäftigt, die Träger anzuweisen, wohin sie die Fässer und Säcke zu schaffen hatten. Manchmal überwachte der Kaufmann die Anlieferung auch selbst, doch in der Regel überließ er dem Schreiber diese Arbeit und kontrollierte nur dessen Aufzeichnungen. Gröschlin war daher überrascht, als von Thünen unangekündigt und im vollen Ratsornat im Speicher aufkreuzte. Irgend etwas an der Miene seines Arbeitgebers verriet dem Subjekt, daß es besser auf der Hut sein sollte. Peter Gröschlin vermochte in Gesichtern zu lesen wie in Büchern, aber von Thünen war ein Meister der Verstellung; deshalb war nicht ganz klar, welche Gefahr dessen Gesichtsausdruck signalisierte.

Winfried von Thünen nahm seinen Angestellten beiseite und legte ihm die Hand auf die Schulter. Eine dermaßen vertrauliche Geste hatte es zwischen ihm und Gröschlin noch nie gegeben. Das Subjekt ahnte sofort, daß es vernichtet werden sollte.

»Heute vernimmt der gesamte sitzende Rat unseren geliebten, leider aber inhaftierten Bürger Vrocklage«, sagte von Thünen. »Er wird natürlich nicht gestehen, da er ja nichts getan hat. Mir bleibt nur übrig, dem Rat die Bewilligung der peinlichen Frage abzutrotzen. Vielleicht überlebt Sebastian die Folter nicht. Das wäre doch in deinem Sinne, Gröschlin?«

»Ich verstehe Euch nicht, Herr«, gab das Subjekt zu.

»Schon lange nicht, nehme ich an.« Der Ratsherr lächelte. »Ihr kaut ja noch immer daran, daß ich den jungen Vrocklage verhaften ließ. Schließlich könnte er doch ausplaudern, was er über meine Geschäfte weiß, nicht wahr? Du hast mich für dumm verkauft, Gröschlin, weil du dein Mütchen kühlen wolltest. Nie konntest du den beiden Knaben verzeihen, daß sie dich beim Stehlen beobachtet haben und dafür sorgten, daß man dich öffentlich stäupte. Und du weißt, wenn ich nicht ein gutes Wort für dich eingelegt hätte, dann hätte dich nicht ein ehrlicher Mann geschlagen, sondern der Henker, und du wärst ehrlos gewesen bis an das Ende deiner Tage. Von Rechts wegen ehrlos, denn natürlich hat ein Subjekt wie du von Natur aus keine Ehre im Leib.«

»Aber wie könnt Ihr das nur annehmen, Herr?«

»Annehmen? Ich weiß es. Es wurde mir klar, als Sebastian Vrocklage den Brandanschlag überlebt hatte. Nur der Vater, Gröschlin, nur Balthazar wußte, daß wir Pulvergeschütze an die Dänen und an die Hussiten geliefert haben. Seine Kinder hat er nicht ins Vertrauen gezogen. Sebastian war nach dem Anschlag vollkommen ahnungslos und hatte nicht den geringsten Verdacht, wer den Brand gelegt haben könnte. Einen solchen Verdacht hätte er aber geäußert, wenn er etwas gewußt hätte, stimmt's, Gröschlin? Deswegen konnte ich ihn getrost verhaften lassen. Er wird durch das Richtschwert sterben, dafür sorge ich. Damit ist der Tod seines Vaters und seines Bruders gesühnt. Wir waschen unsere Hände ... Nur eins noch. Du hast mein Geld benutzt, um auch deine Rache zu betreiben. Gut, ich billige es. Ich sehe es dir nach, wenn du mir die Dokumente beschaffst, von denen im Lagebuschturm ständig die Rede ist.«

»Im Lagebuschturm?« fragte das Subjekt etwas dümmlich.

»Auch dort haben die Wände Ohren!« sagte Winfried von Thünen mit einem selbstgefälligen Lächeln. »Vrocklage hat irgendwo die Dokumente versteckt. Und er hat uns Hinterbliebenen ein Rätsel aufgegeben. Wenn du dieses Rätsel löst, hast du in Erfahrung gebracht, wo sich die Unterlagen befinden.«

»Und wie lautet das Rätsel, Herr?«

»Johannes ist einerseits klug, andererseits noch Kind genug, er wird, wenn er sich nur ein wenig den Kopf zerbricht, herausfinden, wo ich die Pergamente versteckte.«

4

Für den kurzen Weg vom Lagebuschturm zum Rathaus wurden dem Häftling Vrocklage Ketten angelegt. Ihn begleiteten der Weddemeister und zwei Knechte, und an der Treppe zum Versammlungssaal nahmen ihn die Weddeherren Grüneberg und von Thünen in Empfang. Die Bürgermeister hatten den gesamten sitzenden Rat zum Verhör einberufen, also alle Ratsherren, von denen die Amtsgeschäfte geführt wurden. Aus Neugierde hatten sich aber auch ein paar Ratsmannen eingefunden, deren Amt für ein Jahr ruhte, die also dem Ruhenden Rat angehörten. Sie kümmerten sich in dieser Zeit vorwiegend um ihre Handelsgeschäfte oder ihren Handwerksbetrieb, aber wenn sie etwas Sensationelles zu sehen oder zu hören hofften, waren sie gern zur Stelle.

Die Herren des Ehrbaren Rates hatten ihr Gestühl an den Wänden, während die drei Bürgermeister von der Aa, Wymanne und Berndes an der Stirnseite des Raumes ihre Plätze an einem gesonderten Tisch eingenommen hatten. Über ihren Köpfen befand sich eine Freske, denen sie den Rücken zuwandten, während alle anderen Anwesenden das Werk sehen konnten. Der Meister hatte das Urteil des Kambyses dargestellt, der dem korrupten und ungerechten Richter zur Strafe die Haut hatte abziehen lassen. Das

Bild sollte den Rat oder das Gericht zu gerechten und von persönlichen Interessen freien Urteilen ermahnen.

Im Saal wurden Sebastian die Handfesseln abgenommen, aber seine Füße blieben in Ketten. Da sie das Verhör leiteten, setzten sich die Weddeherren zu den Bürgermeistern. Sebastian Vrocklage wurde aufgefordert, seinen Fürsprech zu nennen.

»Ich brauche keinen«, sagte der Delinquent in Verkennung seiner Lage. Bürgermeister von der Aa schüttelte nur den Kopf, Berndes und Wymanne setzten bedenkliche Gesichter auf. Martin Grüneberg, den Sebastian längere Zeit musterte, ließ nicht im geringsten erkennen, was er dachte oder empfand.

»Wie Ihr meint.« Der Weddeherr Winfried von Thünen richtete sich in seinem Sessel auf. Dabei wuchs er scheinbar eine Handbreit in die Höhe. »Euch wird vorgeworfen, die Tötung Eures Vaters, des Kaufmannes Balthazar Vrocklage, und Eures Bruders und Miterben Johannes in Auftrag gegeben zu haben. Bisher habt Ihr hartnäckig geleugnet. Nutzt die Gelegenheit, vor dem Ehrbaren Rat unserer Stadt Euer Gewissen zu erleichtern. Wenn Ihr Gründe anzuführen wißt, die auf ein gewisses Verständnis stoßen, wird man Euch Milde nicht versagen.«

»Ich habe niemanden gedungen, der meinen Vater oder meinen Bruder umbringt«, protestierte der Angeklagte. »Ich habe ja auch gar keine Ursache zu solchen Taten. Meinen Vater habe ich geliebt und geachtet, meinem jüngeren Bruder gehörte meine Liebe ebenfalls.«

»Man hört anderes«, sagte von Thünen. »Widersprochen habt Ihr dem Vater, wo Ihr nur konntet.«

»Ich habe diesen Rat verteidigt, dem mein Vater, Ihr alle wißt es, dem mein Vater kritisch gegenüberstand.«

Beifälliges Gemurmel aus dem Ratsgestühl bestätigte, daß alle es wußten. Den Weddeherrn von Thünen interessierte es nur mäßig.

»Das mag ja sein. Aufbegehren gegen den Vater bleibt es dennoch. Ich will Euch einen Grund nennen für Eure Untaten, Sebastian Vrocklage. Nach Eures Vaters und Eures Bruders Tod erbt Ihr das gesamte väterliche Vermögen.«

»Ihr vergeßt meine Mutter«, erwiderte Sebastian.

»Wird sie denn jemals das Vermögen verwalten und die Geschäfte führen können?« fragte von Thünen in die Runde. Niemand reagierte, weil man die kranke Gattin eines früheren ehrenwerten Mitglieds der Kaufmannschaft nicht beleidigen wollte. »Nein, Sebastian Vrocklage, selbst wenn Eure Mutter erben sollte, ist es, als hättet Ihr geerbt.«

»Aber der Brand in dem Lagerhaus, der immerhin erheblichen Schaden angerichtet hat«, wandte Martin Grüneberg ein. »Dieser Brand spricht dafür, daß es jemand auf die gesamte Familie abgesehen hat.«

»Ich weiß, verehrter Martin Grüneberg, Ihr seid ein heimlicher Fürsprecher des Angeklagten«, sagte der Ratsherr von Thünen mit erhobener Stimme. »Er hat alles klug eingefädelt. Das Feuer hat er selbst gelegt. Daß er den Flammen unversehrt entkam, nimmt doch wunder, wenn es ein Mordanschlag gewesen sein soll.«

So ging es noch eine Weile hin und her, ohne daß etwas herauskam bei diesem Verhör. Auch einige der Ratsherren, vor allem diejenigen, die sich gern reden hörten und immer sprachen, stellten schließlich Fragen oder taten eine Meinung kund. Sebastian Vrocklage räumte nicht ein, irgend etwas mit den Morden zu tun zu haben, von Thünen konnte nichts beweisen. Martin Grüneberg hielt sich bewußt zurück. Er hoffte inbrünstig, daß es dem Bruder Anselm gelänge, die Dokumente aufzutreiben, die Sebastian entlasten konnten. Gemeinsam mit dem Gesinde hatte der Franziskaner nun schon mehrmals das Haus in der Wokrenterstraße auf den Kopf gestellt, ohne auch nur den geringsten Anhaltspunkt zu finden. Grüneberg hoffte dennoch. Er hoffte mit dem Mut der Verzweifelten, denn der Stimmung im Rat war zu entnehmen, daß die Ratsherren keine Lust hatten, sich bis ultimo mit dem Fall Vrocklage zu befassen. Schon seit einem Monat zogen sich die Untersuchungen hin. Allmählich hatte sich die Überzeugung durchgesetzt, ein Ende mit Schrecken sei einem Schrekken ohne Ende bei weitem vorzuziehen. Daher erntete Winfried von Thünen keinen größeren Widerspruch, als er vorschlug, Sebastian einer peinlichen Befragung zu unterziehen. Ohne Zustimmung des Rates war die Anwendung der Folter nicht erlaubt.

Sebastian hatte für einen Moment geschwankt, als von Thünen seinen Vorschlag unterbreitete, aber er war nicht gefallen. Bleich war er, und seine Unterlippe vibrierte, aber er sagte kein Wort. Martin Grüneberg empörte sich über den Antrag seines Amtskollegen, der mit ihm nicht abgestimmt war. Er deutete auf das Fresko und appellierte an den Gerechtigkeitssinn des Rates, aber er biß auf Granit. Mit großer Mehrheit wurde beschlossen, daß die ersten beiden Grade der Tortur zur Wahrheitsfindung eingesetzt werden sollten. Legte Sebastian Vrocklage auch dann kein Geständnis ab, so sollte er frei sein. Martin Grüneberg kannte Meister Possehl, den Scharfrichter, und dessen Fertigkeiten. Ihm genügten die beiden ersten Grade, um jedes gewünschte Ergebnis zu erzielen.

Sebastian wirkte unendlich erschöpft, als man ihn aus dem Ratssaal führte. Martin Grüneberg eilte sogleich zu Bruder Anselm. Die Ratsherren, so bekam er noch mit, verabredeten sich zu einem Umtrunk. Die Sitzung hatte sie angestrengt.

5

Winfried von Thünen hatte zwar das Einverständnis des Rates, Sebastian peinlich zu befragen, aber das bedeutete nicht, daß er von diesem Recht auch Gebrauch machen mußte. Ob er sich umstimmen ließ, stand zwar in den Sternen, aber einen Versuch war es wert. Bruder Anselm hatte vorgeschlagen, das Gespräch mit von Thünen zu suchen, und da Martin Grüneberg keine bessere Idee hatte, war er einverstanden. Ihm kam der Weg zu dem Haus am Markt zwar fast wie der Gang eines Bittstellers vor, aber um Sebastian vor den Qualen in der Folterkammer zu bewahren, sah er von seinem Stolz ab.

Daß der Ratsherr und Kaufmann von Thünen so vehement gegen Sebastian vorging, hatte in Grüneberg für einen Moment den Verdacht entstehen lassen, er könne der Mann sein, den Balthazars Dokumente belasteten, zumal die Familie von Thünen weitverzweigt war und es Glieder auch in anderen Hansestädten gab. Diesen Verdacht hatte Martin Grüneberg auch dem Mönch mitgeteilt, und sie hatten lange darüber nachgedacht. Keiner von ihnen mochte es ernsthaft in Betracht ziehen. Winfried von Thünen war vielleicht hartherzig, er konnte auch recht brutal mit Konkurrenten umspringen und war gewiß mit allen Wassern gewaschen, aber er war einer der reichsten und angesehensten Kaufleute der Stadt und kein Verbrecher. Das durfte einfach nicht sein. Für den ganzen Kaufmannsstand der Hansestadt Rostock wäre es äußerst unangenehm und seinem Selbstbewußtsein höchst abträglich, wenn in seinen Reihen ein Mann nicht nur unentdeckt sein strafwürdiges Unwesen getrieben und es dabei sogar zu großen Ehren gebracht haben würde. Einen Kaufmann mit befleckten Händen sogar zu einem der Weddeherren gemacht zu haben, würde in den anderen Hansestädten mehr als Kopfschütteln auslösen; für einige Zeit wäre der Ruf ruiniert. Martin Grüneberg mußte an das Urteil des Kambyses denken. In Rostock würde man einen korrupten Richter oder einen verbrecherischen Ratsherrn vermutlich nicht häuten. Man würde seine Taten oder Untaten lieber vertuschen, solange man es sich leisten konnte. Grüneberg ertappte sich bei dem Gedanken, unter gewissen Umständen könne es tatsächlich geraten sein, sogar um den Preis der Gerechtigkeit zu verhindern, daß ein Schatten auf den Rat fiel. Während übertriebener

Gerechtigkeitssinn ein Gemeinwesen in den Untergang stürzen konnte, vermochte Pragmatismus es manchmal davor zu bewahren. Es wurde so viel auf Lügen gebaut, ganze Reiche brachen zusammen, wenn man nur einmal die Wahrheit sagte. Doch Martin Grüneberg verscheuchte schnell diese schrecklichen Überlegungen, die eines Herrn der Wedde nicht gut zu Gesicht standen.

Winfried von Thünen war von dem Besuch zwar überrascht, gab sich aber erfreut und lud seinen Amtskollegen und den Franziskaner zum Wein. Er ahnte natürlich, was seine Gäste von ihm wollten. Ihr Anliegen auszusprechen ersparte er ihnen nicht.

»Wir möchten Euch bitten, von einer peinlichen Befragung Sebastians abzusehen«, sagte denn auch Frater Anselm.

»Wenn Ihr ihn zu einem Eingeständnis seiner Schuld bewegt ...«

»Warum habt Ihr nur seine Schuld im Visier, nicht aber die Umstände, die ihn entlasten?« fragte Martin Grüneberg.

»Man sieht doch, wie er sich ins väterliche Geschäft geschmissen hat«, entgegnete von Thünen. »Haben wir uns nicht alle darüber verwundert? Der Studiosus wurde über Nacht zu einem begeisterten Kaufmann? Kann man eine solche Wandlung glauben? Nein. Aber nehmen wir an, er hat sich immer verstellt, um auf eine Gelegenheit zu warten.«

»Traut Ihr den Menschen nicht zu, sich zu verändern«, wollte Anselm wissen, »und etwas Neues zu erkennen, auch in sich selbst?«

»Ein Kind wandelt sich vielleicht. Es mag sich sogar von Tag zu Tag ändern, weil es Tag für Tag etwas Neues entdeckt. Und erkennt. Nein, wer zwei und zwei zusammenzählen kann ...« Winfried von Thünen fixierte Grüneberg. »Oder zusammenzählen will«, fügte er hinzu, »dem muß klar sein, welch falsches Spiel Sebastian Vrocklage getrieben hat. Uns alle hat er getäuscht, vor allem aber seine Familie. Nun hat er sie zerstört. Vater und Bruder sind tot, die Mutter ist im Hospital, Sebastian selbst im Lagebuschturm. Das ist das Ende einer Familie, einer guten, alteingesessenen Familie. Traurig.« Von Thünen schüttelte den Kopf. »Sehr traurig.«

»Ihr könnt nichts beweisen«, sagte Martin Grüneberg.

»Wartet ab.« Der Ratsherr verschränkte die Arme vor der Brust. »Wenn Meister Possehl seines Amtes gewaltet hat, bekommen wir den besten Beweis von allen: ein Geständnis.«

ZWEITES KAPITEL

Der rote Drache

1

Arpshagen hieß das Nest, in dem Heinrich von Ritzerow nicht nur eine willige Frau fand, sondern auch eine verheißungsvolle Spur. Der aus einer Einbildung oder Laune heraus zum fahrenden Ritter mutierte Heinrich war anfangs noch mit dem Grafen aneinandergeraten, aber mittlerweile ließ von Hahn ihn gewähren; vermutlich weil er ihn für einen armen Irren hielt, dem man lieber keine Steine in den Weg legte.

Die Frau diente als Magd bei einem wohlhabenden Bauern, der sich freigekauft hatte und die Hörigen herablassender behandelte als der Herr. Allerdings war dieser Bauer noch nicht lange frei. Erst vor einigen Monaten, so plauderte die Magd aus, sei ein plötzlicher Geldsegen über ihn gekommen, und auch über einen seiner vielen Verwandten, den Schwiegersohn des Dorfschmieds.

»Wann genau war das?« erkundigte sich der Ritter.

»Am Anfang des Sommers«, beschied ihm die Frau.

»Weiß man, woher das Geld stammt?«

»Was einen Herrn so alles interessiert.« Sie kniff die Augen zusammen. »Man redet viel auf dem Dorf, hoher Herr.«

»Was redet man denn, schöne Frau?«

»Bin keine Frau!« Die Magd machte ein paar laszive Bewegungen mit ihrem bloßen Körper, um den Ritter aufzureizen. Daß er sie Frau genannt hatte, schmeichelte ihr sehr. »Bin nur ein Weibsbild.«

»Nun, schönes, allerschönstes Weibsbild, was redet man?«

»Ihr kennt den Neid der Welt.«

»Ich kenne alle Todsünden, meine süße Augenweide.« Dem Ritter gingen allmählich die Komplimente aus.

»Von Raub redet man. Von Mord. Seitdem die Lübecker die drei toten Männer entdeckt haben ... irgendwo am Everstorfer Forst ...«

»Lübecker haben sie entdeckt?« Dem Ritter von Ritzerow gab es einen Stich in sein eitles Herz, daß man den Fund, den er gemacht hatte, schon den überheblichen Hansestädtern zuschrieb.

»Es ist der Neid, hoher Herr, der pure Neid«, flüsterte die Magd mit sinnlicher Stimme. Sie ergriff Heinrichs Hände und legte sie sich auf die Brüste. »Wie soll ein Bauer sonst zu Wohlstand kommen? Wenn nicht im Bunde mit dem Bösen? So denken doch alle, die es nicht zu etwas gebracht haben.«

»Mag sein«, murmelte der Ritter nachdenklich. »Mag sein, mag nicht sein.« Er nahm seine Hände vom Leib der Frau und sprang aus dem Bett.

»Was habt Ihr, Herr?«

»Nichts. Nur unbändige Lust, ein paar Knochen zu brechen.«

2

Die meisten Menschen waren käuflich. Ob das sogar für die Geistlichkeit zutraf, wie manche behaupteten, vermochte das Subjekt nicht zu beurteilen, da es bisher noch keine Notwendigkeit gegeben hatte, einen Priester oder einen Mönch zu bestechen. Vermutlich zierten sich Geistliche, um den Preis in die Höhe zu treiben. Wenn man genug einsetzte, bekam man sicher auch sie herum. Peter Gröschlin hatte eigentlich immer gute Erfahrungen mit der Käuflichkeit der Menschen gemacht, allerdings bekam man manchmal beschädigte oder gar nutzlose Ware.

Das Gesinde im Hause Vrocklage, das keinen Arbeitgeber mehr hatte und jederzeit damit rechnen mußte, entlassen zu werden, nahm zwar gern die Pfennige an, die Gröschlin anbot, aber das Orakel des ermordeten Hausherrn vermochte kein Knecht und keine Magd zu deuten. Im übrigen hatten sie schon mit diesem vorwitzigen Mönch in allen Ecken des Hauses nach gewissen Pergamenten gestöbert, ohne im geringsten zu wissen, was in diesen Dokumenten enthalten war.

Peter Gröschlin mußte zu einer Methode greifen, die nicht viel aussichtsreicher als die heidnischen Deutungsversuche des Vogelflugs oder von geworfenen Knochen zu sein versprach. Da der Herr von Thünen keine Lehrlinge mehr ausbildete, mußte sich das Subjekt einen von Hinrik Berndes ausleihen, der nicht nur Bürgermeister, sondern auch ein enger Geschäftsfreund von Thünens war. Wolfram, so der Name des Burschen, war ein heller Kopf, zugleich aber auch noch kindlich, ohne in seinen Äußerungen und Handlungen kindisch zu sein. Kaufen konnte man auch ihn. Das Subjekt gab ihm einen Scherf für einen Spaziergang durch die Stadt. Dafür, daß der Junge nicht viel zu tun, sondern nur zu schauen hatte, wurde er gut bezahlt.

Gröschlin suchte mit dem Kaufmannslehrling Wolfram all jene Orte auf, an denen sich Balthazar Vrocklage und sein Sohn mutmaßlich oder mit Sicherheit des öfteren gemeinsam aufgehalten und der Vater etwas versteckt haben konnte. Es waren nicht viele, und am Ende konzentrierte sich Gröschlin wieder auf das Haus in der Wokrenterstraße. Von Wolfram wollte er wissen, welche Merkmale am Haus oder in der Umgebung die Einbildungskraft eines klugen Kindes anzuregen vermochten. Das hatte er an allen zuvor von ihnen aufgesuchten Orten ebenfalls wissen wollen, hier fragte er es noch einmal mit Nachdruck.

Es war ganz einfach. So einfach war die Antwort, daß sie Gröschlin nicht nur verblüffte. Er ärgerte sich auch, weil er nicht selbst darauf gekommen war.

Der rote Drache, am Giebel des Hauses befestigter Ausdruck von Bürgerstolz, war natürlich das Element, das dem Lehrling sofort ins Auge stach.

3

Vom neugewonnenen Selbstbewußtsein des zu Wohlstand gelangten Arpshäger Bauern war nicht mehr viel zu sehen oder zu spüren. Der Mann, Schneidewind hieß er, wälzte sich wimmernd auf dem Boden. Heinrich von Ritzerow hatte ihn mit gebrochenen Armen in den Schweinekoben geworfen. Nun konnte der arme Bauer lange Zeit sein Geld nicht mehr zählen, aber gebrochene Arme waren trotzdem besser als ausgeschlagene Zähne: Schneidewind konnte noch sprechen, ohne zu nuscheln. Ritter Heinrich verlangte von ihm auch einen gut durchdachten und mehr oder minder wohlformulierten Text.

Über die Herkunft der Silberlinge wußte er angeblich nichts. Den Geldsegen verdanke er dem Unternehmungsgeist seines Sohnes und seines Schwagers, der zugleich der Onkel des Sohnes und als Eisengießer und Waffenschmied in Wismar ansässig sei. Vor einigen Monaten habe er, den man Meister Hans Gröschlin rufe, den Sohn zu einem Fischzug gebeten, den Sohn und ein weiteres Familienmitglied, das in die Dorfschmiede von Arpshagen eingeheiratet habe. Auch andere Verwandte der weitläufigen Familie seien dabei gewesen, aber um welche Art von Fischzug es sich gehandelt habe, wollte Schneidewind nicht mitbekommen haben.

»Die Menschenfischerei, von der die Heilige Schrift spricht, wird es wohl nicht gewesen sein«, meinte der Ritter. Natürlich log der Bauer. Heinrich von Ritzerow hatte jedoch genug Gewalt gegen ihn angewendet. Ihm war am Urheber des Unternehmens mehr gelegen als an den Mitläufern, und diesen Spiritus rector vermutete er nun in Wismar. »Untersteht Euch, irgend jemanden zu warnen«, befahl er dem sich krümmenden Bauern. Der hatte eigentlich keinen Grund mehr für sein Schmerzensgetue. Heinrich gab ihm noch einen letzten. Mit gewaltigem Schwung trat er ihm zwischen die Beine. Schneidewind brüllte auf. Zufrieden ging der Ritter zu seinem Pferd, schwang sich in den Sattel und galoppierte ostwärts.

4

Seitdem ihm sein Brotherr auf die Schliche gekommen war, bestanden für das Subjekt keine Zweifel mehr, daß seine Zeit bei Winfried von Thünen abgelaufen war. Das Bindemittel zwischen ihnen war zwar nicht gegenseitiges Vertrauen, sondern die gemeinsame Untat und damit auch die Angst voreinander, aber ein wenig Zustimmung zum anderen mußte es auch bei verbrecherischen Unternehmungen geben. Von Thünen hatte recht, Gröschlin hatte mit dessen Geld auch seine persönliche Rache betrieben. Diese Rachegelüste waren nun befriedigt. Der Kaufmann und Ratsherr würde das Subjekt fortan mit dem allergrößten Mißtrauen betrachten, es nach allen Seiten kontrollieren und ihm kaum noch Geld in die Hand geben wollen. Ganz sicher würde er sogar danach trachten, sich von dem nützlichen Idioten schnellstens zu befreien.

Ohne Haß und Rachewünsche konnte das Subjekt nicht existieren. Es verlor seine Identität, wenn es nicht hassen durfte. Peter Gröschlin gedachte sich nun an seinem bisherigen Arbeitgeber dafür zu rächen, daß dieser ihn benutzt hatte und nun beabsichtigte, ihn fortzuwerfen wie einen gebrauchten Nachttopf.

Das letzte Unternehmen in Sachen Vrocklage war auch das heikelste. Gröschlin hatte seinen Abschied von den von Thünens, in deren Haus er eine kleine, abgelegene Kammer bewohnte, mit einem Besuch begründet, den er zu machen hatte. Winfried von Thünen hatte sein Begehren mit einem anzüglichen Lächeln quittiert. Dem Subjekt war es gleichgültig, daß man ihn auf dem Weg zum Hurenhaus glaubte. Er ging nicht öfter als andere. An diesem Abend allerdings bildeten die Gassen bei dem Gerberbruch sein erstes Ziel. In den Buden, die an der Stadtmauer klebten, wohnten die Armen und die Ärmsten der Armen, die Ausgestoßenen und die kleinen Verbrecher. Es war eine dunkle, nicht ungefährliche Ecke, voll mit Krankheiten, Trunksucht, Haß, Gewalt, böser Absicht und Mord. Peter Gröschlin war diesem Milieu entwachsen, er verachtete es, aber er fürchtete es nicht. Er hatte ein Geschäft abzumachen. Für Geschäfte, die etwas einbrachten, war jedermann empfänglich.

Bereits am Nachmittag war er in dieser Gegend gewesen. Er wußte keine Namen, er brauchte sie auch nicht zu wissen. Die Bude, in der ein Tagelöhner mit seiner Frau und den neun Kindern hauste, war windschief. Vor ihr erhob sich ein Berg von Unrat, und auch im Innern sah es nicht viel anders aus. Gröschlin hatte sich am Nachmittag davon überzeugen können, er hatte nicht das Bedürfnis, das stinkende Loch in der Dunkelheit zu betreten. Er pfiff. Nach dem dritten Pfeifen kam ein barfüßiger, zerlumpter Junge von etwa zwölf, dreizehn Jahren aus der Gruft der lebendigen Toten. Sein Vater, schon betrunken, folgte ihm. Peter Gröschlin warf ihm ein paar Münzen zu, dann nahm er den Jungen mit sich fort.

Der Knabe stank, wie das Subjekt einst in seiner Kindheit auch gestunken hatte. Für die Wünsche des Verwalters hatte er sich natürlich waschen müssen. Um so stärker war immer sein Bedürfnis gewesen, sich nach den Lehrstunden im Verwalterhaus im Mist zu wälzen und so kotig wie nur möglich die folgenden Tage zu verbringen. Peter Gröschlin fühlte sich, nachdem er bei von Thünen in Ungnade gefallen war, wieder zurückgeworfen in jene Zeiten, da nicht nur sein Herz schmutzig gewesen war, sondern auch sein ganzer Körper, *intus et in cute*, wie es die gelehrten Leute nannten, inwendig und auswendig. Es machte dem Subjekt daher gar nichts aus, dem übelriechenden Jungen seine Hand auf die Schulter zu legen. Sogar etwas wie Zärtlichkeit übermannte ihn kurzzeitig. Ein armes, benutztes und verdorbenes Kind war auch er einst gewesen. Viele Jahre hatte er darauf verwendet, sich aus der Kloake ans Licht zu erheben, wenn auch an ein Licht, das nicht wärmte. Nie mehr würde er in die Kloake zurückkehren. Nicht er würde fallen, aber von Thünen und seine Lübecker Sippe. Peter Gröschlin hatte vor, sie für immer zu vernichten.

Das Subjekt hatte die Hand dem Jungen auch deshalb auf die Schulter gelegt, um ihn zu führen. Mittlerweile wurde die Stadt nur noch von ein paar erleuchteten Fenstern erhellt, vor die man noch nicht die Läden gezogen hatte, und von den Sternen. Der Himmel war klar, und es wurde nachts bereits empfindlich kalt. Gröschlin fröstelte, wenn er an die bloßen Beine und die dünnen Kleider des Jungen dachte, dem diese Kälte wahrscheinlich noch nichts ausmachte. Aus der Ferne vernahm man den Ruf eines Nachtwächters, der die Bürger und die Beisassen aufforderte, sich in die Häuser zu begeben und nur noch mit dringenden Gründen die Straßen zu betreten, dann aber ein Licht mit sich zu führen; wer ohne Fackel oder andere Leuchtquelle angetroffen wurde, wanderte bis zum Morgen ins Gefängnis, und wenn man ihn bei der Vorbereitung einer Untat, bei der Untat selbst oder nach dieser Untat mit der Beute antraf, blieb er sogar viel, viel länger im Loch.

Was Gröschlin mit dem ausgeglichenen Kind vorhatte, war etwas, das von Wedde und Gericht sicher nicht gern gesehen wurde. Man konnte es als Diebstahl bezeichnen, auch wenn das Subjekt für einen guten Zweck stahl, nämlich zur Herstellung von

Gerechtigkeit. Behutsam führte er das Instrument seiner Rache durch die Wokrenterstraße bis an das Haus zum roten Drachen. Am Nachmittag hatte er Vater und Sohn nur ungefähr erklärt, wozu er das Kind brauchte und was er von ihm erwartete. Jetzt redete er Klartext.

Es gab nur eine Möglichkeit, ohne Leiter oder anderes Gerät auf das Dach des Hauses zu gelangen. Drei Gebäude weiter zur Warnow hin befand sich zwischen zwei benachbarten Häusern eine schmale Lücke, durch die sich nur ein geschicktes Kind in die Höhe zwängen konnte. Insofern war es nützlich, daß der Knabe aus dem üblen Stadtquartier keine Schuhe kannte, denn mit vom täglichen Barfußlaufen unempfindlich gewordenen Füßen ließ sich die schwierige Kletterpartie wohl bewältigen. Peter Gröschlin versprach dem Jungen ein Silberstück extra, von dem sein Vater nie etwas erfahren würde, wenn er seine Furcht hinunterwürgte und seinen schmächtigen Leib zwischen den Häusern hinauf.

Wie die meisten Jungen seines Alters war auch dieser ein begeisterter Kletterer. Er sah nicht die Gefahr, und das versprochene Silber tat ein übriges. Gröschlin instruierte ihn, wie mit dem Drachen zu verfahren sei, dann nahm der Bengel die Mauern in Angriff. Er gelangte mit einer Leichtigkeit hinauf, die das Subjekt für einen Augenblick überlegen ließ, ob er einen solchen Jungen nicht auf seiner Flucht und für die Gründung seiner nächsten Existenz gebrauchen könne. Auf allen vieren wie eine Katze kroch er über die Dächer. Peter Gröschlin sah ihn nur als Schemen, der sich bewegte. Ihm klopfte das Herz, denn dieses Unternehmen war nicht nur für die körperliche Unversehrtheit des armen Kindes gefährlich, die das Subjekt nichts weiter anging. Jetzt von einer Nachtwache erwischt zu werden, konnte sehr unangenehme Folgen haben. Es konnte den Kopf kosten, wenn der andere Herr der Wedde, wenn Ratsmann Grüneberg auf die Hintergründe stieß. Und das würde sich kaum vermeiden lassen. Trotz der nächtlichen Kühle rann Gröschlin der Schweiß übers Gesicht und über den Nacken in den Mantelkragen hinein und den Rükken hinab.

Der rote Drache auf dem Giebel bestand nach Meinung des Peter Gröschlin aus einem leicht zerbrechlichen Stoff. Das mußte so sein, damit man an die Dokumente kam, die, ebenfalls nach Meinung des Peter Gröschlin, in dem hohlen Inneren des Drachens versteckt waren. Deshalb hatte er angenommen, es sei ein Leichtes, die Zierde des Giebels abzubrechen oder zu zerschlagen. Genau dies sollte der Junge tun. Er bemühte sich auch redlich, allein der Drache war unzerstörbar.

Von einigen Dachziegeln konnte man das nicht sagen. Sie waren nicht richtig befestigt, oder die Stürme, die jahrein, jahraus in Frühjahr und Herbst über das Dach hinweggebraust waren, hatten sie gelockert, jedenfalls stürzten sie nieder und zerbarsten auf der Straße. Das Geräusch, das sie dabei verursachten, ließ Gröschlin zusammenschrecken. Hektisch schaute er sich in der Straße um.

Plötzlich begann der Knabe, mit einem Gegenstand zu winken. Der Gegenstand war rechteckig, aber flacher und viel größer als ein Ziegel. Mehr vermochte das Subjekt nicht zu erkennen.

Ob der Junge nun wegen dieses Winkens das Gleichgewicht verlor oder ob weitere Dachsteine nachgaben, war ebenfalls unentscheidbar. Der Knabe jedenfalls strauchelte, suchte verzweifelt nach einem Halt, dann fiel er mit einem lauten Schrei vom Dach. Das Subjekt war drauf und dran, das Weite zu suchen, als der Junge aufschlug. Mehr aus Neugierde, als um ihm zu helfen, beugte sich Gröschlin noch rasch über ihn. Der Junge röchelte. Das Subjekt entriß ihm den Gegenstand, der biegsam war. Er fühlte sich an, als handle es sich um ein geteertes Stück festen Stoffes, in den möglicherweise etwas eingeschlagen war. Was immer es war, so etwas gehörte nicht auf Dächer. Triumphierend gab das Subjekt Fersengeld. Bevor die ersten Bewohner der Wokrenterstraße ihre Häuser verlassen hatten und nachsehen konnten, wer da geschrien hatte, war Gröschlin verschwunden.

Die Nacht verbrachte er in einem Versteck nahe beim Hafen. Es handelte sich um einen Schuppen, in dem Seemannsgarn verwahrt wurde, und weil das alte Tauwerk nicht gerade einen großen Wert repräsentierte, war das Tor nur ungenügend gesichert. Bereits am Nachmittag, nach seinem Ausflug zu den Buden beim Gerberbruch, hatte Gröschlin hier unter den zersplissenen Hanfseilen sein Geld, Reisekleider und einen Sack mit Proviant verborgen. Im diffusen Licht von den Sternen schnürte er das flache Päckchen auf, das jemand in der Nähe des roten Drachens unter den Ziegeln deponiert hatte. Wie erwartet, enthielt es Pergamente. Das Licht genügte nicht, um ihren Inhalt zu erkennen, aber das war auch nicht nötig. Das Subjekt erfühlte ihn sozusagen. Zufrieden zog es sich in den Schuppen zurück und lehnte sich an ein großes Faß. Die Nacht verbrachte es ohne Schlaf, immerfort lauschend nach Schritten oder Rufen von Menschen. Es blieb aber ruhig, jedenfalls hier beim Hafen.

Als die Morgenglocke die arbeitende Bevölkerung aus den Betten rief, machte sich Peter Gröschlin auf den Weg. Das seinem Versteck nächstgelegene Tor war das Bramowsche. Obgleich sich das Subjekt nach Osten wenden wollte, das Bramowsche Tor aber nach Westen ging, war es ihm lieber, so rasch wie möglich Rostock zu verlassen.

Er langte beim Tor an, als es gerade geöffnet wurde. Den Wächtern händigte er die wieder verschlossenen Dokumente aus, von denen er sich beim Morgenlicht überzeugt hatte, daß es genau die erwarteten waren. Er forderte von den Wachsoldaten, das Päckchen bis zum Abend zu dem Weddeherrn Martin Grüneberg zu schaffen, dann trat er hinaus in die Freiheit. Eigentlich sagte man zwar, daß Stadtluft frei mache, aber das traf vor allem auf die hörigen Bauern zu. Für Peter Gröschlin bedeutete im Moment die Landluft den größten Schutz vor dunklen Mauern.

Bei einem Pfahlbürger erwarb er für einen allerdings fürstlichen Preis ein Reitpferd. An der südlichen Stadtmauer entlang ritt er vor den Wällen nach Osten. Er sah die Türme der reichen Stadt über die Mauer grüßen, die Kirchtürme von Sankt Jacobi, Sankt Marien, Sankt Petri und Sankt Nikolai. Ohne Wehmut ließ er sie hinter sich. Nachdem er die Warnow überquert hatte, legte er einen Galopp ein. Nach Rostock schaute er sich nicht noch einmal um.

5

Heinrich von Ritzerow hatte erneut beim Wismarer Schwanenwirt Quartier bezogen. Die Mörderjagd begann sich spürbar auf seinen Geldbeutel auszuwirken, doch zweifelte er, daß ihm die Herzoginmutter bei Erfolg auch nur einen Teil seiner Auslagen erstatten würde. Mit seinem Einsatz vermochte er wohl nur Ehre zu ernten. Von der Ehre konnte man sich nicht ernähren, an der Ehre konnte sich niemand wärmen. Sie hatte nur einen symbolischen Wert, der allerdings auch nicht zu verachten war, denn mit einer vermehrten Ehre konnte man den Grafen von Hahn übertrumpfen. Toben würde der alte Kapaun, wenn er davon hörte, daß Katharina von Mecklenburg-Schwerin seinem Gutsnachbarn einen Titel oder eine danksagende Urkunde verliehen hatte; viel mehr, so mußte man fürchten, war in der Hauptstadt nicht zu holen.

Ursprünglich hatte der Ritter vorgehabt, den Meister Hans Gröschlin zur Rede zu stellen und dabei alle Mittel einzusetzen, die geeignet waren, einem Mann die Zunge zu lösen. Nachdem er in die Werkstatt des Eisengießers und Waffenschmieds eingetreten war, überlegte er es sich anders. Der Meister war ein großer, vierschrötiger Mann, der sein Eisen mit eisernen Muskeln goß und bearbeitete, da schien es nicht ratsam zu sein, sich mit ihm anzulegen.

Der kluge Ritter kehrte in den *Goldenen Schwan* zurück und leerte einen Krug. Dabei entschloß er sich, erst einmal Erkundigungen über den Schmied und seine Familie einzuziehen. Er fragte in der Nachbarschaft und auf dem Amt, beim Rat und auch beim Braubürger Holthusen nach, den er ja durch Grünebergs Vermittlung kennengelernt hatte. Auf diese Weise ergab sich bereits ein recht buntes Bild von den Gröschlins und ihren Gevattern. Überall zwischen Wismar und Grevesmühlen hockte das Gesindel auf irgendwelchen Rodungsdörfern, die nicht nur Arpshagen hießen, sondern auch Damshagen, Hafthagen oder Voigtshagen. Auch in allen nur denkbaren Gewerken waren diese Leute tätig, wenn sie nicht als Bauern ein Stück Land bestellten. Das Gerücht wußte von den meisten zu berichten, daß sie es über Nacht zu einigem Wohlstand gebracht haben sollten.

Einer von ihnen erschien dem Ritter Heinrich von Ritzerow besonders interessant. Er galt als der Gröschlin mit dem Hang zum Höheren. Während alle ihrer Scholle oder ihrem Werkzeug treu geblieben waren und weder lesen noch schreiben konnten, hatte es diesen Mann zuerst in die Sphäre der Bildung und dann nach Rostock verschlagen. Dort, so hieß es, mache er sich als Schreiber bei einem reichen Kaufmann und Ratsherrn verdient. Er trage zwar die Nase nun etwas hoch, habe aber mit seiner Sippe nie gebrochen.

In des Ritters leicht benebeltem, also prächtig funktionierendem Gehirn läuteten die Glocken. Heinrich fand sein durch gezieltes Fragen und Schmeicheln, durch Drohen mit Konsequenzen von herzoglicher Seite und durch Bezahlen gewonnenes Wissen so wichtig, daß er augenblicklich nach Rostock aufbrach, um es dem Weddeherrn Grüneberg mitzuteilen. Dieser sollte dann entscheiden, was getan werden mußte. An ihn wollte der Ritter die Verantwortung delegieren. Das ersparte ihm, ins Visier und vor die Fäuste des starken Eisenmeisters zu geraten, und den Ruhm bekam er am Ende womöglich trotzdem ab.

6

Der Schock saß Martin Grüneberg und seinen Familienangehörigen in allen Gliedern. Seit Stunden herrschte Schweigen sowohl bei Tisch als auch im gesamten Haus; selbst das Gesinde schien leiser aufzutreten und sein Mundwerk besser im Zaum zu halten als sonst. In der ganzen Stadt, so schien es zumindest, wurde davon gesprochen, daß Meister Possehl und seine Gehilfen dem Kaufmannssohn und Studenten beider Rechte Sebastian Vrocklage am Vormittag die Daumenschrauben angelegt und daß der Delinquent ganz jämmerlich geschrien hatte. Dabei hatten sich Martin, seine Frau und von den Kindern vor allem Margarete an aberwitzige Hoffnungen geklammert, etwa daran, daß Winfried von Thünen oder der Rat doch noch umschwenken und den letzten männlichen Vrocklage schonen würden, oder daß der Scharfrichter plötzlich an einer Herzerweichung litt und sein Amt ausgerechnet bei Sebastian nicht ausüben konnte. Eine Marienerscheinung auf der Breiten Straße war wahrscheinlicher als das. Meister Possehl hatte kein schlechtes Herz, und von Thünen war bloß konsequent und gerecht. Kein Verbrecher durfte besser behandelt werden als ein anderer. Nicht in jedem Falle vor dem Richter, aber vor dem Foltermeister und seinen Knechten waren alle Menschen gleich.

Der zweite Schock ereilte Martin Grüneberg in seiner Schreibkammer. Der Kaufmann war gerade dabei, einen Brief an das Kontor in Brügge aufzusetzen, der geschäftliche Belange betraf, denn bei allen Erschütterungen der letzten Wochen und Monate mußten die Handelsbeziehungen gepflegt werden und die Geschäfte weitergehen. Grüneberg redete sich ein, das wäre auch in Balthazars Sinne. Balthazar war allerdings tot, und niemand vermochte zu sagen, ob es etwas nach dem Sinne eines Toten gab.

Martin Grüneberg hatte sich eine besonders blumige Anrede an Leberecht Hoyer und die anderen Altermänner abgequält, als ein

Büttel der Stadtwache ihn zu sprechen wünschte. Er überreichte dem Weddeherrn einen großen Umschlag, der aus geteertem Leinen bestand. Der Umschlag war vielfältig verschnürt. Während er ihn öffnete, wollte Grüneberg von dem Torwächter wissen, wer ihn übergeben habe. Der Büttel beschrieb ihm einen einfach, aber bürgerlich gekleideten Mann, der Rostock zu Fuß verlassen und sich nach Westen gewandt habe, nach Doberan vielleicht, oder er habe bei den Pfahlbürgern etwas zu besorgen gehabt. Zurückgekehrt sei er bisher nicht, aber noch seien die Tore ja offen.

Martin Grüneberg entnahm dem Umschlag Papiere. Er überflog sie. Dabei blieb ihm fast das Herz stehen. Sofort schickte er zum Katharinenkloster, damit der Franziskaner Anselm käme und ihm beistehe in einem schweren Moment. Bruder Anselm ließ sich denn auch nach einer Stunde sehen. Früher war er nicht abkömmlich gewesen. Er hatte in letzter Zeit schon zu viele Andachten versäumt, so daß ihn der Abt darauf angesprochen und ihn ermahnt hatte, seine klösterlichen Pflichten wieder ernster zu nehmen.

Kaum hatte Martin Grüneberg die Papiere vor dem Mönch ausgebreitet, erschien auch noch ein atemloser Ritter von Ritzerow auf einem nicht minder atemlosen Pferd. Nachdem er dem Franziskaner und der Ordensbruder ihm vorgestellt worden war, sprudelte es sofort aus ihm heraus. Erst nach einer Weile gelang es Grüneberg, den Ankömmling zu beruhigen und Ordnung in seine Worte zu bringen. Das war alles andere als leicht.

Im übrigen waltete auch in Grünebergs Gedanken das Chaos. Alle Beweise für die Schuld des Ratsherrn von Thünen lagen vor ihm auf dem Tisch, und zwar in übersichtlicher Form, und doch wollte er nicht glauben, was er mit Eisengallustinte auf Pergament geschrieben sah. Es durfte nicht wahr sein, was vor seinen Augen überdeutlich dalag und mit beiden Händen zu greifen war. Die für den gemarterten Sebastian gute Nachricht war eine äußerst schlechte für die Stadt Rostock und insbesondere für ihren, wenn nicht gar für den ganzen wendischen oder hansischen Kaufmannsstand.

»Was ist das?« fragte Heinrich. Martin Grüneberg hatte nicht bedacht, daß der Ritter nicht lesen konnte, und ihm die Papiere gewiesen.

»Eine vielpfündige Geschützkugel«, meinte der Mönch, »die zwei erste Bürgerhäuser in Rostock und Lübeck in Schutt und Asche legen wird.«

»Nun, das ist doch mal was«, erwiderte der Ritzerow. Seiner verständnislosen Miene war anzusehen, daß er genauere Erklärung verlangte.

»Diese Dokumente sind Kauf- und Lieferverträge für Geschützrohre«, erläuterte Martin Grüneberg. »Die Waffenbestandteile wurden in der Werkstatt eines Wismarer Meisters Hans Gröschlin hergestellt und dann heimlich aus der Stadt geschmuggelt. Letzteres steht allerdings nicht auf den Pergamenten, versteht sich aber von selbst.«

»Und diese Heimlichkeiten werden wohl einen Grund haben«, sagte der Ritter.

»Oh, ja. Diese und andere haben einen Grund. Man mußte auch beim Verladen der Ware eine große Zurückhaltung üben. Alles lief über Klipphäfen auf dem Fischland im Osten von Rostock und westwärts auf der Insel Poel. Ich staune wirklich über diese allerkorrekteste Abwicklung von kriminellen Handlungen. Kauf- und Lieferverträge!« Martin Grüneberg schüttelte den Kopf.

»Nun sagt mir auch noch, an wen haben die Bösewichte denn geliefert?« fragte Heinrich mit einer gewissen Sensationslüsternheit. »Doch nicht an den Satan?«

»Fast«, entgegnete der Mindere Bruder. »Für manche jedenfalls ist es der Satan. Genauer, zwei Satane.«

»Zum einen an die Dänen. Das wird vor allem den Lübecker seinen Kopf ... Ach, ich sagte Euch noch gar nicht, wer hinter den

Untaten steckt: Der Lübecker Kaufmann Ditmar und der Rostokker Kaufherr Winfried von Thünen. Rostock hat ja Frieden mit Erich von Pommern geschlossen, aber Lübeck liegt weiterhin im Krieg. Ditmar von Thünen hat mit dem Kriegsgegner Geschäfte gemacht. Darauf steht der Tod.«

»Und der zweite Satan?« fragte Heinrich ungeduldig.

»Die taboritischen Heere«, sagte Grüneberg und wischte sich erschöpft über die feuchte Stirn.

»Die in den Augen der Majestät und des Papstes Ketzer sind«, fügte Anselm hinzu.

»Von Thünen.« Der Ritter von Ritzerow ließ sich den Namen auf der Zunge zergehen. »Das spricht nicht gerade fürs Hungertuch.«

»Die reichsten und angesehensten Familien Lübecks und Rostocks tragen diesen Namen«, sagte Grüneberg.

»Vermutlich haben sie die Grenze überschritten«, meinte ein nachdenklicher Frater Anselm. »Die Grenze, hinter der man einfach nicht mehr aufhören kann, immer mehr und mehr Geld zu machen. Wo das Geldverdienen zur Sucht wird und seine Mittel gleichgültig.«

Noch einmal mußten zwei Dienstmänner das Haus der langen Hand verlassen. Es dunkelte bereits, aber die Sache duldete keinen Aufschub. Lange hatten Grüneberg, der Klosterbruder und der Ritter darüber gebrütet, was zu tun sei. Es gab nur eine Antwort. Martin Grüneberg hatte seine beiden Dienstmänner zu den Bürgermeistern und zu den Richteherren geschickt. Sie sollten es dort dringend machen, ohne daß sie wußten, in welcher Angelegenheit der Weddeherr die fünf führenden Angehörigen des Ehrbaren Rates unbedingt sprechen mußte. Einzig daß es sich um ein niemals gehörtes Verbrechen handelte, was etwas übertrieben war, sollte den Ratsmännern mitgeteilt werden.

Sie kamen. Zuerst die Richteherren. Die Bürgermeister von der Aa, Berndes und Wymanne kamen auch. Vielleicht trieb sie die

Neugierde, vielleicht auch die Sorge. Grüneberg bat sie, am Tisch der Schreibkammer Platz zu nehmen. Dann präsentierte er ihnen die Unterlagen.

»Was ist das?« fragten sie mit bleichen Gesichtern, wie der leseunkundige Ritter gefragt hatte. Doch sie konnten sehen, was es war. Offenbar fiel es auch ihnen schwer zu glauben, was nicht sein durfte und doch geschehen war. Martin Grüneberg griff nach einem Kaufvertrag und schwenkte ihn durch die stickig gewordene Luft.

»In den Händen halte ich das Todesurteil für Ditmar von Thünen, lübischer Bergenfahrer und Ratsherr«, sagte er nicht ohne ein leises Pathos, doch ganz ohne Freude. »In den Händen halte ich das Todesurteil für Winfried von Thünen, Rostocker Kaufherr und Ratsmann. Und ich halte in Händen das Todesurteil für den Schreiber Peter Gröschlin.«

EPILOG: Das Subjekt

Der Schnee knirschte unter den Füßen der in Pelze gehüllten und bis an die Nasenspitze vermummten reichen Bürger, die der Kirche zustrebten. Fackelträger begleiteten sie oder gingen ihnen voran. An einem dritten Advent wollte niemand die Spätmette versäumen, die besonders feierlich zu werden versprach. Seit einigen Tagen schneite es nicht mehr. Es hatte sogar kurzzeitig getaut, dann aber um so heftiger zu frieren begonnen. Vor den Mäulern der Pferde standen große Dampfwolken, und auch der Atem der Menschen gefror in der eisigen Luft. Was vom Schnee liegengeblieben war, hatte sich in eine harte Kruste verwandelt. Diese Kruste brach unter den Stiefeln der hochgestimmten Kirchbesucher. Nur das Subjekt hörte man nicht.

Auf Veranlassung der Hansestadt Rostock hatte man Peter Gröschlin friedlos gelegt. Jeder durfte ihn töten, ohne dafür eine Strafe gewärtigen zu müssen. Jeder, der ihn nur fand. Das Subjekt war sicher, daß man es irgendwo westlich von Rostock gesucht hatte, in der Richtung, in die es aufgebrochen war. Spätestens beim ersten Kälteeinbruch dürfte man die Suche nach ihm eingestellt haben, der sich nach Osten abgesetzt hatte und als Albrecht Gregorius in Reval angelangt war.

Selbstverständlich drangen Nachrichten aus Rostock oder Lübeck auch in die livländische Hansestadt. Im November hatte man die Kaufleute von Thünen und den größten Teil der Familie Gröschlin enthauptet. Das war traurig, aber mit dieser Familie hatte das Subjekt nichts mehr zu schaffen. Albrecht Gregorius war Schreiber bei dem Revaler Kaufherrn Ahlemann, und seine Wiege hatte in Braunschweig gestanden. So war es verabredet, so war es gut.

Ahlemann war einst der ärgste Konkurrent des Winfried von Thünen gewesen und hatte ihn gehaßt, weil dieser ihm das Geschäft mit illegalen Geschützrohren abgejagt hatte. Auf einen Spezialisten wie das Subjekt hatte er nur gewartet. Als Peter Gröschlin hatte es bereits Kontakte nach Reval geknüpft, einen lockeren Faden nur für alle Fälle. Den hatte man nun fester und haltbar gesponnen. Albrecht Gregorius hatte im livländischen Hinterland bis Pernau und Dorpat längst ein paar neue Eisengießer und Waffenschmiede aufgetan, die für ein paar Gulden Aufschlag herstellten, was Ahlemann mit exorbitantem Gewinn an die taboritische Ketzerarmee lieferte. Die stand nämlich immer noch in Preußen und hatte immer noch großen Bedarf an Feuergeschütz. Ahlemann und Gregorius hofften, daß der Krieg noch eine Zeitlang dauern würde. Dem einen sicherte es eine wohlgefüllte Geldtruhe, dem anderen das Leben. Ahlemann brauchte das Subjekt, das Subjekt brauchte Ahlemann. Womöglich betete der Kaufherr sogar am dritten Advent dafür, daß die Ketzer weiterhin gewännen. Für das ausgezeichnete, von ihm vermittelte Geschäft erhielt das Subjekt zum ersten Mal in seinem Leben Prozente. Sie waren nicht sehr hoch, denn Ahlemann wollte seinen Gehilfen Gregorius möglichst lange in Abhängigkeit von seiner Gunst halten, was das Subjekt natürlich durchschaut hatte. Es lebte, darauf kam es an. Und eines Tages würde es sich mit dem zusammengekratzten Geld von dem Bann freikaufen können.

Der Kaufmann Ahlemann, seine Frau und seine beiden Söhne schritten wacker aus. Vor dem hohen Kirchenportal wurden sie von anderen vornehmen Familien erwartet und begrüßt. Auch die Geistlichkeit entbot den besten Bürgern ihren Gruß.

Das Subjekt folgte seinem neuen Herrn, wenn auch mit Abstand. Niemand begrüßte es. Gregorius wurde nicht einmal bemerkt.

Denn weil er geduckt worden war, hatte er zu schleichen gelernt.

ANMERKUNG

Die jedem Teil dieses Romans vorangestellten Strophen aus »Requiem« lauten in deutscher Übersetzung:

Dies irae
Tag des Zornes, Tage der Zahren,
wird die Welt in Asche kehren,
wie Sibyll' und David lehren.
Welch ein Graus wird sein und Zagen,
wenn der Richter kommt, mit Fragen
streng zu prüfen alle Klagen!

Confutatis
Wenn verdammt zur Hölle fahren,
die im Leben böse waren,
ruf mich mit den sel'gen Scharen.
Mit zerknirschtem Herzen wende
flehend ich zu dir die Hände:
Steh mir bei an meinem Ende!

Lacrimosa
Jener tränenreiche Tag,
da aus der Asche aufersteht
der angeklagte, zu richtende Mensch:
Verschone ihn, Gott!
Frommer Herr Jesus,
gib ihnen Ruhe.

Der Untergang
der Essex
Erzählt von
Owen Chase,
Erster Offizier
Herausgegeben von
Iola Haverstick und
Betty Shepard
Aus dem Englischen
von Michael Benthack
149 Seiten
Gebunden mit
Schutzumschlag

Herman Melvilles »Moby Dick« hat ein Vorbild in der Wirklichkeit!
Am Morgen des 20. November 1820, 0° 40′ südlicher Breite, 119° 0′ westlicher Länge, ereignet sich in der Geschichte der Seefahrt ein unerhörter Moment: Ein Wal greift das Schiff an, das Jagd auf ihn macht – die »Essex«. Drei Tage lang versuchen die Männer, das Schiff zu halten, dann müssen sie, und mit ihnen Owen Chase, der Erste Offizier, in die Boote. Die »Essex« sinkt. Die Küste liegt mehr als tausend Seemeilen entfernt ...

Die Hanse

Die Welt der
Wikinger

Herausgegeben
von Konrad Hansen
220 Seiten
Gebunden mit
Schutzumschlag

»Lindisfarne The Holy Island« stand auf dem Schild, das im äußersten Nordosten Englands von der A1 meerwärts wies. Lindisfarne – war das nicht die Insel vor der Küste Northumbrias, die in den Geschichtsbüchern den Anfang der Wikingerzeit bezeichnet?